四川大学出版社

特约编辑：吴狄洋
责任编辑：喻　震
责任校对：徐　凯
封面设计：朴　道
责任印制：王　炜

图书在版编目(CIP)数据

红豆生南国 / 覃覃著. —成都：四川大学出版社，2018.9

ISBN 978-7-5690-2392-3

Ⅰ.①红…　Ⅱ.①覃…　Ⅲ.①长篇小说-中国-当代　Ⅳ.①I247.5

中国版本图书馆 CIP 数据核字（2018）第 218080 号

书名　**红豆生南国**

著　　者	覃　覃
出　　版	四川大学出版社
地　　址	成都市一环路南一段 24 号 (610065)
发　　行	四川大学出版社
书　　号	ISBN 978-7-5690-2392-3
印　　刷	成都市兴雅致印务有限责任公司
成品尺寸	145 mm×210 mm
印　　张	10
字　　数	297 千字
版　　次	2018 年 12 月第 1 版
印　　次	2021 年 1 月第 2 次印刷
定　　价	48.00 元

◆读者邮购本书，请与本社发行科联系。
电话：(028)85408408/(028)85401670/
(028)85408023　邮政编码：610065
◆本社图书如有印装质量问题，请寄回出版社调换。
◆网址：http://press.scu.edu.cn

（一）

皎洁的月光下，红豆急促的脚步声惊扰了路边的看家犬，远远传来狂躁的犬吠声。

深沉的夜色带来些微恐惧感，红豆顾不了太多，两步并作一步急速前行。脚下那双暗红色的皮革鞋，砸在硬硬的路面上“咯咯咯”地打破了深夜的寂静。除了红豆急行的影子，找不出能给她带来安全感的东西，迎面而来的冰冷的晚风打在红豆的脸上，她忍不住浑身打寒战。

好在木子家的门诊不远，红豆在心里默念为父亲祈祷片刻，来到木子家紧锁的大门外。焦急的红豆，来不及去想是否扰邻，举手落在冰冷的门板上：“开开门，木子。”

看家犬肆意狂叫掩盖过红豆凄惨的求救声。“木子，快开门，我爸鼻子又大出血了，木子，快点开门啊！”红豆几近哭求着，拍打木子家的门板。这种乞求，红豆也不知道经历过多少次。每次木子都无视红豆脸上乞怜的表情，不耐烦也不情愿地背起药箱走在红豆身后。或许红豆真的驱走了木子的美梦，木子似乎不觉得自己应该救死扶伤，甚至觉得自己不应该在美梦中被吵醒，而露出钢板似的脸。

只要木子肯开门，红豆便心安：“对不起，吵醒你了，木子。我爸……”

木子冷冷地打断红豆的话道：“你爸这病，把打针当饭吃，拿药养命，习惯了。但，能不能别大晚上的来砸门板？”

不管红豆如何催促，木子也只是不紧不慢地走在红豆身后。

红豆委屈地含泪求木子：“我知道大晚上的叫醒你不对。可是我爸就是个病人，而且非不得已，我绝对不会深夜来吵醒你。”

“我劝你还是自己学学打针配药吧！我的输液操作技巧也都是我妈教的。只要你会了这些基本操作方法，以后就不用大半夜独自一人出门。不是我不乐意随你出诊，我是担心你的人身安危。”

红豆感动地说："真的谢谢你，木子。"

红豆家灯光暗淡，红豆父亲罗谷蹲下的地方淌了一片血，团团带血的纸巾散了一地，旁边还堆起一小篓的血纸……

木子不小心踩到地上的血，也仍能从容淡定地从药箱拿出针管和止血液。

光线不足，红豆父亲的手臂被木子瞎扎了几处，冒出手指头大小的包。他鼻孔塞了两条卷起的白色纸巾，被迫用嘴巴呼吸。他刻意用手挡在肿起的眼角，不知道是为了掩饰因肿块凸出破相的难堪，还是因为头痛得手离不开头而一直保持这种姿势。

这种艰难的生活状态，红豆难过、纠结，甚至想到过自杀，可眼泪和畏惧始终无法让她的父亲恢复健康的体魄，过上正常人的生活。

放学回家，每次看到父亲痛得用头撞墙，红豆心痛得背着父亲偷偷地哭。于是每逢木子来家里帮父亲配药打针，红豆都在旁边悄悄地学。

木子："好了，一会儿，止血液输完，你把针头拔起，用棉签按住拔出针头的地方五分钟就行。"

红豆感激地说："嗯，谢谢你，木子。"

木子似乎已经无法忍受红豆家充斥着的满屋子的血腥味而急急捡拾药箱，迫不及待地逃离而去。

红豆："我送送你吧，木子。"

木子："不用了，你明天把钱送到门诊就行。"说完，匆匆离去。

红豆望了一眼缓缓睡去的父亲，眼泪又涌出。

（二）

天渐亮了。

红豆把早餐准备好，端到父亲的床边。红豆父亲侧身躺在床上，举起手无力地挥了挥：“拿走吧！”

“爸，你不能只靠打针吃药活下去。”

厨房传来“咣咣咣”的一片乱砸的声音。

红豆转身急忙向厨房走去，发现罗小果郁闷地把碗摔了一地。

“你干吗？现在咱们家的早餐也只能吃这些了，你嫌不好吃就别吃。”

罗小果愤愤地从红豆身边走过，回头一脸不满地冲红豆发飙：“我讨厌过这种日子，我讨厌这个家，为什么把我生下来？”

红豆：“你……”

罗小果愤然离去。

红豆没有追出门，她知道自母亲病逝后，罗小果的性格已然变得内向和暴躁。红豆以姐姐的身份，处处让着罗小果，一边上学一边照顾病入膏肓的父亲，可始终还是无法让罗小果感觉到家庭的温暖，反而任性地敌对默默付出的红豆。

冷清的家里，弥漫着父亲罗谷鼻子里不时传出来的血腥味，红豆仅扫了一眼自己做的早餐，怎么也吊不起味蕾的冲动，拖起书包向父亲的卧室走去。

她伸手从床架上轻轻把吊瓶拿下，搁进堆在墙脚的麻袋里。满满一麻袋吊瓶，看得红豆一脸的茫然。

“爸，我上学了。你饿的时候记得把早餐吃了。四小时之后药效才退，放学回来我再给你打针。”

“去吧！在学校里就别惦记我，我暂时还死不了。”

红豆哽咽：“你说什么呢？说好了，等我考完试，咱们就回乡下，过回纯农民的生活。到时候你会慢慢好起来，你怎么能说这种丧气话？爸，你答应我，一定等着我。”略抬起手腕扫一眼手表，说了声“我要迟到了，爸。”转身出门。

校园的早晨，一排排教室里传来琅琅的读书声。

路月晴轻蔑地挡在红豆面前：“哟！一副灾星的表情，你们家死人了？”

红豆怒瞪路月晴，不想搭理她，可路月晴故意为难红豆：“昨晚为什么不留作业给我抄？”

红豆：“我没欠你的吧？路月晴。闪开，我还要去上课。”

“闻出来了，浑身的腥味。哦，我猜得没错，是血腥味吧？”路月晴不可一世地瞟一眼红豆，“我警告你，离我哥远点，否则有你好果子吃。”

“对不起，我不认识你哥。”红豆绕过路月晴匆匆远去。

“哎——你什么态度？”路月晴紧追上红豆。

红豆回头对迎面而来的路月晴说：“哦，我忘了告诉你，老师已经把你的作业撕了，让你重做。”她把一本被撕破的作业递给路月晴：“我为你感到悲哀，请你以后别再抄别人的作业了，学习是每个人自我提高的过程，老是抄袭同学的作业，是一种盗窃思想的行为。换言之，你就是小偷，可耻的小偷。”

路月晴脸由白变绿，瞪着红豆：“罗红豆。”

红豆平静地说：“我怎么了？看到你变口吃的样子，我突然有种成就感。所以请你以后别再用这种语气跟我说话了，同学一场，何必？”转身就走。

路月晴愣在原地，半晌说不出话来。

华晓从远处走来，攀扶在路月晴肩膀上，笑说：“走吧！就要上课了。”

路月晴气得跺脚：“红豆也太放肆了！她凭什么这么嚣张？”

华晓劝道：“好了，只许你放火，不许红豆点灯，你是该好好检讨检讨自己的行为了。别到时候思想品德又得补考。”

路月晴惊疑地瞪华晓：“你站哪边的？”

（三）

在校园的黑板报前，红豆手持笔记本，认真地抄下黑板报上精美的文摘。

抄抄写写是红豆排遣内心苦闷的方法。每当面对父亲流血不止而又痛苦不堪的蜡黄的脸时，红豆总设法把自己置身于文字游戏里，叠加快乐砝码，好让自己在内心世界看到一丝丝存活的希望。

莫莫在远处偷偷注视红豆的一举一动。对于耳边同学们的流言蜚语，红豆只是一笑而过，而心里被占据更多的是那个遥远的他，他的存在就像太阳般，令红豆内心暖暖的。

华晓和莫莫耳语几句，便向红豆走去。

红豆合上笔记本正准备离开。

“等等，红豆。”华晓急凑近红豆，“莫莫让我转交给你的。”把一个精美的盒子递给红豆。

“对不起，我拒收。”红豆冷冷地转身离去。

华晓回头望一眼远处的莫莫。

红豆从心里反感这种校园把妹的方式，对于青春，纯洁地走过才是红豆想要的年华。恋爱很美好也很浪漫，红豆却认为它是一种过期的面包，咬一口进嘴里会破坏消化系统，让自己失去肠胃的免疫。

莫莫失落地目送红豆离去。

华晓甚是得意地把礼物占为己有，当场拆开盒子，从里面掉出一盒磁带落在地上。

莫莫知道红豆喜欢音乐，逃课出学校就为了给红豆买一盒港娱金曲。以为当礼物送给红豆，会赢得芳心，哪知适得其反。

华晓捡起磁带还给莫莫：“我也不喜欢。”

“你们女生真奇怪，这么好的音乐也不会欣赏。”

“音乐是好，但从你手上送出，接收的人觉得是一种累赘。”

莫莫厌恶地瞪华晓：“送给你吧！”

华晓满脸欣喜：“谢谢了。”把磁带放进怀里，狂奔离去。

路月晴和一帮城里来的插班生堵在学校门口。

红豆不屑路月晴的嚣张跋扈，平静地穿过插班生中间，打算离去。

路月晴从身后拽住红豆的校服，高声呵斥："快说对不起。"

红豆平静地回头，瞟一眼路月晴："请你放手。"

插班生哄抢红豆怀里的笔记本，高呼："什么秘密花园，给我们分享分享。"

路月晴这才松开紧拽着红豆校服的手，凑近插班生们的跟前，拿过笔记本，秋风扫落叶似的翻看半晌，向红豆走去，轻蔑地说："我送给我哥的生日礼物，怎么在你手里？"

红豆整平自己的衣服，向路月晴伸手："还给我。"

路月晴："哟！红豆，你什么时候也当起小偷了？你不是口口声声说我是小偷吗？依我看，你才是个江洋大盗，把我哥的心都偷走了。"路月晴做了个手势。

插班生一拥而上，把红豆的校服扒开，画得乱七八糟的。

红豆竭力挣扎。

路月晴把红豆的笔记本撕成碎片，抛撒在路边。

插班生把红豆推倒在撒满一地碎纸的路面。莫莫向红豆伸来双手，红豆并没有接受莫莫的帮助，而是独自撑起身体，拍去身上的污泥。

面对身旁的莫莫，红豆只是淡淡地说了声"谢谢"，便一瘸一拐地消失在莫莫的视线。

（四）

华晓在红豆家门口翘首以待，还不时地拨弄手里的磁带沾沾自喜。

红豆一边训斥罗小果一边哭道："你干吗跟人打架？罗小果，算姐求你了，别再给我惹事了行吗？爸的病已经让我快喘不过气来，拜托你好好学习，做个有出息的人，做个懂得保护姐姐的弟弟，好吗？"

罗小果噘着嘴巴，扯了扯红豆的校服，低声道："对不起，姐。"

红豆瞬间崩溃地抱着罗小果委屈地大哭。

面对重病的父亲，红豆按捺不住压抑多年的情感，此时像个孩子似的靠在罗小果稚嫩的肩膀上。

“姐，你别哭了，大不了以后我不惹事了行吗？被别人看见，还以为多大事呢。”罗小果把红豆推开，“你不也跟人打架了吗？看看你身上的校服，别告诉我你是摔跤弄脏的。告诉我是哪个混蛋欺负你，看我罗小果不把他撕碎喽！”咬牙切齿地握紧拳头。

红豆抹掉眼角的泪，含泪微笑说：“谁敢欺负我，别瞎想了。”

“那你还哭？”

“回家吧！”

华晓等得不耐烦，轻敲红豆家的大门，房子里静悄悄的。

与其说是静悄悄，倒不如说是阴森森。红豆曾听姐姐罗红珊说她们家搬来之前，这一片荒地曾是医院死了的病人无家属认领被抛尸的地方。建新房子时，宅基地下面曾挖出死人的白骨，因此被称为“不祥之地”。

给红豆家冠上“不祥之地”的缘由是自打房子建好之后，红豆一家搬进去住，种种不幸频频发生。先是红豆母亲病逝，接着就是红豆父亲病倒……

每到晚上，红豆没有华晓的陪伴，常被噩梦惊醒，黑暗的角落是红豆最害怕之地。即便是红豆母亲住过的房间，也无法让她有亲切之感，甚至每次经过母亲房间的门口，都能让人产生莫名的恐惧。

华晓等不到红豆，便转身离去。

红豆进门看见父亲抱着头在地上打滚，身上的衣服沾满血迹。

罗小果急忙上前扶起父亲：“姐，赶紧去叫木子。”

红豆慌乱中又有序地拨弄起床头装药的瓶瓶罐罐，顾不上戴起塑胶手套，准备先把止血液配备好。

“你干吗？姐，别玩了，爸快痛死了。”罗小果手足无措，焦急地催促红豆。

“木子罢工了，她嫌弃我们家血腥味太浓。”红豆含着泪，平静地说道。

这时，罗小果才发现父亲身上沾满了血迹。他吃力地除去父亲身上的血衣，哭着说：“难道我们只能眼睁睁地看着爸这么痛苦地活在我们的面前而无动于衷？姐，你告诉我，这种黑暗的日子，我们要过到什么时候？”

“小果，你写作业去吧！我来给爸打止血针。”

“你会吗？”罗小果抹掉眼泪，反问红豆，“姐，我好怕，好怕爸会离开我们。妈已经走了，万一爸也走了，这个家就只剩下我们俩了，怎么办？我们还能上学吗？我们没有依靠了，怎么办？……”

“爸不会走的，爸会好起来的。”

在红豆心里，她明白此劫天注定，不管她的父亲会是什么结果，她的人生都得走下去。只是不知道如何与罗小果诠释这种生死离别。无助，茫然，恐惧集结号似的侵袭红豆看似坚强的心。她假装坚强，不让罗小果慌乱；她假装微笑，不让病父担心；她假装乐观，不让同学讥笑……所有的假装都敌不过红豆心里那个阳光的向导，他的笑脸已经深埋在红豆的内心深处。每当他的笑声掠过心际，都能让红豆感觉到生活的希望与光明。

红豆也不知道罗小果嘴里的这些“怎么办”什么时候降临，什么时候这个家就只剩下未成年的罗小果和红豆。兴许红豆早就预料到会有那么一天，失去父母，无依无靠，如何面对未来的生活？

（五）

罗小果看见父亲鼻子里的血一涌而出，滴满床单，瞬间崩溃地坐在地上。

“姐，爸快要死了。你到底会不会弄？”罗小果无助地哭起来。

“罗小果，不许哭。”红豆呵斥罗小果。

死神在向红豆的父亲招手，这种黑暗的童年在红豆的生命里扎根了，她想抹也抹不掉。可红豆从来不羡慕那些生活在幸福家庭的同学，只是庆幸自己有这种特殊的经历，而默默地欣赏她们的幸福和快乐。这听似是自我安慰，当你置身其中时，可不也得积极面对吗？

法国作家巴尔扎克说：“苦难对于天才是一块垫脚石，对于能干的人是一笔财富，对于弱者是一个万丈深渊。”在苦难面前，红豆必须选择做一个能干的人，罗小果需要她，躺在病床上的父亲也需要她。

她没有勇气选择成为弱者。

对远方的他的思念是红豆面对苦难的支撑。

在慌乱的罗小果面前，红豆镇静自若地照着平时木子给父亲扎针的顺序做，不知是因为找不着父亲手背的血管，还是因为紧张过度忽略了一些细节，红豆把父亲的左手背扎起许多个包，含着泪让父亲换另一只手，继续找血管。

罗小果泪流满面地劝红豆说：“姐，别扎了，爸的手全都肿了。”

红豆心疼父亲，可又能怎样？这种求人的姿态长此以往，磨掉的是自己对生活的信心。在她心里，只希望父亲能活着，活着看他的子女们过上幸福的生活。可罗小果觉得这就是一种甜美的奢望，渐渐地罗小果在他压抑的童年里迷失了人生的方向。

看着滴管里的止血液一滴一滴地流进父亲的血管，看着父亲躺在床上平静舒展开的身体，红豆还是忍不住倚靠在墙脚伤心地抽泣，脑子里一遍又一遍地回响起罗小果那句“这种黑暗的日子，我们要过到什么时候？”红豆一遍又一遍地问自己，这种黑暗的日子，我们要过到什么时候？

罗小果躲到厨房里偷偷拿出抽屉里的烟点燃，蹲在墙脚闭起双眼强迫自己享受这种陌生的感觉。望着满屋子缭绕的青烟，红豆走到罗小果身旁夺过他手里的香烟，转身放到自己嘴里叼着，还学电视剧里的人有模有样地吐出烟雾，结果被呛了一鼻子。

厨房里，笼罩在青烟中的姐弟俩面面相觑，安静得似乎能听到彼此的心跳声。

华晓推门而入，哼着从莫莫送给她的磁带里刚学会的新歌《红豆红》。

红豆突然向华晓面前喷出一口烟雾，吓得华晓急忙转身调头。迈出两步，又回头目不转睛地盯着红豆："你是人是鬼？"

罗小果从厨房冲出来手指华晓："你才是鬼。"

华晓妥协："好好好，我说错了还不行吗？我道歉，我认错，对不起！"向罗小果鞠躬完毕，向红豆走去："你，吸烟了？红豆。"

红豆把烟头掐灭，扔进垃圾桶，转身走进厨房，用香皂死劲搓洗手上的烟味。

"被班主任闻出来，你死定了。"华晓凑近红豆跟前用鼻子闻，"还有还有，这身上全都是阿诗玛的味道，你哪来的香烟？"

罗小果没搭理华晓，转身溜出大门。

"今天你所见的，不许告诉班主任。"红豆一本正经地盯着华晓。

"瞧你说的，你看我华晓是告密的人吗？"

"不是最好。"

华晓把手里的磁带递给红豆："这是莫莫送给你又被你拒绝的礼物，里面录制的全是今年的流行金曲。"

红豆瞟了一眼华晓手里的磁带，把灌浇壶搁在台阶上，抬头望着天上飞过的飞机。

"又想他了吧？"

"不知道他还好吗？"红豆叹气。

"路月晴不是说了吗？她不希望你和她哥有来往。"华晓把手里的磁带硬塞进红豆的手里，"你呀！还是想想身边的莫莫吧！都说远水解不了近渴，以莫莫对你的一片心，兴许他还可以让他们家给你爸弄到进口的药。不再让你大晚上跑去木子家敲门板，看人冷眼。"

红豆不加思索地把磁带塞进华晓的手，苦笑道：“谢谢你了，华晓。”

“谢什么呀？咱们这交情。”

“你还是还给莫莫吧！”

“莫莫他多好啊！多少插班生暗恋莫莫你知道吗？红豆，别一副无所谓的样子，到时候被她们捷足先登，我看你上哪儿买后悔药去。”

（六）

红豆的姐夫韩钉手拎几包中药向红豆家走去。

看见门没上锁，便轻轻推门而入。

路过浴室，透过磨砂玻璃，红豆沐浴在热气中的身影吸引了韩钉的色眼，他靠近浴室门板，缓缓伸手靠近门把手，正轻轻往下压，开出一条门缝。

罗小果站在韩钉身后，好奇地问：“姐夫，你在干吗呢？”

韩钉急忙退缩，转身嬉笑：“嘿嘿！你红珊姐让我把中药送过来给爸。这不，我正想让红豆马上煎熬出来给爸试试。还有外敷的。”

“红豆正在洗澡呢！”

“我，我还以为是爸摔倒在卫生间了呢！”韩钉嬉皮笑脸道，“我着急，所以就……”

“给我。”罗小果接过韩钉手里的中药，“爸下不了床，走不了路，你又不是不知道。”

“这中药很贵的，别煎煳喽！”韩钉再三叮嘱，“放几碗水知道吗？”

“不知道。”

“不知道就让红豆来煎。”韩钉转身欲推开浴室门。

红豆裹着浴巾，披着湿发开门出来，遇见韩钉。红豆并没有打招呼，而是急忙抓紧胸前的浴巾，低头逃离韩钉火辣的视线。

韩钉双目始终紧盯红豆裸露出来的香肩，不舍地目送红豆钻进卧室，然后一屁股坐在餐桌边的椅子上，倒水解渴，跷起二郎腿，不停地偷瞄红豆的卧室门。

“你还有事吗？姐夫。”罗小果似乎看出韩钉对红豆起了色心，故意催促韩钉离开。

“哦，那个，小果，是这样的，你红珊姐说，最近中药有点贵，她让我带你们姐弟俩一起上山采草药。一来可以节约药钱，二来我也借这个机会，找找《本草纲目》里我需要的草药。你一会儿和红豆商量商量，看看这个周末她有没有时间。”韩钉表面上很中恳，实际上他肚子里几转回肠，只有他自己知道。

红豆在她几个姐夫眼中，或许真的就是个秀色可餐的美人胚子，虽不能说吊起他们的色胆，但起色心是百分之百。韩钉嘴中的为岳父上山采药，难道是真的？罗小果孩子般的思维，不是亲眼所见，激发不起他的想象力。对于韩钉的话的真假，他压根就不去判断，罗小果甚至觉得，只要是他家人，就都是好人，最起码是对自己家人好的人。

韩钉没打算进房间与岳父打招呼，只在房门口瞄一眼便隔门说了声：“爸，我走了。”

用韩钉那种自以为是的思维，他觉得岳父的病已经到了无可救药的地步，他甚至认为那是一种传染病，所以才有了红豆戴起塑胶手套给父亲打针的可笑行为。看在罗红珊和他结婚的分上，在罗谷面前韩钉才尽个做女婿的责任。

“哦，小果，车上还有买给爸的肉，我忘了拿，要不，你随我一起去？”韩钉斜眼望着红豆的卧室门，朝罗小果说道。

“好，我马上去。”罗小果不假思索地闪出大门，一溜烟似的跑去。

红豆恰好从卧室出来。

韩钉突然向红豆扑过去，双掌紧紧地罩在红豆的前胸。

红豆见势不妙，躲闪不及，欲哭无泪地大叫：“爸——”

“红豆，你教教我英语，我今天没做笔记。”华晓进门，看见红豆被韩钉搂在怀里，吓呆了。

韩钉似乎还没松开手的意思，红豆大叫：“华晓，快救我。”

华晓被红豆的呼救声唤醒，反应过来，赶紧操起墙脚的木棍朝韩钉砸去。韩钉立马松开怀里的红豆闪出大门，逃之夭夭。

红豆吓得直打哆嗦，双手紧护住自己的前胸。

华晓义愤填膺：“他可是你姐夫，怎么可以对你起色心？”

“在男人眼里，小姨子就是小三的别称。”红豆惊魂未定，还不忘自嘲。

“你还有心思开玩笑？”华晓向门外张望，“我真是大姑娘上轿头一回，看见姐夫吃小姨子豆腐，感觉像看电视剧一样。”

“华晓，谢谢你。”红豆缓过劲来，眼泪一涌而出，淌在脸上。

（七）

罗谷还喘着气，红豆家里就已经乱了套。可想而知，万一罗谷两腿一蹬，日后红豆和罗小果该如何？

或许世界上又多出几个孤儿吧！

红豆曾经目睹身边无父无母的街边流浪儿，在她内心似乎也掠过一丝有朝一日自己也会沦落成孤儿的心理准备。然而感觉和体会是两种不同的境界，感觉像演员在演戏，演别人的故事，而体会才是故事本身。

华晓甩甩秀发，摸摸红豆身边的衣柜，突然缩回手：“红豆，我怎么感觉，你们家哪儿都有药味，这衣柜是不是你妈当年用过的？”

红豆没回答华晓，而是专心地在华晓的英语书上写出要翻译的地方。

母亲，在红豆的眼里只是个美丽的身影。

还没感觉到母亲的温暖，红豆甚至还不知道什么是生活，什么是理想，什么是月经初潮，母亲就被病魔无情地剥夺了生命。

红豆面对这些生理变化，手足无措，慌乱到在报纸上剪开个口子，盖在眼睛上悄悄地从口子里偷窥姐姐们换掉卫生纸，而学会如何处理自己的生理期。即便如此，红豆还是在那个特殊时期漏了一裤子，染红课室里的座椅，不得已趁同学们都放学回家吃饭才迅速打水洗干净椅子，脱下校服的外套拴在腰间，不顾一切地往家跑。

日子一天一天地过去，红豆学会了自己面对生活的喜怒哀乐。

华晓趴在桌子上睡着了。

红豆把作业收拾好，轻轻唤醒华晓："起来吧！作业我都给你做完了。"

华晓突然从桌子上弹起来："别跟着我，求你了！"

"又做噩梦了？"

"有个影子老跟着我。"华晓几乎吓哭了，左顾右盼，"是不是你妈的灵魂回来了？"

红豆从母亲曾用过的衣柜里抽出睡服，鼻尖飘过一股淡淡的药味。华晓的话触动了红豆的神经，她无时无刻不想着母亲能到她的梦里来，可出现在红豆梦里的却是一堆堆黄土垒起的新坟旧坟。无数次红豆都梦见自己长着隐形的翅膀飞过坟场，使劲飞，可怎么飞也飞不高，突然从坟里伸出来一只隐形的手把飞在半空中的红豆拽落，红豆受惊吓后从床上弹起来，才发现自己是躺在床上。

华晓迅速上床钻进被子，蜷缩着身子，探出双眼。

"人活着终有生离死别，有什么可怕的？"红豆淡然地抚慰华晓内心的恐慌。

"她是你妈，你当然不怕，可我从没见过她老人家呢！"

"我妈不老。"

"那就更可怕了。"

"死去的人，有什么可怕的？真正可怕的是那些活着图谋不轨的人，他们扭曲的心理才最可怕。"红豆已经不避讳谈论死亡，"华晓，万一哪天放学回家就看不见我爸了，我该怎么办？"

黑夜中，对未来的憧憬，对美好的向往，对生活的无助……种种错综复杂的念头交织在红豆的脑海。

"我不知道，但我明白了，你为什么放不下他。"

“他是我的太阳。”

“路月晴不会轻易接受你的。”

“我不需要她的接受。”

“可是，他爱你吗？仅凭你们俩的鸿雁传情就敢断定你是他心里的唯一？”

红豆翻了个身滑下床：“我去看看我爸，不知道他现在好点了没？”

“我也去。”华晓滑下床紧跟在红豆身后。

（八）

罗谷虽然备受病痛的折磨，但他心里始终放不下红豆和罗小果，或许这就是罗谷晚年的牵挂吧！扯掉手上输液管的针头，罗谷下床把吊瓶放回麻袋。满满一麻袋的吊瓶，罗谷心痛地摸头，唉声叹气地轻捶胸部。

他无奈地转身拿起扫帚把地上带血的纸巾扫进畚箕倒进纸篓里。把地板上的血迹拖干净之后，从抽屉里拿起花露水喷洒在卧室的每个角落。

可这些花露水又如何能掩盖人体里流出来的血的浓浓的腥味？从罗谷鼻子里流出来的血，如果积攒起来，远远超过他手里握着的花露水瓶子的容量。几滴花露水带来的异味，似乎是罗谷新生的希望，可在红豆看来像是罗谷身上散发出来的老人味。

卧室光线暗淡，罗谷亮起手电筒，仔细地查看蚊帐里的每个角落。此时的罗谷像获得重生般，身子骨灵活自如，只是右眼角凸起的肿包挡住视线，偶尔会不方便。

“该死的蚊子，我看你能往哪躲？”

搅得罗谷无法入眠的蚊子无处可去，几只肚子圆圆的蚊子被罗谷打落在床，暗红的血迹印在了床单上。

与其说蚊子烦扰了罗谷，不如说罗谷生怕蚊子把自己的病传播给卧室外的红豆和罗小果。他已经无法用自己的臂膀给红豆和罗小果筑起安全的港湾，如今只有与饱吸他身上的血飞不动的蚊子抗争，希望蚊子别伤害他的子女。

“可怜的孩子，我可怜的孩子。”罗谷情感瞬间崩溃，老泪纵横。

红豆轻推门进来，看见罗谷抹泪，担心地凑上前：“爸，你怎么起来了？是不是饿了，我给你下挂面。”

华晓在卧室外静候。

“不饿，我不饿，你回房睡吧！明早还得上学。”

“爸，你怎么哭了？是不是哪儿又痛了？”

“红豆，过来，爸有话要说。”罗谷似乎预感到自己日子不多，语重心长地说出他的梦境，“昨晚，我看见你们的妈妈了。”

华晓突然从卧室门外闪进来，靠近红豆身边。

“爸，你怎么又说胡话了？”

“你妈她就坐在我床边，拽着我的袖子说，让我和她一起走，不要留恋这个世界。”罗谷心痛地说，“她还说自己一个人在那边太孤单，要我过去陪陪她。”

“不是，不是，爸，这不是真的，那一定只是个梦，那不是真的。”红豆难掩伤心，摇头哭道，“你不能扔下我和小果不管，爸，你会好起来的，你一定会好起来的。”

“是啊，大叔，你会好起来的，如果连你都走了，红豆和罗小果怎么办？”华晓劝道，“你不在了，这个家就没了。”

“每个人的去留都有个定数，你们不要为我难过。如果我真的也随你们的妈妈走了，红豆，你和小果一定要好好地生活下去。你是姐姐，要好好照顾小果。你那些哥哥姐姐们也都有了自己的家，就别去打扰他们的生活了。”罗谷言不由衷，除了无奈和不舍，也就只剩下病痛了。

“爸，过两天，姐夫带我和小果上山给你采药，我相信一定能找到治好你的草药，你要对自己有信心，只要你在，我们家的生活一定会好起来的，爸。”红豆早就泣不成声。

红豆这些年的委屈和压抑，终究还是化作泪水如溃堤般直涌出眼眶。

如果说生命真像罗谷所说的去留有定数，那为什么在红豆的生命里留的不是幸福和快乐，为什么连她最需要的父母都注定要离她而去，留下的却是一个让她无所适从的黑暗童年？

红豆什么也不想要，她只想要健康的父母永远陪在她身边。

俗话说，三十而立，四十不惑，五十知天命。什么不立、不惑，此时，红豆真真切切地知道了什么是知天命。她抓不住注定要离开的父亲，她也无法如花般幸福，所以远方的他成了红豆心中幸福的向往，而他过得还好吗？

（九）

课室内，一帮同学围着插班生楚俏丽俯首桌面上。

路月晴从同学之间的缝隙瞄见了桌面上的小说，突然喧哗：“哦！你们在看《丰乳肥臀》。”

所有的同学不约而同抬起头，慌忙坐回各自的座位。

楚俏丽不慌不忙收起桌面上的小说。

路月晴则笑嘻嘻道：“看完借给我，怎么样？”

“哼，你也感兴趣？”

“青春期，谁不情窦初开，荷尔蒙分泌过剩？”路月晴丝毫不顾忌坐在身旁的男同学，语出惊人，全班哄堂大笑。

红豆向莫莫走来，路月晴故意挡在中间，不怀好意地笑一笑：“你说是不是？红豆。”

“我不知道。”红豆略微羞赧地低下头。

“不知道？不知道还和我哥纠缠不清？”路月晴越发嚣张，把红豆手里的笔记本抢走，夹在硬皮内的碎纸片瞬间洒落一地。

“你，”红豆蹲下捡起碎纸片，“路月晴，你太过分了。”

“学校政教处特别禁止中学生看黄色小说，你们就等着挨批评处分吧！”莫莫看不过路月晴欺负红豆，呵斥几句。

路月晴瞟一眼莫莫，冷笑道：“我们看的只是小说，哪像你，和某人公然现场直播呢！”

全班再次哄堂大笑。

红豆抢过路月晴手里的笔记本，转身跑出教室。

“你真是无可救药。”莫莫跟随红豆跑出教室。

“喏，不是我路月晴瞎编，这不凑一对去了吗？”

华晓和班主任一前一后出现在教室门口，全班突然肃静。

班主任径直走上讲台，向下扫视片刻，手指插班生，表情严肃：“你们，把那本《丰乳肥臀》交上来，我暂时替你们保管。”

“别啊，老师，反正课也上完了，就允许我们消遣消遣呗！”楚俏丽不以为然地拒绝听从老师的指令，显然不把黑板上的高考倒计时放在眼里。

“你们想成为老三界，我不反对，但别拖全班的升学率。”班主任把黑板擦掷在讲台上，突然又脸露笑意，“我知道你们现在正处青春期，谁也无法制止生理变化所带来的某种欲望，但是，我更相信你们的自制力和追求理想的动力。所以，你们还是再坚持坚持，做个好学生，等高考冲刺完毕……”

班主任一点儿也不幽默，但全班还是笑炸开了。或许绷紧了三年的神经，此时该放轻松些了。

红豆从教室后门进来，班主任向红豆挥手示意要单独谈话。红豆胆怯地跟随班主任走出教室，与将要进门的莫莫擦肩而过。

莫莫回头担忧地望一眼远去的红豆。

“红豆，你父亲病情怎么样了？需要我们班集体为你做些什么吗？”班主任叶子良的慰问，就像久违的春风，让红豆心里暖暖的。

“谢谢老师，我，恐怕无法参加考试了。”

“不行，说什么也不能放弃，以你的实力，如果发挥正常，是可以考上你理想的大学的。你再考虑考虑吧，红豆，我不希望咱们班有人掉队。”叶子良苦口婆心地说：“要不，号召全班给你父亲募捐，以减轻你目前的经济负担？”

“不，不必了，老师。我父亲的病已经不是钱可以解决的问题了，他需要的是亲人的陪伴和关心。”红豆突然抑制不了激动的情绪，当着叶子良的面，崩溃地哭出来，“谢谢老师和同学的关心。”

叶子良心痛地目送红豆离去，无奈地摇头：“多好的学生啊！”

莫莫把粘贴好的笔记本递给红豆：“喏！给你。”

红豆百感交集地接过已经被莫莫还原好的笔记本，平静地说：“谢谢！”

“不客气。这回你不会再拒绝我了吧？”

“我，祝你如愿以偿，考个理想的大学。为我们班集体和学校争光。”红豆故意岔开话题，“真的谢谢你，莫莫。”

“六年了，我一直在你身边，就等你一句话。”

“回家吧！都回家吧！以后各奔前程，好女孩会在合适的地方等着你的。”红豆满怀愧疚，她明白莫莫的心思，她和他是两个世界的人，红豆不敢奢望命运会给她带来惊喜，只求能好好地陪父亲罗谷度过最后的人生。

莫莫恋恋不舍地看着红豆淡出他的视线。

尽管他是个男孩，面对红豆的婉言谢绝，他还是哭了。或许世界上还有一种爱叫放手，舍弃也是一种高尚的爱，不争不抢的洒脱割伤了莫莫对红豆的一片痴心。他爱红豆，他更尊重红豆，他希望红豆是那个在合适的地方等着他的女孩。

（十）

罗小果内向、腼腆，遗传了罗谷善良的本性，因此罗小果从不去伤害别人，宁愿自伤。红豆为此懊恼过也努力过，可她不知道如何去纠正和开导罗小果，希望罗小果也像远方的他一样阳光开朗。

家庭变故给罗小果带来的伤害至深，无法用任何方式去感化和淡化。

韩钉如期带领红豆和罗小果来到荒山，漫山遍野的草、树，杳无人烟。

罗小果是单纯的，他压根就不知道韩钉早就对红豆生了色心，他深信眼前的韩钉是姐夫，姐夫就应该有保护自己家人的义务，所以丝毫不忌讳地跟随在韩钉身后，还时不时地叫唤红豆快点。

红豆胆怯又如何，为了罗谷早日摆脱病魔缠身的煎熬，她别无选择。

“小果，你确定咱们能找到草药给爸治病吗？”红豆按捺不住好奇心问罗小果，实则是希望韩钉能回答。

韩钉对草药生长的环境很熟悉，目光只停留在脚下的野草上而忽略了红豆的问话。当韩钉沉浸在他喜欢的工作上，便会显得很有吸引力。如果说一个人犯错仅在冲动的一瞬间，那么当他触及红豆花季的乳房时，这算不算是一时冲动呢？且不去讨论对错，此时红豆已经对韩钉有了戒心。所到之处，都避在罗小果身后，不敢直视韩钉的目光。

在罗小果看来，红豆的担忧莫名其妙。从他的双眸中的天真看来，红豆要想得到他男子汉似的保护，还不如学会如何自保更实际。

红豆已经不奢望不管是哥、姐，还是近在眼前的罗小果能及时出现，亮出他们高大的意志力护住她一个女孩子柔弱的心灵。

如果说婚姻是罗红珊的避风港，那么韩钉给她的避风港应该是她最为珍惜的，所以当华晓告知罗红珊，红豆被韩钉欺凌时，罗红珊表现得极为冷淡，甚至冷淡到她从未出现在红豆面前解释或者当着韩钉的面保护自己的妹妹红豆。

红豆的眼泪对于罗红珊来说不值得流。这是什么样的经历才使得罗红珊已经不再相信眼泪，她用自己的冷漠告诉红豆，眼泪无法解决任何问题，只会体现出软弱和无能。

此时，韩钉对植物的投入高过对红豆的青睐。但红豆始终不敢放松对韩钉的戒备，而隔着罗小果跟随在韩钉身后，缓缓爬上山。

一不小心，红豆脚踏空，韩钉回头伸手想拉住红豆，可红豆沉思半晌迟迟不肯伸出手。罗小果灵机一动，伸手拉住韩钉的手，另一只手向红豆伸去，间接把红豆拉了上来。

弯弯曲曲的羊肠小道盘踞在山间，红豆放眼望去，内心徒增几分恐慌。这么荒凉、这么幽静的山野，万一……

红豆已经不敢再去想象，一路走下去，会发生什么。

（十一）

清幽的山野格外寂静。

几朵乌云飘过，瞬间，淅淅沥沥下起了小雨。

从山脚下的树丛中被闷热的土壤蒸发出来的水气像云像雾，乍一看俨然人间仙境。

红豆无心赏景，慌忙折下身边矮树的枝杈欲挡头顶的雨，又欲遮住被雨水淋湿透出雪白肌肤的衣服。

韩钉抬头望天，不禁感慨："阵雨啊，说不定一会儿就停了。"

罗小果问："姐夫，万一咱们回不去了，怎么办？"

红豆着急地扯掉枝杈，气冲冲地往山下走："我要下山。"

韩钉回道："有本事，你自己下。"

红豆头也不回，连走带滑地往山下滚去。

罗小果大叫："罗红豆，你别忘了，咱爸还在家等药救命呢。"

"如果不是为了你们的爸爸，我也不至于冒这么大的险。你想下山是吧？好，你下，我不阻拦你，但你想清楚了，别到时候没药给你爸治病，来向我哭鼻子。"

韩钉并非旁人想象的伟大，他真的没有义务为罗谷牺牲自己的休息时间，跋山涉水在这荒山野岭找什么中药。如果不是有红豆随行，恐怕红珊再怎么撒泼都是徒劳。

罗小果坐在地上，假装从土里刨出一株植物。

"姐夫，你过来看看，这是什么草药？"

韩钉欣喜地凑近罗小果："你小子行啊！才带你们进山几次，就知道辨识中药了。"回头朝红豆严厉地呵斥："你连小果都不如。本来我是打算自己一个人出门，你红珊姐非要我把你们带上，说什么人多力量大。就算出什么事，大家也好有个照应。才淋了几滴雨，你就打退堂鼓了。"

突然一条蛇从野草间蹿出来，红豆吓得滚到了山脚下。

罗小谷吓呆了，不知所措："姐夫，红豆不见了。"

"关键时刻就找不着人，红豆偷懒的伎俩进步得挺快的。"

"她不可能偷懒，可能是、是、是滚下山了。"罗小果浑身颤抖，说话语调突然变口吃。

韩钉向山脚望去，没见着红豆的影子。

罗小果连走带滑地往山下滚去："红豆，姐……"

满山回荡着罗小果欲哭的声音。

韩钉无奈，也随罗小果下山寻找红豆。

红豆手臂被划出道血口子，躺在地上一动不动。

罗小果把红豆背往平地。

韩钉急忙拿出止血的草药揉碎，包在红豆出血的手臂上，从随身带的包里掏出止血带给红豆包扎。

所幸红豆脸上只是轻轻擦伤，韩钉伸手给红豆抹去脸上的血迹。红豆急忙把脸扭转一旁，站起，离开韩钉和罗小果。

罗小果赶紧跟上红豆，把韩钉留下。

"哎，我说你们姐弟俩也太没良心了。"韩钉收拾好随身背的包，朝罗小果嚷嚷："罗小果，红豆走，你也走。我到底为了谁啊！你们就这么回去，算什么？"

"姐，咱们就这么回去，算什么？"

"跟他在这瞎晃，这又算什么？"红豆头也不回地直走，脚下的野草被无情地踏平，处处散发出被雨淋后的闷热夹杂着泥土的味道。她从心底里厌倦这种被刺猬草沾满裤脚、野猪毒蛇出没的鬼地方。

"来都来了，还是听姐夫的吧！最起码把咱爸的药采完再回。"

"上次你差点被野猪咬屁股，你忘记了？"

"姐夫已经带了猎枪。"

韩钉朝罗小果大喊："你们就在这一带找田基黄吧！我自己上山找野灵芝。"

不用跟在韩钉身后，红豆终于松了口气。罗小果并不是红豆可以依靠的大树，如果韩钉色心突起，在这荒山野岭，红豆真不敢想……

（十二）

红豆和罗小果手提满满一袋草药进门。

罗小果把带泥的鞋子扔在院子里的水井旁，不顾一切地冲进屋里。

红豆把草药倒在大盆内，走到井边打水，正准备洗掉附着在草药上面的湿泥。

“姐……”罗小果的尖叫声传来。

似乎天快塌下来似的，红豆突然松手，吊水桶连带绳子一起掉进井里。顿时一种不祥之感扑来，红豆一屁股坐在井边。

“爸是不是睡着了？”罗小果已经哭起来，“你快过来看看，姐，咱爸是不是……”

红豆猛然从地上弹起来，向屋里冲。

卧室里，罗谷静静地躺在床上。

红豆浑身颤抖，屏住呼吸，被眼前的安静吓得脸色苍白，泪水在眼眶里转了又转，最终滚淌过脸颊两旁。许久，红豆才扶着墙，拖着软绵绵的双脚，挪到罗谷床边。罗谷痛苦的双目直盯着蚊帐顶，脸上刻着对生命去留定数的无奈，对红豆、罗小果及所有子女的不舍和被病魔折腾得痛苦万分的表情，他走了。

时光好像无情的刺客，把红豆的痛苦定格在了花季的年华。红豆瞬间瘫跪在床沿，伸手触摸罗谷已经冰凉的躯体，情绪崩溃，号啕大哭。罗谷如他所预言般到了另一个世界，途中是否与红豆母亲相遇，只有天堂的罗谷才知道。

罗小果不愿意相信眼前发生的事实，他跑出家门，不知去向。

昏暗的角落里，红豆独自泪流满面，她不敢去想明天的事情。

她努力地想闭上双眼，漆黑的夜晚像幽灵般缠绕在身边，比任何时候都安静的家里，连自己喘息的声音都听得到。罗谷走了，她和罗小果变成了名副其实的孤儿。

凌乱的不只是家里罗谷曾经使用过的家具，还有红豆哀伤的思绪。她还有力量走进考场为希望、为未来战斗吗？

红豆背起行李，回头扫一眼让她丝毫也感觉不到温暖的阴冷的家，轻轻地把大门锁上。她不愿意一个人待在这个充满药味的、冰冷的家里感受孤独的侵袭。离开家门的那一瞬间，红豆想起了，当年罗红珊连个行李都不拿，而是从家里穿着干净的衣服，一件一件地换在韩钉单位的宿舍，日复一日，就这么嫁给了韩钉。

没有婚礼，没有喜糖，没有婚戒，没有新房，没有嫁妆，没有新衣新裤，没有……

感觉就像是过家家似的两人凑合在韩钉单位的宿舍里生下了韩咚咚。

此时，红豆漫步在月光下，眺望挂在天上的明月，对远方的他的思念愈发强烈。

好久好久没有收到他的回信，在天上飞的他还好吗？

路上来往的行人，为夜色的沉闷增添些许动感。红豆不敢直视迎面而来的路人，生怕路人归家热切的表情打碎她脆弱的神经。

不知不觉红豆来到路月晴家门口，她驻足许久，希望远方的他从天而降，突然出现在自己面前，给她关怀，给她存活的力量。

然而迎来的却是路月晴的鄙视和唾弃："就算我哥回来了，我妈也不会让他去见你，所以我劝你还是死心吧！"

红豆欲言又止，祈求路月晴没有任何意义，但面对路月晴的傲气，红豆露出坚毅的目光。

路月晴不死心地还扔给红豆一句话："我哥在北方前途一片光明，他是不会再回到南方的。再说我妈还说，等学校考完试，我们全家北迁。你和我哥那点事，长痛不如短痛，开得再灿烂的花也不一定能结果。"

（十三）

红豆无处可去，在夜色下徘徊。

回到自己家门口时，才发现罗小果蹲在地上，浑身瑟瑟发抖。手里还拽着根木棍在地上乱画，把泥土洒在红豆的鞋面上，都浑然不知。红豆绕过罗小果，掏出钥匙拧开门锁。罗小果才回过神来，站起身朝红豆身后走去。

打开家门，黑洞洞一片，红豆不寒而栗。站在大门处和罗小果面面相觑，两人相互推搡，红豆让罗小果先进，罗小果害怕，转身蹿到红豆身后，把红豆推进家门。扑鼻而至的仍是罗谷生前刺鼻的血腥味和阵阵阴凉的风。

红豆伸手欲拧亮壁灯，突然触摸到一只软绵绵的、热乎乎的、黏糊糊的东西。吓得红豆尖叫着逃离家门，罗小果紧跟在红豆身后。两人撞上突然出现的华晓，华晓一屁股坐在地上。

“你们活见鬼了？进自己家，跑什么跑？”

“我……”红豆吓得语无伦次，“我家里有东西。”

“怎么办？”罗小果还没缓过劲来，便哭起来了，“我们怎么办？”

“是我妈让我过来给你们壮胆的，走，我陪你们一起回家吧！”华晓轻松地笑笑，“我说你们家还真有趣，刚办完你爸的丧事，大的个个都走光了，留下你们俩，这以后的日子可怎么过？”

“我不上学了。”罗小果果断地说道，“反正爸走了，也没人管我们死活，更别提学费了。”

“再过半个月就要考试了，红豆，你做好应战准备了吗？”华晓天真地说。

“不知道。”红豆惊魂未定，“就算考上了又能怎么样？”

“你们有哥有姐啊！他们可不能不管你。”

红豆把华晓拉往一旁悄声说：“我想去北方。”

“找他？”华晓脱口而出。

“嗯。”红豆毫不避讳。

“找谁？”罗小果好奇地问道，“红豆，你可不许扔下我不管。爸刚走，这个家我不敢自己住。”

罗红豆难过地抱住罗小果。

夜色包裹着姐弟俩相互依偎的身影，此时的罗红豆和罗小果好比被抛弃的孤儿，凄凉地伫立在熟悉的家门外。

华晓看不下去，转身朝别处啜泣。

“姐，要不，咱们去红珊姐家过一个晚上吧？”罗小果问罗红豆。

罗红豆沉默不语，转身朝家门走去。

华晓跟在罗红豆身后，回头不忘朝罗小果催促：“走吧！小果，别人家哪有自己家住得自在。你们不用怕，大不了，以后我让我弟也一起来陪你们。”

罗小果愣了半晌，才战战兢兢地紧跟在华晓身后，探头探脑地走进自己似陌生又曾熟悉的家门。

家，对于每个人来说应该是温馨的、快乐的，可对此时的罗红豆和罗小果来说却是令他们恐惧的地方。

若不是夜色降临，若不是找不到容身之处，若不是……罗红豆和罗小果也不至于硬生生地逼迫自己再次触景生情，却又害怕到不敢踏进家门半步。

对家的眷恋在罗红豆的心里已然变成一种讽刺。

罗谷走了，留下沉痛，留下悲伤，带走不舍，带走病痛，而罗谷曾经住过的房间，那扇门依然半掩着，透过门缝依然飘散出阵阵血腥味和浓浓的药味。

罗红豆走到罗谷生前住的房间，站在门口，许久不敢迈进房门。最后，红豆蹲在地上痛哭。到底是父女情深，在生命的尽头即便疾病缠身，罗谷和一双儿女还是携手度过最后的日子。

平时，每天放学回家，罗红豆仍然能看一眼病榻上的父亲，最起码当罗红豆喊一声“爸”时，还能听到一声哪怕极其微弱的回应，也还有个父亲存在。可如今推开眼前的这扇门，已然是人去屋空，连父亲的影子都看不见了。

无论罗红豆怎么叫唤，也无法再听到父亲的回应。

朦胧夜色中，罗红豆潸然泪下……似乎只有闻闻父亲屋内飘过来的药味，以此来怀念逝去的父亲。

（十四）

韩钉一大早出现在罗红豆家门口，徘徊不定，时不时往院子里踮脚探头。看到红豆在院子里收拾罗谷的遗物，韩钉立马推门进来，凑到红豆身边说："上面很多病菌，当心被传染了。"

红豆被突然出现的韩钉吓得后退几步。

华晓拽着扫帚从屋里冲出来，挡在韩钉前面："你来干吗？"

"我是好心，受罗红珊委托，把你和罗小果接到家里。"韩钉立马解释，"你真以为我愿意过来闻你们家的药味啊？"

华晓这才放松警惕，把扫帚扔一旁，扫一眼左右为难的罗红豆："去你家？红豆更不能去了。"

"我去。"罗小果从外面回来，兴冲冲跑到韩钉面前，"红豆不去，我去。"

韩钉扫一眼大汗淋漓的罗小果，转身瞄一眼罗红豆。

罗红豆转过身去，继续收拾罗谷的遗物。

罗小果凑近罗红豆，抢过她手里的罗谷的遗物不耐烦地问："你去还是不去？到底说句话啊！"

罗红豆沉默不语，泪水夺眶而出。

华晓把方巾递给罗红豆，罗红豆没接。华晓便帮罗红豆拭去滑下脸颊的泪珠。

"这有什么好难过的。红豆，你现在一定要化悲痛为力量，勇敢地活下去。虽然你爸走了，但不还有我和你姐吗？再说你哥他们也不会不管你们的。大家都商量好了，他们负责给你和小果寄学费，我和红珊负责你们的生活和人身安全。说到安全，你们两孩子住这也不安全是吧？万一有个坏人破门而入把你怎么着了，你说我怎么向你死去的父母交代，是不？”韩钉按捺不住内心的喜悦，脸带笑容地劝罗红豆。

片刻，罗红豆把罗谷的遗物收拾好放进早已准备好的箱子里，才直起腰认真地对韩钉说：“谢谢你的好意，去你们家就免了。我自己有家，这儿虽然简陋，但最起码我住得安心。”

“也是，最主要的是比你们家安全。”华晓忍不住补充道。

“哎，你们什么意思？我可是把罗红珊的话传到了，你俩爱去不去。”韩钉不耐烦地说，“少摆你和罗小果两人的碗筷，我还省不少口粮呢！”

“那你还假惺惺跑这充什么大尾巴狼？真是的。”华晓替罗红豆回韩钉，“我还以为罗红豆有多好心的姐夫呢，原来是黄鼠狼给鸡拜年啊。”

“罗红豆不是鸡，我也不是黄鼠狼，瞧你说的，怎么话到你嘴里就这么难听？”韩钉转身愤愤走出大门。

罗小果小跑着跟随韩钉身后：“姐夫，我去。”

韩钉头也不回，径直离去，把罗小果甩在身后，消失在来往的行人中。

罗小果失落地往回走。

华晓脱掉戴在手上的胶手套：“别捡了，红豆。你姐夫不是说上面有病菌会传染给你的吗？”

“他说的话你也信？”红豆略带愤怒地说，“什么狗屁为我们好，全是哄人的骗子。”

“也是，他不是说把你们一起接过去他家住吗？怎么你不去，小果他也不让去。真是奇怪。”

其实韩钉肚子里装的什么坏水，红豆明白着呢。或许真的应了华晓那句“黄鼠狼给鸡拜年”。从罗小果被他拒绝，就可以看出韩钉就是地道的黄鼠狼。

（十五）

收拾好心情，罗红豆和罗小果各自回到学校上课。

莫莫早就等候在学校宣传栏边上心痛地目迎从远处走来的红豆，时而害羞地低头踢飞脚下的小石子。他喜欢红豆低头专注走路的样子；喜欢红豆冰冷的脸上深沉的表情；喜欢红豆害羞又幽默风趣的样子；喜欢红豆执着认真学习的身影；喜欢……

当一个人走进另一个人内心深处，总不由得暗恋她的一举一动、一颦一笑。莫莫的欣赏未必能换取红豆的芳心，只有一个人能让红豆念念不忘。

当一个人的心里深深地藏着另一个人时，无论谁对她付出多少真心，都无法敲开那扇紧闭的心门。

莫莫对于罗红豆来说，就是那个无法走进心门，付出真心的人。

罗红豆举着花伞低头漫步在操场上。

雨水打湿红豆的鞋面，裙摆也湿了。

滴滴雨水，让红豆想起和路朗初遇雨中的情景。红豆丝毫没看到远处的莫莫一直在雨中注视着她，她情不自禁地驻足雨中，抬头望向教学楼的阳台。

路朗轻拍红豆的肩膀，红豆吓了 跳，回头。

“你怎么在这？”路朗如太阳般笑着对罗红豆说，“是不是在等我呀？”

“我！你？”红豆惊讶到不知所措。

楼下有人朝路朗挥手，路朗来不及和红豆说什么，便转身下楼，末了还回头朝红豆做写字的手势：“有时间写信。”

目送路朗远去的背影，红豆还没回过神来，路朗已经和战友消失在她的视线中。

“写信。”红豆嘴里念叨。

雨还在任性地下着，红豆透过雨帘似乎看到路朗站在她眼前，正当红豆上前和路朗打招呼，伸手过来的却是莫莫。

“你怎么在这？”罗红豆如梦初醒。

“在等你。”莫莫脸露喜色，“我听说了。”

“听说什么？”

“红豆，我可以为你分担什么吗？”莫莫急切地想靠近红豆，“你父亲……”

“不是，我，谢谢你，莫莫。没事我先上楼了。”

没等莫莫说完，红豆就逃离而去，她不愿意接受莫莫的任何帮助，生怕由此依赖上一个自己不喜欢不爱的人而背叛最初的爱情。就算父亲去世了，红豆也无法迁就现实接受任何人的帮助，包括路朗。

爱，是公平的。

红豆绝不允许自己拿爱情当生活的救星。

莫莫失落地站在雨中，他始终不明白为何被红豆拒于千里之外。

或许他根本不知道什么叫爱情，莫莫以为自己可以帮助红豆脱离生活的困难，那就叫爱情。在物质丰富的家庭中长大，莫莫的爱就是帮助。简单到如买一盒磁带送给红豆就幻想能得到红豆的爱情。

撇开莫莫，罗红豆头也不回地向教学楼走去。莫莫不顾罗红豆的拒绝，屁颠屁颠地跟在罗红豆身后。

不知道从哪冒出来的路月晴挡在莫莫的跟前。

“你想干吗？”

“听说你打算和罗红豆报考同一所大学。”路月晴得意地瞅一眼远眺红豆背影的莫莫。

“要你管？”

“不是管你，是恭喜你。”

“谢谢了，莫名其妙。”

“瞧你那高兴劲，你觉得罗红豆能和你比翼双飞？”

“你什么意思？路月晴，不许你乱来。”

“哼，真没意思，我乱来什么？要说同人啊，就是不同命，比什么也不要比命。就红豆她那药罐子的爸，早不走晚不走，偏偏高考的时候闭眼睛，你说红豆还有心思参加考试？她能通过毕业考试就不错了。”

“什么？”莫莫难过地问，“你说罗红豆的父亲走了？”

“你这么关心她，怎么现在才知道？”路月晴不怀好意地说，“总之，不管怎么样，我还是恭喜你们。不如你接她回家做童养媳，双宿双飞得了。”

莫莫不搭理路月晴，匆匆离去。

（十六）

罗红豆把床上用品搬进宿舍。

安慧子忙着整理自己的床腾出一半，对罗红豆说：“晚上你就和我挤一张床吧！宿舍管理员不会知道的。只要胖阿姨不说，你就可以省去一个月的住宿费。”

莫莫在宿舍楼下徘徊。

“哎，红豆，红豆，你快点过来，莫莫好像在等你。”安慧子从窗口瞄几眼楼下，“他好像很着急的样子。”

“别管他。”红豆冷淡地回应安慧子，继续收拾箱子里的衣物。

“我就不明白了，你干吗这么自命清高啊？红豆，全校暗恋莫莫的女生可以绕咱们学校一圈，你又不是不知道。论长相有长相，论成绩那是数一数二，论家庭背景，就算以后你考不上填在志愿栏里的大学，如果你接受莫莫，最起码有他家给你做后盾，想上什么样的大学，那不就是你开口的事了吗？”安慧子苦口婆心地劝，“看出来他喜欢你已经六年了，从咱们分在同一个班级开始，我就已经知道他有好几次往你课本里私藏过字条，你那本包装精美的笔记本就是他……”

“是他拿的？”罗红豆突然抬头直视安慧子，“真是他拿的？”

安慧子急忙用手捂住嘴巴。

罗红豆略显愤怒：“你知道是莫莫偷了我的笔记本？”

安慧子支支吾吾：“应该是拿、拿的吧！都是一个班的，而、而且莫莫又那么喜欢你，怎么能算是偷呢？”

“不经过我本人同意，私自拿，就该定论为偷。”罗红豆略显愤怒，流露出不满的表情。

安慧子急忙转换话题：“红豆，眼下不是讨论笔记本的时候。还是想想，一个月以后，咱们毕业，学校放假以后，宿舍关门了你该怎么办吧！”

罗红豆突然愣住，缓缓坐在床边上。

环顾宿舍四周，她顿时陷入困惑。

“要我说，接受莫莫，对于现在有家不敢回的你是最好的出路。”

父母健在，不管是穷是富，最起码有个遇事能撑腰的，最起码有个家的念想。如今一切都是那么空洞，罗红豆甚至不知道离开学校后，该何去何从。

似乎罗红豆已经没有选择如何安排自己命运的余地，她必须放弃相爱的路朗，为了生活选择一厢情愿的莫莫。

罗红豆缓缓走到窗口，远望背影模糊的莫莫。

莫莫独自离去，他似乎有千言万语想要对罗红豆说。

等不到罗红豆的出现，他悄然失落，给红豆留下个有尊严的背影。

教学楼下，花丛边，贪婪苦读的影子似乎在暗示一年一度的独木桥竞技即将开始。纵使对罗红豆心有千千结，莫莫也要劝自己放下，待完成寒窗苦读十载的使命，凯旋在红豆面前，再然表白。

“你干吗不抓住这一大好机会啊？”安慧子捶胸顿足，“是莫莫主动来求你，哎哟喂！替你可惜死了。真不知道你是怎么想的。”

“觉得可惜，留给你吧！”

“这可是你说的啊！红豆，等我拿下高考，必定拿下莫莫。”安慧子花痴般坏笑，欢喜着倒在床上滚来滚去。

已经占据罗红豆的心的是路朗，那个遥不可及的人，只是活在红豆的思念里。

常言说眼前的不来电，来电的又不能相见。罗红豆是距离产生美的类型，宁愿鸽子传情般的爱情，也不接受莫莫随手可得的好处。

理想主义把罗红豆置于冷漠的边缘，而正是这种异于其他同学的冷漠，令许多男生对罗红豆暗生情愫。

是否莫莫也是自作多情？

安慧子赶紧凑到镜子前认真地梳理自己的长发，把额前刘海中分，夹往两边，照着罗红豆的发型，刻意把头发梳至后脑，使劲拽紧往头顶捆绑。完了，安慧子朝镜子挤眉弄眼，露出罗红豆式的微笑。走起路来，马尾辫左右甩起，像荡秋千。

（十七）

班主任正在提问罗红豆。

罗红豆站在座位上许久，班主任目光始终停留在讲台的教科书上。

久久等不来班主任让坐下的意思，已经回答完问题的罗红豆刻意说：“回答完毕。”示意班主任命其坐下，顿时哄堂大笑。班主任方才反应过来，从眼镜后探出双眼来说：“哦，请坐下。”

路月晴把早就准备好的草莓悄悄放在罗红豆的椅子上，罗红豆的屁股落下，压扁草莓。草莓汁渗出，染了罗红豆一裤子。路月晴在一旁脸露得意地笑。

下课铃响起，班主任转身离去。

个别同学缓缓站起，伸腰拉腿。

沉重的高考倒计时，压得他们喘不过气来。

罗红豆倒是轻松地起身往外走，她似乎感觉到屁股后边的凉意，难道是恼人的例假？身后招来同学异样的目光，反倒是路月晴故意响起大嗓门：“红豆，你裤子脏了。”

全班同学“唰”的抬起头朝罗红豆的背后望去。

罗红豆难堪地随手抓起华晓的课本挡在屁股后边，羞涩地跑出教室。

路月晴忍俊不禁，大笑。

华晓扫一眼罗红豆的座椅，迅速把课本盖在草莓汁上，恶狠狠地朝路月晴低吼："是你搞的恶作剧，是吗？"

"你哪只眼睛看到是我？再说，青春期那点事，你、我、她都有是吧？"路月晴声情并茂地指向身边的插班生和华晓。

青春期，似乎不管男生女生，生理卫生课都是必修的。因此，即便罗红豆被路月晴整得羞涩而逃，同学们却平淡得理所当然。唯有莫莫脸红似霞，他埋头思考，故作没事般。

有心的安慧子默默地注视莫莫，悄然走至莫莫身边，递给莫莫一本毕业留言簿。

接过留言簿，莫莫并没有正眼瞧安慧子，兴许也只有毕业照才能把这份依恋永恒地定格在一起。

安慧子原本想给莫莫眼里留下罗红豆式的微笑，让她的形象替换掉莫莫心里罗红豆的位置，可是却失败而归。初恋的位置不是谁都可以替代的，哪怕是一个相似的微笑也无法镌刻上恋人的名字。

罗红豆怒气冲冲跑进教室，径直走到路月晴身边，把换下的校裤直接扔到路月晴桌上："捉弄别人，你很开心吗？"

路月晴不屑地抬头朝罗红豆嬉笑："你有什么证据证明是我捉弄你？罗红豆，别血口喷人。"

华晓急忙凑过来替罗红豆鸣不平："我是证人，可以证明是你路月晴恶作剧。"

莫莫平静地向路月晴走来，从她的抽屉里搜出一袋草莓，掷在课桌上："这种低级恶作剧，我不希望以后再发生在咱们班，没任何意义，恰恰体现出你路月晴的智商不怎么样。"

罗红豆无视莫莫，转身走回自己的座位。

"很快，就不是一个班了，连一个学校都不可能同在。"路月晴冷漠地瞟一眼万人倾慕的莫莫，"嘻嘻嘻，我只是想在这分别时刻，给罗红豆留一个念想。"

华晓把课桌上的校裤递给路月晴："喏，我看你怎么处理自己的杰作。"

路月晴笑嘻嘻地把裤子转交给莫莫："这可是机会，你应该感谢我，莫莫。"

“我……”莫莫难为情地说。

“我给你制造接近罗红豆的机会，你应该感谢我。”路月晴无赖似的朝早已脸红似霞的莫莫邀功。

莫莫万分羞涩地转身离去。

路月晴朝罗红豆坏笑：“小样儿。”

（十八）

学校门口。

莫莫趁来往人稀少，靠近正准备出校门的罗红豆，拿出已经洗干净的校裤递给她：“已经漂白干净，明天升国旗，记得穿上。”

“裤子怎么在你那儿？”罗红豆害羞地低下头。

“你是升旗手，不能不穿校裤。”

“我可以暂时借同学的校裤穿啊！”罗红豆似乎感觉到什么，略带感激地说，“你真傻，本应路月晴来收拾的残局，你干吗插手？”

罗红豆接过莫莫手里的校裤，这一幕恰恰被走过来的韩钉看在眼里。

“哦，罗红豆，你姐请你搬过去一起住，你说不，原来是为了方便谈恋爱。”韩钉不怀好意地凑近莫莫，阴阳怪气地说，“你们公然在学校门口谈情说爱？也太放肆了。”

“谁谈情说爱了？”罗红豆怒瞪韩钉。

“不是，我只是给红豆送校裤，明天学校升国旗。”莫莫连忙解释，“我们只是同学。”

“裤子？”韩钉不分青红皂白地质问罗红豆，“裤子在他手里，你怎么解释？罗红豆啊罗红豆，你哥给你寄学费、生活费，你就拿这大好时光来学校谈恋爱？不仅辜负了你哥的一片苦心，还浪费了大家对你的期望。”

“你胡说八道。”罗红豆气得调头就走。

“我和红豆不是你想象的那种关系，”莫莫替红豆澄清，“我们只是同学，一个班的同学。”

韩钉调转车头，末了，还回头朝莫莫说：“谁没上过学？就你们那点屁事，能瞒得了我？你小子别打红豆主意，否则有你好看的。”

正想驾车离去，突然下车，拿起一个保温瓶塞进莫莫手里，转身离去。

莫莫目送韩钉消失在视线里，他不知道接下来罗红豆会面对什么样的遭遇。忐忑不安地拎着韩钉交给他的保温瓶走进学校。

从韩钉的眼里射出一种狼般的目光，莫莫读不懂罗红豆与韩钉的对视，陌生与恐惧。如何拯救罗红豆，这种急切保护罗红豆的想法充斥着莫莫的每一根神经。

此时，手里拎着的保温瓶突然好沉重。

快高考了，罗红珊隔三岔五地派遣韩钉给罗红豆捎些可口的菜，沉甸甸的亲情就这么日复一日地攒着。谁也想不到这种关爱包含着什么，然而罗红豆还有选择拒绝的资本吗？韩钉对罗红豆的觊觎，是难以启齿的。罗红珊似乎也感觉到了，所以她尽可能地给罗红豆以物质上的弥补。

都说情人眼里出西施，真爱一个人，会爱她的全部。莫莫就像陷入爱情的泥潭，明知道爱上罗红豆会遇到不可想象的阻力，可他依然一如既往给予罗红豆默默的关怀。可不管面前的莫莫有多优秀，却怎么也无法走进罗红豆心里。

同窗六年的校园，除了满园的书香，留给莫莫的记忆里怎么也找不出和罗红豆在一起的美好时光，有的仅是对罗红豆暗恋的羞涩和学子的无奈。

青翠的绿叶丛中传来知了刺耳的叫声。莫莫抬头望去，熟透了的不知名的果子如夏日的雨点，落在莫莫的脸上，染了一脸果汁，如麻子般。惹来对他倾慕已久的女同学怜爱的目光，却怎么也没能让他有任何的优越感，毕竟在罗红豆心里他什么也不是。

或许得不到的，才是最好的。

（十九）

女生宿舍热热闹闹，同学们一拥而上，把安慧子围成一圈。

安慧子和其他同学正在分享罗红珊给罗红豆烧的下饭菜，罗红豆还没来得及下筷子，就被同学们你一勺我一勺地分享干净。

“你姐的手艺真了不得，这是我生平吃到的最好吃的菜，比我妈做的还入味。”安慧子用舌头扫了一圈唇片，双目陶醉地盯着保温瓶，难为情地说，“可惜没了，哎，你们也不给红豆留点。”

舍友各自散开，并没有理会安慧子。

罗红豆一边背课题，一边捧着碗，没注意安慧子和同学的话。

“哎，你们也不留点给红豆，这可是红豆家人特地给她做的爱心餐，你们、你们是不是太过分了。”安慧子提高嗓门说，刻意让罗红豆做出反应。

其实于罗红豆而言，罗红珊给予她的，不管是好吃的还是好穿的，终究是一个饵，一个套着亲情的诱饵。红豆得到的，迟早要还回去。

在别人眼里，罗红豆就像是个没有家教的野孩子。年少就很苦，这种异于常人的苦，并不是命运的刻意安排，罗红豆还没做好任何迎接的准备，便在她的人生里开演了。天生乐观的罗红豆并没有因为这些生活的改变而消沉堕落，母亲走了，父亲离开，让她更加明确人生的目标要掌握在自己的手中。

因此，努力学习成了红豆尽可能掌握和主宰自己命运的神器。

“别看了，红豆，我说的话你听见了没？”安慧子晃了晃罗红豆的肩膀，“你这是平时不烧香，临时抱佛脚，哪有年三十了才磨刀的？”

罗红豆才放下手里的书，正要从保温瓶里舀菜，才发现保温瓶空空如也，无奈地瞅着安慧子：“你们……”

“人多好种田，人少好过年。有好吃的，千万别晒出来，否则，这就是结果。”安慧子扫视正吃得津津有味的舍友，狡黠地笑笑，

“嘿嘿，分享也是一种美德。”

“要不是同窗六载，真该给你们个土匪的封号。”红豆把保温瓶塞给安慧子说，“给你个光荣的任务，顺便洗了吧！”

安慧子吃人嘴软，没有拒绝的理由。

“不管是抱佛脚还是磨刀，我都已经没有选择余地。”

罗红豆的深沉不需要演技，这就是生活赋予她的固有的本质。与罗红豆一起的同龄人，优越，无忧……幸福得像花儿一样生活在父母健全的家庭。每次迎着同学们傲人的眼光，罗红豆就如来自星星的某某，孤独，彷徨。

“可我除了能安慰你，别的什么也帮不上忙。红豆，不如周末到我家？”安慧子眨巴着一双大眼，天真地注视着罗红豆忧郁的目光。

罗红豆笑了笑：“呵呵，又同情我了吧！行了，我没你想的那么脆弱。”

“真的没事？”安慧子瞬间轻松起来。

“没事，真的没事。”话音还没落，罗红豆微笑的脸上，淌下两行热泪。哪能说没事就没事？这一切变故已经超出罗红豆的承受能力，她年幼的双肩已经撑不起自己想要的天空，还有那个懵懂无知的罗小果。

“红豆，红豆，你弟弟被抓了。”宿舍外面传来华晓急促的声音。

说曹操，曹操就出事……

（二十）

罗红豆连哭带斥地指责罗小果。

罗小果呆立一旁，不敢言语，耷拉着脸，眼泪不停地往下砸。不管罗红豆说什么，他都不争辩，这种可怕的沉默像刀般刺痛着罗红豆的心脏，她突然有种晕厥和窒息的感觉。

“小果……”罗红豆停顿了许久，却想不出要说什么了。她默默地拉起罗小果的手，却不知道走向何方。

夜色把姐弟俩的身影拉得老长。

这条路罗红豆多少个黑夜狂奔过，往昔求人救父的焦急与惶恐仿佛就在眼前。而今，一切已成过去，她拽着罗小果的手，还得继续走下去。

或许天将降大任于斯人也，必先苦其心志，劳其筋骨，饿其体肤……

什么狗屁大任？罗红豆显然只求愉悦地存活在这个薄情的人世间，读自己喜欢的书，上自己该上的学，想想自己惦念的爱人。她只是个柔情似水的弱女子，不需要强大的理想在她微小的世界里扎根。

小时候，罗红豆喜欢把自己想象中的世界画在家中的墙上。她强烈渴望手中握的是马良的神笔，把她描绘下来的仙境变活，内心向往的家坐落在童话般的国度。然而理想是美好的，现实是骨感的。

很庆幸上帝没有把所有的门窗都关上。赐予罗红豆天生向往美好的心灵，使她具备把世间邪恶向正能量转化的力量。哭过，苦过，伤过，痛过，睁开双眼，太阳出来就又是美好的一天。

不知几时，罗红豆的家门前挂起了蜘蛛网。网住的不是尘封的家门，而是罗红豆被现实撕碎的心。

喘息未定的两人面面相觑，罗红豆借邻家大门透出来的光，拨去恼人的网，胆怯地迈进家门。

“我不住，这地方，你想住自己住。”罗小果说完，撒腿就往外跑。

“小果，罗小果，”罗红豆追出家门，拽住罗小果，严厉又带有祈求的口气，“去，回去给爸上炷香，你必须在爸的灵位前保证以后别再犯浑。”

“我不去，”罗小果甩开罗红豆的手，“要去，你自己去。”

或许这不是罗小果的本意，但他就是敢于这样赤裸裸地拒绝罗红豆。罗红豆希望从心灵上管制罗小果，隐形遥控这个没人管束的弟弟。

很是可笑，有时候你不得不慨叹命运的邪恶，明明都是需要被同情者，却要给来这个世界报道的先后次序让道，不管罗红豆年长罗小果几岁，只要罗红豆被罗小果称姐姐，罗红豆就只有责无旁贷照顾他。

“可我真的怕。”罗小果带着哭腔，“爸明明走了，可我还是感觉到他还躺在房间里的床上，伸出一双带血的手，他满脸都是血，他床上哪哪都是血，还有地上到处都是红红的，满屋子都是血腥味。”

“你闭嘴。”

罗小果的这番话触动了罗红豆内心最可怕的噩梦。别说是罗小果，她自己偶尔也感觉父亲似乎就在身边，脸上的痛苦让罗红豆钻心地疼。当罗红豆伸手触摸父亲时，扑面而来的却是一阵阴冷的风。

（二十一）

看到罗小果安然睡去，亮着灯，罗红豆走出房间。

当路过罗谷生前的房间，她浑身打了个寒战，借着窗外照进来的昏暗的光，她碎步上前把房门锁上。

回到自己的房间时，才想起要做的功课还只字未动。

如安慧子所说的年三十才磨刀，罗红豆这种临时抱佛脚的努力显然是没啥功用。

罗红豆伏案三更，累趴在桌上沉沉睡去。

北国晴空上，几架战机冲上云霄。路朗在防护帽下露出灿烂的笑容。瞬间，一道强光闪射过来，路朗驾驶的战机在空中翻了几个跟斗，便直线坠落。“轰”的一声，天际燃起一片火海。

罗红豆大喊：“路朗……”

“姐，不好了，着火了。”

屋外传来罗小果惊慌失措的叫喊声。

罗红豆从椅子上弹起，桌上的书掉了一地，匆忙间晕头转向地找不着北，一头撞在门框上，一屁股坐在地上。

“怎么了？小果。”

罗红豆艰难地撑起身子，晃晃荡荡走到厨房。

罗小果正在扑灭熊熊燃烧的火：“怎么办？姐。”

罗红豆被眼前的情景吓蒙了，愣了半晌才慌忙跑回屋里抱起毯子冲到屋外塞进桶里，水四下里溅了一地，她挣扎起身，抱着浸湿的毯子又跑回厨房，迅速散开怀里的毯子扑盖在火堆上。

顿时毯子边缘冒出阵阵浓烟。

火灭了。

罗红豆才回头责问惊慌失措的罗小果：“你在干吗？罗小果，你想把咱们唯一的栖身之地毁掉吗？”

罗小果含着眼泪，半晌才战战兢兢地说：“我只是想给你做个早餐。”

罗小果泪水哗然而下，脸上的炭灰被泪水一洗，露出几条干净的痕迹。

罗红豆往身上抹了抹手，缓缓靠近罗小果，轻轻地拭去罗小果脸上的炭灰和泪。

姐弟俩抱头大哭。

房子被浓烟熏黑了，阴森的感觉上又添了一层凄凉。与其说罗红豆身后一片狼藉，不如说她内心已经无处不伤。罗小果着急着长大，他急切地想用自己的双肩给予罗红豆力量，用自己稚嫩的双手支撑起这个家。

做姐姐的没有理由再责备罗小果。

罗红豆转身，蹲下，默默地收拾眼前的零乱。锅没了，碗也没了，筷子、勺子也被烧成灰烬。大颗大颗的泪珠砸在罗红豆的手上，滑下，手背被泪水洗出个像太阳的形状。

“对不起，姐。”罗小果深感惭愧。他不知道这句道歉能挽回什么，也许说出来，心里会舒坦，不说出来憋在心里就是个坎。罗红豆只是平静地捡拾被烧的毯子，安静地任泪水冲洗附着在脸上的灰。

委屈，无助，甚至于绝望都飘过脑际的她，还能说什么？再多的言语已经无法改变现状，从她十岁母亲病逝，十六岁父亲就离开，她再多的不满，再多的愤怒都只能往肚子里咽。

命运不公，罗红豆又能奈何？

“小果。”罗红豆含着热泪哽咽道，“不如，你去红珊家住吧！”

“你也一起去？”

“我就要高考，得住在学校，方便复习。”

“学校放假了，怎么办？你又住哪？”

“放假了再说吧！不还有一些日子吗？”罗红豆的迷茫，罗小果似乎有所体会。

“不，我不去，我我我，要守住这个家。我哪儿也不去。”结巴的语气出卖了罗小果的心思，他不希望和罗红豆分开，但又无法摆脱自己对这个家产生的恐惧心理，“别人家再好，也没有自己的家住着踏实。姐，咱们将来怎么办？”

“为理想远行，再踏实的家都是每个人人生的起点和跳板。我们必须有自己前进的方向，人往哪走，哪儿就是我们遮风挡雨的家。所以，小果，家在我们每个人的心里。”罗红豆的话不无道理，家就是每个人的心。

罗小果似懂非懂，最终还是听从了罗红豆，把这个装满他们童年哀伤悲曲的家上了把锁。

不管前方的路有多少艰难险阻，姐弟俩迈出脚步，就再无退路。

（二十二）

紧绷的神经终于在一片欢声笑语中放松，罗红豆像扔掉巨石般轻松自在，和安慧子奔跑在乡间田野。

同学们疯了似的把抽屉里的复习试卷扔出窗外，卸下积压已久的包袱，将踏上人生的另一征程。

班主任杵在讲台上，依依不舍地瞅着学生们的任性。

莫莫和班主任耳语几句，离开了教室。匆匆小跑下楼，东张西望，似乎在寻觅什么。

路月晴从厕所出来一边提上裙子的拉链，一边低头急走。

华晓笑说："露底了。"

路月晴不慌不忙地斜视华晓，慢条斯理地说："看到了什么颜色？"

华晓："路月晴，你的脸皮可真是子弹都打不穿啊！提醒你露底裤了，还这么得意？"

路月晴不急不躁，咧开嘴冷笑："看得见拿不走，怎么？你要不要也露出点碎花小裤？"

说完凑上前迅速把华晓的校裤拽下，果然露出点点碎花包着圆圆的屁股，韵味十足。华晓羞涩难当，慌忙弯腰扯起校裤。

莫莫在转角的花丛中，被路月晴和华晓的恶作剧吓得倒退回去，躲在墙脚边。

华晓恼羞成怒："路月晴，你耍流氓。"一边提裤子一边追上要跑掉的路月晴。

路月晴回头朝华晓吐舌头做鬼脸，不小心和躲在拐角处的莫莫撞了个正着。路月晴越发得意地朝莫莫笑着说："才知道莫莫有偷窥的嗜好，啧啧啧，长得一表人才，看不出来啊！"

华晓红着脸，扭头跑开。

莫莫一脸难堪，无力辩解，羞涩而逃。

路月晴被莫莫的模样逗得哈哈大笑，前俯后仰，靠在墙脚喘气："哼，跟我斗？瞧你们一个二个书呆子……"

华晓只顾低头含羞，不小心撞倒刚从医院回来的插班生。正所谓物以类聚，人以群分。插班生一人遇事，几个拍插班生马屁的村姑，跟在插班生身后拎袋子。

一个村姑使出吃奶的力气朝华晓大吼：“赶着去投胎啊？没看见这儿有病人经过啊？”

高个子插班生挺明事理地扶起矮个子插班生，对村姑说：“大事化小，小事化了，又不是什么光彩的事，别把班主任招来了。”

话毕，一高一矮插班生，相互搀扶向女生宿舍走去。

村姑向华晓低吼：“你还欠枫叶一个道歉，华晓。”

华晓莫明其妙，恍惚间回过神来：“这是哪跟哪？我凭什么跟她道歉？她平日里对红豆嚣张，也没见她道过歉。”

莫莫在女生宿舍外翘首张望，毕业时刻，他急需看一眼罗红豆，他似乎预感到和罗红豆这一别便是永久。这种焦急与失落肆虐着莫莫单纯的内心，一个毕业就结束所有的习惯。习惯默默地装着一个人在心里，习惯不近不远地欣赏一个让他脸红心跳的女生。

村姑朝莫莫调侃：“哟！莫莫在干吗呢？女生宿舍有什么好看的？”

高个子插班生扫一眼莫莫，她心里一直喜欢着莫莫，然而不管她给莫莫写多少封赤裸裸的情书，莫莫都如数退还，甚至连她的照片都不肯收下。

“找罗红豆的吧？”高个子插班生并没抬眼正视莫莫，把矮个子插班生交给村姑，“你们先回宿舍，我有话对莫莫说。”

“我没什么话要对你说。”莫莫绝情地回了一句。

“你用得着这么冷吗？”

“我一直都这样，你又不是不知道。”

“对罗红豆，你也是这样吗？”高个子插班生徒生醋意，狠狠地瞪一眼莫莫，委屈地说，“论长相，论家世，论学习，我哪点比不上罗红豆了？莫莫，为什么你心里就装不下我？我想知道这到底是为什么。”

“如果你非要问为什么，我只能告诉你，因为你是你，罗红豆是罗红豆，每个人……”

“可罗红豆爱的并不是你。”高个子插班生忍不住抢着说，“罗红豆爱的是一名军人，而那名军人就是路月晴的哥哥，你知不知道？”

“我知道。”莫莫平静地注视傲气凌人的高个子插班生。

“知道你还死心塌地爱她？你傻呀？放着死心塌地爱你的女生不要，非要爱一个不爱你的冷血动物。”

“我乐意。”

“你有病。”高个子插班生怒不择言，“你无可救药。”说完愤然离去。

莫莫定立原地平静地目送高个子插班生离去。

华晓走近莫莫身边，淡淡地说：“罗红豆和安慧子一起回家了。”

“为什么？”莫莫回头，奇怪地说，“全班就差她们俩了，大家正准备照毕业照呢。”

“可能，罗红豆知道她自己永远无法拿到录取通知书，选择逃避现实吧！”华晓说完，转身离开。

正午的太阳闷热得叫人难受，莫莫已经在赤日下站立多时，汗流满面，足够表达他对罗红豆的一片心。然而罗红豆却不辞而别，留给他一个冰冷的问号。

莫莫倍感失落，或许这种退一步便什么也不是，迈进一步也只能是男女朋友的关系，只能让他到此为止。

校园内剩下的是即将离去的毕业生，还有学弟学妹们，明年的今天就将再次重复莫莫和罗红豆难以割舍的花季之恋。

年复一年，花开花落，既是梦想结束也是希望的开始。

树欲静而风不止，刚才还懒得摆动的枝头，渐渐晃动起来。恋爱的季节，多愁善感是必修课。浑身甜蜜蜜的细胞都在向自己宣誓，我只爱她，我只爱他，我生命里的唯一。顿时雨滴“嗒嗒嗒”地砸在芭蕉叶上。莫莫钻进芭蕉林，躲在宽大的芭蕉叶下，任由溅起的带有泥土的雨珠附在裤脚上。此景让他忆起当年在芭蕉林初遇罗红豆的那个雨天……

（二十三）

罗红豆站在山顶上面朝北方大叫：“我来了……亲爱的……”

山那边立马反射回一连串的回声，传出去，反射回来，传出去，反射回来，如此反复，回声渐渐地消失在山间。安慧子把野花扎在头上，像个仙女，摆出造型让罗红豆拍照：“红豆，看过来，有惊喜。”

“哈哈哈，仙女下凡。”罗红豆摆出相机，按下快门，“咔嚓咔嚓”。

饱受高考压力的两人此刻像脱下铠甲的战士，身心轻松地被大自然包围着，贪婪地享受着远离尘世的美景。罗红豆索性躺在大石板上，与蓝天对视。

安慧子露出粉红的腮帮，雪白的面容，丝毫不顾及紫外线，和罗红豆一起躺靠在大石板上。

“好久没见你这么开心了。”安慧子扭头对罗红豆说。

“由衷的愉悦，是份珍贵的礼物，不是谁都能平白无故得到这份礼物的。”

“你刚才说什么？亲爱的？谁是你亲爱的？”安慧子故意给罗红豆难堪，“你不觉得这种称呼太矫情了吗？”

“这，你就土了吧！在外国人眼里‘亲爱的’这三个字对谁都可用，你怎么就只想到男女关系了呢？是不是想问什么？说吧，反正也不再是什么秘密。”

安慧子像吃了兴奋剂似的从石板上一跃而起：“那我就不客气了。你和路朗有没有亲过吻，有没有那个？”

罗红豆脸唰地红起来：“哪个？”

“就是那个。”安慧子着急地反复强调，“就是那个。”

罗红豆突然直坐起身：“哪个？你到底想表达什么？”

“唉，我直说了吧！就是两个人光着身子睡在一起，做那种事。”

罗红豆低下头，羞涩无语。

“不说话就代表有了。”安慧子坏笑道，“哦，原来你们早已……”

“你说什么呢！我们连手都没牵过，怎么可能做那种肮脏的事。”罗红豆恼羞成怒，跳下石板，“没想到你安慧子也是满脑子淫意思想的人，真是瞎了眼了，我怎么会跟你这种人交心。”

“哎，没有就没有，你生什么气，我只是随便问问。”安慧子急忙解释，“我是看到那群插班生太前卫了，什么事都敢做，所以就好奇问问你。”

“问什么不好，问这种事。”

“我不是把你当知心朋友才问的吗？再说这又不是什么见不得人的事。”

“搁在我们这个年龄段，那就是见不得人的事。”

“好了，好了，别生气了，我以后再也不提了。”安慧子嬉皮笑脸地说，“这么说你们只是怀念对方？”

罗红豆怒瞪安慧子。

“哦，是思念，不是怀念，是思念对方。”安慧子急忙改正口误。

“他就是我心中的太阳。”罗红豆渐渐沉浸在自我陶醉里。

“喔，这么高的评价，他在你心目中的位置很重要哦。”

“那当然。”罗红豆脸上露出自豪的笑意。

（二十四）

思念是一种很玄妙的东西，它让罗红豆从残酷的现实陷入另一种虚幻的世界。

罗红豆在田间地头狂奔，忘我地畅享大自然温暖的怀抱，时而深情地展开双臂，闭目呼吸，用心享受雨后泥土的芬芳……似乎在驱散弥漫内心已久的阴霾。

清新的原野，绿草悠悠，怡情，怡然。

安慧子像个疯丫头般往罗红豆身上狂甩叶尖的雨水，尖叫："自由了……我自由了……"像从牢笼放出来似的，满心欢喜，每个细胞都兴奋地在咆哮"自由了"。

"红豆，我突然有个刺激的想法。"安慧子扔掉手上的树枝，喘着气说，"咱们去游泳。"

"你疯了？"

"我是疯了，再不结束高考，我直接进精神病院得了。好不容易摆脱束缚，就让我像条鱼儿玩玩水，好不？"安慧子眨巴着双眼，"萌"态可掬。

"你真的疯了。"

安慧子疯了似的把罗红豆拽着往河边跑去。

"扑通""扑通"两人双双跳入河里，水面泛起阵阵水花。

"救命啊！有人跳河了。"突然呼救声从岸边传来。

放牛的大叔甩掉牛绳跃进河里。

罗红豆和安慧子却潜到了岸边，头露出水面，面面相觑。

"好像有人喊救命。"安慧子用手揩去脸上的水，从嘴里吐出几条水藻来。

"不知道，我没听见，好像看见有个影子往河里跳。"罗红豆甩了甩头上的湿发，"会不会有河妖？"

"真迷信，这大白天的，哪来的河妖？"

安慧子话音刚落，大叔从水里露出头来，甩掉脸上的水，扯掉挂在耳朵上的水藻。目光四周寻觅，惊慌得大叫："来人啊！有人跳水了。"

"是个老头？"安慧子慌忙把湿身沉入水里。

罗红豆则往岸边爬去，回头对安慧子说："还不赶紧逃？"

"内衣都湿透了，怎么逃？"安慧子双手紧抱前胸，"走水路吧！姑奶奶。"

大叔突然朝罗红豆大喊：“姑娘，刚才是不是你们俩跳水里了？”

安慧子回望四周，频频点头：“是是是，大叔，你可以上岸了吧？”

“我还以为是有人想不开，做傻事了呢！”大叔缓缓游到岸边，“你们呀，没事，赶紧回家吧！这个河段危险，溺死过不少人呢。”

安慧子立马从水里蹿出来，狼狈不堪地爬到岸上，朝罗红豆的背影大喊：“等等我，红豆。”

浑身湿漉漉，衬衫内雪白的肌肤若隐若现，被文胸带子勒出的肉不客气地凸显着青春的气息。

大叔坐在牛背上，赤裸背脊，双手用力拧干湿衣。正要脱掉裤子时，却显得有点不好意思，于是拍起牛背吆喝起来：“嘿，走。”缓缓消失在岸边。

“你不觉得那个老头有点问题吗？”安慧子狐疑。

“能有什么问题？”

“反正，我就觉得他有问题，那老头，不正常。”

“咱们还是快点回学校吧！正不正常，咱们也没什么损失，是不？”

“差点有损失。”

眼看四周无人，安慧子索性把外衣扒掉，只留胸罩。

“你，安慧子，你也太能了。万一有人来了呢？”

“去，天当被，地当床，人来就当活帷幔。”安慧子一脸不屑，流露出丝丝情窦初开的骚动，像朵怒放在阳光下的玫瑰，鲜艳夺目，“你还别说，我真想好好谈一场轰轰烈烈的爱情。”

“以插班生做榜样，狠狠地践踏自己最心痛的地方？”

安慧子不顾一切地把胸罩也扒下，使劲拧干罩杯棉里的水，压根不屑罗红豆的挑衅，悠然自得地说：“还是没有钢丝的文胸舒服。”

“你，哎，安慧子，麻烦你把衣服披上好吗？”罗红豆急红脸。

“都是雌性，看把你急得。”安慧子笑笑，“比起你隐隐约约地露出来强。”

罗红豆突然抱紧双乳大叫：“我哪有露出来了？”

“哈哈哈。”安慧子笑得双乳上下颤抖。

（二十五）

路灯下的暗处，莫莫低头徘徊。

安慧子把罗红豆送出宿舍大门，依依不舍地说：“就此别过，各奔前程吧！有时间你来北海看我，我上哪去看你？”

“能别搓心吗？我哪知道，或许这辈子只能活在彼此的记忆中。”罗红豆两手拎包楚楚可怜地与安慧子道别，“谢谢你，慧子，谢谢你这些天收留我。”

安慧子一拳轻轻打在罗红豆的肩上，无语，泪别。

千言万语也抵不过一个真实沉默的背影，人生何处不相逢，相逢何必曾相识。

夜色话别，总有倾不完的情，诉不完的心。莫莫从暗处闪出，挡住罗红豆的去路。路灯下，莫莫的影子长长的，脸上透出几许因对罗红豆的思念而颓废的情形，钻出下巴的胡子，拉碴了满脸。他按捺不住自己，上前紧紧地抱住罗红豆。

罗红豆并没有挣扎，此时的她像走丢了灵魂般，任由莫莫抚摸。莫莫冲破内心的暗恋，勇敢地去爱了。

“请你不要这样子，莫莫，请你不要逼我。”罗红豆还是使劲推开黏在她身上的莫莫，“请你尊重我。”

“我爱你，红豆，六年了，从第一次见到你，没有一天不想你。就因为要尊重你，我只有站在远处默默地看着你。”莫莫停止抚摸，缓缓松开怀里的罗红豆，流出真情的泪水，“以后，咱们还可以再见面吗？”

“不知道，谁能预料明天会发生什么事情？”罗红豆冷漠地说，“上了大学，认识优秀的女孩，你会把我忘掉的。”

“不，我不要忘掉你，我死也不要忘掉你。我需要你，我需要你永远记住我。”

透过夜色，莫莫眼里流露出对罗红豆异常的爱怜，吓得罗红豆步步后退。

满眼饱含对罗红豆的爱意，莫莫再次紧紧逼近罗红豆，嘴里念道：“我需要你永远记住我，罗红豆。”最后“罗红豆”这三个字，莫莫近乎是咬牙切齿地挤出来，把装在心里六年只属于罗红豆的情感，凝聚成这一股神奇的力量。

“你想干什么？”罗红豆突然感觉眼前的莫莫像着了魔般不可控制，慌不择言，“你可不要乱来啊！莫莫，迈出这一步，就会毁了你好不容易争取来的前程。”

莫莫不顾一切地扑到罗红豆身上，一阵狂乱地热吻。罗红豆吓得不知所措，手上的行李滑落地上。突然一束光闪过罗红豆的背后，莫莫才慌忙地松开怀里的罗红豆。罗红豆一巴掌向莫莫扇去，气急败坏地扭头就走。

“哪个班的？你们在干什么？”政教处主任，摸着油光的灰发大喝，“高考刚结束就按捺不住了？瞧你们这点出息。”

莫莫低头，拎起罗红豆忘记提走的行李，向政教处主任弯腰解释：“主任好，太晚了，出于安全考虑，我是来送罗红豆的。”

话音刚落，莫莫转身就走，小跑着跟上罗红豆。

“这乳臭未干的小子，还想蒙我？要不是看在你父亲的面子上，你看我不给你记一大过。”政教处主任无奈地摇头说。

“等等我，红豆。”莫莫急走，追上罗红豆，“你等等我。”

罗红豆哭了，莫莫这一吻，吻乱了她的心。不管身后的莫莫怎么叫唤，罗红豆像避开瘟神般加快脚步，逃离身后这个男生。爱情是个什么东西，喜欢的人不在身边，不爱的却死缠烂打。她甚至觉得自己背叛了路朗，然而面对莫莫强烈的追求，罗红豆内心自责到无法言语。

莫莫终于追上了红豆，两人无比平静地并肩慢行。

“遇到什么困难，记得找我。”莫莫深情地对罗红豆说。这种关怀似乎已经超出彼此之间的情谊，却是罗红豆此刻最缺少的。她与路朗心心相印，是那种发自心底的爱，而莫莫给予她的似乎更贴近现实生活。用爱的名义去换取帮助，是赤裸裸的交易。

罗红豆突然停止前行，接过莫莫手里的行李，伸手轻抚莫莫刚刚被她打的脸，心有愧意地说：“还痛吗？”

“对不起，红豆，是我不对，是我不好，把刚才那一幕都抹掉，我只是太冲动，请你原谅我，好吗？”莫莫为自己不理智的一面由衷地忏悔道。

目送罗红豆消失在夜色里，他心痛，却又不知所措。

（二十六）

罗家，昏暗的灯光下，华晓两手抱胸，打趣道：“你不如去服兵役。”

“服兵役？”罗红豆正在整理衣柜，回头扫一眼华晓，重复道，“服兵役？”

“嗯！”华晓认真地点头补充说，“你想想啊！目前，像你们家这种情况，除了走这条路，似乎还有一条路可以选择。”

“别卖关子。”

“参加工作是可以，但你能做什么？高不成低不就，当白领你不够格，做农民你也不行，进工厂，谁要你？这也不会，那也不会。”华晓随手拿起桌上路朗寄给罗红豆的信，扬在半空说：“选择服兵役，兴许你还能距离他近一点。”

罗红豆突然眼前一亮，华晓的建议让她看到了生活的方向。此时，罗小果闯进房间，可怜兮兮地说：“姐，你走了，我怎么办？”

“这是女孩子的房间，小果，你进来也不先敲门。”华晓抱怨道。

罗红豆下意识地把罗小果领到房间外。

姐弟俩都沉默不语，罗红豆不知如何安慰罗小果，如果她去服兵役了，罗小果怎么办？昏暗的灯光填满屋子的每个角落，可仍然能让人感觉到一种莫名的灰暗，阴森的恐惧感侵袭姐弟俩单薄的身心，叫罗小果如何不害怕？

家在每个人的心里都是温馨而快乐的画面，这种幻想在罗红豆脑海浮现过许多次。亲人的欢声笑语，像头顶的灯光一样充溢家里的每个角落。自从罗红豆的母亲重病离开，留下的人，只有倔强地寻找生活的希望，可罗谷还是无法从悲痛中走出来，而是越陷越深，直至告别人间。

晚风还是那么惹人怜爱，窗口的风铃迎风摆动，发出的声音是那么的清脆悦耳，却也扰乱了罗红豆的心思，她举起手，狠狠地扯下风铃，摔在地上。罗小果上前捡起风铃，又挂回去。

“姐，我知道你心情不好，如果你想走，就走吧！我不能当你的绊脚石。”

并非三言两语就能说出心里的不悦，罗小果的坦然让罗红豆陷入两难。原本说好了相依为命，转眼却又各奔东西。

家就像是一棵不停长出新枝的树，老的家分出几个新的家，几个新的家又分出几个更新的家，如此分下去，虽然旧的家已经不在了，可身上的血脉却已经把从家里走出去的人连在一起。罗红豆为理想奔向远方，罗小果不久的将来也会有属于自己的家，此时罗家只不过是一个空壳罢了。

姐弟俩的沉默比原本阴森的家更让人觉得可怕。沉默的分别，别过之后就是陌生，即便是有着血缘，可仍然会变成熟悉的陌生人。

“我会常回来看你的。”罗红豆哽咽着对罗小果说，“如果你害怕住家里，就住校吧！”

“我没事，从此独自一人，我爱住哪住哪，你们都别担心我。”罗小果自暴自弃的语气，使气氛变得凝重起来。

“罗小果，我郑重提醒你，每个人的人生都掌握在自己手里，如果你一定要走那一步，毁掉的也是你自己。”

“难道你们就没有责任吗？亲人，什么狗屁亲人，自从咱爸走后，我才算是看清楚了什么是兄弟姐妹。好了，你要走，我不拦，毕竟那是你的大好前程，但我堕落也与你无关，那是我的人生。”罗小果一改之前的弱小和可怜，一时间变得狂躁不安。

是他的人生，他随意挥霍，可心痛的还是罗红豆，毕竟是她的同胞亲弟。

“要我说，你们俩相互理解一点，不就结了。小果，不是我说你，按理说你应该充当男子汉主动保护红豆，干吗要把红豆拴你身边，要她来保护你？这点真让我瞧不起你。”华晓走出房门，不客气地点出罗小果的痛处。

“我们罗家的家事关你华晓什么事？”

“哎！红豆，你瞧瞧，他怎么变得这么不可理喻了？”

“你们都别吵了，天还塌不下来。”罗红豆去意已决，坚决地说，“我的路，我自己选择。”

（二十七）

医院门口。

罗红豆和路月晴打了个照面。

“听说你想去部队服役？”路月晴一副居高临下的模样，“哼！哪那么容易。”

“你这是什么态度？路月晴。”华晓替罗红豆鸣不平，“虽然毕业了，可曾经还是同学一场。就算你不念同学情，可罗红豆来医院体检跟你有什么关系，干吗摆出一副目中无人的样子？你是真的让我看不惯，也瞧不起。”华晓一吐为快，心情愉悦起来。

“走着瞧！”路月晴毫不留情地甩出一句，给华晓一个冰冷的背影。

“狗改不了吃屎，还是仗势欺人的毛病。”

“我看没那么简单，别忘了她妈是这儿的主任医生，还专门负责体检女的。”

罗红豆的担心不无道理，路月晴的居高临下，只是不客气地给罗红豆打了预防针，世道人情淡薄，谁不想鱼跃龙门？近水的楼台先得月，势单力薄的她展翅又能飞向何方？

“别自己吓自己，我就不相信她路月晴能一手遮天。”

路月晴的母亲走出医院大门，从远处朝罗红豆和华晓走来。当走到罗红豆跟前时，她像不认识罗红豆似的，侧身绕过，和路月晴一样目中无人。

“最起码能遮了你罗红豆的天，我也不想相信，但这就是现实。”

“事在人为。”

身处逆境时，积极乐观是活下去唯一的希望和支撑点，这是罗红豆必备的精神武器。

天无绝人之路。正是有这种坚不可摧的倔强心态，罗红豆不屑路月晴的讽言冷语。反正路朗是她内心滋生勇往直前的力量的源泉，不管路家的事实是什么，爱就是爱了。

（二十八）

走出武装部的大门，罗红豆倍感失落。

路月晴特地等在门边上看罗红豆的笑话，好像这一切都在她的掌控中似的。

原来的十足信心，被扼杀在出言不逊的大叔嘴里，一落千丈。罗红豆卑微而光荣的理想就这么被现实和势力碾得粉碎，扑面而来的碎片砸得她满脸是血。

“怎么样？顺利过关了吧？”路月晴抬头藐视罗红豆，“哼，咸鱼想翻身，做做梦还可以。早说过这种地方就不该你来，你偏要来找刺激。”

罗红豆无视路月晴，独自离去。

什么理想，什么希望，统统是悬在半空的馅饼。路月晴说得没错，大叔说得也有道理，或许一切都是罗红豆急切想要见到路朗而编织的梦。

路月晴不服气地紧追而上，没好气地拽过罗红豆的手肘：“哎，我在跟你说话呢！别以为我不知道，你想去部队干吗？”

“干吗？我能干吗？”

“哼，找我哥呗！”路月晴斜眼瞧着罗红豆，轻蔑地说，“要我说你就死心吧！你配不上我哥，你永远也配不上我哥。”

“配不配，你说了不算，这是我们俩之间的事，你管不着。”

“呵呵，你们俩之间的事？你真是天真到家了，我哥的婚姻大事就是我们路家的大事，你说不管就不管了？你怎么还是那么爱做梦啊，罗红豆？我妈我爸我们全家寄予我哥多大的期望你知道吗？我哥是我们路家全部的希望，你晓得吗？哼，什么不用我管，我告诉你，这事我们全家都在管，想和我哥在一起，你想都不要想。”

路月晴的每一句话都像针似的扎痛了罗红豆的心，她不知道该说什么，也不知道该往哪去。默默地朝前走，来往的车从她身边呼啸而过。

何去何从？

青春的脚步如此沉重，何等迷茫，梦想却还在远方。

红豆生南国，春来发几枝？愿君多采撷，此物最相思。

野外，红豆树下，罗红豆微闭双目，展开臂弯，徜徉花海，沁心的色彩，路朗的音容笑貌隐约浮现脑海。

天边的晚霞映照在罗红豆迷茫的脸上。

遥远的北方，心上人，何时是归期？

罗红豆纤细的玉手轻轻触到一片柔软的物体，内心“咯噔”片刻，才缓缓睁开双眼。她激动地四处张望。

“路朗哥，是你吗？路朗哥，你在哪里？”

罗红豆取下挂在树枝上的红豆香囊欣喜地四处张望。

急促地大喊：“路朗哥，你在哪里……你在哪里……”

喊声回荡在原野，罗红豆崩溃地哭出声来：“路朗哥，你在哪里？”

她索性跪坐在草地上大哭。

罗红豆送给路朗的定情物为什么会出现在红豆树下？

不，一定是路朗，是路朗回来了。罗红豆挣扎起身，不顾一切地飞奔向前。路家人的反常举止，路月晴的疯狂行为，手里的红豆香囊，让罗红豆预感路朗回家了。

（二十九）

昏暗的灯光洒落在罗红豆满是愁云的脸上。

罗小果坐在餐桌旁，风卷残云般把碗里的饭一扫而光。罗红豆沉默不语，盯着罗小果的吃相，复杂的思绪出卖了她不安的内心。

“姐，你干吗呢？饭菜都凉了。”罗小果鼓着腮帮说，“你老拿着个破玩意儿干吗？值得你茶饭不思吗？”

罗红豆瞟一眼罗小果，淡淡地说：“小果，咱们生在这种家庭，你心里有怨吗？”

咽下嘴里的饭，顿了会儿，罗小果才说：“说什么呢？我记得你跟我说过，既然无法选择自己的生活环境，只有改变面对生活的态度。这话可是你说的，难道你忘记了？”

“我没忘，但做起来太难了，真的太难了。”罗红豆眼睛湿润地对罗小果说，“说和做分明是两种姿态，两种境界，说白了，是自我安慰吧！不然怎么活？”

“骗子。”

“什么骗子？”

“你自己做不到，又指望别人能做好，这不是骗子是什么？”罗小果撂下手里的碗噘起嘴，“我才不像你，自欺欺人。好就是好，不好就是不好，干吗不好还欺骗自己说好。”

罗红豆不辩解，含着泪默默地吞咽嘴里已经嚼烂的食物。

她没有理由自欺欺人，好就是好，不好就是不好。罗小果说得没错，生活好就是好，不好得反思，怎么能默认和接受不公平的待遇？

眼下，罗红豆明摆着就是无法企及路月晴的一个手指头，谈及和路朗的爱情，就像独自做白日梦似的，自个儿娱乐自个儿。

不知道什么时候，华晓已经出现在罗红豆身边。

罗小果吓得嗖地站起身："你是人是鬼？"

罗红豆略显平静："胡说什么呢小果，哪来的鬼？"

"我很吓人吗？"华晓得意地笑道，"倒是你家这光线阴沉沉，凉飕飕，连我进来你们都没感觉到。这大晚上的，你们姐俩是省电费呢，还是买不起灯，都什么年代了还吊个十五瓦的灯泡？朦朦胧胧的，制造浪漫啊？"

"这不是问题的关键，核心是现实生活影响了我们的心态。"罗小果语出惊人，"罗红豆吃了闭门羹，正想法修行呢，我们这朦胧的意境很惬意，不是吗？"

华晓嗤之以鼻："谈话的层次升华了，你们俩进步还挺快的。"

红豆香囊散发出阵阵扑鼻的香味，精致地躺在桌面上。

华晓抵不过好奇心，随手拿起红豆香囊凑近鼻尖，深深地吸气："真香！我以前怎么没注意到你还私藏这玩意儿？"

"路朗回来了。"罗红豆闷闷不乐地直视华晓手里的红豆香囊，欲哭无泪。

"他回来了，你应该高兴才对啊！以后你们可以双宿双飞了。"

罗红豆把医院的体检报告递给华晓，无限忧伤，失落地说："打败我的并非一张纸，是一个人家庭生活的背景。"

华晓撂下手里的红豆香囊，扫一眼罗红豆的体检报告："他们路家这种没有底线的羞辱，你也能忍受？红豆，别再拿自己的尊严扫地了好吗？为这种人家付出真爱，不值当。为了阻挡你和路朗在一起，她妈居然滥用职权拿别人的堕胎体征栽赃给你。你还这么死心塌地地爱他？你思维正常吗？"

"世上能懂真爱的人有几个？"

"是，就你罗红豆懂，可你也得有点个人原则好不？他路家再有权有势，也不能这么损你吧？还别说，就算他们家谁谁谁点头答应你进他路家的大门，就你现在的家境，不也得像个受气小媳妇似的，处处忍气吞声。"华晓给罗红豆分析得头头是道，舔舔双唇继续说，“这个社会很现实。罗红豆，你不能生活在自己臆想的浪漫境界里，误了青春还负了自己的真心。我妈说了，女人一辈子就是昙花一现，输不起啊！”

华晓的扼腕长叹似乎还是无法挽回罗红豆为真爱豁出去的心。她把红豆香囊紧紧攥在手里，靠近心房，似乎沉浸在与路朗相拥的热情中，久久不能释怀。她只想好好地纯粹地爱一个人，难道连这一丝微渺的愿望也要被扼杀吗？

（三十）

漫漫长夜，窗台间月光直泻而下。

罗红豆抱着双膝，蜷缩床边，扫一眼躺在桌面上路朗的来信，才想起已经好久没收到路朗的来信了。

一个个印有三角形特殊符号的信封，即使没贴上邮票，酷爱收藏各种邮票的罗红豆还是珍爱有加。或许正是这一个个特殊的三角形邮戳，燃起她对路朗一种特殊的情愫，哪怕只是一个凭空的念想。

因为此物最相思。

半窗月光温柔地笼罩着红豆香囊，罗红豆陷入万千思绪。

“哐”，突然窗户的玻璃被院子外飞进来的石头砸碎，玻璃碴洒落一桌。

熟睡的华晓从床上弹起，惊慌失措：“什么声音？”

罗红豆起身往窗台走去，拧开台灯，一桌子的玻璃碎片，她看傻眼了。她慌忙把溅落在红豆香囊上的玻璃碴抖掉，轻轻扫开信封上的玻璃碎片，手掌还是不小心被划开一道小口子，顿时鲜血滴在信封上。

“你的手流血了。”华晓滑下床，扯来床头的丝巾，将罗红豆受伤的手缠了几个来回，心痛地说，“不就一个定情物吗？看你不要命的劲。他可好，神出鬼没的。如果他真的回来了，最应该第一个来见你，除非你只是单相思，别人已经另有所属了。”

“不会的。”罗红豆无法掩藏内心的焦急，泪湿双眸，发出颤抖的嗓音，“他不会的，他一定是太忙，他一定是被家人看得太紧，他的心在我的心里，谁也拿不走，谁也走不进。”

“啧啧啧！怎么看你都像个花痴。要我说你就趁早断了这个念想吧！瞧他那望子成龙的一家子，恨不得天下是他路家的。恐怕到时候你也只不过是他众多女人之一而已。看他把你的魂都勾走似的，我都快看不下去了。”

现实派的华晓絮絮叨叨。真正的爱情只属于勇敢的人，罗红豆无愧于自己，她就要做真爱的勇士。

“你帮帮我好吗？华晓。”

“怎么帮？路家在这一片可是翻手为云，覆手为雨。与路月晴为敌，你也别想住在这儿了。说不定这石头还是她指使大街上的小混混所为，还好只是砸破玻璃，惹急了她，指不定下次砸的是你的脑袋。”华晓小心翼翼地扫下桌面的玻璃碎片，“我记得历史老师曾经教育我们，为人处世要以明哲保身为上策。你说你，为爱情不顾一切，可他到现在连个影子都找不着，就为这一张张勾魂的纸，值得吗？哼，这信，到底是不是他路朗写的还不一定呢！瞧把你给迷得。”

“我认识路朗的笔迹，除了他，我认识的人中没人能写得出这种隶书。”

罗红豆不仅爱上路朗，爱屋及乌，就连纸上一串串颇具灵性的字符都得了罗红豆芳心。情有独钟，他人又如何能体会得到罗红豆对路朗的一片痴心？

“我是真为你着急，你能不能清醒清醒？你和他不配，最起码是严重的门不当户不对，逆水行舟难靠岸，懂吗？”

华晓竭力把罗红豆从幻想拉回现实，为闺蜜清洗残留在脑子里的不切实际的情情爱爱。认为红豆或许是中了琼瑶式爱情的毒，你侬我侬，拉拉小手散散步，有事没事打打情骂骂俏。一旦跌入情窦初开的深谷，智商再高也会被伤得体无完肤，被迷得神魂颠倒。

“可是……”

“别可是了，你明天还是去找莫莫，为了你的将来，这才是最现实的。”

“为了我的将来，就得选择与一个不爱的人在一起吗？这是一种可耻的交易，我做不到。”

“哎呀妈呀！你能不能转个弯，把对路朗的爱转给莫莫，当是感恩。感恩的爱也是爱，你怎么就那么不开窍，也难怪路家人不看好你。瞧你这情商，有点在这个社会生存的技能吗？”华晓急得直跺脚，“有多少女生向莫莫投怀送抱，可他就只喜欢你，莫家人比路家人更开明，莫莫喜欢的，他们也不会嫌弃。对于女人，这是多好的归宿啊！”

“鞋合不合脚，只有脚知道，你觉得莫莫无可挑剔，你自己留着吧！”

“这可是你说的，明儿我可出招了。”

华晓欣喜地跳上床，脸带笑意地钻进被子，她知道该把莫莫置于何处了。

不入心的，随他天荒地老，海枯石烂。在意的，心里装一个就够了。

（三十一）

清晨，华晓被灌进窗户的冷风吹醒，迷迷糊糊瞅见窗外闪过半截身影。慌乱间，滚落床下，传来一声闷响。

“罗红豆，你们家有鬼。”

华晓摸着屁股，挣扎起身，扶墙一瘸一拐地往屋外走。吃力地跨出大门，便看见韩钉扯着罗红豆的手正往外拖。

“你放开我，我不去，就是不去。”

罗红豆使劲挣扎，想甩掉韩钉的手。华晓急得四处寻找防身武器，水井旁边的铁锹空降似的出现在眼前，她兴奋地抡起铁锹朝韩钉走去。

“原来一大早在窗外装神弄鬼的是你这号披着羊皮的流氓。闪开，红豆，让我来为民除害还你恋爱自由。”

韩钉见状，撒腿就逃。

“别，华晓，你别追了。”

与其说是袒护，不如说是少惹不光彩的事。自从罗谷因病离世，罗家就不太平，多一事不如少一事，而今罗红豆和罗小果就像是人间包袱，认识的不认识的人恨不得这两人永远别进入他们的视线。

“他在欺负你呢，罗红豆。这种人必须给他点颜色看看。”

华晓紧拽着的铁锹，扬在半空，突然像泄了气的球，掉落在地。

“你们在干吗？”

罗小果从外面进门，嗅出浓浓的火药味，扫视一圈院子，目光停留在铁锹上，朝罗红豆问道：“家里进小偷了？”

“比小偷还可怕。”华晓心有余悸地说，“他是你……”

“不许说。”罗红豆神情紧张之余，设法隐瞒年幼的罗小果，“华晓，这事就到此为止吧！”

“可是。”

“我能处理好，你相信我。”

罗小果不再追问，却发现窗户的玻璃被砸开了，内心不安地上前瞧个究竟。

“你们到底隐瞒了我什么？”

华晓瞟一眼罗红豆，欲离去。临了，还凑到罗小果旁边，耳语几句。哪知罗小果一拳砸在墙上，鲜血直流。他转身向躺在地上的铁锹走去，用脚利索地把铁锹勾进手掌，紧攥在手里，冲出大门。

“小果，小果，你站住。”罗红豆急忙小跑着一边去追罗小果，一边大声喝道，“你站住，都是一家人，你不能鲁莽。”

罗红豆挡在罗小果前面，欲抢过罗小果手里的铁锹，罗小果咬牙切齿地紧攥铁锹不肯松手。

“他把你当一家人了吗？罗红豆，为什么被他欺负，还要袒护他？你又不是傻子。”罗小果激动地把铁锹砸在地上，弹起的泥溅在裤脚上，他跺跺脚，抖掉裤脚上的泥，愤愤离去。

从小就为保护自己与同龄人大打出手，不管男生女生，罗红豆畏惧过谁？可她就是因为不希望自己家人同室操戈，沦为敌友的关系，而忍辱负重。虽然她不知道和睦相处是什么境界，但她极力保护家人是由衷的。

（三十二）

华晓把纱布缓缓缠绕在罗小果受伤的手上。

“你们姐弟俩真能折腾，都受伤了。我看你们怎么办？”

罗小果依旧无法平复内心的怨气，愤愤地说：“他来这干吗？咱爸已经走了，给谁献殷勤。罗红珊也真逗，她自己的家都不回，找个跑腿的。”

“罗小果，不许你说红珊姐。”

曾经充满罗谷血腥味的空间，突然变得异常安静。

三人对坐，旁边供桌上摆放着罗谷的遗照，从罗谷柔和的双目散发出的气息，是那么的祥和。他生前的善良、勤劳与智慧，才是罗红豆一生的财富，故此罗家善良的基因有得传承了。

平息事端在于适度的忍让，罗红豆不是不介意韩钉的无礼挑衅。她更不愿意把这种龌龊的举止定义为欺凌，为了罗红珊，那个命比黄连的姐姐，化干戈为玉帛是最好的方式。

“他来，是希望我们搬离这里。”

“为什么？他有什么权力安排我们的生活？爸在的时候，他们都哪去了？他现在才出现，安的是什么心？”

一夜之间，年幼的小果强迫自己用男子汉的身躯扛起做弟弟的责任，他要保护罗红豆。

“你们家，挺乱的。”华晓拍拍手掌，拍落手上的泥尘，走近姐弟俩说，“不过，他也是一片好心。只是不知道你们的红珊姐知道他干这种不道德的事，会怎么想。”

“明天，我就找红珊姐说去。”罗小果激动地站起身。

“不许去。”罗红豆立马反对，“都是一家人，抬头不见低头见，这事要是传出去，以后还见不见面了？”

“红豆说的也是。但，就你们俩住这么大的房子，确实是不安全，要我说你们还是考虑考虑搬去他们家，就当是暂住，好歹也有个照应什么的。”华晓扫一眼罗谷的遗照，“逝者已矣，活着的更应该过好。其实，有时候离开也是一种解脱，尤其是每次目睹你们父亲与病魔斗争的情景，没有很强的毅力是很难熬到两三年的。既然他老人家都能在生命的尽头乐观坚强地做最后一搏，你们还有什么坎是迈不过去的？”

是啊！只要活着，还有什么坎是迈不过去的？

当局者迷，旁观者清，华晓的一番言语，如深秋的寒霜泼得姐弟俩心里拔凉拔凉的。好一个逝者已矣，纵使踌躇满志又能怎样？看得见的，看不见的，懂得的抑或是未知的，谁主沉浮？

繁花一季，落寞与斑斓，终为报答来年的春天而谢去！

来的不情愿，也来了；去的不舍得，也去了。然而或长或短的人生，不管是喜是怒，是哀是乐，都只不过苍穹之下一粒尘埃，过眼烟云罢了。

化悲痛为力量，只能如此。

即便什么都没有了，至少还有他，活在思念里的他，是足够罗红豆一个人活下去一辈子的能量。

（三十三）

罗小果拎着行李走出大门，避开正在低头徘徊的莫莫，才迈出去几步，突然又倒退回来。

陌生的照面，莫莫紧张地屏住气息。突然出现高出自己一个头的罗小果，莫莫显得有点不知所措，一个俯视，一个仰视，就这么僵持了十几秒钟。

“你是谁？为什么站在我家门口？”罗小果逼视莫莫。

“你又是谁？”莫莫毫不客气地反问道，“我站在这儿关你什么事？”

“这是我家，一大早上门挑事，你不想活了。”罗小果把手上的行李箱扔一旁，一把推倒莫莫，咬牙切齿地说，“贼眉鼠眼的，看你就不是什么好东西。”

“谁贼眉鼠眼的了？”莫莫不服气地反问，“哎，你这人会不会说话？”

罗家玻璃被砸，正处在排查阶段，突然有人自投罗网，罗小果当然想问个明白，查个究竟。眼前的莫莫，好比犯罪嫌疑人似的，被罗小果无意“定罪”。

可惜了，莫莫居然不知道推倒他的是罗红豆的胞弟，否则怎么会坐了一屁股泥巴还挣扎起身向罗小果宣战。都是血性男儿，从不论身高定输赢，莫莫铆足劲地用头把罗小果顶向一边，像西班牙的斗牛士一般。

为了尽显男子汉的气势，罗小果抡起成人般的小拳头挥向莫莫，只见莫莫喷出一口带牙的血，像涂鸦似的喷溅在罗家的院墙上，鬼画符般被定格。

罗红豆恰好拎着行李走出大门，刚转身把院门锁上，莫莫就被罗小果打趴在罗红豆的脚后跟，头晕目眩找不着北。

“罗小果，你住手。”罗红豆回头朝罗小果大声呵斥，“赶紧向他道歉。”

“罗红豆，咱们家的玻璃八成是他砸的，你让我好好教训这个不知好歹的流氓。”罗小果仍然不解气地上前，揪起莫莫的衣领。

罗红豆着急了，把行李扔地上，向罗小果冲过来：“你放手，他不是流氓，是我同学。”

“你同学？个子都还没我高呢，你唬谁？”

“哎！你们在干吗？”华晓从远处走过来，按捺不住好奇地问道，“莫莫怎么在这儿？”

“你打呀！打呀！”莫莫怒瞪罗小果，“四肢发达、头脑简单的家伙，不分青红皂白就动手，我要真是流氓，你早趴地上起不来了。”

“骂谁呢，莫莫，他是我弟，做得不对的地方，我替他向你道歉就是了，何必恶语相向？”

即便自知理亏，可罗红豆还是不忍心罗小果被别人数落，更何况是一个说爱自己的男生。

“你们俩打架了？”华晓瞅瞅罗小果，转眼瞧瞧莫莫，“选错对象，择错战场了吧？莫莫，你知道你打的是谁吗？他是罗小果，是罗红豆的亲弟弟。”

莫莫并没有向罗小果道歉的意思，难堪地调头离去。

如果不是华晓的暗示，兴许莫莫还想为自己辩解些什么。罗小果的天真着实让人心痛，用莫莫的话说“不分青红皂白就动手”，打的不管是莫莫还是谁，等于散播危险的种子在身边，罗小果随时会惹火烧身。

华晓围绕罗红豆姐弟转一圈，嘴里不停地发出“啧啧啧”的声音，露出难以置信的表情。

罗红豆欲训斥罗小果，却不知道要说什么，转而向华晓说：“有事说事，别咋咋呼呼的。”

“好事，大好事。”华晓兴高采烈地说，“红豆，你不用搬走了。”

再大的好事对于罗红豆来说也没有什么值得像华晓般激动，只是好奇莫莫为什么出现在自家门口，难道真如罗小果所说，他就是砸坏玻璃的“流氓”？可他为什么这么做？

（三十四）

七月的小站站台上，不知从哪移植过来的玉兰花，竞相开放。风吹来，盛开在枝头的花瓣像雪片似的纷纷而落。伴随着浓郁的香味，即便不是等候列车的到来，路人也安然树下，吮吸袭人的芳香。

下了一夜的雨，伴随着风，满地的玉兰花瓣连着枯黄的大片落叶被风卷到机车调度室的台阶下，层层的花瓣中夹杂着片片黄色残叶。

“掉落在地上的花还是那么清香。”

驻足树下许久，莫莫突然现身。

罗红豆不以为然，她心里明白，头也不回，平静地说：“如果是送别，我非常安心，如果是挽留，就请回吧！”

莫莫径直走到罗红豆跟前，激动地说：“你为什么要离开这里？如果是为了生活，我可以帮你，我们家可以帮你，只要你开口，红豆，我们确定关系了，你要什么我都可以满足你。”

“谢谢，请回吧！”罗红豆无视莫莫的同情。

“你到底要我怎么做，才相信我是爱你的？红豆，难道非要我死在这冰冷的铁轨上吗？”莫莫语出惊人。

罗红豆料想不到他会以死来要挟，乞求得来的爱情比什么都沉重。爱在青春期，有点愣头愣脑，也有点不顾一切。为爱殉情的不只是传说，眼前的莫莫用自身来诠释什么是真爱。罗红豆不为所动，甚至徒增反感。

罗谷的离去，让罗红豆看淡生死，而今莫莫以死佐证对她的爱情，似乎不是什么高尚的举动。毕竟爱情诚可贵，生命价更高。没有什么胜过父母生养之恩，如果拿真爱取代生命，本就是对彼此存在的亵渎。

“我看不起你莫莫，尽管好多女生爱慕你，可不代表你对我很重要。”罗红豆抛给莫莫的不只是蔑视，严词拒绝让他心死，就连殉情也没有任何意义。

“你别逼我。”莫莫眼含热泪，双目赤红，他豁出去了。

“呜……”不远处传来火车的汽笛声，莫莫眼里的罗红豆渐渐模糊。他真的纵身跃下站台，绝望地站在铁轨中央。

“呜……”汽笛声越来越近。

（三十五）

只见小站的助理值班员跑出调度室，紧张地往站台下的铁轨奔去，罗红豆顺着助理值班员跑去的方向远眺，再回头，莫莫不见了。罗红豆两腿发软地定立原地，怎么也无法相信莫莫会跃下站台。

护车员把莫莫拖离铁轨，拽上站台，怒斥道：“年纪轻轻，不要命了你？”

莫莫的目光始终不离罗红豆的身影，只是多了一层雾。他不知道罗红豆是否也在看着他，是否如此狠心让火车把他撞死在这个多情的小站上。

“你，你真傻。怎么能和火车较劲？”罗红豆略显淡然，这种平静再一次像把刀似的捅向莫莫的心脏，“天涯何处无芳草，我不值得你这般痴情。”

罗红豆从心底想上前抱一抱惊魂未定的莫莫，但她不能再给莫莫一丝希望，还是早些断了他爱自己的念头为好，于是转身离去，踏上驶向远方的列车。

莫莫呆若木鸡，含着热泪目送罗红豆离去，直至列车消失。

“走了也好，省得都伤。”华晓的出现并非突然，她早已知道罗红豆要离开，故此再完美的送别也还是刺痛人心。

唯有目送昔日好友远去。

莫莫立马拭去脸上的泪水，转身笑对华晓：“原来你早就知道罗红豆的选择。”

“嗯。”华晓回答得干脆利落，丝毫没有表现出对罗红豆的惋惜和不舍。

“为什么不告诉我？”

“我为什么要告诉你？莫莫，你别忘了，罗红豆一心想的另有他人，你对她再好，她也不领你的情。”

“好了，别说了。”莫莫极力掩饰内心的伤感，“对不起，我，我心情不好。”

“你心情不好，去追啊！把罗红豆追回来啊！”华晓鄙夷地看着莫莫，“我最讨厌你这种只敢说不敢做的伪君子。说什么爱情，你也配？”

或许莫莫真的想保全熊掌又舍弃不了鱼，想要爱情学业双丰收。不管华晓有意还是无意的指责，他都充耳不闻，悄然离去。这种没有任何物质来保障爱情的行为本就是不负责任的耍流氓，尽管他再怎么说爱罗红豆，谁能相信？

待莫莫消失在眼前，华晓才自言自语：“喜欢你的就在眼前，你不稀罕；不爱你的留不住，你偏视为生命的唯一。榆木脑子，不知道人家喜欢你啊！”

小站中央两棵粗壮的玉兰树，并排长在机台调度室前，相隔不到五米，却像恋人般对望。

华晓捡起脚下的玉兰花，凑近鼻尖闻了又闻，怡人的芳香瞬间冲淡了内心的不快，紧闭双眼陶醉在带香的风里。

（三十六）

来到另一座城市，罗红豆似乎充满了希望，只是堆满笑脸的瓜藤小叔显得尤为陌生。在她的记忆里从未出现过的人，初次见面怎么就能搭得上话？血亲的本能就是微妙，不管隔着几代几房总有那么一丁点儿熟悉，是熟悉的基因。

腿有些许残疾的小婶带红豆熟悉家务，带着炫耀的语气给罗红豆说这说那，特别提醒地说：“一定要注意卫生，这儿要用清洁剂洗刷一遍，还有那儿。尤其是洗碗，切记多冲几遍自来水，洗洁精冲不干净，吃进肚子中毒，上趟医院不划算。客厅的地板也要洒点清洁剂，用湿拖把使劲拖几遍，走路不打滑就说明干净了。还有对面新装修的房间，铺的可是进口的木地板，贵着呢，那边有专用的抹布，一定要跪下来擦，擦的时候记得穿上纯棉袜子，旁边再搁一盆水，加点清洁剂……”

罗红豆鸡啄米似的一边点头一边用笔和纸做记录，她想不通为什么一种米养出不知道多少种习惯的人来，在罗红豆的理解里，过于有洁癖的行为叫浪费地球资源。她不知道小婶是故意刁难还是真的就这么“讲卫生”。

总之寄人篱下，凡事都得听从主人的安排。

罗红豆轻抚雪白的落地窗帘，透过窗纱，外面的霓虹灯斑驳陆离，躲在角落仍然觉得繁华只是别人家的事。

就如瓜藤小叔，自身明明好好的，就因为出身贫农，家境寒酸，便委身跛脚的女人，过着所谓城里人的生活。

瓜藤小叔把小个的西红柿洗了一遍又一遍，小心翼翼甩掉篮子里附着在小个子西红柿上的水，放到茶几上。

“红豆，你小婶买的仙女果，过来尝尝。”

“嗯，来了。”

城里人真洋气，明明就是发育不良的西红柿，硬是给起个诱人的名字助增销量，美其名曰：仙女果。

罗红豆扫一眼篮子里的仙女果，一双手指数得出来仙女果的个数。瓜藤小叔三口之家，平时极少在家里招待客人，所以不管是吃的用的都是最节俭的。水果是主食以外的食物，如乡下农村一年难得吃几回肉，但凡来餐荤的也只是打打牙祭，难以饱腹。

第一次，罗红豆体会到什么是工薪阶层的生活，量入而出。初次见到瓜藤小叔和小婶，穿着朴素得让人觉得是在装穷，与房子奢华装修的对比，看得出城里人的钱必须花在刀刃上。

瓜藤小叔家碗无剩饭、盘无余菜的节俭生活，让罗红豆深感窒息。她把拿到手里的仙女果放回篮子里说：“小叔，我想出门透透气。”

“哦，行，你工作的事，我明天问问领导，最近下岗工人都愁没去处，大伙都自行解决就业。这不，你小婶也是前两年下的岗，自谋活路。所以，红豆，你一定要做好心理准备，万一小叔帮不上忙，你再回学校上两年学。”

“小叔，我，我没爸没妈，想上学谈何容易，这不是没地可去了，才到您这来谋出路吗？看在您和我爸是兄弟的分上，无论如何也不能不管侄女。”罗红豆说着说着突然抹起眼泪，“我爸生前为人忠厚老实、善良和蔼，旁人都说他从没亏待过兄弟姐妹和身边的人。您看看现在，从我懂事起，就没见他受过谁的好！还说什么好人一生平安呢，我看也不过如此。”

“好好好，我办我办，谁的都可以不办，你红豆的事我就是不能不办，可以了吗？”

瓜藤小叔是罗谷生前的邻居和兄弟，故此瓜藤小叔没有理由拒绝罗红豆的请求。

“叔，我需要的只是个机会，至于竞聘的考试或培训什么的，我都可以应对。所以，我不会给小叔丢脸的。”

（三十七）

在罗谷因病陷入绝境时，罗红豆从没向往过大城市的生活。她纵使有留恋苏州园林的亭台楼榭，宛若人间仙境般三月扬州的情怀，也安身乡间，野鹤般过着属于她的日子。

驻足广场中心，罗红豆内心深感恐慌。人面张张是陌生的过客，她除了在瓜藤小叔面前表现自己的可怜之处，便浑身乏术。

求得同情心，罗红豆也只能如此。

几个流氓形态的痞子向罗红豆碎步走来。

“哟，还蛮清纯的嘛。”高个子的痞子，带点南方边境口音，露出两排黑牙，还可劲地笑，似乎捡到块宝似的围着罗红豆转，“多少钱一晚啊？妹妹。”

罗红豆吓得说不出话来，美好的城市夜色都被糟蹋在这些个淫贼嘴里，她努力平静自己，等待出逃的时机。

“包月得了，这么好的货色，叫起来肯定很爽。”微胖的、白肤色的男人操着一口不标准的普通话，伸手撩起罗红豆的发梢凑近鼻尖闻了闻，奸笑道，“还蛮滑的，嗯，还有沙宣的味道，真香！”

“懂得用沙宣的女孩子很正点哦！”突然一个戴眼镜的男人说话了，“你们都让给我吧！我想要个长期的。”

“警察来了。”罗红豆平静地说。

几个流氓回头探望时，罗红豆使劲向他们扫了一腿，不论高矮肥瘦统统倒地，趁其不备，罗红豆撒腿就逃。

“咱们上当了，赶紧追。”戴眼镜的男人伸手四处摸。

高个子痞子把眼镜递给找眼镜的男人：“瞧你这度数还出来混，快成盲人了。”

三人相互搀扶起身，急忙向罗红豆追去。

“谁先追上，她就是谁的马子。”白肤色的胖子像几年没碰女人似的飙出一句恶语，不顾一切向罗红豆跑去的方向狂追。

没出几分钟，罗红豆被白肤色的胖子堵在光线暗淡的路口，来往的人更少了。她咬牙切齿，有点讨厌自己偏偏找这么个地方跑。或许真的是慌不择路，闭上眼睛就跑，恨不得刨地三尺往里钻。

“行啊！跑得还挺快的。”白肤色的胖男人喘着气，两手撑在膝盖上，还抬起头盯着罗红豆，防着她再跑，“跑啊！你跑啊！”

“我看你还往哪跑？”高个子痦子凑近，把罗红豆逼近墙根，两手罩在墙上，喘着大气说，“你是百米冲刺的啊！跑得也忒快了。”

罗红豆假装镇静地从他的腋下钻出，猫到白肤色胖子身后，装出楚楚可怜的样子。

高个子痦子回头透过白肤色胖子逼视罗红豆。

白肤色胖子突然两手横在高个子痦子前，挑衅道：“先到先得，我先到，她已经是我的女人了。”

戴眼镜的男人弯着腰吃力地走近罗红豆，一手拍在罗红豆肩上：“她是我的。”

高个子痦子回头朝戴眼镜的男人说：“她是我的。”顺手把罗红豆拦在背后，退向墙脚，视两个同伙为敌。

“我怕。”罗红豆假装瑟瑟发抖，好让眼前的流氓起内讧，如此一来她便可不费吹灰之力，逃脱魔掌。

白肤色胖子还真是重色轻友，回头对罗红豆温柔地说：“有我在，别怕。”

过于自信还真是件麻烦事，没等白肤色胖子反应过来，戴眼镜的男人一把拽过他的衣服，高个子痦子也不罢休，一手叉开虎口对着白肤色胖子的脖子掐去。

“你还真把自己当回事？为个第一次见面的女孩，敢跟兄弟翻脸？也太不讲义气了。”

白肤色胖子出不了气，憋红脸。

罗红豆见状缓缓蹲下，悄悄钻到白肤色胖子的身后。

“不不不是，我是觉得吧！是兄弟就别把事情做绝了。”

“兄弟个屁，说好了有福同享，有难同当。这么好的天鹅肉，你怎么能独吞？”

戴眼镜的男人不服气地补充一句。

罗红豆猫着身子溜之大吉。

（三十八）

一夜的露水打湿了路面，翠绿的繁叶上挂着的露珠晶莹剔透，在柔和的晨光中恋恋不舍地在叶面滚动。

南国初秋的清晨空气湿润冰凉，鲜红的 T 恤修出罗红豆惹人的身材，引来路人陌生的目光。在瓜藤小叔的安排下，她走进棉纺厂，大步前行，丝毫不知道什么是胆怯。

扎在脑后的马尾辫左右摇摆，修身的 T 恤配条得体的牛仔裤，散发出青春的稚气。逢人都露出微笑的罗红豆深得前辈们的青睐，和初来报到的新员工一见如故似的打成一片。

罗红豆渐渐走向用面具编织起来的关系网，却还如此兴味盎然。怀着对瓜藤小叔的感恩戴德，她不断努力，并小心翼翼地和前辈们相处，幻想着能在这个狭小的空间争取到平视的眼神。

初来乍到，一个全新的环境，罗红豆铭记瓜藤小叔的劝告，到了单位少说多做，而且还要做好，不懂的就问前辈，别打听不该自己知道的事。瓜藤小叔始终挂在脸上的笑，冥冥中已经诠释了单位里玄妙的人际关系，没有过硬的背景，就得低头哈腰埋头苦干。

负责接收新员工的主管脚崴了，不忍她走路的艰难，罗红豆上前搀扶主管的胳膊肘儿，肉肉的，圆圆的，再扫一眼那些个正式职员，体态都出卖了他们的野心。

一个小小的主管都这般发福，科长、主任、处长、厂长呢？

路过科长办公室，主管低声说：“一会儿见到科长要礼貌，主动打招呼。”

“嗯。”

罗红豆屏住呼吸，就连手上搀扶的主管，都令她感觉到压力山大。自古职高一级压死人，不管是什么位都得夹着尾巴毕恭毕敬。所以旁边搀扶的似乎是慈禧太后般来不得半点假心，即便罗红豆极其不情愿被人当作是拍马屁而伸出援手，为了日后能顺利共事，也就当是做一回好人好事吧！

“哟！这是谁呀？”科长在身后嗲嗲地说，“都请保姆了？主管。”

主管回头笑笑说：“我哪请得起保姆，每个月就这点工资，科长又不是不知道。这是厂里新招来的小姑娘，这不，看我走路不方便就过来扶扶。还是新来的人儿好呀，善良单纯，没那么多坏心眼。”

“刚入职就会拍马屁？照这样子下去，恐怕工资都领先你我了。主管，现在的人不管新旧，都是知人知面不知心。瞧你把她们给捧得，快上天了。”

临近中年的科长，扎一头爆炸卷的辫子，还染得微黄装洋气。好像还在坐月子般，浑身哪都能看得见赘肉，丰满的胸脯，肥厚的臀部，走起路来浑身都在抖动。兴许能吸引人的，是远远就飘来的香水味。

在科长眼里只有势力和嫌弃，所以看到谁都会成为她假想的天敌。

“科长好。”罗红豆依然笑着回答。

“科长开玩笑的，她人好着呢！”主管故意缓和气氛，“以后好好干，前途是靠自己争取的，可别在科长眼皮底下惹是生非，知道吗？”

“嗯。”

罗红豆把主管扶上楼，上上下下经过的同事都在用余光打量着罗红豆，似乎在猜忌什么，又似乎在暗讽什么。

复杂的不只是这里的工作环境，还有人心。

还没进入工作状态，罗红豆就已经嗅出一股复杂虚伪的钩心斗角，是男人势力和女人魅力的较量。罗红豆深感重重压力，她知道自己不属于这里。与其说没有足够高的情商和心计无法生存在这天地，不如说她不屑与这些人去争斗。一个眼神一个微笑都能被人描绘出许多不可辩驳的是非，让你无法分清什么该做什么不该做。

初涉世事，罗红豆又如何能游刃有余如鱼得水？

（三十九）

修剪得异常艺术的园林，上面铺垫着柔细的绿草。听前辈们说是单位从台湾移植过来的，躺在上面就好比躺在软绵绵的羽绒被上，然而这个充满无限转正诱惑的单位却无法给罗红豆带来丝毫的留恋和向往。权力的红楼与艺术的自由，如这里的一切与罗红豆格格不入。

平日里明争暗斗，到了下班的点，三三两两团团围在草地上还是有说有笑。

除了谁是谁非成了茶余饭后的谈资外，也只有互聊各自相识前的往事为彼此平添更深一层的了解。就这样，罗红豆认识了尤美乐。尤美乐的哥哥是区里领导的秘书，能聚到厂里来的人，都是区里有人事背景的大大小小的关系。

尤美乐挺起的前胸貌似和科长的一个杯型，让该死的扣子对不上扣眼，被迫挤出衣服扣与扣的间隙，令男人喜爱到即使不认识也要凑到她们跟前打声招呼，趁机用眼睛揩油，满足他们臆想的欲望。旁观者敏感地知道这类女性最受男人欢迎，不只是乳房的吸引力，还有她们醉翁之意不在酒的谈话方式，总能若即若离地让男人神魂颠倒。

入职不久，一些面和心不和的女前辈嘴里传出科长和男上级滚床单保地位的绯闻，如一盆凉水泼得罗红豆由内而外地打寒战，瞬间心里拔凉拔凉的。然而让她败给命运的不只是这些，还有那些个笑起来无比温和优雅的女前辈也在以相同的方式保住自己的地位，那男上级的夫人都闹到单位来了。

渐渐地，罗红豆似乎也陷入此种颠覆人生观潜规则的旋涡里，消沉到她无法坚持与路朗的爱情。

身处极度残酷的生存现实要保住纯洁的爱情谈何容易？

和尤美乐躺在软绵绵的草地上忆当年，或许只有单纯的往事才能安抚她们迷茫的心，于是三五成群地往迪吧的舞池里涌，想通过这种狂魔乱舞的方式暂时摒弃现实中的烦恼。

曲终人散，从迪吧出来，外面的世界天旋地转。无论晚风怎么虐，透过身体单薄的T恤，狂舞的余热还是多过这分美美的凉意。

罗红豆第一次喝得酩酊大醉，躺在床上仿佛世界也醉了。

全宿舍失意的又不止罗红豆一人。所谓想不开的得不到，想得开的早已无法肝胆相照。

“别哭了，红豆，你要学会释放，释放不该是你的，不是你的就成了包袱，成了包袱就该释放。”很难想象尤美乐这点语言组织能力也能站在三尺讲台上，或许这点教学水平足够满足大山里孩子的需求。

罗红豆被逗笑了，然而尤美乐却不知道罗红豆并非为情而哭。

世间的感情莫过于两种：一种是相濡以沫，却厌倦到终老；另一种是相忘于江湖，却怀念到哭泣。试想罗红豆和路朗是否属于后者？

“你看我像是沉醉在爱情里不能自拔的人吗？”罗红豆违心了。

“那你还把自己灌醉？”尤美乐扑闪着纯朴的双眼。

在她的世界里女人除了为情而哭，就没有伤心的理由。

“为赋新词强装愁。”

“什么？你说什么？”

“安静，让我安静会儿。”罗红豆求饶了，和尤美乐沟通必须处在与她同一级别的理解能力上，不然鸡同鸭讲，不知所云。

“哎哎哎，别安静了，告诉你一个秘密。”尤美乐不是八卦神嘴，可当身陷是非之地也就不知不觉与她们为伍，有个女同事掉滴眼泪也就成为她们嘴里的八卦主题了。

“能说出来的还叫秘密吗？”

“对于当事人是秘密，我们就未必了啊！想听不？”尤美乐故弄玄虚。

"不好吧？咱们才进单位不久，你不怕被她们反击？你可别忘了咱们是怎么进来的，搞不好会牵连我叔还有你哥。"

"你傻呀！能传到咱们耳朵里早就不是一手丑闻了，屁大点丑事掀不起浪头来，说不定你我正在解读历史中的生存法则呢！"

不必尤美乐张嘴，罗红豆也猜出一二来。若不是香水的味道，恐怕在她们身上都能闻得出腥味儿来。

（四十）

一辆"大白鲨"停在宿舍楼下，走下来的不是什么大款，是被大款抛弃的风铃子。她五官精致，却瘦得像电线杆，扑了一层又一层的胭脂，抹了又抹的朱唇，染了一头的黄毛，而头上刚长出来的黑发却很明显，或许挂墙头供人欣赏倒还有几分价值。

用干瘪来形容她，最为妥帖。思想干瘪，身材干瘪，嘴巴了不得，在有钱的男人面前和在普通男人面前截然相反。在上级和下级面前能描摹得出她的两种嘴脸，趋炎附势的本性，见风使舵的招数，在风铃子身上浓缩。

尤美乐嘴里说的秘密就是她。

风铃子的"大白鲨"花了不少钱，和她的工资收入不成比例，如果再养她身上的那一身名牌，仅凭每月微薄的薪水是不可能的。

热点并不在于出卖青春赚来的一辆"大白鲨"和一身的华丽，而是一个男人周旋于三个女人之间。科长的润，罗莉的骚，风铃子的艳。平日里罗莉为了讨好科长，恨不得弯下腰来舔她的脚趾头。

而为了争得科长的宠幸，罗莉和风铃子背地里恨不得吃了对方。风铃子摘掉墨镜，身上的洋气也微衬出这里的陈旧。为此，罗莉拒绝爱上本单位优秀的工程师，却自降身价把自己嫁给离过婚的男人。

曾听人说过，什么都可以将就，唯独婚姻不可以。同样的命运，风铃子也把自己被有钱男人玷污了的身体随便交给一个赌棍。从这儿华丽走出去的女人用泡沫般的爱情换来了连自己都唾弃的婚姻。

婚宴上风铃子和罗莉还再使劲地攀比一把，显摆谁的钻戒大，谁的礼金多，谁的婚纱漂亮，谁的宴席豪华。

尤美乐看似笑得灿烂，其实她从内心里感觉到彷徨，还有不安，她吓坏了。

同样，罗红豆从骨子里接受不了的现实，日复一日地让她感到前途的迷茫，什么转正，什么升迁对于她来说好像都那么不切实际。赌的就是人际背景和心理素质，要不然一个科室有两位副科长，全天躲在办公室看报纸喝热茶，掐准了时间点上下班，看准了日子领工资，天天计划着退休后上哪旅游，就这么既漫长又短暂地混过大好的时光。

从学校出来的意气风发天真烂漫，瞬间被眼前残酷的内斗压得粉碎。

人平凡得可以什么都不要，默默无闻地在最底层做他们的垫脚石，但久而久之也就失去对生活本来的激情和追求。

“不如咱们也上夜大吧！”尤美乐颇为自嘲的语气倒给罗红豆指明希望之路，“别看她们个个的都有不堪的过去，可人家个个的都往正道上走，还有不少人拿这儿的工资去上夜大了呢！”

“从她们的身上我看到了自己的未来，难道咱们一定要把自己推向火坑脱胎换骨后相夫教子？我不要。”罗红豆几乎带着哭腔说。

“红豆，比这更痛苦的是，你要想结婚，要没有点像样的家世背景，又没有个像样的工作，一样找不到一个你喜欢的又爱你的男人。现实残酷，所以你真以为风铃子和罗莉愿意出卖自己的青春换取连自己都不待见的婚姻啊！”

“别别别，美乐，你还是别说了，我还无法消化。”罗红豆双手抱胸，蜷缩在床上，任由泪水砸下。但愿咸咸的泪水能给她洗出一条光明的大道来。

“我呀！将就着过吧！日子没那么矫情，有条件的男人看不上我，我还看不上他们呢！赶明儿我找个乡下的男人，有田有地有房子，我想种什么得什么，房子没有 70 年限，子孙万代都可以住，犯不着委屈自己，出卖自己的灵魂来换连自己都觉得恶心的生活。你说呢？红豆。”

罗红豆不敢直视尤美乐，任由泪水洗刷内心的恻隐，她不敢说自己不爱路朗，不敢说可以洒脱到能把自己将就进婚姻里。她还没来得及触摸爱人的手，又怎能随便交出自己的身体？

（四十一）

死气沉沉的棕榈树扎根在浅浅的花池里，从宿舍楼道的阳台平视，尖如利剑的叶面厚积了一层黑黑的尘土，残枝败叶吊挂而下，似乎厌倦了这儿的风尘往事。

四周极其平静！

楼上发出"噔噔"的跳舞声，"咿咿呀呀"练嗓门儿的声音格外清晰。

给厂里贡献青春的小姑娘，不甘枯燥乏味的轮班换班，或不屑这儿诱人的福利待遇，而甩掉枷锁走出去探寻适合自己的未来。然而铁打的营盘流水的兵，也有能固守这份安逸的前辈，内心平静到只能用呆滞的生命去敷衍存在的日子。

风铃子傲人地扫视一眼宿舍，手捏鼻子哼哼唧唧道："嗯，什么味儿？也太臭了吧！这种地方你们也能住得下？"

"傲什么傲？你不也是从这儿搬出去的吗？再说了，论起脏臭，恐怕在说你自己吧！"睡在风铃子上铺的翠姐鄙视地说，"你不是嫌弃这儿臭吗？还回来干吗？"

翠姐言外之意讽刺风铃子的不知羞耻。

一个人连最基本的底线都没有了，哪还有资格对别人说三道四，仁义道德都可以抛之九霄云外，苟延残喘般行尸走肉只能沦为世人的笑柄。

"说谁呢？上个月是谁没钱吃饭，没钱交学费，没钱寄回家，跟我借来着？别得了好处还不卖乖。"

很是奇葩，有人右手干尽不耻的勾当，左手则烧香拜佛祈求全，施舍财物买个好名声强过被人嫌弃与世不争。风铃子对同事的仗义，算是合理地堵上了她们想嚼舌根的嘴。

“是是是，我是借了你的钱，可你也不能因为钱把自己给糟蹋了呀！”翠姐手持一把断了几根齿的木梳，倚在阳台悠闲地拨弄长发。待完整盘起缠在头顶后，方才弯腰一根一根地拾起掉在地上的头发。

“哼！你若赛过貂蝉，恐怕早就离开这鬼地方了。世人笑我不知耻，我还笑世人看不穿呢！”风铃子两手拎起早已打包好的行李，利索地穿过阳台的过道。她没有小女人故作的娇情，也没有淑女本质的优雅，甚至来也匆匆去也匆匆，由内而外地透露出她的精明强干。

“小样儿的，姐当年也是厂里一枝花，要真舍得豁出去，姐早就开大奔了。”翠姐目送风铃子下楼，不服气地叨叨着，待风铃子驾着那辆“大白鲨”风驰而去，翠姐才惋惜道：“多好的女子啊！可偏偏被个有妻有儿的男人给骗了，钱钱没捞着，啧啧啧！你风铃子也就值这两轮的破车。人家罗莉要身段有身段，要文凭有文凭，随便一个微笑都能把有钱男人迷倒任由她填写支票。”

风铃子驾着“大白鲨”呼啸而去，排烟口冒出一路浓浓的尾气。翠姐与风铃子的对话，罗红豆听得一清二楚。她走出阳台远眺，似乎还能闻到一股呛鼻的烟味，内心五味杂陈。

尤美乐轻拍罗红豆的肩膀说：“看什么呢？已经走了。”

（四十二）

宿舍与马路隔着一堵墙，罗红豆抱膝静坐床上，向阳台外望去，通明的夜灯下人影稀少，南方的霜降，夜晚显得冰凉。

罗红豆突然滑下床，从拉杆箱里翻出来一叠厚厚的信，随手拉出床底的灰盆，四处寻找打火机。“红豆生南国，春来发几枝？劝君多采撷，此物最相思。”她不能再让自己活在诗的意境里幻想美好的爱情却自我毁灭。

打火机在罗红豆手里被按了几次，点燃的火苗接连几次都被眼里的泪水扑灭。第一次把心交出去，想收回来时却已经不容易。尤美乐推门进来，嘻哈的笑声鸣锣般传至耳际。

“消夜给你带回来了，红豆，厂里这伙食养猪还勉强，再不出去打打牙祭，真担心哪天突然挂在工作岗位上了。”尤美乐不舍地把香饺搁茶几上，低头，鼻尖凑近深深地吸一口气，悄悄打开餐盒往嘴里塞两个，鼓着腮帮说，“明天周末，咱们出去逛逛，你得回请我，不然我亏大发了。”

灰盆里熊熊燃烧的火苗，映照出罗红豆一脸的泪水。

尤美乐急走上前制止罗红豆：“你疯了，把这儿全烧了怎么办？会要人命的罗红豆，就为一个整日见不着面隔三岔五就给你寄几张勾魂纸的男人把自己折腾得不成样子，你这是何苦呢？大好的青春，没必要把自己拴一棵树上吊死。”

“你管我。”陷在爱里边，人的智商是零，情绪更是千奇百怪的，罗红豆恨不得跳进火盆里把自己也烧了。

“我还真就管你罗红豆了。”尤美乐像个消防员，拿起桌上的水杯，往火盆里浇水，“再这么消沉下去，全世界都会抛弃你。”

“像我这种要什么没什么的女人，不用被世界抛弃，生来就注定败给命运。”

“至少你还是女人，而且还是个资质不错的女人。”尤美乐津津乐道言有所指，“要胸有胸，要屁股有屁股，要颜值有颜值，最主要的是你气质也不输风、罗二人，只要你肯，不出一个月，我敢保证你罗红豆想要什么有什么！”

罗红豆哭得更伤心了。在她的生命里，永远无法原谅虚伪的存在，尤美乐的好意是世俗的火坑，她又怎能不知道往火坑里跳，能活着爬起来才是完美的人生？可她骨子里的圣洁就是她的生命。

夹杂在烟里的灰是路朗寄来的信笺，罗红豆喃喃自语：“难道真爱就这么灰飞烟灭了？”

“别傻了红豆，虽然咱们进厂不久，从现实生活来说，不，我们本来就生活在现实里，侧面看风铃子和罗莉的行为是可耻，但别人没错啊？一没扰乱社会，二没伤害谁，只不过有丁点儿败坏风俗。你若想找一个爱你的男人，得有别人爱的资本，现在的男人也很现实的，妹妹。”

像中了爱情的毒，罗红豆眼里揉不得半粒沙子，尤美乐的安慰像酵母，越发地发酵她的忧伤。待火盆里再也看不到火星，罗红豆方才如梦初醒：“我好饿，有带吃的吗？”

“带了带了。”尤美乐屁颠屁颠地向茶几跑去，“刚才进门早就告诉你有吃的，原来你没听见啊？”

落寞的情感此起彼伏间，罗红豆判若两人，似乎身上的血被换洗了一遍，连心脏都不是原来的，只顾埋头豪吃。爱与不爱只在一念之间，没听说过风铃子和罗莉这两个人之前，她是那么执着地念着一个人，即便罗谷离开，她举目无亲想象到日后的孤苦伶仃，也未曾让她感觉到世界的荒凉。

使人陷入低迷的不是自身的残缺和命运的不公，而是种种规则的束缚，这才是罗红豆的脆弱之处。

在现实面前罗红豆爱路朗，爱得这般没有信心，爱得如此卑微。

（四十三）

晨光冉冉，罗红豆面对镜子，把嘴唇描了一遍，还是不满意，抽出纸巾使劲拭擦。照向镜子的阳光折射在她的脸上，鲜艳的朱唇已经分不清是口红的颜色还是被纸巾一遍又一遍擦红的。

满地抹有口红的纸巾，让人联想到罗谷生前病榻下带血的纸。同是生存的欲望，罗红豆想用什么方式完美存活在人世间，奈何口红画不出她脚下的路。于是抹掉一次，灵魂又被洗刷一次，渐渐地也就不会在乎嘴唇的痛了。

尤美乐在梦里笑出声来，咧开的嘴露出的白牙缝里还残留有菜屑。怀中的抱枕靠近嘴巴的地方湿湿的全是口水，兴许她做了个美美的梦。罗红豆停止抹唇，捏紧的唇膏停在半空，她突然起身向尤美乐走去。

宿舍的前辈们都倒班去了，罗红豆轻轻坐在床沿，把尤美乐的双颊描出两朵红晕。定定地看，静静地笑，直到尤美乐被惊醒，忽地坐起："不要走！"

"谁走了？"罗红豆忍俊不禁，哈哈大笑。

尤美乐难为情地羞答答状："嗯，不许笑人家。"

"你知道我笑什么了？"罗红豆捧腹大笑，"还不好意思！"

尤美乐双手掩面，抹了一手的红，方才知道罗红豆的笑意。她直愣愣地盯着罗红豆的双唇，像看到另外一个世界般诧异。立马抢过罗红豆手里的口红逼问："哪儿来的？"

"反正不偷不抢，光明正大买来的。"

"买来的？咱们一个月的工资才一个手掌都不到，哪能买得起这么名贵的口红？"尤美乐的猜疑不无道理，她不敢相信罗红豆会一夜之间沦为风、罗之辈，依靠卖弄风骚跃出低廉的寂寞与空虚。

"这个，保密。"罗红豆正打算抹掉双唇的红。

"等等。"

像钱钟书《围城》里女博士苏文纨，淡雅的两颊鲜艳的朱唇。她想彻底地改变自己，用另一种有颜色的心态面对这个世界。

"怎么了？"

"你变了。"

"呵呵，哪有？化个妆而已。"罗红豆颇显淡定。

"咱们天天面对一堆冷冰冰的机器，你涂那玩意儿干吗？给谁看啊？"尤美乐滑下床，扯下挂在床头的毛巾递给罗红豆："亲爱的，我昨晚只是开玩笑，你可不能当真啊！"

罗红豆甩掉尤美乐的手冷笑道："人间正道是沧桑，弱女子想要征服世界，得先征服自己。"

"你是不是还想说男人有钱就变坏，女人变坏就有钱？不行啊！红豆，你必须要有原则，不能随波逐流自甘堕落啊！"尤美乐索性把罗红豆拉到一边，主动给她擦掉脸上的胭脂和口红，教导主任似的絮絮叨叨："风、罗二人已经无可救药，难道你想步她们后尘？钱权这东西，它就不是个东西，你不能为了它跨越雷池，否则痛不欲生。"

"没钱，你拿什么来爱一个人？这才是最可怕的痛。"

“哎呀！我说不过你，可咱们能不能换个方式折腾？抢银行去？或者，或者……”尤美乐原地打转，黔驴技穷地挠头叹气道，“我能或者个什么？”

罗红豆轻松地笑道：“我就是一棵没人疼爱的小白菜，只能活出小白菜的价值。”

两人对视无语，宿舍变得异常安静，这风尘往事似乎历历在目。

（四十四）

厂房区迎面走来一位上级，他朝罗红豆瞄几眼，会心地笑了笑。罗红豆一眼带过，礼貌地朝对方点点头。面对说不上名字的上级，她不敢贸然敷衍，只能恭敬地朝对方浅鞠一躬。

待罗红豆走近，上级狡黠地笑了笑说：“你是红豆吧？”

“嗯，您好。”

“厂里有传言，说有一位新来的女工刷新原厂花的纪录，就是你？”

罗红豆愣了会儿，谦虚道：“只是传言罢了，不必当真。”

“哎，今日一见，还真是名副其实。”上级拉起罗红豆的手轻抚，色眯眯地笑道：“可惜了这纤纤玉手，真是便宜了车间里那些机器上的梭子，可惜啊可惜，生就倾国倾城的容貌却天天与一堆堆棉纱打交道。”

罗红豆急忙缩回手，尴尬地回道：“我到倒班时间了。”

“哦，这样吧！下了班陪我和客户吃个便饭，就这么定了。”这位上级还没等罗红豆回答，转身就走。

鸿门宴，上级是绝对的不安好心，可罗红豆去还是不去？她目送上级离去，两手不知所措地捏作一团，似乎有意蹭掉手背上留下的上级的余温。

放眼望去，全是低头忙碌的女工。

罗红豆略施粉黛，脱掉工作服，身上散发出一股青春的气息。

在夜色中左顾右盼，上级突然从身后蹿出，欲伸手搂抱罗红豆的腰际，却扑了个空，一头栽在地上。

“流氓……”罗红豆吓得大叫。

“我，是我。”上级慌忙爬起来，“别叫，是我。”

“啊？您不是先去陪客户，让我自己打车去吗？”

“什么陪客户，你还当真了。”

“那主任是什么意思？”

“和厂花约会的意思，哎，我说你是真不明白还是装糊涂？我告诉你要想保住这份工作，总得付出点什么吧？小姑娘。外面的人削尖脑袋还未必能挤得进来呢！”上级拍拍身上的尘土，脸上露出不快的表情，愠怒地说。

罗红豆正想退去。

“走，你走了之后，想过你小叔吗？当初你小叔为了求我给你留个名额，可花了不少心思呢！你说你这一走，日后工作没了，他这人情不白做了，回头你还给他落个坏名声在领导眼里，日后他在单位可不好待哦！”上级上前扯了扯罗红豆的衣袖笑嘻嘻地说：“咱们单位那点人事关系你又不是不懂，识大局者为赢家呀！”

才迈出去两步，罗红豆怕了，她硬着头皮回头默默跟在上级身后。她从骨子里接受不了这种关系，而且还是上下级。罗红豆在心里不停地嘀咕：一定要洁身自好。

“哎呀！我说你紧张什么？不就陪上级吃个便饭吗？能把你怎么着？看把你委屈的，好像我有多招人厌似的，你想多了罗红豆。”上级改变了语气，罗红豆才放松了警惕。

“不是，我不是这个意思，我半夜还得倒班呢。真的不能喝酒。”罗红豆不想得罪上级，一时间又找不出更好的拒绝理由，“您也不想我刚工作就因为旷工而被开除吧？”

“拒绝上级的邀请，工作一样不保，你自己看着办吧！”上级气呼呼地调头离去。

“我，我……”罗红豆左右为难。

（四十五）

人来人往，车水马龙。

月光如梭般穿过云儿的背，罗红豆默不作声地跟随在上级身后。

上级故意伸出胳膊肘，示意罗红豆如情人般挽过。罗红豆难为情地四下扫视，生怕遇见夜晚出来逛街的同事，畏畏缩缩，手伸到半空还是拒绝了上级的好意。上级不顾罗红豆的拒绝，硬拽过罗红豆的手，大摇大摆地游走于灯红酒绿间。

“咱们厂办公室里的那些姑娘们，一个比一个打扮得妖里妖气的，你说就她们那点工资哪来的钱买名牌？”上级故意试探罗红豆的反应，“我好像听谁说她们有靠山。”

“嗯，我，呵呵，我哪知道啊！我是厂里新来的女工，什么靠不靠山的，我不知道。”罗红豆假装赔笑脸敷衍，暗地里使劲把手抽回，可上级就是紧紧地拽着不松手。

两个人一路走来，各怀心事。

“不如，咱们交往吧！”上级倒是心直口快，丝毫不顾及罗红豆的感受，甚至把手揽过罗红豆的腰间，凑近罗红豆的耳根说：“悄悄进行。”

“什么？交往？还悄悄进行？”

“怎么？嫌我工资不高？怕我买不起名牌给你吗？”上级绕在罗红豆腰身上的手越发地勒紧，“还是你早就另有他人了？”

说什么也无法忍受这般侮辱，罗红豆抬脚狠狠地踩在上级的脚尖上，咬牙切齿地说：“你把我罗红豆当什么人了？小三吗？主任，我听说你夫人监视你像卫星定位一样的精准，每个月除了饭卡，在你身上都搜不出一块钱，你打算挪用公款家外养家吗？”

“哎哎哎，别给脸不要脸。”上级被呲得满脸的肉往下耷拉，松手把罗红豆甩离自己，瞬间横着脸怒指罗红豆说：“被我看得起的姑娘，从来没有一个像你罗红豆这么不懂事，你是觉得我主动喜欢你所以故意让我难堪的吧？”

神经末梢反应缓慢，上级才感觉脚被踩痛般，跳起轻抚脚尖，狠狠地盯着罗红豆，怒目相对。

罗红豆突感一股冰冷的杀气降临头顶，语无伦次地说：“这么说，主任曾经交往的女工还不少喽？”

不知哪来的勇气，罗红豆镇定自若，直言不讳地指出上级隐藏的情事。

上级怒发冲冠脸一下子变得铁青，像天气晴转阴，瞬间倾盆大雨。

“你真是不识抬举，以为自己有几分姿色，就不得了？”上级手指罗红豆的鼻尖，脸上的每块肌肉都露出猥琐的本性，“我告诉你罗红豆，想做我情人的姑娘多了去，也不差你一个。”

“既然不差我一个，那我就不奉陪了。”罗红豆转身就走。

上级歹心突起，送到嘴边的肉不吃白不吃。他箭步上前把罗红豆抱在怀里，轻咬罗红豆的耳根窃窃说道：“想想你小叔，想想你身边的人，把事情闹大了，对谁都没有好处。”

“你是主任，我只不过是个小小的女工，你说谁的损失大？”罗红豆转身贴近上级的耳根得意地说，“光脚的不怕穿鞋的，想必主任听说过这句话吧？”

上级缓缓松开罗红豆，似有不服地瞪着罗红豆的双眼。

罗红豆捏住上级的命门，再补充一句：“如果我猜得没错，主任一定是连哄带吓地玷污了不少清纯女工吧？呵呵，我不是某某某，你看错人了。”

时间一秒一秒地流逝，罗红豆虽嘴巴不饶人，可身上已经沁出汗珠，薄薄的衬衫粘上肌肤，暗暗透出女人特殊的香味。她既想得到想要的，又不想陷入龌龊的勾当。柔媚的眼神与上级对视，突然意识到要想生存在狼群中，得先把自己变成一匹需要人呵护的狼仔。

趁上级不备，罗红豆双手反扣在上级粗短的脖子上，温柔地笑道：“主任真坏！”

女人的心思男人永远也猜不透，上级丈二和尚摸不着头脑，被罗红豆变幻的勾魂伎俩迷住了。

只不过是稍微沉醉片刻，毕竟男人还带有点对家的留恋。

（四十六）

坐在对面的上级直愣愣地盯着罗红豆清纯的双目，心中则早就淫意四起，正暗自盘算着如何食用眼前的秀色小菜。对对方迷乱的眼神，罗红豆也早就猜出一二。她故意撩拨上级的大腿，桌底暗送秋波，却又流露出无奈和饥渴的眼神。

“我说你是真是假？糊弄我的吧？”上级按捺不住直挠胸脯，“瞧你那小风骚样，我就浑身难受！”

罗红豆瞟一眼上级，默默喝奶茶。

上级迫切地隔着长裤抚摸罗红豆的大腿，表面却淡定地说：“什么时候完事？咱们再约时间找个地方。”

“俗不俗？”罗红豆故意岔开话题，蜻蜓点水般一语带过：“真的。”

“你急死我了，姑奶奶，我答应把所有的积蓄还有奖金全给你，你还想要什么？这些都已经是我的全部家当，你若再想多要，只能把我这个也拿去！”

当罗红豆瞅见上级指向下体的瞬间，她恼羞成怒，为迎合对方的下流行为，还是强装出被迫妥协的样子。如其他女工般，拿自身做交易的筹码，践踏她内心唯一的精神支柱，浑身像群蚁撕咬般，痛痒难抵。

“去去去。”罗红豆故作撒娇的同时还附带卖弄风骚，“讨厌！”

探出舌头扫一圈丰厚而性感的唇，似笑非笑地斜眼瞧着上级色眯眯的眼睛。

“哎呀妈呀，你这小妖精，骚得我痒痒的。”上级浑身火得血充眼，涨红的脸，脖颈青筋暴凸，“看你就是个欠收拾的主，到时候你可别求饶。”

“主任怜香惜玉可是出了名的。”

包里传来“嘀嘀嘀”的响声，罗红豆伸手掏出中文机，显示：速回厂里，有急事！

“不如我给你买个手机吧！现在还有谁用这块小豆腐。”上级故作大方，像父亲，像大哥，又像情人般对罗红豆说。

“厂里不知道有什么急事，我得回去了。”罗红豆神色慌乱，把中文机放包里，起身正要走。

“红豆，”上级拽着罗红豆的手，瞬间又像婴儿般惹人怜爱，“亲一个。”

“嗯……”罗红豆犹豫三秒，把三根手指贴在唇上，“嗯啊！”

给上级送去一个飞吻。

“哎，我送送你。”上级迫不及待想再趁机揩油，“你就一普通女工，厂里能有什么急事找你，借口吧？”

还好罗红豆腿长，迈出几步，就已经与上级拉开距离。

上级掏出香烟在鼻尖嗅了嗅，深深地吸一口气，眼睛始终盯着罗红豆远去的背影。仅仅是满足嗅觉的瘾，随后他把香烟往盒子里一塞，意犹未尽地坐在还留有余温的椅子上。直到罗红豆的背影消失在夜色中，他才转移视线于奶茶杯，丝丝歹念流于言表：“哼！罗红豆。”

随手拿起奶茶杯，朝身边的垃圾桶投去。奶茶杯在空中画了条优美的弧线，便“咚”的一声销声匿迹！

（四十七）

尤美乐笑得在床上打滚，泪水溢出眼眶。宿舍依然静得只听到从她嘴里发出的“咯咯咯”的笑声。罗红豆把脸泡在水里，虽然是淡妆，也抹了些许香皂，可还是无法清洁残留在脸上浓郁的化学物质味。

留在空气中的两只耳朵听到的满是尤美乐的狂笑。初进厂里种种扭曲的见闻，让罗红豆怀疑世界，质疑人生，甚至不相信还会有单纯的爱情发生在自己身上。

“红豆啊红豆，我头一次听到这么不要脸的故事。”尤美乐终于收起笑声，一本正经地说，“我说你也真是的，遇到那种男人，你直接撕了他的嘴巴，还跟他聊得这么肉麻，给他臆想的空间干什么？他回家可要与夫人同床异梦呀！以后这种害人不利己的事少来啊！万一厂里传开来，你就又排到风、罗二人的队伍里，还见不见人了？再说还有介绍你进厂的小叔及他们一家，你叫他们脸面往哪搁？”

罗红豆把脸埋在水里憋了许久，她想把这种成长的蜕变像脸上的胭脂洗得干干净净，她甚至想过削发为尼，从心里远离红尘从此青灯下静坐，枯案旁诵经。可一切又哪能简单到说走就走？

水面冒出几个泡泡，罗红豆从水里抬起脸，左右甩水大口喘气。

“哎，你干吗呢？洗个脸还玩起潜水来了。”

尤美乐递给罗红豆毛巾，半晌也没等到她伸出手接，索性帮她擦拭滑进水里的沾湿的头发。

“是潜规则。”罗红豆闭着双眼说，“身在此境，如履薄冰。”

“什么？”

罗红豆睁开眼睛，被尤美乐惊诧的眼神刺得钻心地痛，她唯有把目光投向湛蓝的天空，只有不被人所主宰的宇宙，才是神圣洁净的。

“你被潜了？”

“险些被潜。”罗红豆淡定陈述，“常在江边走，总有一天会湿鞋。”

庆幸自己脱离险境的同时她又陷入无比的惆怅中。

听得愣神的尤美乐似乎也感觉到自身危机四伏，不知不觉与罗红豆同病相怜：“要我为了份讨饭的工作，给他们当玩具？那我宁可不要。”

“士可杀不可辱，你真有骨气。”

“老娘就算饿肚子也不为那五斗米出卖自己的身体，干净嫁个普通男人，做个普通劳动妇女以告慰我世代门户圣洁的祖宗。”尤美乐两眼充满正能量的热光，仿佛整个世界都在为她喝彩。

突然“轰隆隆”地传来一声巨响，窗外闪过一道亮光，照在尤美乐的脸上。她急忙躲藏在罗红豆身后。

秋雨如约而至，巨雷闷响。

尤美乐的骨气，难道连天都不相信？南国的天，凉了个秋，北方该下雪了。

“怕了吧！”罗红豆浅笑，阵阵冷意如浴冰雪。

“去！”尤美乐梳理好头上的卷发，镇定地说，“我所说的句句发自真心。”

“我婶婶曾经说过，人往高处走，水往低处流，可是多高才是高处？如果昧着良心如己所愿，即便达到所谓的高处，也会惶惶不可终日。”

“你在怀疑我吗？”

尤美乐哪里知道，罗红豆连自己都怀疑了，还拿什么去相信别人？

“世事难料。”望着窗外淅淅沥沥的小雨，罗红豆多愁善感道，“下雨了，我和他，就是在雨天认识的，那时的他就像我生命中的阳光，温暖，就算每天活在痛苦里，只要想起他刚强的笑脸，就能感觉到人生总是有希望的。”

“啧啧啧！真让人羡慕忌妒恨啊！”尤美乐难过地说，“我算是白活了，这么凄美的爱情为什么我没遇到？他一定帅死了，得到你的一片痴心，多少男人做梦都盼不来呢！”

唯美的爱情只能活在心里，过了今日，明天会是什么境遇，看命运的安排吧！得罪了上级，日后，罗红豆在厂里如何过，谁也无法预测。

（四十八）

有句话叫听天由命，不该自己的抢也抢不来，是自己的扔也扔不掉。不管是工作也好，心爱的人也罢，都是上天已经安排好的。如果你想跳出让自己不舒服的格子，就必须忍受鱼跃龙门一遍又一遍地跳跃浑身拉扯和抖动所带来的疼痛。

“红豆，主任有请。”天刚擦黑，就远远传来尤美乐的叫声。

罗红豆懒懒地掀开毛巾被，露出不悦，来不及回答尤美乐，匆匆钻进了洗手间。宿舍里没见着人影，尤美乐把一封印有三角形邮戳的信靠近台灯，侧头侧脑地朝信封查看。透过灯光的照射，信封内印出一个心形。

“看什么呢？”罗红豆轻拍尤美乐的肩膀。

“罗红豆，人吓人，会吓死人的。”尤美乐捂着胸口大叫，“没看到你在床上，我还以为你又约会去了呢！”

罗红豆抢过尤美乐手里的信：“什么东西？”

即使是他寄来的，她也已经不那么急切地渴望看到信中写的是什么了。思念和现实就是一条清晰的分水岭，如果罗红豆还没经历风、罗二人的职场生存潜规则，或许对路朗的爱情还是那么期待。

久久地把信捏在手里，罗红豆呆若木鸡，陷入矛盾中。她早已把对路朗的思念连同回忆一起烧成灰烬，彻底地走出纯真的青春期。眼前的上级是主宰罗红豆未来的“神”，她冒犯不起。

扫一眼三角形邮戳，她把信塞进抽屉对尤美乐说：“刚才你说什么？”

“哦，主任有请。”

尤美乐挂在脸上的笑，是嘲笑还是嬉笑？都不重要。

为了能活下去，罗红豆别无选择。她坐在镜子前整理秀发，用心地在脸上化了个淡妆。

“你真的要去？”尤美乐转而担心地说，“还是算了吧！你真的不能重蹈风、罗二人的覆辙，一旦跳进这个火坑，晚上都会做噩梦的。”

起初被上级抱在怀里的那一刻，罗红豆有过退缩。她放不下自尊，放不下深藏在内心的他。初涉社会，不管水有多浑浊，也不管鱼龙有多混杂，总还有一席洁净之地让心灵歇息。

“别为我担心，如果学不会金蝉脱壳，只能全力以赴。都在同一个单位谋职，他不会为难我的。”罗红豆胸有成竹地回答。

正是这种牵强的胸有成竹，扼杀了不少向往美好的细胞。罗红豆努力拼凑这种完美，故意往空气中喷洒香水，好让香水分子均匀附着在她的秀发和身上。只是以她对奢侈品的认知度，辨别不出名牌货和地摊货。都是散发出香味儿的水，只要能遮掩自身懵懂的羞涩，地摊货又何妨？

“啊嚏！啊嚏！”尤美乐连打了两个喷嚏，她揉了揉鼻尖说：“你还是别去了吧！这种劣质的香水只会让你越陷越深。”

“就算我们都是没娘爱没爹疼的孤儿，可你还有个疼你爱你，处处为你着想的哥，我一无所有，也别无选择，我要的仅仅是想更好地活下来而已。”此话一出口，罗红豆早已泪如雨下。

即便所有的人都不谴责她用自己的青春去换取明天，她也会为守不住自己的真爱而痛心到哭泣。

红豆生南国，春来发几枝？愿君多采撷，此物最相思！

美好的爱情，就此别过？

（四十九）

在园艺廊的转角，科长身上喷洒的香水犹如七里香，远远就能闻到。罗红豆向科长浅笑，这种陌生的熟悉感像相互排斥的磁场，就算有一千个拍马屁的机会，她也不屑于拉近与科长的距离。

相反于风、罗二人阿谀奉承式的恭维，罗红豆仅仅礼貌地向科长问好，便擦肩而过。倒是科长回头观望着罗红豆的背影，貌似想寻找出普通女工出格的刺儿。或许是科长惯用的香奈儿散发出的香味儿很浓郁，她竟然没闻到罗红豆身上喷洒的劣质香水味。

“啧啧啧，出落得倒挺有姿色的啊！可惜了，再有身段也无法入流。”科长眼里容不得对她造成威胁的姑娘，可厂里的人事罢免又不是她一个人说了算，也只能暗自打压，稳住自己的地位。

科长摆着翘臀走向停在路边的私家车，透过挡风玻璃，看见车内的男士架着墨镜，就连驾驶座上司机的头发也梳得油光油光。八成是哪位有钱的爷，否则以科长的眼光，怎么会瞧得起这样的老头儿。后脑的龙须烫扎得老高，她故意左右晃动也留不住逝去的青春，倒是套在手腕上的玉镯显出了科长的年龄。

待科长钻进路旁的私家车，扬长而去，罗红豆才回头目送一缕尾烟消失殆尽。她也步入她们的后尘了吗？瞬间感觉天崩地裂，每迈出一步都好像走向罪恶深渊。她害怕、彷徨……

来到主任的办公室，罗红豆轻轻敲了敲门。许久才等来门开出一条缝，哪知出来的是风铃子，还好不是想象中的慌乱不堪，只是风铃子右边耳朵上少了一只耳钉。

“你怎么才来？”风铃子依然改不了她那风风火火的脾气。从心理上来判断，风铃子是故意嚣张，她害怕安静后自己无法面对过往的不堪。

“你怎么知道我要来？”罗红豆反问，“难道你知道些什么？”

风铃子先是咧嘴笑笑，之后才凑近罗红豆的耳根悄声说：“悠着点，主任上火了。”佯装关心的语气，迷乱了罗红豆的心志。随后她攀扶在罗红豆的肩膀上，表情夸张地口沫横飞。

罗红豆只顾点头，其实她也没听明白风铃子朝她嘀咕些什么，风铃子没等听的人回应，转身就急匆匆地走了，系在裤耳上的那串钥匙晃来晃去，正是这一微小的不同，被优雅扮相的罗莉比下去一大截。

女人的那点心计在风铃子和罗莉之间演绎得胜过皇宫后院，就风铃子那点脑容量又怎是罗莉的对手？

（五十）

罗红豆整了整衣衫，推门往里探头：“主任找我？”

上级低头写材料，丝毫没有察觉到罗红豆的到来。过了半晌，办公桌上的座机急促地响起，他才放下手中的笔，欲接听电话。

此时，罗红豆才进入上级的视线，正要拿起话筒的手，又收了回去，站起身向罗红豆缓步走来，笑眯眯地说：“哦，你来了，过来，我这儿有些资料需要你帮忙。”

“我，哦不，主任，我就是厂里新来的女工，什么也不知道，办公室的工作我做不了，真的做不了。”罗红豆机智推脱，“你还是另请他人吧！”

其实在罗红豆退去的那一瞬间，上级早已拽过罗红豆的手，堵在她身后：“帮帮我，红豆。”

罗红豆无处可退，硬着头皮把上级手里的资料接过，疑惑不解地说：“为什么是我？”

“明知故问，”上级故作威严，而后则满脸笑意说，“要你们车间的实践经验与理论结合起来才能完成这些资料的填写，所以由罗红豆你来完成最合适不过。”

听得出上级是抬举罗红豆的新人身份，而罗红豆则联想到了上级别有用心的伎俩，矛盾就此产生了。想保护好自己又想讨好上级维持现状，罗红豆恐怕还有待磨炼。

姜是老的辣，如上级这般对女工蠢蠢欲动；竹笋是嫩的甜，她不正中上级下怀吗？一切美好的想法也仅仅是初生牛犊不怕虎的罗红豆自以为是的幻想罢了，不然擅长装疯卖傻的风铃子又怎么会逃不过上级的魔掌而甘愿付出自己？

只要罗红豆应承上级的吩咐，接下来的担忧也就顺理成章了。

主任办公室独立在走廊尽头，周末的缘故极其安静。

“既然主任这么看得起我，我拿资料回宿舍和同事一起讨论吧，主任不是说过吗，集思广益方能精益求精。”

办公室不大，罗红豆明显感觉到背后的上级越来越靠近自己，急促的呼吸扰乱她的思绪，慌乱之余还得思考如何逃出魔掌。办公桌脚下的一个不明物体让罗红豆突然弯下腰，伸手捡起。哪知上级在她身后扑了个空，趴在桌子上。

“主任，你的东西掉了，我帮你捡起来。”为了避开上级扑空的尴尬，罗红豆故意把捡到的不明物体递给上级。

“你知道这是什么吗？”上级红着脸问罗红豆。

罗红豆扫一眼不明物体上“避孕套”三个字，天真无邪地反问上级：“避孕套是干什么用的？主任。”

如此天真的女工，恐怕上级头一次见。他两眼直愣愣地盯着罗红豆手里的避孕套，不知所措，该如何解释从天而降的窘境？上级想伸手拿回，却又找不出句搪塞的话，转而欣然笑道："这个，你真不懂？"

或许罗红豆听说过"避孕套"这三个字，却不知道避孕套长成什么样子。从词意上理解，她应该知道避孕套干什么用，但避孕套用在哪儿才是最安全的？

上级举手投足间也顾不了太多，既然罗红豆的懵懂已经把他挑逗得失去了控制，也就索性给她现场直播生理课。

看到罗红豆摇头，上级的心都酥了，他缓缓靠近罗红豆。透过眼镜，罗红豆探到上级眼里的欲望，罗红豆本能地后退，却不小心被垃圾篓绊倒，一屁股坐在地上。

（五十一）

正当罗红豆要爬起来时，上级弯腰抱起她压在办公桌上。罗红豆双手紧紧地捂住前胸，恐慌印在脸上。

"你不是不知道这个东西怎么用吗？来，我用实际行动告诉你。"上级不紧不慢地依次解开罗红豆衣衫上的纽扣。

"不要。"罗红豆吓得浑身发抖，"我知道了，主任。"

"别害怕，红豆，我是真心喜欢你的。"上级解开纽扣，用着近乎强制的力度。罗红豆眼里淌出两行热泪，哭着求上级说："主任在我心目中和蔼可亲，可你总不能让我的第一次草率地开始在这种地方吧。以后，我会有心理阴影的。"

听到罗红豆亲口所言的第一次，上级喜不自禁地紧紧抱过罗红豆，激动地说："亲爱的，你说什么？"

罗红豆抵着上级肩膀的下巴上沾满了泪水，她头一次出卖自己，对着陌生的男人说出违心的话，心里满满地装的都是远方的路朗，把自己抱在怀里的却是别的男人。她主动推开上级，凝视对方的双眼，含情脉脉地说："我……"

罗红豆的欲言又止，对于上级来说无不充斥着一种故意的挑逗。按捺不住内心的饥渴，上级还是强行把炽热的双唇贴近罗红豆，忘乎所以地吻着眼前的尤物。

任由咸咸的泪水打湿压在办公桌上的照片。照片里是一个优雅娴静的女人，会心的笑脸与上级的视线平行，他慌乱地停止亲吻，抽出罗红豆脑后的照片，默默凝视。

罗红豆借机滑下办公桌，悄悄溜出办公室。继风铃子之后，她也急匆匆地逃离主任办公室，冲进走廊对面的女厕，拧开水嘴，用手捧起水往脸上扑，使劲地冲洗上级亲吻她时糊在脸上的口水。

难以忍受的口臭引起罗红豆阵阵恶心，趴在洗手盆边作呕。不知道洗了多久，还是闻到一股口腔唾液的臭味。罗红豆抬起头，看到镜子里狼狈的自己，欲哭无泪。

罗莉莫名地出现在镜子里，不知是怜悯还是嘲笑地递给她一张纸巾：“慢慢地就习惯了。”望着罗莉远去的背影，罗红豆内心像打翻了五味瓶，人生的酸甜苦辣聚集在这一刻都向她涌来。

纸巾掉落在盥洗池里，被自来水冲刷旋转，当水漫出，罗红豆才如梦初醒，她不要如风铃子般被潜的人生。

（五十二）

南国的秋天依旧绿荫葱葱。

罗红豆独自漫步在河堤上，任凉风吹刮单薄的身体。阵阵寒意侵袭着她，她停下脚步贪婪地享受此时的自由。河面的风吹散了在厂里的一切烦恼，眼前的世界是那么的美好，那么的惬意！

河中泛起的水波被旋涡吞噬，偶尔驶来的大船发出“呜呜呜”的鸣笛声。

“放手。”远处传来一声叱喝。

“啪”，男的被女人狠狠地扇了一记耳光：“我最憎恨朝三暮四的男人，脚踏两只船，我对你来说算什么？”

一男一女，如大学生校园恋的模样。罗红豆好奇地走近，不料看到的却是一张熟悉的脸，那个千方百计要拆散她和路朗的路月晴。

“在学校谈恋爱，不都只是玩玩而已吗？你何必当真？”男生不顾脸上的疼痛竭力和路月晴争辩，“玩不起就别玩，神经病。”

男生说完拂袖而去。

“你回来，给我回来，混蛋，敢和我路月晴玩劈腿，你死定了。”路月晴伤心而泣，“我不会放过你的。”

“路月晴！”罗红豆惊讶道，“你怎么会在这儿？”

听到熟悉的声音，路月晴回头。她最看不起的罗红豆出现在眼前，可偏偏最难堪的一面被她看见，无地自容地扭头要离开。

罗红豆急步追上前：“难道就那么讨厌看到我？”

“讨厌你？在我路月晴心里，你连讨厌的位置都够不上。哼！”路月晴恨罗红豆，估计也只是女孩子心里的那点芥蒂。从上学起，和罗红豆分在一个班，共在一个组，同窗十几载仍然还是敌视对方。罗红豆在路月晴眼里，就是哪儿哪儿都不顺眼。

“恐怕是在我面前被男人甩，你觉得特丢脸吧？”罗红豆直言不讳。

路月晴恶狠狠地瞪着罗红豆说：“你哪只眼睛看见我被男人甩了？是我路月晴在清理情感垃圾。不过，既然被你看见，这事儿就烂在你肚子里。我不希望有朝一日同学聚会，传到第二个人嘴里。”

“你就那么在乎他？”

虽然在路月晴眼里，罗红豆是个令她极其厌恶的对象，但曾经那份别扭的同学情，让罗红豆对她还是有一丝丝的恻隐之心。

爱屋及乌，让她恨不起路月晴。向来唯我独尊的路月晴说什么也无法忍受被人抛弃的委屈，她哭了。咬着嘴角，倔强地抬起头不让泪水涌出来。

“天变凉了，不知道我哥他在那边还好吗？”

原本是要持安慰人的姿态，转而被路月晴的情绪传染，罗红豆瞬间伤感不已。

“路朗。”

“你们还有联系？”路月晴成功转移话题，把本属于她的难过嫁接给了罗红豆。揭开别人伤疤获取快感，成了路月晴的毛病。

“如你所愿，我放弃了爱路朗。”明明已经说服自己抽身退去，可胸口还是感觉到隐隐约约的痛。滴不尽相思血泪抛红豆，开不完春柳春花满画楼。

奈何新愁旧愁终不由己。

“你的选择是正确的。”

路月晴的欣然回应再一次刺痛罗红豆血淋淋的心，还没来得及说爱，就已经消失殆尽。风吹乱罗红豆的秀发，再美的风景也是哀伤的色调。卸下徒增的亲切感，带着几许落魄转身离去。

“哎，罗红豆。听华晓说你没考上大学，托亲戚进厂当女工，是真的吗？”路月晴甚是得意地说，“告诉我你在哪上班，有时间咱们老同学出来一起聚聚？”

在罗红豆看来，这个聚聚都是路月晴的虚情假意，设法在同学面前嘲笑红豆才是她的本意。任路月晴如何叫嚣，罗红豆都充耳不闻，消失在路月晴视线中。罗红豆想安慰老同学，却被路月晴反刺其心，在伤口上撒盐。

（五十三）

厂里女工的技术考核成绩出来了，公告栏前人潮汹涌。即便女工的命运不如路月晴眼里的大学生前途无量，可仍然有很多正值青春的女孩为其争先恐后。尤美乐倒是一副无所谓的样子，悠然自得，照她的人生观，嫁个农村人才是最安全可靠的归宿。

闲云野鹤安居乐业的乡村生活才是尤美乐所向往的，所以技术考核过与不过，都无关紧要。她瞄两眼公告栏，瞧见罗红豆在人堆中被挤了出来，上前问罗红豆：“你考核过了？”

罗红豆失落地摇头。

“不应该啊！你在我们组，可从来没有出错，怎么可能没有你的名字？”尤美乐积极往前凑，试图从一行一行板报字体里寻找“罗红豆”这三个字。然而从头到尾，再从尾到头都找不到。

“别找了美乐，再好的技术，没有过硬的背景也还是从哪儿来的就回哪儿去。”

对于现实，罗红豆已然接受。并不是她不积极进取，而是犹如蚂蚁的人生拼尽所有，收获显而易见。美好的前景争抢的人多之又多，自然是近水楼台先得月。罗谷走了，可他生前的事迹像一面镜子，罗红豆时常在镜子里看到自己的影子。如果说为了自己的利益不择手段，如风铃子和罗莉般出卖自己的灵魂，罗红豆宁可不要，这与心理是否强大无关。

从和尤美乐同一天入职起，厂里组织女工技术考核三次，如今已经是第四次，罗红豆仍然榜上无名，是去是留已见分晓。

“怎么办？这关过不了按照厂里的规定，是要卷铺盖走人的。”尤美乐深表同情，“只有三天时间给你准备，三天后你打算住哪？”

“天无绝人之路，谢谢了美乐。”

表面淡然的罗红豆强忍的泪水还是掉落下来。

即便用船到桥头自然直来安慰自己，可三天后她该何去何从？

上级踩着脚踏车经过罗红豆身边，临了还投予她一个莫明其妙的眼神。弦外之音暗示罗红豆不识好歹，如今考核没通过是自食其果。与上级对视三秒，罗红豆才明白四次考核不过关的玄妙之处，每一次都是名额有限，有近亲在者为先。正因为不舍得技术了得的罗红豆离开，上级才假装靠近她，用对风铃子的方式把罗红豆留下。

初涉社会，懵懂之年犯下点糊涂事不算什么罪过。红豆想在这个环境完好无损地生存，不参与背地里丑陋不堪的交易，血淋淋的暗斗，很难。

所谓的宿舍只不过是生产场所提供给劳动者的一个短暂的栖身地，就算有诸多不舍，该走时还是要走。罗红豆正在收拾行李，像是要流浪远方，除了一些书，就只有几件随身的换洗衣服。

依依不舍的是尤美乐，她假装轻松地走到阳台，不忍直视罗红豆的离去；她假装笑容灿烂，掩盖内心的迷茫；她假装定位贱嫁农村，逃避被潜规则的现实。宿舍的空放器传出高亢的歌声“……长大后我就成了你……”其实每个人长大后都不愿意面对另一个被世俗染色的自己。

前辈们行色匆匆，面无表情，照常倒班下班，对于来了又去的人事变化早就习以为常。走到哪儿没有人关心，而留在这儿的足迹和故事却成为她们的谈资。而久而久之，走掉的人多了，也就没有人记得谁是谁非。

从认识到离开，短暂熟悉之后却又马上分开，尤美乐难以适应。即使内心难过到吃不下饭，可脸上还是挂着让人放心的笑。

拎起行李独自下楼，尤美乐说了不来送行，是怕自己会哭。罗红豆从背着行李离开那个没有安全感的家起，她的心就已习惯飘荡。

“罗红豆啊罗红豆，你让我说你什么好？”罗红豆的瓜藤小叔收到消息立马现身。他满腹的责备与怜惜，令人无地自容。

“小叔。”

“你知道我为了你这份工作，托了多少关系，欠了多少人情吗？折腾来折腾去，你说不做就不做，你走了倒是轻松，可我怎么向上级交代？你们这些年轻人整天就知道挑肥拣瘦，这点苦都吃不了，将来能干什么？”平时和善的瓜藤小叔急得不知所措。他不分青红皂白的责问，使罗红豆百口莫辩。

“不是我不想做，也不是我怕吃苦，小叔。”罗红豆委屈地说，“是考核没通过。”

“什么？技术考核没通过？”急得瓜藤小叔直拍手背，“上班第一天我就叮嘱过你，一定要处理好关系，不管是对同事还是领导，一定要放低自己的姿态，一定要勤学多问。可现在呢？才多久，就又泡汤了，你太不让我省心了罗红豆。”

其实罗红豆的瓜藤小叔有所不知，或是知而难言，不是罗红豆不懂得处理人际关系，而是这种关系超越了人的行为底线。

风铃子和罗莉风风光光的背后，暗藏多少无奈，谁也不知道。但每当夜深人静时，灵魂会拷问，回忆会让她们寝食难安。

“看在你父亲的情分上，我对你尽心尽力，知道为了给你找工作我和你小婶吵过多少回吗？早知道你这么不懂事，就应该听你小婶的话，不干吃力不讨好的活儿。既然你不懂得珍惜，那我也没办法，我爱莫能助。”

像划清界限般，瓜藤小叔没有同情和安慰罗红豆，见面就是劈头盖脸的责备。也是，这个世界上连亲生父母都无法理解的行为，谁还有义务管你？

（五十四）

在这不算陌生的城市，罗红豆居然找不到一个熟悉的人。人来人往，车水马龙，罗红豆像找不到人生目标似的，迷茫极了。

拖着行李，一看到贴在店门外的招聘书，罗红豆不顾一切上前询问，结果失望而归。她遇到了在这座城市最基本的生存问题，心中牵挂的路朗是她活着的唯一信念。即使身无分文，流落街头，只要心里有他在，罗红豆仍能感觉到生活的希望。

鼓起勇气，脸上流淌着微笑，向最后一个店面走去。不料却撞到从店里消费出来的客人，对方左搂右抱，嘴里还叼根雪茄，浑身散发出一股浓郁的香水味。

罗红豆连连说：“对不起！对不起！”

对方抬眼盯了罗红豆片刻，似乎没有计较她的莽撞，只是目光像扫描仪般把罗红豆扫进了脑子里，随后和身边的女子打闹离去。

在这种歌舞升平、灯红酒绿的地方，被撞的人还能如此平静，罗红豆心里掠过一丝丝的暖意。

顾不上这份陌生的温暖，她走向服务员说：“姐姐，你们这儿还招人吗？”

女孩笑了笑说：“姐姐？哼！你叫我姐姐？”

罗红豆愕然回答：“嗯。”

“哼！还说不定谁是姐姐呢？”女孩很老练，却示意自己年龄并非罗红豆所想的大。

罗红豆灵机一动，转换称呼道：“哦，妹妹，是妹妹。”

“算你识趣。”女孩斜眼瞧罗红豆，“你是来应聘什么职位？

陪酒的还是卖酒的？扫地的还是……”

还没等女孩问完，罗红豆插嘴道：“应聘服务员。”

“你有经验吗？”女孩这才正眼上下仔细打量罗红豆，“说说你以前都干过什么。”

“我，”罗红豆难为情地说，“我刚从学校毕业，没什么工作经验。但曾经在国企做过一段时间女工。”

后面的强调，显得罗红豆很不自信，从工作上来说她确实也没有自信的资本，除了颜值之外，她别无长处。于是再次强调：“我什么苦活累活都能做，只要能有个栖身的地方就行。”

“哦，这个不难，长得漂亮的女人找个住处不难。”女孩话中暗藏讽刺，罗红豆却听不出她的言外之意。

“啊？！”罗红豆懵懵懂懂的反应已经出卖了她内心的单纯。

“走吧！我带你去见经理。”

“谢谢妹妹，真的非常感谢你。”罗红豆欣喜若狂，雀跃地点头感激。

虽然天是亮的，可越往里走却越暗。

有些服务员腰间挂个包，身穿印有某某啤酒的促销服，打扮异常艳丽，脸上涂抹浓妆。偶尔擦身而过的保安高大威猛，白色衬衣外套西装包裹着健硕的身材，却怎么也找不到文质彬彬的气质。

回望四周，黑色调的装修风格笼罩着层层压抑的气息，空气中刺鼻的烟味混合着酒精，乌烟瘴气。罗红豆一边捏鼻尖，一边胆怯地跟在女孩身后。女孩回头扫一眼罗红豆，不客气地说：“捏什么鼻子，慢慢地就习惯了。”

女孩后半句话正和罗莉送给罗红豆的“慢慢地就习惯了”重复，似乎到哪儿都逃不掉必须要说服自己习惯于内心的不愿意。

“等等。”

这种语言的重复，让罗红豆徒增几分不安。

“怎么了？”

“你认识罗莉？”

“嗯？罗莉是谁？”

听到女孩的反问，罗红豆停止追问，继续跟随在女孩身后。走过昏暗的过道，前方一个房间门上钉着块写有“经理室”的金属牌，虽然在过道尽头，可还是能听见外面的喧嚣。

女孩正要敲门，从里面出来一位身材高挑、容貌美丽的少女，脸上早已被生活刻上成熟的烙印。谁都清楚，来这儿上班的人，没有几个不是因为生活所迫。领罗红豆去见经理的女孩稚气未脱，如果不是她刻意往成熟的方向打扮，还以为她是童工。

（五十五）

经理是一位不怎么帅，不怎么高，不怎么喜欢说话的男人。年龄不大，头发却有点灰白。

“经理，交给你了。”女孩和桌子后面的经理打了声招呼，语气的熟稔和亲切暴露出她和经理之间微妙的关系。

没见着经理有反应，女孩便对罗红豆介绍说：“这是我们的经理，主要负责招聘工作。”她说完转身就走，给罗红豆留了个大大的悬念。

“经理您好！”罗红豆毕恭毕敬地向对方打招呼，换来的却是对方冷冷的一个手势和一个犀利的眼神。按照经理的手势，罗红豆在原地转了个圈。用眼睛的余光瞧见经理默默地点头，罗红豆喜不自禁，心想：不用露宿街头了。

经理凑近罗红豆，把一张写有字的白纸递给罗红豆，并做出让罗红豆退出经理室的手势。罗红豆很是好奇对方为什么不说话，难道他是哑巴？为什么连不会说话的人都能当经理？从踏入社会，罗红豆所经历的许多疑惑不解感觉难度远远超过学校里所学的多元高次方程。

走出经理室，罗红豆借着窗外的自然光仔细看了那张写有字的白纸，原来是经理签名的入职表，纸的背面罗列出所有入职的事宜，入职时间、具体找谁办理、往哪个方向走上面都写得清清楚楚。和厂里的入职手续没有可比性。罗红豆心里直犯嘀咕。

女孩一直站在罗红豆身后，像是等着给罗红豆解释些什么。

“不必好奇，想要工作跟我来吧！”

“不是，表，入职表我还没填好。”

罗红豆就是个天真的人，凡事都要一本正经，求个完美。入职表填与不填的背后是个什么结局，她有质疑过，可她更愿意凡事都往美好的方向去想，何况还要解决自己迫在眉睫的窘境。

鱼龙混杂不是想象出来的，置身于其中方知其险象环生。

“不急，入职表你明天再交给我都行。”

“可我今晚就没地方可去了，你们不是包住吗？可不可以让我先住下来？”罗红豆近乎乞求地说，“妹妹。”

女孩苦笑，在她看来，一个比自己大好几岁的女人智商居然这么低，找到这种地方来工作只是为了一个栖身之处。如果罗红豆知道了工作的性质，她还会如此兴致勃勃吗？

罗红豆眨巴着一双大眼，她的内心世界仿佛童话里的花园，鸟语花香。却忘了森林的那边还住着一个老巫婆，随时都有可能对她施展妖术。

“这个，我得问问经理，按常理说是应该照顾新职员的不便。不过我不敢保证他会同意，因为我们这里还没有先例。”女孩不假思索地回答。罗红豆拿到入职表后女孩的话明显增多，语气也变得缓和，这般急切地就把罗红豆拉到他们的阵营。

“对了，妹妹，你们经理为什么不说话？难道他是哑巴？”

“不该问的别问。”女孩故作神秘地说，“是我们，我们的经理。”

女孩立马更正罗红豆的口误，强调经理室里面的那个男人是罗红豆和她的经理，同时又不愿意过多透露他们的秘密。

带着这种未知的神秘感，罗红豆颇带感激地说：“是，是我们的经理。”

女孩把罗红豆介绍给正要去经理室的主管。

主管蓬松的波浪发，鲜红的唇色，修长的腿，还有踩在脚底的恨天高，怎么看都像是古代老鸨现代流行叫“妈妈”的。

罗红豆微笑着向主管打招呼："主管。"

"嗯，新来的吧？"主管捋了捋长发，定睛打量罗红豆，"底子不错。"

女孩冷漠的表情，主管不以为然，或许这种没有明天的生活，对于她们来说笑是卖给肯给她们出价钱的人的。

不用劳驾瓜藤小叔，不用因为工作好坏牵连到身边的亲戚，罗红豆暗自庆幸一切都是那么顺利，不费吹灰之力就能靠自己解决困难。

（五十六）

罗红豆又有了新的宿舍，她像得到了上天的恩宠，兴奋地坐在软绵绵的床垫上，弹起的动感说不陶醉人心是虚伪。曾经听罗莉向厂里其他同事炫耀，她结婚后家里的床花了多少多少钱，自己窝在床上像极了被宠幸的公主，早上从被里钻出来脸上红扑扑的像朵花。

粉红色的壁纸，洁白的瓷砖、地板，罗红豆像刘姥姥进了大观园，这儿也摸摸那儿也蹭蹭。按照主管的吩咐女孩给罗红豆送来了一套性感的睡衣。

精美的盒子，折叠得好好的睡衣，里面还放着一小瓶香水。睡衣散发出淡淡的清香。新员工的待遇让罗红豆受宠若惊，她本能地拒绝道："不用了，我自己有。"

"留着吧！会用得着的。"女孩会意地笑了笑说，"把自己打扮漂亮些。"

"你们给我住的还给我工作，我已经很感激，这些东西我真的不能要。"罗红豆把睡衣推给那女孩。

"这是你的工作待遇，你应该好好享受。"女孩把睡衣搁在床上，走了。

"哎，妹妹，这房间我一个人住吗？"罗红豆扫了一眼精美的梳妆台，一切都来得太容易，她有点不敢相信自己的眼睛。

女孩没有回答罗红豆，轻轻带上门。

不管是好是坏，反正已经有个落脚的地方。

当人走投无路时，偶然获得的东西就会迷惑自己的本性。罗红豆质疑过自己的运气，可她别无选择。想要改变命运，就得接受生活不平等的待遇，她要做自己能疼爱自己的公主。

配有独立浴室，门口处开放式的厨房，用宿舍两个字来命名也太不搭了。说是单身豪华公寓，更为贴切。难怪女孩专门给罗红豆送来有档次的睡衣，除去身外物，美人颜如玉，置于深闺处，方能做得主。

换上女孩拿来的睡衣，罗红豆已经忘记问自己，到底什么样的工作能够配得上如此高级的待遇，这是她在厂里想都不敢想的，连做梦都没有梦到过的感觉。华丽的睡衣罩着罗红豆雪白的肌肤，若有真命天子突然降临也抵挡不住眼前的美的诱惑。

架子上还有高脚杯，可惜找不到能配用它的红酒，在灶台上的玻璃瓶里倒出杯凉白开，掂在手指间，抿嘴品尝的模样也足够罗红豆沉醉。

罗红豆困得迷迷糊糊地蜷缩在床上的瞬间，一种不安的感觉突然袭来。亮着床头的灯，缓缓闭上双眼，可脑子还是倔强地清醒着。

找了一天的工作，走了一天的路，困了，也累了。

（五十七）

原来依靠自身的努力获得自己想要的并不是件容易的事。

短短的一天，罗红豆经历了白眼，唾弃，讽刺，嫌弃，冷漠，世态炎凉得如天上下的大块冰雹，毫无防备地砸在了罗红豆的脑袋上，喷涌而出的鲜血洗刷着她单纯的灵魂。

疲惫的梦里，飞在蓝天上的战机清晰可见，路朗坐在战机里向罗红豆挥手。云层中，忽隐忽现的笑容，如天上的太阳般灿烂，温暖。然而还没等罗红豆大声喊出“路朗哥”这三个字，战机的挡风玻璃闪过一道强光，刺伤罗红豆的双眼，紧接着战机变成一团火球直线掉落。

“不要……”罗红豆吓得大喊，突然惊醒，从床上直坐起来。

还没从惊吓中缓过劲来，突然发现，电视机旁边的沙发上青烟袅袅。罗红豆环望四周，空荡荡的房间安静得能听见针掉在地上的声音。

罗红豆明显感觉到自己的心跳在加速，脑子里闪过满屋子通明的火光，自己被熊熊燃烧的样子。她还没来得及跳下床，青烟袅袅处缓缓站起个人，把未燃尽的雪茄掐灭在烟灰缸里，向罗红豆走来。

“你是谁？为什么出现在这儿？”罗红豆吓得直打哆嗦，下意识地大叫，“救命啊！”

“别喊了，就算你喊破了喉咙，也没人听得见。”那男人冷淡地说道。

“你想干什么？别过来。”罗红豆抱起枕头向男人扔过去，结果男人接枕头的身手出乎罗红豆的意料。扔完床上最后一个枕头，才看清楚男人真正的容貌，她惊叫道：“是你？你不是哑巴吗？你是怎么进来的？”

慌乱之余，罗红豆拿被子裹住身体镇定地说：“你想干什么？”

“你说呢？”男人颇为调侃地回答罗红豆，“孤男寡女共处一室，你未嫁，我未娶，当然干男人和女人该干的事。”

“道貌岸然的伪君子，原来所谓的工作都是骗人的。”罗红豆又气又急。

“哎，话可不能这么说，你看看这房子，虽然不大，但给你住，绰绰有余。”男人已经靠近床边，试图缓和气氛，“再说了，你不是没地方可去吗？住这儿不委屈你吧？”

罗红豆并不打算相信眼前的男人，毕竟已经被骗一次，说不定下一次的陷阱挖得更深更大。于是抱着被子跳下床，瑟瑟发抖地躲在另一边的壁柜下。那男子企图靠近罗红豆，都被她以死相逼，咬牙切齿地说：“你别过来，不然你会后悔的。”

“你别想不开，我不过去，我不过去。”男子若无其事地坐回沙发上，跷起二郎腿，点燃另一支雪茄，叼在嘴里腾云驾雾。

背对着罗红豆，男人沉默不语，任由手中的烟灰掉落在地。

罗红豆蹑手蹑脚地滑向放自己衣服的地方。男子立马站起，面目突然变得狰狞，如鬼上身般变成另外一个人。

“你以后就是我的女人了，不过只是三个月，或许你愿意更久，时间由你自己定，咱们可以签份合同。”很快男人进入洽谈交易的状态，“很多人来找我签卖身合同，都被我回绝了，你应该为我的主动请求感到满足。”

隔了许久，男人把雪茄吸得快烧手时认真地说：“我喜欢干净。”

罗红豆带着哭腔说：“经理，你就放过我吧！我心里有深爱的人。”

“深爱的人”这四个字，更是刺激了近乎失去理智的男人，他轻蔑地说：“哼！深爱的人？别跟我扯什么狗屁深爱的人，女人都是见钱眼开的妖精，哪个男人有钱就往哪个男人身上贴。明明躺在自己男人怀里，心里却想着别的男人。知道什么叫身在曹营心在汉吗？说的就是你们这些爱慕虚荣水性杨花的女人。”

男人滔滔不绝，与当初沉默寡言被罗红豆误以为是哑巴的经理判若两人。

“你说完了吗？”

“你同意了？”

男人露出狡黠的笑意，黑乎乎的牙齿让人恶心。

“你干吗不做哑巴？把我当什么了？都欺负我没地方住是吗？”罗红豆边哭，边抱起衣服，拖着棉被进浴室，“好，我走，我走行了吗？”

怎么看都像是对恋人在打情骂俏，要说罗红豆被男人骗，一点儿都不为过。男人阅人无数，他不急不慢，所以像倾诉又像谈判更像是商量。他知道罗红豆不会立马答应，也看得出罗红豆不会为钱所动，所以把她当作甜心慢慢品尝。

（五十八）

面对社会阅历复杂的陌生男人，罗红豆无计可施，唯有走为上策。躲在浴室里拨弄半天，绞尽脑汁想如何逃离那扇门。把被子扔在地上换好衣服，她拧开自来水，制造出声音，踩上马桶，爬到浴室的窗口往下瞄，地上黑乎乎一片。

夜深人静。

远处零星的灯光告诉她无处可逃，要么冒着被摔死的危险钻出窗口跳下去，要么坐等天亮喊人救命。可两种选择都不具备保命的可能性，即便不相信眼泪，可罗红豆还是绝望地哭起来。

十分钟，二十分钟，三十分钟……数着时间一分一秒地过去。没听到男人过来敲门的声音，罗红豆以为他走了，便拉开条门缝悄悄探出头扫视一圈，没看见那男人，她迅速钻出浴室拿起行李往大门走去。

没想到那男人早就光着膀子，赤裸裸地等待罗红豆就范。目光触及那男人光着的身体，罗红豆两腿吓得发软，几乎是拖着双腿挪到门口处。庆幸的是，门没有被反锁。男人没有追出去，他早就料到像罗红豆这种没有工作又没有钱的女孩，大晚上的，睡在他怀里比睡在天桥下被流浪汉围堵猥亵不知道强多少倍。

那男人反而觉得这种有挑战性的游戏更过瘾、更刺激，罗红豆的狼狈出逃，才是最完美的游戏。他不强迫她，他相信罗红豆有朝一日会回头，会主动答应他开出的条件并乖乖地签下那份卖身契。

夜色下，罗红豆在狂奔，生怕那男人追出门，她头都不敢回地跑着，脸上分不清是泪水还是汗水，淌进嘴巴里，感觉到咸咸的。一直跑到体力消耗殆尽，才瘫坐在路边的垃圾桶旁，伤心大哭。

此时的罗红豆就像冬天里卖火柴的小女孩般又冷又饿，抬头远望星空，祈求一闪一个愿望统统都能在这个冬天实现。

立冬了，枯黄的残叶飘落在地，才半夜的工夫，路面就积了厚厚一层，如地毯般让人想到软绵绵的温床，于是罗红豆哭得更加伤心。母亲走了，父亲也走了，她和罗小果在这个世界上无依无靠，又陷入困境，再强大的内心也有崩溃的时候，她索性趴在膝盖上痛哭流涕。

“这儿怎么有个人？”从车上下来一个陌生男子，走近罗红豆，他弯下腰轻声问，“需要帮忙吗，姑娘？”

罗红豆警觉地抬起泪眼，拒绝道：“我不需要，你走，让我哭会儿，真是太伤心了。”

陌生男子哭笑不得，他递给罗红豆纸巾还有一张名片，好心地说：“想清楚了，如果需要帮忙的，给我打个电话，我不是坏人。”

“天底下有谁会主动承认自己是坏人？你滚，别假惺惺地装好人，谁不知道这是甜蜜的诱饵。”罗红豆说完，冲动地把陌生男子手里的纸巾和名片甩在地上。

“看来你是真被人骗过，但我告诉你，世上还是好人多。既然你不需要我的帮助，那我先走了。”陌生男子和气地说道，“不管怎样，哭完了还是回家吧！大晚上的，你一个女孩子只身在外，不安全。”

“要你管，有家谁不想回啊！”罗红豆着实是哭傻了，口无遮拦地表露自己的惆怅，也不怕再出现第二个坏男人。

旁边站了连欺负自己的想法都不敢有的人，她心里踏实地扫视暗夜，除了相隔百米的路灯泛起片片迷蒙的光，她还真找不到个能保证自己安全度过这个夜晚的地方。

（五十九）

陌生男子驾车远去，罗红豆又后悔了。如果接受他的帮助，是否会又是一个大陷阱？仿佛全世界的人都在撒谎，已经没有可信的人值得依靠。为了保护好自己，罗红豆干脆在地上抹脏手，再把泥土涂在自己的脸上；两手穿插在发间，胡乱地拨弄头发，直到模样看起来像个疯子、像个乞丐，她才放心地倚靠在垃圾桶外两米远的电线杆下打盹。

当手指触及双脚时，感觉到冰凉冰凉的。罗红豆低头才发现脚上穿的是他们的棉拖鞋，还跑掉了一只。她只好赤着脚，又走回垃圾桶旁边扒拉开一个个装满垃圾的塑料袋，试图寻找别人当垃圾扔掉的破鞋垫脚。

垃圾桶里发出的恶臭沾满全身，香水味早已被垃圾的恶臭掩盖。憋了许久的呼吸，罗红豆快撑不住了，扒拉完的垃圾散落了一地，倒腾半天连张破鞋垫都找不着。

罗红豆委屈地坐回路边，不得不把两只脚一起拢进剩下的那只棉拖鞋，以此来驱散寒冷。可单薄的身体还是冻得瑟瑟发抖，上下牙齿在打架，发出“咯咯咯”的声音。

从垃圾桶里爬出来的“小强”也来凑热闹，悄悄地钻进罗红豆挤有两只脚的棉拖鞋。被“小强”的爪子触到脚跟，她被吓坏了，急得连剩下的那只棉拖鞋也甩出去老远。好了，这回是光着脚丫子在露水里行走，惨兮兮地徘徊在夜色里。

陌生男子又折回来，这回已经不是驾车。他朝罗红豆喊道：“姑娘，你等等。”

罗红豆回头，觉得事情不妙，撒腿就跑。以为陌生男子后悔没下手，离去之后突生邪念，所以才回头加害她。

陌生男子想不明白罗红豆为何惧怕他的出现，于是好心追上说：“姑娘你停下，我是给你送鞋子来的。”

“你别过来，我不相信你是好人。”罗红豆一边跑一边回头提防陌生男子靠近。

“喏，你不相信，我把鞋子扔过去给你，这样子你总该放心了吧？”陌生男子说完，把手里用塑料袋包好的鞋子扔给罗红豆后，定立原地，“我是看你没穿鞋子，南方冬天的夜可寒凉了，稍不小心会感冒的。”

罗红豆畏畏缩缩地捡起地上的塑料袋，对大约五米之外的陌生男子说：“还有衣服吗？”

“大晚上的，所有的服装店都关门了，如果你不嫌弃，我车上有套运动服，平时也就是和朋友出去打球穿，没什么问题吧！”陌生男子倒蛮贴心的，一番话说得罗红豆心里暖暖的，可还是无法消除她心里的防备。

“你为什么对我这么好？”罗红豆戒备之余又颇为感动地说，“是不是对我有什么企图？”

“你也太自信了吧？”陌生男子略显尴尬且带有几分愠怒，“我是不想在我眼皮底下又发生各种离奇的命案，拜托你对自身的安全系数有个可靠的判断好吗？”罗红豆对他极度的不信任，陌生男子唯有不耐烦地转身离去。

真是一朝被蛇咬，十年怕井绳，陌生男子的拂袖而去，罗红豆并不觉得有何惋惜之处，反而让她放松警惕。还没来得及把鞋子穿上脚，她已连续打了几个喷嚏，浑身直打哆嗦。低头的瞬间，鼻涕迫不及待地流出来。

就算是不被坏人侵害，一旦被疾病缠身，后果……罗红豆不敢再想象，抬头向陌生男子求救：“哎，你回来。”

不料陌生男子早已不见踪影，罗红豆将运动鞋套在脚上好像老鼠掉进猪笼，松松垮垮。拖着沉重的身体漫无目的地在街上游荡，直到天边泛起片片鱼肚白，难过的夜已经过去了，罗红豆感到又冷又饿。

霜打的茄子般有气没力，没走出多远，罗红豆一头栽倒在地。

罗红豆醒来时已经卧躺在软绵绵的床上，浑身暖烘烘。鼻尖飘过的却是福尔马林的味道，内心还在渴望：怎么不是香喷喷的馒头呢？

（六十）

环望四周全是身穿病号服的人。“醒了。”陌生男人手拎一份早餐向罗红豆走来，“你发烧了，出于人道主义原则我把你送来救助站，不用发表感言啊！”

罗红豆始终提防眼前若即若离的陌生男子：他真的是好人？满

眼疲惫地盯着他的一举一动，陌生男子有点不好意思，便主动解释说："我是救助站的义工，你不要害怕。"

把早餐搁于床头的桌上："你先趁热把早餐吃了，我还有事出去一趟。"

"哎！"

不知道是出于感激还是觉得自己太凄凉，罗红豆居然掩面痛哭。

"哎，你别哭啊！有什么事，你不妨跟我说说，我尽量给你想办法解决。"陌生男子安慰说，"不懂的人还以为我欺负你呢，快擦干眼泪，别哭了啊！"

陌生男子递给罗红豆纸巾，她居然接了："谢谢！"

"谢什么，谁没遇到过点事，只要你想得开就好。"陌生男子的坦然，使得罗红豆全身心地放松了。

拿起桌上的早餐，不顾一切地狼吞虎咽。

饥寒交迫的噩梦终于结束了。

"还有吗？"饭盒里的小豆包转眼就被一扫而光。罗红豆满嘴的油汁，嘴角上还沾着面包屑。

看得陌生男子直愣神，两眼直盯着罗红豆沾满油的双唇。罗红豆尴尬无比，急忙捂上嘴巴，却摸了一掌的油。她难为情地四处寻找纸巾，出乎意料，陌生男子主动给她拭去唇边的油汁。

罗红豆屏住呼吸，不敢直视陌生男子温柔的目光。

"还是我自己来吧！"罗红豆抢过陌生男子手里的纸巾，"别让人误会了。"

"你看起来好多了。"

从陌生男子的话中得知，他是个低调的富二代。无论是着装还是行为，不认识的人根本看不出他是继承家族亿万家产的男子。遇见罗红豆那天，他正从海关出来，打算回家。而他到救助站做义工是为了体验生活。

"哦，我好像在哪见过你。"罗红豆突然想起在河堤散心，被路月晴甩耳光的男子，仔细瞧瞧男子脸上的轮廓，还真有几分相似，便无所顾忌地追问道，"你是不是和一位叫路月晴的女生玩劈腿？"

陌生男子被罗红豆问得一脸的难堪："你怎么能这么问？"

"你说有没有这回事就行。"罗红豆得寸进尺，"快告诉我。"

"你怎么认识路月晴？"

"这么说还真的是你？"罗红豆问完，直捂胸口，有恶心作呕的感觉，"我想吐。"

"什么意思？"陌生男子故作惘然，"你是不是又不舒服了？我去叫医生。"他正要站起来，罗红豆阻止他说："不，感觉自己像吃了只苍蝇，有点恶心。"

"是不是早餐有问题？"

"难怪你被路月晴扇耳光不敢还手，就你这点智商还和她玩劈腿？"

陌生男子意识到罗红豆作呕的感觉是恶心自己玩劈腿，愠怒转身离去，头也不回地走出医院。罗红豆已经触到了他的底线。

罗红豆天真地接受陌生男子热心的帮助，却又不留余地地捅破他和路月晴不是秘密的秘密。她高估了他的容忍度。

好了，一切都平息了。

接下来，又该露宿街头了。

刺鼻的福尔马林味提醒罗红豆，一旦踏出这个病房门，便不会再有人同情她。虽然陌生男子劈腿路月晴，也只是表面现象，依路月晴的个性，受伤害的不一定是她。从他给罗红豆送鞋子的那个动作，从他把罗红豆送来医院的善举，足可判断出他的本质不坏。

（六十一）

即便罗红豆想蹭医院的床位补个回笼觉，对于此时的她也是一种奢望。

烧退了，病好了，想再睡，只有回家。

可是，茫茫人海，家在何方？手里拿着从地上捡起的陌生男子的名片，罗红豆矛盾重重，在医院旁边的公用电话旁徘徊不定。到底该不该再去麻烦一个曾经与自己同学劈腿的男人？煎熬的心让她想到了远方的路朗，已经很久了，他是否早就遗忘彼此的真情。

“哎，你怎么私自出院了？”陌生男子钻出车朝罗红豆走来。

“医院要收钱，我身无分文，不出院，等别人撵啊？”

“我正要去给你交医药费呢。”

罗红豆何德何能，令陌生男子这般热心？她暖暖地想哭。工作丢了，又没钱，还不知道这个冬天该怎么过。罗红豆的坚强几乎被压垮，泪水瞬间涌出眼眶。

“哎，我当是借给你的，以后等你有钱是要还我的。”陌生男子一番话卸下罗红豆心里的负担。

“可是我……”

“你不用说，我都知道。”陌生男子再次递给罗红豆一张崭新的名片，微微一笑说，“欢迎你到我公司来。”

罗红豆战战兢兢地接过陌生男子手里的名片。

“公司不大，希望你别嫌弃。”

“这，我，这个，我能行吗？”

“不相信我，你可以亲自到我公司去看看。”陌生男子看出罗红豆的心思。他深知一个人走投无路时，只要给他一个机会，不管多难的工作都能挖出最大的潜能。罗红豆落魄时的求生存的本能，才是他所需要的。

随着距离的拉近，陌生男子递给罗红豆一个袋子。

“这是什么？”罗红豆似乎已经卸下防备，爽快地接过袋子说，“给我的？”

“拿出来穿上吧！刚才在百货商场给你买的。”

为了不让自己再次被寒风侵袭病倒，罗红豆欣然接受。她把外套穿在身上，心里嘀咕：不管了，反正也只是一条贱命，就算他有把我分块卖掉的意图也总强过在寒风中活活被冻死。

“你在想什么呢？”

“哦，没什么。”

“既然你认识路月晴，我想咱们算是朋友的朋友了，希望以后咱们合作愉快。”没等罗红豆回答，陌生男子先入为主。

“什么合作？我可没答应你什么啊？”

“你会答应的。”陌生男子一脸自信。

“万一你们公司做的是什么违法乱纪的勾当，我宁可被饿死冷死，也不会跟你走的。”罗红豆欲扒下外套还给陌生男子。

陌生男子迅速阻止罗红豆说：“就这么穿着吧，挺适合你的。我还是那句话，这个世界上还是好人多，你真的想多了。”

罗红豆半信半疑，以她目前的处境，没有什么理由放弃这么好的机会。经历了那个生死攸关的黑夜，再坏的事情她都做好应对的准备。因为她要更好地生存下去，活下来了才能有美好的爱情，自己过好了才能等到她思念的路朗。

抱着这种信念，罗红豆上了陌生男子的车。她不知道陌生男子会给她带来什么样的明天，但以她对他最基本的判断，还不至于取了她的性命。

“你打算带我去哪？”罗红豆知道问了也白问。如果有更好的选择，她宁可调头就走，不必探询没有选择的答案。

“没有好的起点，你拿什么去跟别人比赛？住处我给你找好了，至于工作，依你现在的处境没有理由拒绝。”

陌生男子一边驾车一边思考罗红豆的需求。罗红豆想，以路月晴的刁蛮任性，他们俩分手不可能全是陌生男子的错。

罗红豆在心里一遍又一遍地安慰自己，如此一来就可以心安理得地任由命运摆布。

（六十二）

比起被女孩骗到不明住处，差点失身在“哑巴”经理的床上，陌生男子带给罗红豆的安全感是显而易见的。他救了罗红豆，还给她生存在这个社会的立足点，除了被冠上“情感骗子”的臭名，罗红豆真的看不出他哪儿像坏人。

俗话说，害人之心不可有，防人之心不可无。

吃一堑长一智，但罗红豆又没有理由拒绝他的给予。

好吧！反正活着就得经历，何况是一无所有的人。

罗红豆在房间里走走看看，内心仍然忐忑不安。她把玩着陌生男子放在茶几上的钥匙，心猿意马地瞟一眼没有意思要离开的他。两人的视线对接，他大概读懂了罗红豆的意思，便起身说："如果你不放心，可以叫个师傅把门锁换了。"

"真的可以换吗？"

陌生男子无奈地笑说："从我第一次看见你到现在，你所说的每一句话都深度质疑我对你的一片心意。拜托你用大脑想想，像路月晴，你不觉得她比你更有吸引力吗？不照样得从我的世界消失。所以别太把自己当回事了，谁稀罕你那几块肉。"

一番话说得罗红豆面红耳赤，羞愧难当："你……"

陌生男子扬着头，一副得意的样子，罗红豆竟然无言以对。是啊！都是出来混的人，何必太把自己当回事。陌生男子言之有理。不是温室里的娇花，也只能如小草般活着。

再矫情，也没有谁能像亲生父母那样不求回报地向你嘘寒问暖。罗红豆硬着头皮对陌生男子说了声："谢谢！"

"终于说句人话了。"

罗红豆低头认真地看了一眼手里的名片，饶有兴趣地说："欧阳凯旋。"

"知道就好，像你这种不尊敬人的女人，将来能不能胜任我公司的工作，还是个未知数。"

"那你也可以不要啊！"

面对如此高傲的欧阳凯旋，罗红豆始终无法对他毕恭毕敬，心底卑微的自尊肆无忌惮地泛滥。

欧阳凯旋瞟了眼罗红豆，她下意识地向他道歉："对不起！"她渐渐地被眼前的陌生男人降服。

身上的棱角不知不觉间被生活磨砺得荡然无存，罗红豆像极了受气的小丫鬟，低头不语。比起路月晴天生的霸气和优越感，罗红豆的楚楚可怜更能激起欧阳凯旋的保护欲。房里安静得似乎要凝结彼此的呼吸，罗红豆赶紧打破这种尴尬。

“房租，哦，对了，你把房子租给我吧！反正我也没有其他地方可以去。”

语气转变，关系就更进一步地亲切。欧阳凯旋很享受这种随和的气氛。靠近罗红豆纯属他小小的善心，好比救起一只陷入困境的小羊羔，没有罗红豆想的那么复杂。

电话铃声响起，欧阳凯旋突然站起身缓缓向罗红豆走去，眼里似笑非笑地泛起迷离的光。

“你要干什么？”罗红豆以为欧阳凯旋要重复“哑巴”经理惊魂的那一幕，急忙退缩一旁瑟瑟发抖。

当欧阳凯旋快要贴近罗红豆时，她屏住呼吸，紧闭双眼，内心绝望地呐喊：天要灭我，我能奈何？与其暴尸街头，倒不如命归高富帅怀里，这辈子也算死得其所了。

做了半天自我安慰，哪知欧阳凯旋只是伸手绕过罗红豆拿走车钥匙，还弹了她一个响头：“睁开眼吧，自恋狂。”

罗红豆再次被名字叫欧阳凯旋的男子戏耍，或许真的是她想多了，自作多情罢了。

羞涩难当，罗红豆忙掩饰说：“这房子应该很久没住人了，我得打扫打扫。”

欧阳凯旋无奈地笑一笑，摇头离去。和罗红豆短暂的相处，他虽嘴上不言，却有种心旷神怡的愉悦。

（六十三）

心情愉悦，就算是阴雨天也能感觉到阳光般的明媚。

欧阳凯旋鼻梁架着墨镜吹着口哨驾驶路虎逍遥远去，不料却在路口被路月晴拦下。他急忙踩刹车，吓得摘下墨镜，以为自己眼花看错。

“欧阳凯旋，你下来。”路月晴到哪儿都改变不了她的嚣张气焰，两手叉腰怒指驾驶室内的欧阳凯旋，“我有话要跟你说。”

欧阳凯旋也被惹急了，气呼呼钻出路虎，上前就给路月晴一记响亮的耳光，怒斥道：“你不想活了？差点被撞成肉酱，你知道吗？”

“你敢打我？”路月晴委屈地哭喊着说，“跟我玩劈腿你还理直气壮了？”

“我打的就是你这种不知道珍惜生命的情感寄生虫。”欧阳凯旋似乎还在记恨当初路月晴甩在他脸上的那记耳光。

路月晴捂着脸怒瞪欧阳凯旋，含着泪水平静地说：“什么？你说我是情感寄生虫？”

“难道不是吗？你未嫁，我未娶，谁说谈谈恋爱拉拉手就得定终身了？”欧阳凯旋一脸的不屑，“就你这态度，我们没什么可谈的，从现在起，你走你的阳关道，我过我的独木桥，别一副要死要活的样子，做给谁看呢？”

路月晴被欧阳凯旋刺激得满腹怨恨，咬牙切齿地说：“你会后悔的。”

目送路月晴渐远渐模糊的背影，欧阳凯旋才感觉手掌一阵酸痛，丝丝悔意掠过心头：手都痛，脸能没事吗？

突然风起，变天了。

冬天的第一场雨，淅淅沥沥。

洒在欧阳凯旋的头上，却淋在他的心里。

遇见路月晴前，常常在感情上徘徊不定。

从没打过女人的他，突然有种隐隐约约的心痛。欧阳凯旋抬头看天，任由雨水淋在身上。

突然，雨停了。

“冬天的雨，淋了会生病的。”罗红豆为欧阳凯旋撑起伞，挡住淋在他脸上的雨滴。

“不要你管我。”欧阳凯旋甩掉罗红豆手上的伞，任凭雨水打湿成落汤鸡。

“就失恋那点事，你至于吗？”罗红豆再次撑起雨伞，在他旁边喋喋不休，“还寻死觅活的。”

“不懂，就别假装知心姐姐。”

还没等到罗红豆再次给他撑伞，欧阳凯旋索性钻进路虎，发动引擎，急驶而去。

“有钱就可以任性吗？”罗红豆朝远去的路虎大叫，“土豪了不起啊？富二代又怎样。就算有人爱，你也得不到真心。”

雨一直下，罗红豆不知为何有几分伤感。

明明说不在乎，可还是不由自主地去为他担心。她把手上提的垃圾连同坏心情一起扔进垃圾桶，手里捏着欧阳凯旋借给她的钱往超市走，总要给自己添些生活用品。

在咖啡屋的一处落地玻璃前，罗红豆遇到了久未谋面的路月晴。她独自一人坐在角落伤心地抹泪。同窗十几载，从没见过路月晴流过半滴泪，在路月晴的世界里，没有值得伤心的事。

罗红豆收起雨伞，搁在咖啡屋门旁的竹篮里。走到路月晴身旁，恰好被她扔出的擦过眼泪和鼻涕的纸巾砸中脚尖。

“还是那么习惯乱丢垃圾，这可是公共场所，不是茅厕。”罗红豆捡起地上的纸巾转身扔进墙角的纸篓。

路月晴回头瞟一眼罗红豆说：“别在我跟前装好人，恶心！”

“哼！我来不是为了跟你斗嘴的。”

“除了来看我笑话，我想不出你我有什么深厚的感情，还冒雨相见。”路月晴还是那个口出狂言、目中无人的插班生小跟班。当年为了迎合那群从城里转回去的插班生，她处处针对罗红豆，如今锋芒不减。

罗红豆冒着被路月晴泼咖啡的风险，镇定地坐在她对面。

（六十四）

两人对视，气氛沉闷。

“真想这辈子都不要再见到你。”路月晴克制住自己的冲动说。罗红豆始终不明白为什么她会如此恨自己。

“我正想问你为什么这么恨我，我到底对你做过了什么？”罗红豆近乎低声下气地想得到答案。

“你真不知道还是假不知道？”

看见罗红豆一脸茫然，路月晴拿起咖啡，瞬间，罗红豆躲闪一旁。只见路月晴把咖啡往嘴里倒，一口气的工夫，杯见底了。

放下杯子，路月晴斜视罗红豆，不由好气地说：“真可笑！”

“我哪里可笑了，防人之心不可无。”

“既然你这么防备我，还过来跟我打招呼干吗！我说，这么多年同学怎么没看出你罗红豆是这么虚伪的人。”路月晴能和罗红豆侃侃而谈，显然已经忘记欧阳凯旋甩在她脸上的那记耳光。

“你的脸怎么了？”

罗红豆轻轻一句，又把路月晴带入悲伤中。她摸了摸还有些许疼痛的脸，低下头冰冷地说：“与你无关。”

“红红的五个手指印，肯定很痛。”

“你能别多管闲事吗？你若没什么事，别搁我跟前烦人，好吗？”路月晴不耐烦地想轰走罗红豆。

“怎么能说是闲事呢？你我同学一场，我能视而不见吗？”罗红豆正想伸手轻抚路月晴脸上的手印，被她甩向一边。

“你真以为自己是救世主啊？”路月晴提高嗓门说，“我告诉你罗红豆，少在我面前装活菩萨，离我哥远点才是你最好的选择。”

当路月晴提到路朗的那一瞬间，罗红豆脸色顿时下沉，路月晴脸上的五指印也不再是其关心的问题。

“你哥，他还好吗？”罗红豆似乎许久不去想这个人，这个人又好像从来都在她的心里，当这个人的名字出自与他有血缘关系的路月晴之口，一切是那么的亲切与自然。

曾经因为世俗的偏见，被路家不认同的恋爱关系，如今忆起，仍然能深深地硌疼罗红豆的心。看似美好的东西都只是昙花一现，能真正拥有它的才是世界上最幸福的人。

罗红豆沉默了。

看见她的失落，路月晴脸上闪过得意的浅笑。在她眼里，只要看到罗红豆因为哥哥而陷入伤痛，就能平衡她在恋爱上的情感缺失。路家人以什么理由阻止罗红豆与路朗相见，在路月晴看来不重要，重要的是她深知罗红豆永远不可能与她们路家有任何关系。

得不到的才是最珍贵的，远离自己而去的才是最美好的。很多时候罗红豆不得不相信现实就是这么残酷无情，爱路朗没错，只是命运安排给她一个错误的角色。上帝赐予她一颗善良的心，却又忘记给她安装上奥特曼的盔甲。还没来得及自舔伤口，就已经被生活的荆棘刺得浑身淌血。

“我哥好不好，还真轮不到你关心，不过还是谢谢你的好意。我劝你还是别老惦记那些得不到的，花点心思找个适合你的男人吧！”

真爱过才知道什么是永恒的爱情，罗红豆并不想在路月晴面前辩解什么。从小在势利家庭中长大的温室娇花路月晴，连爱情都需要别人给予，又怎能体会到罗红豆对路朗的一片痴心？

（六十五）

罗红豆实在是找不出一件像样的衣服穿着上班。

难以想象平时进出公司的女白领，穿着得体到什么样的程度，于是罗红豆便从行李箱内抽出一件衣领微微泛黄的白色衬衣。那是上中学时，罗红珊送给她的旧衣服，看似杭州丝绸，两边袖子手臂处还有淡淡的彩色绣，荷叶领面绕了一圈淡淡的彩色绣，配上一条收腰的碎花背心裙，形象有些小小的奢华，与罗红豆秀慧外中的气质很搭配。

搭配好衣服，却找不出一双可以与之协调的鞋子。被雨淋湿的白布鞋已经露出显眼的洞，挨在墙脚无能为力地瞟一眼罗红豆。

生活虽然不富足，可一点儿也不妨碍罗红豆的审美观自然提高。童年时代的暑假，她常和邻家同龄女孩，在自家门口手捏泥人玩过家家，用各种捡来的糖果纸，裁剪出细小的衣裙给小泥人穿上。

最让罗红豆羡慕的是邻家同龄女孩捏小泥人的手艺特别好。凸起的乳房，纤细的腰，翘起的臀，还有细小的胳膊和腿，甚至小鞋子和小挎包都能很精致。当罗红豆再一次遇见那位长了双巧手的邻家同龄女孩时，她已经是一名鞋厂的制版女工了。

上帝是公平的，赐予谁怎样的潜能，为了生活都能把它发挥到极致。生活也是残酷的，自身内在的潜能还是不足以让她体面地过上幸福的生活。在邻家同龄女孩身上，罗红豆似乎看到了风铃子和罗莉的影子。

回忆再次刺痛罗红豆的窘迫，她索性倒在床上，不去想明天。

匆匆而过的路人再赶时间，还是被罗红豆的“时尚百搭”吸引了眼球。不管是行色匆匆的女孩，还是骑车的大姐，都好奇地对她一望再望。

“对不起，请止步！”罗红豆一脚踏进公司大门，就被保安挡住去路。保安指向一块写有“衣冠不整，禁止入内”的立牌，示意罗红豆退出大门。

立牌不远，罗红豆还是凑近才能看清楚上面的字迹。她朝保安身后的玻璃左瞧右瞧，看自己虽然白衬衣有点泛黄，碎花裙有点掉色，可还不至于衣冠不整啊？再低头瞧瞧那双被雨水洗干净的白布鞋，罗红豆理直气壮地说：“一大早的，找碴是吧？我哪衣冠不整了？”

“让你出去就出去，哪儿那么多废话？”保安不耐烦地说。

“我是露屁股了还是露胸了？要是说不出来，你就是狗眼看人低。”罗红豆丝毫不顾及围观的人，其中还有她以后朝夕相处的同事。

“去去去，懒得跟你废话。”保安亮出手里的电棍，逼退罗红豆。

有时候你不得不相信，世上的确存在只看罗衫不看人的眼睛。被保安轰出大门，罗红豆委屈地蹲在台阶下偷偷抹泪。说好了不相信眼泪，可还是忍不住要大哭。一个人连活着最起码的公平都没有，拿什么来说爱？

每当伤心得独自流泪时，就更加想念远方的路朗。

（六十六）

欧阳凯旋习惯用望远镜从办公室的落地玻璃窗远眺。坐在台阶上抹泪的罗红豆突然进入他的视线，楚楚可怜的样子，瞬间把他融化了。吃惯路月晴耳光的欧阳凯旋才发现女子柔弱的一面是他的药。他按了按桌面的座机，讲了几句，再次透过望远镜望出去时，却看不到罗红豆的影子。

罗红豆被保安请进大门，她懵懂地扫视大堂，光滑如镜子般的地面，高端气派的装修风格，与工厂简直是两个世界。看自己脚下那双穿出洞来的白布鞋与大厅显得格格不入，虽不是衣衫褴褛也不合时宜，难怪保安会把她轰出大门。

公司的同事听说罗红豆是被老板破格录用，直接入职前台，窃窃私语。面对空降的罗红豆，路过的同事面面相觑，打量许久，戴大框眼镜的女职员才说："来面试的吧？这边请。"

"不，我是来上班的。"罗红豆丝毫不胆怯地说，"是欧阳先生让我来的。"

从没真正涉足过职场的她连最基本的职场用语都不会，戴大框眼镜的女职员显然不相信罗红豆是欧阳凯旋钦点，她固执地说："这个，我是人事部的，没收到公司总部的通知。这样吧！您先把简历和照片留下，我打个电话问问招聘专员。"

罗红豆听得一片茫然。她第一次站在这么大的公司里，第一次听说职场的面试经过几层关卡，第一次要经历几轮的筛选，第一次感觉自己连面试的资格都没有。正准备退出，欧阳凯旋从办公室出来，朝戴眼镜的女孩说："小玉，你给她办理入职手续吧！其他事情我来处理。"

"可是……"

"有什么事我负全责，OK！"

周围的同事好奇地交头接耳，突然传出一句：“你看她，摆在那儿整个一古董似的，还想站前台？别给公司丢脸面了。”

“真不知道欧阳少帅是什么审美观，还空降这种山寨妹？学历低不说，瞧她那寒碜样？不会是公司财务紧张了吧？把员工素质压低成这模样。”不知道是哪个胆肥的说。

“恐怕是情有独钟才徇私舞弊吧！”

“你还别说，欧阳少帅有这特权。”

罗红豆一直低着头，欧阳凯旋貌似听出些什么，他对罗红豆说：“到我办公室来。”

“欧阳总。”戴眼镜女孩知趣地说，“那我先忙了。”

欧阳凯旋朝周围的同事严肃地说：“大家继续工作。”

听到周围的同事对她的评说，罗红豆羞愧难当。在此之前她深知自己的不体面会带来刻薄的言论冲击，只是没有预料到事态会这么严重。

走进欧阳凯旋的办公室，罗红豆方才抬头说：“偏见，纯粹是偏见。”

“你还有脸说，穿成这样，你当我这儿是博物馆啊？”欧阳凯旋略感无奈地瞅两眼罗红豆说，“给公司贡献点形象的服装你都买不起吗？”

从没经历食不果腹、露宿街头的富二代，是永远无法体会穷人有片衣遮体已经算是富足的生活，哪还有剩余银两分季节分场合地装扮自己？罗红豆低头不语，这种曾经修改哥哥旧裤子自己穿还引以为豪的事情又怎能告知一个仅有几面之交的陌生人。为了他的公司体面的形象还得花钱换行头，好像不划算。

欧阳凯旋再次用奇怪的眼神上下打量罗红豆，摇头叹气地说：“哎，让我多看你几眼真担心眼睛会穿越时空。”

“我就这几件衣服，只不过是掉了点颜色，你至于吗？”罗红豆辩解道，“再说了，我哪知道你们公司有这种要求？何况我也没有钱。”

“给，这卡当我借给你的。”欧阳凯旋从抽屉内抽出一张银行卡递给罗红豆，“我就喜欢你这股较真劲，不过，你听好了，我给你一个月的时间站前台，在这期间你得以最快的速度熟悉公司的运作流程和业务往来的客户，之后我会安排你到公司的业务部门，那儿才是最适合你的地方。在我这儿好好干，国企给不了你想要的未来。”

一副天将降大任的架势，罗红豆却不以为然，心想：国企我都待过，你这种小规模的私企算什么？

离开了处处是风铃子和罗莉影子的国企，为了生存，罗红豆别无选择。她不客气地接过银行卡，中途又有点犹豫。

“我不逼你，你自己考虑。”欧阳凯旋了解罗红豆的心思，不管她要还是不要，对于他都没有损失，只不过是失去一个求上进的员工。

能不能给欧阳凯旋的公司创造可观的经济价值还有待罗红豆日后工作所发挥出的潜力。迟疑片刻，罗红豆还是收起银行卡。

（六十七）

高强度的工作环境让罗红豆暂时忘记生活的不愉快。

周末的午后，她独自来到欧阳凯旋曾经被路月晴甩耳光的河堤，以秃枝迎接寒冬的柳树枯立两岸，仿佛又回到与路朗相识的美好时光。

一辆装满军用物资的军车与罗红豆擦肩而过，驾驶室内熟悉的身影使得罗红豆驻足观望，是他？难道真的是路朗？她既兴奋又难过地向军车追去，两条腿跑不过四个轮的，只能眼睁睁地目送他渐行渐远。

罗红豆气喘吁吁地靠在堤岸边暗自垂泪。红豆生南国，春来发几枝？愿君多采撷，此物最相思。她在心里一遍又一遍地念着路朗送给她的情诗。明明说放弃了，可心里还是泛起阵阵酸楚；明明知道门不当户不对的爱情没有未来，她还是痴痴地等待他的出现，哪怕远远地看他一眼都是个难圆的梦。

“你的道歉，我不接受。”面对欧阳凯旋捧在怀里的玫瑰，路月晴拒绝了，但目光还是恋恋不舍地投向耀眼的玫瑰，足可看出她的口是心非。如果说欧阳凯旋不缺女人，尤其是比路月晴优秀的女人，为何还要对路月晴又爱又恨?

“再给我一次机会，我一定将功补过。”欧阳凯旋真诚地单膝跪在地上，含情脉脉地说，“是我不对，是我不好，以后我只动嘴不动手行吗？”

“路月晴。”罗红豆靠近欧阳凯旋好奇地说，“欧阳总，你们是在拍电视剧吗？真浪漫。”

路月晴正打算接过欧阳凯旋手里的玫瑰，听见罗红豆的叫唤，欧阳凯旋突然起身，一大束玫瑰就这么散落在地。

“罗红豆！”路月晴急得直跺脚，瞪眼叫道，“早不出现晚不出现，你真会找时间搅局。”

欧阳凯旋为了挽回面子，表情略显尴尬站在一旁。

“你，”欧阳凯旋不知所措，调整半晌才一本正经地说，“误会，只是一场误会。”

“什么误会？原来搞了半天，你是假装的啊？”路月晴无法容忍欧阳凯旋的欺骗，再次怒目相对，“我再信你，就不姓路。”

“我是来还你钥匙的，平时也没见你在公司，恰巧现在碰见就顺便还给你吧！”罗红豆从包里掏出钥匙递给欧阳凯旋。

还没等欧阳凯旋反应过来，路月晴一把抢过她手里的钥匙，阴阳怪气地说道：“钥匙？你还给他钥匙？等等，我怎么没听明白什么意思？”路月晴斜着眼睛怀疑地看罗红豆，逼问：“你们什么时候混在一块儿的？还背着我同居了？”

“说什么呢？”欧阳凯旋立马澄清事实，“以后我再跟你解释，和她没有关系。”

路月晴不依不饶地再次逼问欧阳凯旋：“你是不是和她混一块儿了？行啊，欧阳凯旋，你玩劈腿都玩到我同学身上来了。”

“真不是你所想的那样，路月晴。”罗红豆一脸的难堪，急忙辩解道，“我……”

“我我什么我，在学校你就不是省油的灯，还说什么真心爱我哥，原来全都是虚情假意。”

路月晴根本不容罗红豆和欧阳凯旋解释，只是一味地根据自己的想象来批驳罗红豆。在她的眼里罗红豆什么都是错的，一副唯我独尊狂傲的姿态。她把地上的玫瑰一脚踢飞，使劲踩踏着地上的花瓣，气呼呼地对欧阳凯旋说：“我不想再看到你。”一把将手里的钥匙甩在欧阳凯旋的脚下，转身就走。

“不是，你听我说。”欧阳凯旋欲拽住路月晴的手，罗红豆上前阻拦。

“让她去吧！这事由我来解释。”

罗红豆追上路月晴：“你等等我，路月晴。事情真不是你所想的那样，他只是帮我渡过难关。”

“我们刚吵完架，你们就好上，速度够快的啊！罗红豆。你什么都别说了，越描越黑。”路月晴回头朝罗红豆大叫，“我路月晴的男人你也敢要，罗红豆，你等着。”

“怎么说你才能明白？我心里只有你哥一个人，路朗才是我这辈子最爱的人，欧阳凯旋是救了我一命，我跟他根本就不是一路人。论家世，论背景，论美貌，你都占我上风，到底还在担心什么？”罗红豆一肚子苦水不知向谁吐，昔日同窗中间却隔着一堵厚厚的墙。就算罗红豆把心挖出来晒在路月晴面前，她都不会认可罗红豆，因为在她的心里罗红豆怎么样都错。

就此，怨气越积越深，看似不大的结，结得更死了。

路月晴的确不是好惹的，她内心暗藏着的那股怨恨不知道什么时候会爆发。

（六十八）

如果说因为路月晴，罗红豆和欧阳凯旋划清界限，是感情用事。那路月晴就算不能独自拥有欧阳凯旋也不让罗红豆靠近，甚至不顾同学情面，对罗红豆做出不敢想象的伤害，这就是女人心火燃烧的可怕之处。

罗红豆刚迈进公司大门，一阵掌声和祝贺伴随金闪闪的散花向她袭来。和当初刚进门报到的情景简直是天壤之别，麻雀飞上枝头要变凤凰了。受到皇后般的待遇绝不是偶然之功，应了欧阳凯旋当初对她的预见。

“恭喜红豆晋升华南地区的销售经理。”戴大框眼镜的女孩，鼓掌祝贺道，“你是短期内给公司盈利最高的一个，是分公司成立以来的奇迹。”

获得戴大框眼镜女孩的称赞，罗红豆并不觉得有什么可庆幸的，毕竟她比常人付出了不知道多少倍的努力才换来今天的成绩，内心只有坦然和平静。比起那些家里有靠山，吃住不用愁，来公司只当消遣的职员，罗红豆把欧阳凯旋赐予的这份职业当成救命稻草，用心地去经营。

那点成绩对于她来说是日后生存在这个环境的资本。

有了属于自己的积蓄和新的住处，罗红豆才把欧阳凯旋的房子物归原主。即便她不想插足他和路月晴的情感生活，却已经被卷入解不开的结中。人事部经理把皇冠戴在罗红豆的头上笑着说：“生日快乐！红豆。”

“生日？今天是我生日吗？”罗红豆愕然，半晌才回过神来应付道，“哦！我都忘了。”

罗红豆不是忘记了自己的生日，而是她压根就不知道自己是什么时候出生的。自罗红豆懂事起她就没过过生日，罗谷生前家里也没谁过过生日，罗谷走了，她就更不知道自己的出生年月了。

和别人说起时，就感觉罗红豆像是被罗谷捡回家养大的，身世有几分凄凉又有几分迷离。所以就随便择个吉日当是生日，估摸着和同学是同龄，却始终感觉不到和她们有任何共同语言。吵架智商跟不上，天生没有算计心，老是被路月晴欺负。

“从你的档案得知你的生日，所以借此机会一起给你庆功，恭喜你晋升。”

人事部经理给罗红豆道喜，似乎有点言不由衷。职场的明争暗斗，罗红豆早就习以为常。从刚进公司大门被人嘲笑的灰姑娘到站前台打杂扫地默默无闻的后勤工再到华南地区的销售经理，她早就已经磨炼成百毒不侵的金刚不坏之身。

透过百叶窗，目睹掌声中的罗红豆，欧阳凯旋心中五味杂陈。这么长时间的相处，他居然不知道自己已经对罗红豆有好感。若不是她当着路月晴的面退还给他钥匙，他都忘记了那个曾经和路月晴偷欢的房子里住着罗红豆。

正当人生得意之时，明日不知是否好开始。罗红豆被祝福声包围着，浑身脱胎换骨般蜕掉的不仅是稚气，还增长了几分女人的娴雅。

“谢谢，谢谢大家的掌声，我会继续努力，为公司也为自己的将来更加美好，我会更加努力的。”

欧阳凯旋把早已准备好的鲜花捧出办公室，向罗红豆走来，献花是最后的压轴戏。

“恭喜你，红豆。”

“谢谢欧阳总裁。没有你就没有我的今天。”罗红豆甚是感动地和欧阳凯旋来个拥抱，在众多同事的目光中，她完成了自己最不愿意与异性的肢体接触。与其说她在工作上得到了认可，倒不如说她在工作中认识了生活。为了生存，为了更好地生活，罗红豆深知女人在生活中落落大方，路才越走越宽。

管他是真是假，陪他们笑笑又何妨。

傍晚，欧阳凯旋换了辆崭新的宝马来接罗红豆，看这架势有把罗红豆占为己有的意思。生意场上的男人就是现实，罗红豆给他的公司创造了近亿元的市场价值，证明她身上的潜力是值得欧阳凯旋投资的。

罗红豆并没有拒绝欧阳凯旋的邀请，她身着端庄的晚礼服，大方地挽着欧阳凯旋的胳膊走进西餐厅。

烛光摇曳，两人正沉浸在庆祝的喜悦中，连旁边坐着路月晴，他们俩都丝毫没有觉察到。时光蜕化掉青春的冲动，路月晴已然不再是那个气上心头就扬起巴掌扇人的少女。大学毕业，在家人的帮助下，她的仕途一帆风顺。

和罗红豆相比，路月晴则显得平静许多。她静坐一旁，斜视罗红豆和欧阳凯旋的一颦一笑，心想：我倒要看看你们能得意多久。透过她傲人的目光，还是能感觉得出路月晴内心的不平。

（六十九）

路月晴本想起身悄悄离去，却又举杯向罗红豆走来。在她心里永远也无法把罗红豆放在一个亲近的位置，即便曾经同窗十几载。

世界很荒凉，没有了理想，拿什么去支撑活着的希望？

除了路朗，就算近在咫尺的欧阳凯旋如何优秀，如何会赢得女人的芳心，罗红豆挽着他的胳膊时，心也在远方。这种若即若离的暧昧，使得欧阳凯旋渐陷渐深。他内心的那点优越感认为，如果主动追求一个华丽变身的灰姑娘，似乎有损自尊。对罗红豆的存在，他只能做那个默默牵风筝线的人。

“哟，真巧，朋友刚新开的西餐厅，来尝个鲜都能遇见你们。”路月晴瞟一眼身着晚礼服的罗红豆，再扫一眼欧阳凯旋阴阳怪气地说，“好久不见了，欧阳少帅。”

历经生活的磨砺，罗红豆似乎已经不抱老同学之间相见要热泪盈眶的幻想，她只向路月晴淡淡一笑。

“虽然咱们好过一段，可我怎么没有一日不见如隔三秋的感觉呢？”欧阳凯旋言外之意，天涯何处无芳草，少了路月晴日子也照样阳光灿烂。

如果说欧阳凯旋在乎过去的路月晴，是想仰仗路家的关系，为其商场多一壁江山。那么感情的事说淡就淡，说没就没，再多的纠缠只能降低身份让人瞧不起。

爱能激发一切正能量，怨恨也能毁掉所有。路月晴表面上越是平静，就越掩饰不了内心对欧阳凯旋的觊觎。

其实路月晴也清楚和欧阳凯旋的交往纯粹是一场交易，只不过路月晴有点贪得无厌，想占有欧阳凯旋还想完全得到他的心。有钱的男人，心可以划成无数片，分给无数个女人，要想真正得到他的心，概率几乎为零。

“从来没指望花花公子对待爱情能专一，所以对于你的情感报告，我一点儿也不觉得奇怪。”路月晴不紧不慢地回答欧阳凯旋，转而对罗红豆用充满挑剔的语气说：“倒是罗红豆能和你一起出现在这种场合，我很是好奇。哟！这晚礼服还不错，可惜了，穿上龙袍也不像太子，飞上枝头离变成凤凰还很远呢！”

“你……”欧阳凯旋想英雄救美，却被罗红豆拦了下来。

这些半冷不热的讽刺对罗红豆根本造不成任何伤害，一丁点儿的不舒服都不会产生。在她的眼里，路月晴还是那个表里不一的小跟班。虽然岁月在她脸上留下了不可磨灭的痕迹，可那张不饶人的嘴还是像把利刃，遇谁伤谁。

人的本质不会随着时间的流逝而改变，除非突遇人生不幸的洗礼。路月晴顺风顺水的人生又如何能改变其秉性。罗红豆被生活磨砺得只剩下坚强，除了努力追求体面地活着想念自己爱的人，没有什么可让她忧愁。

“谢谢你的建议，我会想办法让自己变成凤凰的。”罗红豆微微一笑，淡然地说，“为了路朗哥，我会的。”

“嗤！我当是什么呢？吃着碗里望着锅里，你当我哥是什么，你想要就要？”路月晴以为欧阳凯旋靠近罗红豆是为了男女之情。和欧阳凯旋在一起时间不短，还是不懂怎样去了解一个男人，或许这就是路月晴被欧阳凯旋放在一个可有可无的位置的缘故。

“你们在聊什么呢？当我是隐形的啊？”欧阳凯旋发问。

“哦，罗红豆没告诉你她一直深爱的那个人是我哥吗？现在和你在一起，该不会是因为寂寞拿你来消遣吧？”路月晴越说越来劲，似乎戳痛别人她才能尽兴，才显得她是赢家。

好好的烛光晚餐，被路月晴搅和了。罗红豆预感这种似是而非的背后，或许会发生些什么。毕竟平静的表面，常常是暗箭伤人的前兆。欧阳凯旋的反应，出乎路月晴的意料，直接告诉他罗红豆心有所属，故事才能演得更精彩。不管她是有意无意，罗红豆要想纯粹地喜欢欧阳凯旋，恐怕不再是件美好的事。

目送路月晴得意的背影渐行渐远，罗红豆还是决定扔下欧阳凯旋起身离去。欧阳凯旋明白自己在罗红豆心里的位置，连目送都免了，独自一人喝闷酒，埋头吃肉。他深知感情的事一厢情愿是最为痛苦的，可还是想在罗红豆身上做最后的努力。

（七十）

欧阳凯旋刚迈进公司，便看见纪检部门的人在前台等候。还没等他反应过来，两名纪检人员就迎上来把他拽出大门。

“哎，你们是不是搞错了？”欧阳凯旋莫名其妙地大叫，“我堂堂正正做人，光明正大经商，你们凭什么抓积极纳税的好人？”

“好不好，不是你自己说了算。有人举报，我们已经关注你们公司往来的账目多年，没有足够的证据我们是不会乱来的。”另一名纪检人员客气地说道。

欧阳凯旋还想做最后的抗争：“放手，我自己走。我欧阳凯旋向来光明磊落，什么牛鬼蛇神也压不倒我。”

“注意你的措辞。”

纪检人员放开手，欧阳凯旋整理好身上的衣服，恰遇匆忙而至的罗红豆。

“欧阳总裁。”罗红豆心情复杂地注视他被送上纪检部门的车。

踏上车门的最后一刻，欧阳凯旋还是回头，深情地看了一眼罗红豆。

除了前台，没有人知道上一秒发生了什么，所以一切工作都照旧进行。即使再镇定也掩饰不了内心的慌乱，欧阳凯旋被带走，像从罗红豆体内抽出了主心骨，一下子找不着前进的方向。待在欧阳凯旋的办公室里发呆时，她想到了路月晴。欧阳凯旋一直对路月晴恭敬有加，想必她才是拿捏他命门的主。

罗红豆急忙拨打路月晴的电话，可不管怎么打，号码都是不在服务区。不得不让人感觉到蹊跷，欧阳凯旋被纪检部门带走的事难道是她预谋好的？

来不及多想，罗红豆嘱咐前台的职员封锁欧阳凯旋被带走的消息，想不出最好的办法，她唯有去找路月晴。欧阳凯旋事件不管是否出自路月晴之手，若是念旧情，她总有能力阻止事态发展。

正逢多事之秋，罗红豆来不及多想便匆匆走出办公室。

得不到门卫的允许，罗红豆在路月晴的单位大门徘徊。路月晴既不接电话又不见人。

“姑娘，你还是回去吧！办公楼里早就没人了。”

门卫大叔探出头来朝罗红豆大叫。

除了旁边站得笔挺的守门战士，已经看不到半个人影，红色院墙内的办公楼静悄悄。

“不是，大叔，您帮我个忙，帮我打个电话给路月晴，我真的找她有急事。”

“每天找她的人多了去，哪能一个一个都接待，是吧？所以姑娘，你还是回去吧，别在这干等浪费时间。”

从门卫大叔的话中，罗红豆似乎听出，路月晴的来头不小。既然她能把欧阳凯旋送进纪检的大门，那么总有一天也会把她送进不该进的地方。想到这里，罗红豆不禁打了个寒战。多年的同学情抵不过一个失恋，难道只有毁掉得不到的才是自己所想要的？

自身的优越感太强，往往会扭曲了人性，得不到的就不该存在。罗红豆越是平静，路月晴心里越是不平衡；罗红豆越是过得好，她心里越不是滋味。

“没事，大叔，您告诉我她家住哪，我亲自上她家找。”

“个人隐私，我怎么能透露给你？回去吧，姑娘。公事明天再来，私事也明天再来吧！”门卫大叔走出值班室，箭步离去。

“不是，我是她同学，您知道她家住哪，就告诉我吧，大叔。”罗红豆急走上前，紧跟在门卫大叔身后，“我找她真的有急事，大叔。”

门卫大叔头也不回地说：“你是她同学，更应该知道她家住哪里呀？这年头为了点不规矩的事，跟工作人员套近乎，我见得多了。姑娘，你还是回家吧啊！这儿不兴走后门，一切都得按程序来办。”

罗红豆急了：“我真是她的同学，只不过我们俩闹了些矛盾，她公报私仇。”

门卫大叔驻足片刻，什么也没说，调头就走了。这回罗红豆并不打算再跟上，她觉得守口如瓶的人，再纠缠也不可能打听到什么。

罗红豆心里暗自较劲：我就不信找不到你，掘地三尺我也要把你找出来。

如果说以前在学校打打闹闹，罗红豆都不计较，因为都是些小事。现在的路月晴玩大了，心火烧得越来越旺，整垮人的伎俩也逐渐升级。罗红豆必须得想办法制止她。

话是这么说，可势单力薄的罗红豆拿什么去扳倒有靠山的路月晴？虽然这是一场败走麦城的战争，还未开始就已定输赢，罗红豆还是决定拿出商场上的气势和勇气拼一拼。毕竟欧阳凯旋待她不薄，就冲这份恩情，她不能袖手旁观。

（七十一）

到底路月晴有多大的能耐，能翻手为云，覆手为雨？连商界诸多人都敬仰三分的欧阳凯旋，路月晴也不放在眼里。

同学聚会，趁这个机会罗红豆倒要看看路月晴怎么解释。

酒店包间，人都到齐了。多年不见的老同学会聚一堂，脸上少了稚气，多了些内敛和沉稳。中间也不乏意气风发的大款，据说为了聚会比阔，腰包鼓起的个别同学自己掏钱包场。

罗红豆还是那个罗红豆，在华晓眼里，她的变化不只外表的素雅，还有生活赋予她的沉稳，但为了欧阳凯旋的事，罗红豆还是表现出按捺不住的焦虑。她四处寻觅路月晴的身影，聚会快要散去，还是未见路月晴出现。她越是故意避而不见，越能说明欧阳凯旋被纪检带走的事与她脱不了干系。

“红豆，在干吗呢？大家都在里面喝酒，你却一个人在这儿瞎晃悠。”华晓举杯前来，几分少妇的风韵给她增添一丝柔美。在同学们的七嘴八舌中听到华晓大学毕业证都还没领到，就结婚了。

华晓举着鸡尾酒杯向罗红豆走来，多年不联系，她看不懂罗红豆脸上的焦虑。而红豆目睹华晓脸上的幸福，似有几分羡慕，又有几分陌生。

“你还好吗？红豆。”

罗红豆掩饰内心的波澜，强装淡然。阔别几年，儿时的那份熟悉已经被时间涤荡，她内心的变化，华晓已然猜不出。

“嗯，还好，你好吗？”罗红豆举杯佯装潇洒地说，“好久不见，你脸上都写满了幸福，看出来我的话问得有点多余。”

华晓则笑了笑说：“呵呵，看开是晴天，生活嘛，哪儿都有磕磕碰碰。”

以前的华晓说话从没有过像现在一样的淡然，或许幸福真的只是表象。罗红豆接触过一些有钱人，他们的生活理念只活在面子，不活在里子。

外表有多光鲜亮丽，内心就有多沧桑。

从华晓的从容中，罗红豆读懂了嫁入豪门深似海的无奈。因此以她和路朗的门不当户不对，若要有情人终成眷属恐怕遥遥无期了。

“怎么样，你和他应该有结果了吧？”

“嗯，和谁有结果？”

以前没见到人，罗红豆觉得与路朗鸿雁传情颇有几分罗曼蒂克，然而自从她投入欧阳凯旋的公司，就再也没有收到路朗的来信。花期都没有了，谈何结果？当一个心里镌刻深爱着另一个人时，再优秀的人也无法闯进她的世界，要不要结果已经不重要。

“装，你就装吧！红豆。”华晓把杯里的酒灌进肚子，苦笑道，“谁不知道当年你恋他如痴如狂，按照动物情感发展进度，你们早该双双把家还了吧？”

“你想简单了，两个人不是有爱情就可以双宿双飞的。”罗红豆难过地说，“两个人的世界完美结合才有条件谈婚论嫁。”

罗红豆说得没错，如果只有爱情，两个人就可以无忧无虑过过甜蜜的小日子，那天下哪还有为情而苦苦相争，为情而难分难舍？路家的权势是容不下罗红豆的爱情的，她和路朗也只能像牛郎织女，心里想着彼此已经是一种幸福。

可这种幸福脆弱得像断了线的风筝，牵线的人已经看不见天上在风中飞舞的风筝。

说不上失落，也说不上痛苦，可罗红豆心里始终像被挖空似的，没有灵魂，没有知觉。尽管欧阳凯旋能够给予她很多物质上的补偿，她心里还是不能装下他。

有句话说：为什么要嫁大款？女人也可以成为大款。很可笑，当女人成为大款时，要结婚的人也已经不再相信爱情。

“也是，这点我深有体会。”华晓默认了，还有什么是不可能的？

由过去的女孩，变成女人，成为生活的主人，世界观、人生观自然随着时间的变化而变化。即便路朗还给罗红豆写信，又能代表什么？何况路家人千方百计地阻拦，再深的爱也无法越过世俗的偏见。

（七十二）

莫莫突然出现在罗红豆身后。

当年听说罗红豆把自己让给华晓，莫莫心里极其难过，对他而言爱情是无法转让的。既然与罗红豆无缘，他唯有应承家人的安排到国外上大学。

或许正因为莫莫的不辞而别太伤自尊，华晓才赌气嫁入豪门。

“嗨，红豆。”莫莫大方地向罗红豆打招呼。到国外“镀金”回来，气质果然不一般。他已经不是那个对感情纠缠不清的男孩子，简练的着装，由里到外地彰显出他的品位。在同学眼中是出类拔萃的尖儿，也由此弥补了他在人群中的身高。

罗红豆转身，从容地说：“好久不见，别来无恙？”

“我有事先过去了。”华晓似乎还无法从莫莫对她的伤害中走出来，面对前来打招呼的莫莫，她连瞧都不瞧一眼，走了。

“哎，华晓。”罗红豆也想趁此机会，解开她与莫莫之间的结，毕竟同学一场，又不是什么深仇大恨，可华晓还是执意不回头。

“算了，红豆，随她去吧！”莫莫挥了挥手说，“她想通了自然会回头。”

“都是我的错，当年真不应该自作主张点燃她对你的期盼。”罗红豆有些内疚。

莫莫则表现出一副不以为然的样子，对罗红豆的情感依然抱有丝丝幻想：“听说你还是单身？”

罗红豆只是浅笑，并没有直接回答莫莫。

“你知道路月晴家住哪吗？”罗红豆转移话题，连叙旧的机会都不给莫莫。

“这么多年，我心里一直都装着你。虽然每晚望见的都是异国国他乡的夜空，可我满脑子都是你的身影；虽然耳边响起的都是陌生的洋话，可萦绕耳际的都是你罗红豆甜美的声音。”面对莫莫的深情款款，罗红豆不知所措，她开始刻意逃避莫莫。

本以为随着时间的流逝，自己会渐渐淡出莫莫的心里，没想到时间越久，莫莫对罗红豆越是念念不忘。就好比罗红豆心里无法忘记远在北方的路朗，不能相见，唯有思念。

对于罗红豆的答非所问，莫莫还是泛有些许失落，却又故意做出几分洒脱的样子。在异国他乡深造的这些年，他早把对罗红豆的思念当成一种习惯。别过冲动的青年，再次面对面时，只有深沉地凝望对方。

都说同窗相见，总有聊不完的老话题，可是，每当想起莫莫曾经那个突然的拥抱，罗红豆还是芥蒂难除，她有意地挪动脚步，与莫莫隔出一段安全的距离。这种陌生的距离令莫莫颇有几分尴尬，他背过罗红豆欲要离去，但还是忍不住回头追问罗红豆：“明明你还是单身，为什么就不给我一次机会？难道我在你心里真的抵不过一个活在真空里的影子？除了身高，我哪点比不上他？”

感情的东西不是身高所能左右的，显然莫莫以为不能走进罗红豆的心是自己身高不够。而罗红豆对莫莫只是钦佩，钦佩他的学识渊博，钦佩他的才华。

纵使路朗是一个不及莫莫一半的傻大兵，可在罗红豆心里，他还是最耀眼的那颗星，能给她带来无限温暖的，给她指引方向的北极星。每当面临生活的绝境，只要想起路朗灿烂的笑脸，总能像阳光般带给罗红豆生命的能量、活着的希望。

茫茫人海，能如此无形地激励一个女人坚强面对种种不堪的人，生命中会遇到几个？不管莫莫和欧阳凯旋能给罗红豆带来什么，也抵不过路朗的回眸一笑。笑的力量，笑的温暖，才是红豆心底无可代替的精神支柱。

连平时最孤傲的插班生都来了，还是没看到路月晴的影子。她这么爱炫耀的人，怎么能放过这么好的机会？

“不是，真的不是因为这个，莫莫，以你的条件，我相信不等你招手，城里的大家闺秀或是小家碧玉都会主动向你投怀送抱。我从来都没想过能高攀你们莫家，也不曾想过自己会爱上谁。所以你别浪费时间和心思在我身上，我给不了你任何答案。”罗红豆断然拒绝莫莫的表白，是想了结这场没有结果的纠缠，“别的话我不想再说，如果你真的知道路月晴家住哪，请告诉我，我真的有急事找她。”

莫莫仍然不死心，他也决绝地对罗红豆说：“除非有父母之命、媒妁之约，否则我这辈子得不到你罗红豆，将孤独终老。”

莫莫不顾一切的神情，超乎罗红豆的想象。还没等她反应过来，莫莫夺过罗红豆手里的酒杯，递给前来送水果的服务生，拽起罗红豆匆匆走出包厢。

（七十三）

插班生坐在角落里，比起当年在学校的霸气，她们显然收敛了不少。蜕去脸上的嚣张，她们默默地喝酒，话也很少。当莫莫和罗红豆走出包厢，插班生急忙从口袋里掏出手机，操弄片刻就又放回口袋。

华晓好奇地问："你们在干吗？鬼鬼祟祟的。"

"你会不会聊天啊？什么叫鬼鬼祟祟？真是的。"高个子插班生不满地反唇相讥，"当年在学校，你的作文就很烂，也难怪，呵呵，估计全都还给老师了吧！"

"你，"华晓本想发怒，却笑着说，"成绩再好又能怎样，哼！学得好不如嫁得好！"

"你们在聊什么呢？什么学得好嫁得好的，要我说学得好，做得好，嫁得好，都不如生得好。"路月晴突然到来，吓到华晓了。

"我说呢，这种聚会哪能少得了你。怎么才来？刚才罗红豆还在找你呢。"华晓回头对路月晴说。

"管她呢，让她找去，别跟我提这人，扫兴。"路月晴兴奋地说，没等高个子插班生反应过来，她转身拿起麦克风说，"很高兴大家能如约而至，还没有忘记咱们六年的同窗学友情，真的非常感谢！不管生活怎么刁难，既然来了，就尽情地玩，所有的费用我路月晴全包了。"

华晓咋舌："原来这一切都是你安排的？"

路月晴得意地微笑点头："别着急感动，我会骄傲的。"

这一笑把所有的同学都比下去了，插班生曾经的风光也已经被路月晴的邀请压到不见影儿的地方，只能默默地附和路月晴。所以说十年河东，十年河西，这世上就没有一成不变的。

莫莫把罗红豆拽离包厢。

她害怕旧事重演，挣脱被莫莫紧拽的手说："放手，我自己会走。"

"你不是要找路月晴吗？我带你去。"莫莫显得有些激动，"你到底是找路月晴还是想找个借口去看路朗，走吧！我也想会会那个叫你魂不守舍的男人。"

"你若这么想，还是别去了。"罗红豆极其厌倦这种没有任何意义的争执，不爱便是不爱，没有什么可比的。她扔下莫莫，扭头就走，管他什么同学聚会。

“我爱你，罗红豆。”莫莫终究还是克制不了他对罗红豆的痴心，他甚至想趁此机会对她做出更出格的举动，然而内心挣扎许久还是没能达到目的。

罗红豆并没有给他任何亲近的机会，她已经对莫莫有所戒备，而且还极力地拉开与莫莫的距离。

“你别过来，莫莫，感情的事，真的不能勉强。我谢谢你这些年对我罗红豆的照顾，但是都当作留给彼此美好的回忆好吗？”

罗红豆近乎哭求莫莫别靠近她。她深知面对一个心存深爱而失去理智的男人，什么事都有可能发生，她不愿意失去对莫莫的那份欣赏之心。

不知道是幸福还是不幸，这一路走来，虽然有过死里逃生冒险的经历，罗红豆就像命犯桃花似的，总有投向她的不怀好意的目光。纵使爱她的有无数，可她爱的只有路朗一人，偏偏真心相爱的却得不到。造化弄人吧！

“什么狗屁美好回忆，我要的是看得见摸得着的罗红豆，不是真空里的假爱情。我拜托你就现实一点好吗？只要你答应和我出国，你要什么我都可以给你，甚至我的生命。”

莫莫也豁出去了，赤裸裸的爱意，火辣辣的表白，让罗红豆无处可躲，无话可回。这些年来，她对路朗的思念真的就是一场真空式的爱情。路家的门槛儿高不可攀，已经是事实，罗红豆就是断不了这份原始的真爱。她相信总有一天，所有的人都会主动祝福真心相爱的两个人走到一起。

等待是漫长的，遇到对的人，哪怕用尽一生，也是值得的。

尽管莫莫能给予她物质上的一切，但给不了她心甘情愿的爱情。也许在莫莫的思想里，物质能与爱情等换，所以他才如此强烈地想拥有罗红豆。他自以为一无所有的罗红豆会别无选择，可他还是错了。仅凭罗红豆的能力，她不需要莫莫的怜悯，更别提奢侈的爱情。

罗红豆设法逃离莫莫的纠缠，谎称自己公司还有重要会议，便强行告辞。

多年没联系，本以为时间会冲淡一切。然而莫莫的穷追不舍，还是出乎罗红豆意料。

再想到欧阳凯旋事件，她内心的不安油然而生，突然又停下脚步。试想，以莫莫家的背景，把欧阳凯旋保释出来，应该不是件难事，但他会轻易答应她的请求吗？

（七十四）

即使莫莫心头有诸多的不服气，也只能不舍地目送罗红豆渐离渐远的背影。

“今生今世，我莫莫非罗红豆不娶，哪怕孤独终老。”莫莫泪眼婆娑地发了一番得不到罗红豆，也要在她身边默默保护的誓言之后，蹲在地上，“到底要我怎么做，你罗红豆才肯答应做我的女人？”

曲终人散去。

只属于路月晴的夜晚结束了。从路月晴嘴里那句“学得好，做得好，嫁得好，都不如生得好”颠覆性的论调足可看出她的优越感在这拨同窗学友中无人企及。与其说是同学聚会，不如说是路月晴用心策划好的炫秀。

路月晴意犹未尽，喜不胜收地在路边唱起歌儿来。

“莫莫？”路月晴定睛看，确定是莫莫了才说，“你怎么在这儿蹲着？还哭了？”

莫莫转向一边。他不愿意被路月晴看到自己落魄的一面，转身就想离开。

路月晴急步上前挡在他面前说：“我猜，肯定与罗红豆有关。”

“我，请你让开。”

路月晴有钱，在莫莫看来不是什么新鲜事儿，他之所以来参加这场聚会，完全是为了能见上罗红豆一面，结果令他大失所望。同窗多年，他还是不了解罗红豆。从中学起，他就得知罗红豆爱上路月晴的哥哥路朗，只是他不服输，一味地想得到自己想要的，却忽略了感情不是物品，就算有钱也买不到。

撇下路月晴，莫莫拂袖而去。

“你会来求我的。”路月晴自信爆棚地说，“只要有罗红豆在，我路月晴迟早把你莫莫降服。”

当年俘获不了莫莫的心，路月晴恨得牙痒痒的。只要入了她的眼，就得成为她的战利品，她把莫莫当成物品归为己有。不管有没有爱情，得到就是胜利。也难怪路月晴家世再怎么优越，也得不到莫莫的倾慕。

可莫莫对罗红豆又何尝不是如此？当爱情被镀上金，就只剩下虚情假意，无不是欺瞒哄骗，撒娇争宠的蝇营狗苟。有钱的，真舍得为所爱的人倾家荡产也在所不惜？如果真心相爱，哪怕贫穷疾病也能相守床前榻后。

对于爱情，莫莫和路月晴一样，永远无法体会到它的真谛。分离了，便相思；团圆了，能相守。就如罗红豆和心里的路朗，即便莫莫讨厌她是在幻想，也不能否认她对路朗的情真。

如路月晴所愿，罗红豆找不着她，为了救出欧阳凯旋，除了莫莫，她已经没别的人可求。为救一个男人去求另一个男人，这两个男人都与罗红豆划不上太深刻的关系。

陷入纠结的狂潮，最终为了欧阳凯旋的知遇之恩，罗红豆义无反顾。

再次看到他心爱的女人，莫莫自然兴奋。他难掩冲动，上前欲抱过罗红豆，结果罗红豆反而主动大方地轻搂他的脖子，瞬间就松手。还没来得及感觉她的余温，进入视线的已经是她的微笑。

“很高兴，你能主动来找我。”莫莫脸上满满自信。

莫莫凭着骨子里的自信以为罗红豆是向他妥协，以为是罗红豆想通了，要和他一起出国深造。注视许久，等来的却是事与愿违。

“莫莫，”罗红豆迟疑片刻，还是向他开口，“你能不能帮我个忙？”

“你说，别说一个，只要是你罗红豆，让我上刀山，下火海，我莫莫都在所不辞。”

还没等罗红豆道明求助原委，莫莫夸下海口，誓死要为自己爱的人赴汤蹈火。“帮我保释一个人。”罗红豆只是轻描淡写，事情出乎莫莫预料。

听得莫莫像打翻了五味瓶，不知是何滋味，越来越捉摸不透罗红豆到底要什么。他沉默不语，静听罗红豆的下一句。

与莫莫对视了一会儿，罗红豆似乎感觉出他的不情愿，便不再往下说。

“你说，我听着。”

为了不伤罗红豆的自尊，莫莫主动表现出他的耐心。温柔地注视罗红豆的脸颊，说不出的心痛。他轻抚罗红豆的手背，给予她抚慰。

“我……”罗红豆欲言又止。

“没事，你说，你的事就是我的事。”莫莫已经把友情当爱情，把爱情当亲情似的拥护罗红豆。虽然还有点儿不情愿，但曲线获得心爱女人的心，又有何不可？

（七十五）

两人面对面静坐，罗红豆不说，莫莫也不问。莫莫忍不住问了，罗红豆也不好意思说出口。沉默的气氛再尴尬，对于莫莫来说也是一种享受。或许一直保持平静的坐姿面对面，才能与心爱的女人在一起，只有以这种方式来弥补他的缺憾。

莫莫用深情的目光包围罗红豆难言的拘谨。欧阳凯旋与莫莫根本就是八竿子打不着的两个世界的人，坦白来说是同时爱着罗红豆的情敌。这种没有成功概率的请求，能行吗？罗红豆表面不惊不急，实则内心早就焦急如焚。

欧阳凯旋的公司到底有没有涉案，罪责是大是小，罗红豆心里没有底。或许她应该先找律师，再找路月晴了解清楚事情的来龙去脉。莫莫对她来说真不知道摆放在哪个位置才不辜负此行。

平复了心情，罗红豆默默地喝着咖啡，捋顺了思绪，她才站起身说："对不起，莫莫，我不知道该怎么说，总之，谢谢你能来赴约。"

"哎，好歹也同学一场，有什么困难就说出来，你客气什么？"莫莫好像意识到自己过于热情的态度。等不到罗红豆主动请求，他便退让一步，转换另一种不冷不热的态度。如何是好，心有灵犀不必多言，若话不投机再深的爱也只不过是自怜自艾。

"我没有什么困难。"罗红豆果断地说道，"只是，如果路月晴有和你联系，麻烦你告诉我。"

"从我们见面至今，你一直都提路月晴，她怎么了？"莫莫略表不满。

"她做了不该做的事，这事与我有关。"

"什么事？"

"我可以不回答吗？"

"那我怎么帮你？"

"告诉我路月晴家住哪就行。"

"不行，以她的脾气和性格，既然她是故意的，这事肯定没那么简单。"莫莫激动地想英雄救美，一直表现出要保护好罗红豆的姿态，"我和她都是你的同学，为什么她能知道，就单瞒我一个人。红豆，说出来，如果不是在我能解决的范围之内，你也不会来找我了，是吗？"

"哟！怎么那么巧，到哪都能遇见你们成双成对的。"

路月晴和友人谈事，路过罗红豆身后，调头对莫莫调侃道。到底路月晴葫芦里卖的什么药？罗红豆亲自找她时，她避而不见，现在看到罗红豆和莫莫单独在一起，她却比谁都想挑事。

"你来得正好，路月晴我有话要问你。"罗红豆拽起路月晴的衣领就往外拖，顾不上坐在一旁干瞪眼的莫莫，罗红豆豁出去了。

路月晴大叫："你要干吗？莫莫，快救救我，罗红豆她疯了。"

莫莫被眼前的罗红豆吓得手足无措。一向文静素雅的她，像变了个人似的，眼前的情景，他是劝还是不劝？

莫莫站起身，还不忘把自己点的咖啡喝完，顺便也把罗红豆没喝完的咖啡像倒水似的灌进嘴里。来不及抹掉沾在嘴角的咖啡泡沫，便匆忙追出去。

“哎，你俩等等我。”

罗红豆从来没有过这么愤怒，憋屈许久的怒气一并使在路月晴的身上。只见路月晴被她拖得左偏右倒，鞋子都蹭脱在地，可罗红豆还是没有停下来的意思。

（七十六）

莫莫两手提着路月晴的鞋子，似乎还在思考如何制止罗红豆的冲动。可这真不是冲动，而是蓄积已久的怨恨。

不管路月晴怎么挣扎，罗红豆像要吃掉路月晴似的，手腕使出的劲勒得路月晴脸涨红，快要窒息的样子。

“会出人命的，罗红豆。”

路月晴是怕了还是良心发现了？她居然会哀求罗红豆放手。人命关天，莫莫也开始紧张起来，他凑上前劝说罗红豆。

“红豆，别闹了，有什么话好好说。”

“好好说的话，她路月晴当人话吗？”罗红豆把多年来自路家的委屈统统发泄在路月晴身上，忍不住要哭出来，“你路家再了不起，也不能一再地欺负人；你路月晴再了不起，也不能三番五次地陷害人。把我逼上绝路，我也顾不了你死活。”

路月晴突然跪下。目睹罗红豆被她激怒而发狂的举动，她开始怕了。曾经那个天不怕地不怕，处处置罗红豆于不堪境地的路月晴，此时却像只受惊的小羊羔，畏畏缩缩地望着罗红豆。

莫莫也吓坏了。他扔掉路月晴的鞋子，冲上前劝阻罗红豆：“不看僧面看佛面，再怎么着，咱们也曾经是同学。”

“她路月晴把我当同学了吗？若不是她趾高气扬，若不是她自以为是，我都懒得再见她。”

理智被怒火燃烧，罗红豆已然不记得她是向路月晴求助的。站在一旁干着急的莫莫对她们俩的恩怨升级显然一无所知。可人命关天，他强行拽着罗红豆的胳膊高声呵斥："罗红豆，好歹她也姓路，有什么话不能面对面说清楚？"

听到"姓路"两个字，罗红豆突然甩开手，路月晴无法站稳，跌倒在地。路朗，她最爱的人，她差点做了傻事，对不起她心爱的人。如果不是莫莫的提醒，恐怕路月晴真的会命丧在罗红豆的手上。

从罗红豆手上逃过一劫，她路月晴也学不会什么叫感恩戴德。从地上爬起，连鞋子都没穿，便怒不可遏上前就给罗红豆一个响亮的耳光："我路月晴你也敢碰，罗红豆，你不想活了？"

被路月晴的一记耳光扇得恍恍惚惚，罗红豆瞪着路月晴说："你为什么要害欧阳凯旋？如果是因为我，我离开他的公司便是，为什么要置他于死地？"

想起欧阳凯旋被纪检人员带走的那一幕，罗红豆气不打一处来，像被刺痛似的向路月晴发起攻击，两人推推搡搡地撕打起来。莫莫站在中间，更多的是措手不及，不知道到底该帮谁。

"别打了，别打了，都别打了。"

情急之下，莫莫居然挤进两人中间，强行隔开对方，结果被路月晴撕破身上的衣服。罗红豆也没有要停下来的意思，对她而言，连最后的活路都被路月晴掐断，还有什么旧情可念的？

莫莫可就惨了，被两个吃了火药似的女人推来推去，甩向一旁，眼镜掉地上。他在地上摸索片刻，找到眼镜，架上鼻梁时已经缺了一块镜片。

"我就看不起你罗红豆，怎么了？你就是个扫把星，是你自己连累了欧阳凯旋，是你为了自己的业绩做了手脚，还有脸反过来怨我。你才是把他带进阴沟的罪魁祸首。"路月晴本想把这些事烂在肚子里，被罗红豆的过激行为逼得一下子抖了出来。

罗红豆突然停止撕扯。她本以为自己做得天衣无缝，没料到路月晴对此一清二楚。她顿时变得语无伦次："你血口喷人，明明是你因爱生恨，公报私仇。"

"哎，打完了？打完了就休息一会儿，还嫌观众不够多不够热闹啊？”莫莫扶了扶鼻梁上残缺不全的眼镜说，“又不是什么好事，还在路边吵？我看你们从小挤兑到现在，累不累？”

听了莫莫的一番话，罗红豆才收敛自己的怨气。浑身乱蓬蓬的，和刚才的素雅端庄判若两人。当一个人被欺负到极致时，哪还顾得上这些外在的形象，为了讨回一条活路，拼死也要战斗到底。

若不是在最潦倒的时刻，欧阳凯旋给予她生的希望，或许罗红豆还是那个温文尔雅的姑娘，遇事就知道哭鼻子，怨天尤人。命运赐予她坎坷，为了体面地活着，只有变得坚强。

罗红豆的勇敢，不只为她自己，也为曾经救过她的恩人。

（七十七）

换了个地儿，路月晴终于还是承认了自己的私心。她曾经怨恨欧阳凯旋的朝三暮四，只不过是想借罗红豆的手狠狠地教训一下用情不专的花花公子。

罗红豆甚是无辜地想给路月晴泼热茶。

“你害我还不够吗？路月晴。”

“哎哎哎，息怒息怒，红豆，事情的原委，我们都已经清楚，你不还有我吗？”莫莫坐在旁边，虽然狼狈十足，仍不忘阻止罗红豆的再次冲动。

路月晴还是防备地躲闪一旁，罗红豆已经今非昔比，也不知道她哪来的力量和胆子，打架斗智更胜一筹。生活的磨砺使她变得坚强。

手里握着的茶杯是烫的，可罗红豆像是没有知觉般被烫得发红，就连路月晴都不忍心看，把头扭向一边。

莫莫夺走罗红豆手里的茶杯，心痛地说：“你的手都被烫红了，红豆。”

“是啊！欧阳凯旋被带走，你心痛什么？像他这种商人，就算我路月晴不出手，他迟早也会出事。”路月晴埋头整理被罗红豆扯皱的衣服，一边抱怨说：“我这衣服很贵的，看被你扯成什么样子了？”

“你就少说两句吧。”莫莫隔在两人中间，像消防员似的，随时做好灭火的准备。

欧阳凯旋是救罗红豆一命的恩人，就算路月晴为情把他灭了，也与自己没多大的关系。毕竟那是他和路月晴的情仇，不爱就是不爱，谁劝说也没用。只是碍于救命之恩，罗红豆不能坐视不管。只要能把欧阳凯旋捞出来，她随时可以离开，另辟天地。

“我找你，就是为了欧阳凯旋，他跟你之间的恩怨有多深，我不管，我只知道他是我的恩人，你必须把他救出来。”罗红豆丝毫不顾被烫伤的手，逼视路月晴，希望她能点头答应放过欧阳凯旋一马。

路月晴一副无所谓的模样，表现出极为得意和无所谓的表情，罗红豆一下子恼了，拎起茶壶往桌面掷去，滚烫的茶水四溅。

结果是莫莫被溅起的茶水烫红了手背。

“我没义务答应你什么，你也不能逼我同流合污。罗红豆，我举报他是伸张正义，瞧你那张要吃人的脸，我就不帮，怎么着吧！”

罗红豆软硬兼施，路月晴油盐不进。路月晴不是被吓大的，很显然，罗红豆丝毫没有达到能威逼对方妥协的效果，还要多赔一个茶壶钱。

“你到底要怎样，才肯救出欧阳凯旋？”

“国有国法，自然是依法办理。”路月晴一脸的不屑，轻描淡写。

“好，你能，你有本事。”撂下这句话，罗红豆愤然离去。

“你就作吧！”莫莫顾不上被茶水烫红的手，斥责路月晴，“真冷血，也不小了，怎么还是老样子？谁要是爱上你，谁倒霉。”

其实像莫莫所言的，路月晴早就习惯了，依她的本性，不痛不痒的责骂根本就不当一回事。高傲的心早就不在乎什么冷言冷语，只要路月晴开心，不杀人不放火不违法乱纪，做什么都由她的心。何况欧阳凯旋戏耍了她的真心，照她所说，她是在伸张正义。帮罗红豆是情，不帮便是理。罗红豆再怎么威逼，也不能影响路月晴。

在两个女人之间摇摆，莫莫是最受伤的一个。他的爱情给谁都不是，因为不够高大上。莫莫还学不会爱，或者说他不知道什么是真爱，浅浅地说他爱罗红豆，还是说路月晴喜欢他，都不能促成一段感天动地的爱情。

路朗能在罗红豆心里扎根，是因为他给罗红豆带来生命中的阳光，只要想起他灿烂的笑容，不管生活中遇到什么难事，罗红豆都能坚强地挺过去。这种能量是莫莫不能给予罗红豆的。

浅浅地说爱，只能表现出自己缺爱，不能代表真正的爱情。

路月晴目送两人一前一后离开，她心里渐渐升起一阵阵居高临下的优越感。她与欧阳凯旋的爱情就像莫莫爱罗红豆，并没有深入骨髓般的刻骨铭心。

说起这档伤心费神的情事，恐怕最难过的应该是罗红豆，她与路朗的真心，平白无故就遭许多人的反对，甚至是极力的阻挠。

问世间情为何物？在纯真的人心里它是爱情，在势利的人眼里它是筹码。许多人不是因为爱情而结婚，而是因为结婚而选择爱谁。当爱被选择时，就已经失去它原本的真诚。即便如此，可还是逃不过被选择的命运。

（七十八）

路月晴的拒绝在罗红豆的预料之内，只不过她仍然抱有最后一丝希望，哪怕是跪求。拿下一座城池不算是事，可要征服一个人的心却难如登天。

莫莫想安慰罗红豆。他努力踮起脚跟，想攀扶罗红豆的双肩，不知是手短了还是人矮了，却只够得着挨近她的一个肩膀。从肢体上诠释，莫莫确实给不了罗红豆安全感，更别指望他能捞出欧阳凯旋。只要他不乘人之危，就已是万幸。这也是罗红豆对他欲言又止，宁愿跪求路月晴，也不向他开口的原因。

站在罗红豆身边的莫莫，颇有几许尴尬。没想到罗红豆却突然靠向莫莫伤心地啜泣。莫莫愣了半晌，伸出的手悬在半空不知所措。

然而最为尴尬的是，罗红豆靠在莫莫怀里，隆起的胸紧紧贴着他。莫莫脸涨得通红。

没有任何心理准备的他被眼前的酥胸所陶醉。瞬间，压抑多年的荷尔蒙泛滥成灾，他紧紧地抱过罗红豆的腰身，正想做些什么，却突然被罗红豆推开。

慌乱中罗红豆急忙收拾好不堪的情绪，道歉说："对不起，莫莫，我不是故意的。"

不说还好，被调起的激情，瞬间偃旗息鼓。

莫莫索性把缺了块镜片的眼镜摘下，扔得远远的。一个不起眼的动作，显露出他内心的不满，但他还是极力掩饰着，淡然地说："你又没错，没必要道歉。"

背过罗红豆，莫莫还是赶紧掩饰被她的楚楚可怜调起来的情趣。他难为情地夹紧双腿，不敢直视她的双眼，缓缓离去。

"你怎么了？莫莫，是不是刚才我无意中伤到你了？"罗红豆天真地追问，"对不起，都怪我只顾和路月晴吵架，忽略了你的存在。"

"你别跟着我。"莫莫突然停止，背对罗红豆严肃地说，"我难受。"

"你哪儿难受了，是不是很痛，我陪你去医院吧？"罗红豆不但没停下，反而上前搀扶莫莫的胳膊前行，"真的对不起了。"

罗红豆满脸的内疚和不安，莫莫更是招架不住了。他驻足不前，一本正经地望着罗红豆，一字一句认真地说："咱们结婚吧！罗红豆。"

憋在心里已久的话，终于弹出口了。罗红豆渐渐松开莫莫的胳膊，支支吾吾地说："我，我，从没，没想过这个问题。"

罗红豆刚走出一个烦恼坑，又陷入另一个情感的泥潭。

"我从开始到现在心里一直装着你，一直等着你，千里迢迢从国外回来参加同学聚会也只是为了你。红豆，难道我这么做都不及一个从没出现在你身边过的男人？难道我这颗火热的心都不及一个看不见的影子？"莫莫用火辣的目光紧紧盯着红豆。

即便如此，罗红豆心里还是容不下一个无法与她擦出爱情火花的男人。她不想解释，也不想逃避。她和莫莫是同学，是永远改变不了的现实。罗红豆大方地伸出手，温柔地说：“我陪你去趟医院吧！”

莫莫不痛不病，他为什么要去医院？罗红豆就缺心眼吧，难道她真的不知道莫莫是被她的绝情所伤。莫莫难过地挥了挥手，走起路来踉踉跄跄，差点踩空。

罗红豆急忙上前搀扶，就冲莫莫对她的一片痴心，又怎能视若无睹。

世间最可悲的是，离自己最近的都不是自己所想要的，只能活在心里的海市蜃楼中，苦苦地撑下去。

（七十九）

欧阳凯旋的事情远没解决，不管用什么办法，罗红豆都得把欧阳凯旋救出来。为了那份沉甸甸的恩情，罗红豆违心答应了莫莫的求婚，只是婉言谢绝跟随莫莫出国陪读。

在莫莫返回学校之前，还和罗红豆举行了简单的订婚仪式。因此，莫莫用家里的势力疏通各种关系，使欧阳凯旋被放了出来，但他所管辖的分公司早已人去楼空。

路月晴知道莫莫和罗红豆订婚之后，并没有送出祝福，而是找到欧阳凯旋显摆她的能耐。路月晴亲自把欧阳凯旋送进去，事后还向人嘚瑟她的本事，还不知会引起欧阳凯旋什么样的回击。

老虎和狮子之争，不是你死就是我亡，或许这就是弱肉强食的动物生存法则。

果不其然，路月晴刚踏入包厢大门就被欧阳凯旋拽进角落。欧阳凯旋横着手肘顶紧她脖子，满脸狰狞地说：“你为什么要害我？为什么要置我于死地？”

本以为路月晴会慌不择言地求饶，没想到，她却咬牙切齿地瞪着欧阳凯旋，淡然说：“我是来给你接风洗尘的，欧阳先生，你这么冲动，也太不礼貌了吧？”

一副死到临头还嘴硬的样子，连欧阳凯旋都震惊了。欧阳凯旋气得大声斥责：“黄鼠狼给鸡拜年，你恶心谁呢？”

路月晴吃力地拿开欧阳凯旋架在她脖子上的手，轻咳了几下之后慢条斯理地说：“我承认，自己是有点恨你。但你用情不专，总得要付出点代价，不然我所受到的伤害岂不是太冤了。”

轻描淡写的恨和伤害，就把欧阳凯旋送进去，毁掉其事业，说明路家的势力不是一般的强大，可为什么就容不下罗红豆爱路朗呢？

这时，罗红豆如约而至。这才是路月晴意料之外又最讨厌的场面。

“欧阳总裁，你终于出来了。”踏进门口，罗红豆高兴得抓住欧阳凯旋的手，东瞧瞧西瞧瞧，担心地说，“你没伤着哪吧？都是我不好。”

“我没事。”

“哎哎哎，这儿还有个人呢！”路月晴不耐烦地冲罗红豆说，“一个订过婚的女人，过于关心其他男人，不太合适吧？”

罗红豆急忙松开欧阳凯旋的手。

“什么？谁订婚了？”

“你的新欢，罗红豆。”路月晴还是一副唯恐天下不乱的样子，添油加醋地说，“如果我的推断没错的话，她是拿自己和莫莫的订婚来作为救你欧阳凯旋出来的筹码。好一个知恩图报，只不过我好奇的是罗红豆你究竟爱谁？深爱我哥，却为了欧阳凯旋和莫莫订婚，你也太乱了吧！”

“为了救我和别人订婚？罗红豆，你疯了？”欧阳凯旋耐着性子听路月晴数落罗红豆，最终还是忍不住反过来斥责罗红豆。

听似一种数落，却又暗藏几许关爱。接触中欧阳凯旋已经渐渐爱上罗红豆，只不过身处优越家庭中的他不想承认。不然为何听到罗红豆为了救他而与莫莫订婚的消息，会做出如此反应？

罗红豆是出于报恩，才做出的决定。也是，一个人从出生到死去，要想活得更好，总得不停地欠债。说句不好听的，人出来混，总是要还的。所以迟还不如早还，管他与谁订婚，反正只要不是欠债，违心又何妨。每当想到这种不得已的决定，罗红豆觉得最对不起的就是活在她心里的路朗。表面上和莫莫客客气气，其实内心早就痛苦不堪，却还得装出什么事都没有似的。

“我没你说的那么伟大，和莫莫订婚是我心甘情愿的选择。”罗红豆低头不敢直视欧阳凯旋和路月晴，她生怕自己的眼睛欺骗她的内心。待泪水被风干，她才瞪着路月晴说：“我希望这种害人不利己的事，到此为止。”

“呵呵，心甘情愿？好，我且不说这些无聊的谎言。那你真的是因为爱莫莫才订婚的吗？”路月晴带着调戏的语气逼问罗红豆。

谁也猜不出路月晴到底想要干吗。

欧阳凯旋倒也没有去猜测罗红豆的真与假，对于路月晴的挑衅他表现出极度的不耐烦，却还是不忘习惯地袒护罗红豆。

“你适可而止吧！”欧阳凯旋朝路月晴用带着些许命令的语气说，“下次你就没这么好运了。”

路月晴压根就没把欧阳凯旋放在眼里，她敢做自然就有敢当的本事。欧阳凯旋不管做什么，对于她来说就像玩过家家似的。

欧阳凯旋对路月晴若即若离爱恨交加，不就是因为路月晴挠人心脾的神秘和霸气吗？一会儿温柔得叫人难以割舍；一会儿霸道到让人厌恶至极。即便欧阳凯旋横起胳膊想要路月晴的性命，也威胁不了她。

（八十）

同样是威胁路月晴，相比罗红豆的不要命，欧阳凯旋显然稍逊一筹。

一个富二代，命比钱重要。路月晴早就摸清欧阳凯旋的命门，也知道他为什么会对自己欲罢不能。如果有了路月晴，仰仗路家的权势，他在商场更能顺势扩张。罗红豆对于欧阳凯旋只不过是隐形的工具，如果说欧阳凯旋爱上罗红豆，那只不过是用暧昧手段把她留住，继续挖掘她商场上的潜力。

当老实人遇到世态炎凉，是否听天由命？罗红豆拿出仗义的本性，救出欧阳凯旋，从没想过能得到他的认可。路月晴却故意在一旁煽风点火。

不管是接风洗尘宴还是别有用心的下马威，都已经完美谢幕。路月晴似乎还没尽兴，她坐到桌旁，向罗红豆招手说："不管真爱假爱，已经不重要，反正都凑齐了，不如坐下一起吃个便饭，就当是你我他，和解了！"

"我有事先走了。"罗红豆不愿意再把自己陷入路月晴布好的无谓争执中，看到欧阳凯旋平安无事，她调头欲走。

"咱们之间的恩怨，择日再算。"欧阳凯旋撂下狠话，尾随罗红豆而去。

原本想约罗红豆商谈下工作，却被不约而至的路月晴搅局。欧阳凯旋愤恨难平。两人过去所有的温情在这一刻已然变成仇恨。

如果不是真爱，哪儿来的伤害？早在路月晴喜欢欧阳凯旋，他却拈花惹草、朝三暮四时爱就已不在。就算欧阳凯旋指着路月晴的鼻尖怒骂，也激不起她心中半点儿的涟漪。

剩下路月晴一人斟茶自饮。

既然成为不速之客是不争的事实，又何必与这好的上等茶过不去？索性品茶清心。为花心萝卜大动干戈，实在不值。路月晴是聪明的女人，只不过命中注定无良缘。把欧阳凯旋整得如此落魄，仅仅逞一时之欢。当失魂落魄的欧阳凯旋出现在她面前时，她却怎么也开心不起来。倒不是爱得有多深，而是刻意去伤害他并不是路月晴的本意。

欧阳凯旋追上罗红豆时，却遇莫莫驾着豪车出现在酒店门口。一向低调的莫莫，自从与罗红豆订婚之后，变得高调起来，生怕人不知道身高有缺陷的他也拥有美好的爱情。莫莫钻出车门，紧跟着身后下来一个时髦女子。

罗红豆刚想上前打招呼，却被欧阳凯旋拉到一旁，刻意躲避莫莫和时髦女子的出现。

出来会见欧阳凯旋本是光明磊落，欧阳凯旋出手这么一拉，却变成是偷偷摸摸的出轨行为。

“你干吗？那是我的未婚夫。”罗红豆使劲挣脱欧阳凯旋的手说，“我也没什么可瞒他的，请你放开我。”

“你傻呀！男人和女人这种时候出现在酒店，能干吗？不是躲他，而是别轻易打扰他们。”欧阳凯旋故意把罗红豆推进墙角，压低声音，露出坏坏的笑，“哼哼，看来你那未婚夫人品也不怎么样啊！”

“你胡说。”罗红豆推开欧阳凯旋，打算上前质问莫莫，却早已不见人影。

环视酒店大堂，罗红豆最终把目光锁定渐渐合上的电梯门。她像失去理智的小媳妇，两脚却莫名其妙地打抖，或许是醋意充斥每根神经的缘故，怎么也走不到近在咫尺的目的地，只能眼睁睁地看着红色数字从1跳到19，当数字不再跳动时，罗红豆却哭了。

都说了她不在乎莫莫，却因为他的“出轨”而默默伤感，这种被欺骗的感觉瞬间充斥全身，恨不得马上冲到客房揭开他们见不得人的秘密。

最终，还是被欧阳凯旋阻止了。

（八十一）

从小就知道在罗红珊和韩钉的婚姻中，两个人并不是爱得死去活来，也不是彼此依靠的港湾。或许是找个人吵吵架，安排个角色嘘寒问暖，必要时怀疑对方的行为。

婚姻就是一个斗智斗勇的战场。

既然都清楚明白，可为什么当罗红豆看到这一切时，心里是那么的难过？和莫莫完全是一种交易，她有什么理由和权力去干涉莫莫的自由？

想到这儿，罗红豆已然不去在乎楼上的客房到底上演什么，也不去在乎莫莫对她的感情是真是假，甩下身边的欧阳凯旋，调头就往外跑。欧阳凯旋唯有无奈地目送罗红豆伤心离去的背影。此刻，他深知罗红豆比谁都需要冷静，然而情感像是会感染般，欧阳凯旋心里很不是滋味了。

欧阳凯旋走到休息区，随手拿出包香烟，娴熟地弹出一支，叼进嘴里，点燃。一系列连贯的动作没有一丝停顿，烟火映着他紧锁眉宇间的凸痕，像雄鹰展翅，丝毫看不出他是那个半夜里救罗红豆一命，心地善良的男人。他默默地吸烟，静静地思考，仿佛要做什么天大的决定，预示着下一秒要发生些什么。

时间一分一秒地流逝，欧阳凯旋频频扫视大堂的电梯口，始终未等来莫莫的影子。

于是欧阳凯旋掐灭夹在指间、快燃到海绵的烟头，起身离开。

烦恼就像一阵风，来得快，去得也快。罗红豆没有理由把自己埋入痛苦的深渊，在她的生命里找不到矫情两个字。她注视镜子里的自己许久，才掏出抽屉的存折说："该是时候另立门户了，一个女人没有独立的事业，拿什么支撑尊严。"

简单地给自己上个淡妆，换了身得体的衣裳后，罗红豆拿包匆匆出门。

红豆想，就算欧阳凯旋是大树，也不能一辈子为自己遮风挡雨。和莫莫的一纸婚约更不可能是长期饭票，明摆着两个人的家庭悬殊，即便是他出轨被堵在床上，难堪的还是自己。毕竟她除了被爱还会面临不被爱的结局，当不被爱了，还拿什么去和莫莫谈尊严。

心酸也好，凄凉也罢，自强地过好自己的人生，或许就是告慰天堂父母最完美的答卷。风花雪月的爱情对于罗红豆来说，是奢侈的高档点心。偶尔在心里念念和路朗的过往，已经背叛与莫莫的誓约，点点滴滴盗窃来的喜悦只能算是拿回忆碎片当强心剂，凑合着活下去。

车窗灌进来的强风打在罗红豆的脸上，吹乱了她披肩的黑发。她已经不再是那个遇到点事就哭鼻子想不开的小女孩。倒车镜折射出她成熟的面孔，扶着方向盘的手指甲被她涂抹了淡红的颜色。

生就质朴的本性，终究还是涂抹了她生平最厌烦的颜色。

（八十二）

路月晴亲自把花篮送到罗红豆的公司，当然还有华晓。至于欧阳凯旋，罗红豆已经断了与他的联系，此举与莫莫无关。

收获喜悦的同时，尤美乐还送来了这些年路朗寄到厂里给罗红豆的信。被尤美乐包装精美的盒子里，全是写有“罗红豆收”和印有三角形特殊邮戳的信件。路月晴好奇地凑上前，罗红豆急忙把盒子转交给华晓。

“你帮我收好了，我过去招呼客人。”

“不说我也知道是什么。”路月晴故弄玄虚地戏说。

“要不在学校时，同学怎么都叫你半仙呢？”

罗红豆刻意留了些许悬念，让路月晴自己琢磨去。

“这玩意儿，和你有关。”华晓把盒子送到罗红豆的办公室，调戏路月晴道，“你应该猜得出是谁的。”

“谁的？”莫莫突然出现在华晓身后，尾随他的还有送花工，给罗红豆送来了十几个花篮。

“哦，没没没，是我的。”华晓机智地避开莫莫的追问。

“你，不是出国了吗，莫莫。”华晓兴奋地说，“怎么又回来了？”

“未婚妻的公司开业这么大的事我能不回来吗？”莫莫脸上闪过喜悦，像是来炫耀他的胜利。

尤美乐听得一头雾水。这些年都在厂里当纺织工，即便休息时间也难得与罗红豆见面。而罗红豆为了开展她的事业，潜心给欧阳凯旋的公司开拓国外市场，更没有时间去饮茶叙旧。若不是罗红豆的公司开业，消息上了报纸的头条，成了厂里女工的聊资，尤美乐还蒙在鼓里。

然而尤美乐不约而至，还带来了路朗写给罗红豆的信，像是无意地拆台。也不能怪尤美乐，她只知道过去的罗红豆和路朗是有一段肝肠寸断的真爱，却不知道现在罗红豆的生活。

与莫莫在酒店的偶遇，是罗红豆心里的坎。只要莫莫不提，罗红豆不会主动兴师问罪，更不会河东狮吼。

即便不是真的因爱莫莫而携手步入殿堂，也不会为了恨对方而制造矛盾。平凡的日子，简单地过。人驾驭不了形势，只能顺应才能顺利地走到人生的彼岸。

莫莫的出现着实突然，起码罗红豆根本不知道他会回国参加公司的开业仪式。虽说已经是名分上的未婚夫妻，但两个人的关系只不过比朋友更近一步，论亲密到无话不说还差一大截。无论如何，有了莫家的背景做后盾，罗红豆日后在商场将会如鱼得水，就算路月晴再怎么看不顺眼要找罗红豆麻烦，也得掂量掂量。

罗红珊曾经告诉过罗红豆，嫁人并不是女人最终的归宿。两个人，谁也不能保证对方不会被甩掉，与其顾影自怜不如告诫自己张弛有道，别拖对方的后腿。

华晓悄悄地告诉罗红豆，有两个签有路朗名字的花篮送过来了，目光游移闪烁。莫莫已经把花篮接过来了，而且是亲力亲为。

罗红豆的目光变得更加恍惚，她还没为莫莫的出现打好腹稿，就又要抽离心思去面对路朗空降的信物。路朗又是信又是花篮，感觉他近在咫尺，仿佛能听到他的呼吸声。

（八十三）

望着莫莫在人群中的身影，罗红豆有些难过，她从没想过要去伤害一个人。生活总没有两全其美的，每个人都需要修炼出十八罗汉破梅花阵的智慧，才不被接踵而至的突发事件打倒。

这些年，一直挥之不去的路朗已经成了罗红豆心头解不开的情结。望着写在花篮上熟悉的名字她泪眼婆娑，情绪崩溃，跑出人群哭出声来。

“路朗，路朗……”罗红豆在心里千百次地呼唤着温暖了她十几年，却又几乎走出她心底的名字。怀念遇见他的情景，怀念他挥手微笑的身影，怀念想他又无法相依时隐隐的痛。

“别哭了，反正哭也白哭，一来你已为人未婚妻，二来你永远也不会被允许踏进路家的大门。”不知几时，路月晴出现在罗红豆身后，她奇怪的眼神盯得人心头发紧。

罗红豆轻抹泪痕，迅速收拾她的内心。她不解路月晴所言，也不打算追问。只轻瞟一眼路月晴的表情，转而对她说：“冬去了，离春天还远吗？”

路月晴愣了半晌，才说：“什么意思？”

“聪明的你会猜到的。”罗红豆刻意卖关子，“谢谢你肯来。”

“哼，是来看你笑话的。”路月晴语不惊人死不休。不管出于何种意图，她总能说出最破坏气氛的话语来打击罗红豆。

“让你失望了吧？”罗红豆淌着泪也不要在路月晴面前认输，可见爱上路朗，一直是她不卑不亢的底气。

弹簧压到尽时，反弹才能最强。路月晴，一次又一次地将罗红豆的包容噬尽，而罗红豆却变得越发坚强。从罗谷被病魔缠身的那段黑暗生活中艰难走出来，到爱上一个得不到的人，再到被韩钉猥琐的无助，到路家防备她至丧心病狂，所经历的种种已经使罗红豆变得坚不可摧。

在身后的宴席上，莫莫扮演的角色让他由衷的喜悦。他爱罗红豆爱得偏执，偶尔闪过一丝神秘，就如被罗红豆在酒店遇见的情景。只要莫莫不说，它就是个导火索，随时都会使劳燕分飞。

“好戏还没开始呢？言之过早了。”

“你想怎样？”

“看到你紧张的样子，我心里就高兴。”路月晴活在优越感中极度扭曲着微笑，“莫莫是个好男人，负了他你会后悔的。”

“你……”

路月晴没等罗红豆说完，便潇洒地离去，留下团团疑云。罗红豆不知道路月晴的话意味着什么，等待她的是否如欧阳凯旋般的下场。不管你是否相信这个世界，都得活下去，但罗红豆心里还是掠过丝丝不安。

罗红豆不告诉莫莫，是不希望他在这种场合出现。就算他能代表莫家对各色邪恶势力具有威慑力量，她也不愿意两个人的身高悬殊袒露在众目睽睽之下。

贪图表面的虚荣，是女人与生俱来的缺点，要不怎么会用白马王子来形容择偶的标准。这点小女人的心思，罗红豆也有。

（八十四）

人海茫茫，彼此相爱，又令旁人赏心悦目，是得要几辈子才能修来的良缘。不管你愿不愿意，残缺都是生活的本质。罗红豆不服输也无法改变她为了救出欧阳凯旋而与莫莫订婚的事实，但此时她心里却被路朗占据着，如何安然面对向她走来的莫莫？

“红豆，你脸色不太好，是不是我突然出现，吓到你了？”莫莫一点儿也不风趣。不及罗红豆肩头的高度，即便出国镀层金回来，在他身上也显示不出绅士的风度。假装出来的柔情，听得罗红豆浑身起鸡皮疙瘩。

“回来了。”罗红豆并没有表现出过多的热情和惊喜，只是像熟悉的人淡然地打个招呼，无声地拉开与莫莫的距离。不是心有灵犀，近在咫尺也难有怡情的默契。

以莫莫的高度，要想与他心爱的罗红豆来个罗曼蒂克的热吻，还得仰视，踮起脚跟时一切都变得无比尴尬。他只好拉拉罗红豆两手的食指，嘟囔着嘴巴像个小男孩似的卖萌。本以为会博得心爱的女人欢心一笑，结果她却转身走了。

“红豆，”莫莫委屈地说，“你爱过我吗？”

“那边还有客人要招呼，我先过去忙了。”罗红豆抛给莫莫一个背影，匆匆离去。

莫莫情何以堪？

一厢情愿的感情，常常是付出沉重的爱，换来的只是温暖的背影。罗红豆对他不冷也不算热，可他还是找不出任何理由埋怨。

虽然没有准备欧阳凯旋的请柬，罗红豆还是收到了他送来的花篮。曾经给欧阳凯旋打下的江山，一夜间被路月晴毁之殆尽。虽然失去欧阳凯旋公司这个庞大的平台，但和他打拼的这些年，也给罗红豆积累了不少经验和人脉。路月晴的手段结束了罗红豆与欧阳凯旋隐形的感情，也开始了莫莫与罗红豆的姻缘。然而路月晴在此场感情战争中，根本没得到任何好处，仅仅是虚荣心得到了点儿满足。

华晓穿梭在宾客之间，谈得甚欢。还没毕业就当起别家媳妇的女人，突然应老同学之邀来这种场合，视野仿佛开阔不少。

“你们怎么了？就算是订婚，也应该甜甜蜜蜜把酒言欢才对。”华晓明知罗红豆心情变化是因为收到路朗的信物和花篮，还故意触及莫莫敏感的神经，“你俩闹矛盾，不会是因为路朗吧？”

莫莫虽然心有芥蒂，但还是努力说服自己，不介意罗红豆和路朗的过去。

“我虽个子小，但心胸宽阔着呢。”

“那就好，我还担心你会为这个过去式，给红豆穿小鞋呢。”

说者本无意，可听者却有心。莫莫在路朗送来的花篮前驻足片刻，内心翻滚着莫名的滋味，板起脸，转身而去。

“哎，还没散场呢？莫莫。”华晓瞟一眼写有“路朗”两个字的花篮，似乎嗅出阵阵火药味。再怎么说莫莫也是受过高等教育的人，喝过洋墨水思想更不应该如此固化。或许他真的用心爱着罗红豆，也希望罗红豆对他的感情能全心全意。

所谓的真爱就是眼睛里揉不得沙子。

时间再怎么流逝，也改变不了罗红豆爱过路朗。莫莫明知道这是改变不了的事实，可他还是选择去爱了。莫莫爱罗红豆，爱得没有尊严，而罗红豆对他哪怕装出来的喜欢都做不到。

或许莫莫在罗红豆心里连欧阳凯旋都不如。

（八十五）

在罗红豆的人生里，她的事业开始于一段滑稽的故事，而她才是故事的主角，只不过和她搭档的欧阳凯旋换成了未婚夫莫莫。前来庆贺的都是她这些年积累下来的合作伙伴，有真心祝福的，自然也有假意关心的。商场如战场，没有永远的敌人也没有永远的朋友，而情场永远只有一个真正爱着的人。

敢问世间情为何物，恰似爱得如火如荼。罗红豆深知自己的身世永远无法企及路家所谓的门当户对，她举杯间的洒脱折射出她在与路朗的爱情长跑中渐渐淡去，仿佛亲自剜出自己血淋淋的心脏在空气中风干。她与客人对视的媚眼流露出对现实的无奈，许多不舍与眷恋沉淀在手中的酒杯里。

莫莫不解罗红豆，既然已经选择和他订婚，为何还要膨胀蠢蠢欲动的野心。他在罗红豆的生命里扮演的到底是什么角色？来时，他不约，去时，因不解，罗红豆在莫莫心里到底算什么？

没有真爱，任何默契都是一厢情愿的想象。觉得对方就应该主动理解，可这种理解需要爱情做原动力。就好比罗红豆觉得莫莫应该理解她创业的初衷，而莫莫则希望罗红豆主动理解他，不应该抛头露面做女强人。

罗红豆做女强人，是因为内心缺乏安全感，想创造一条属于自己的情感退路。罗红豆从懂事起，家给她的印象就是居无定所，随着母亲的奔波而四处迁移，小时候她甚至连一个知心的朋友都没有。虽然兄弟姐妹成群，可罗红豆还是孤独地成长。在她的童年里除了深夜找不着母亲的恐慌，伴随她的净是噩梦。

然而当她还没来得及记清母亲的长相，小学五年级上学期，躺在医院病床上的母亲被白布盖起。让罗红豆的孤独更加凝重和凄凉的是，哥姐们都陆续从家里走出，到外面谋生了，独留下她和罗小果面对癌症晚期的父亲。

这种没有安全感的成长经历让罗红豆不敢相信任何人能给她带

来幸福和安全感，与人的品性无关，而是命运本身的安排让她无法自信。纵使莫莫千好万好，但对于罗红豆而言只不过是上帝的一种赏赐，可感恩却不可依赖。

或者说罗红豆连上帝都不愿意相信。

夜深了，客人渐渐散去，待只剩下华晓时，罗红豆才累得趴在椅子上发愣。

“女强人不好当吧？”华晓颇带凉意地说，“好好的莫少奶奶不做，偏要靠自己，还不要莫家一分钱的支持，你真行。”

“还没毕业就领证的女人，你不懂。”

罗红豆下巴顶着桌子，两眼盯住还没喝完的红酒。透过灯光，杯中的暗红似有几分神秘感，仿佛暗藏读心术的颜色，令罗红豆的思绪从白天的冗繁中沉淀下来。她宁愿把心绪倾诉于眼前的颜色，也不去关心莫莫是去是留。

“就你懂，你知道莫莫现在在哪吗？”华晓拿走罗红豆眼前的红酒，略带怨怼地说，“我就不明白，你为什么跟人家订婚了，却又不理人家。红豆，你做得有点过分了啊！大家都是同学，到时候别怪我不站在你这边。”

华晓是个幸运的公主，就算她原本的生活有点苦涩，可总是平平顺顺地享受着命运的安排。人生没有大起大落，平平淡淡也让人羡慕，自然她也就无法体会罗红豆这种复杂的心境。

“随便吧！我阻止不了别人想去哪，也阻止不了你爱站哪边，莫莫原本就是你的。”罗红豆醉得有点口无遮拦，“什么订不订婚，只不过是一种仪式，真正相爱的两个人不在乎这些外在的枷锁。”

“不知道你是真的喝醉还是装疯卖傻，我宁愿是前者。”华晓把手里的红酒一饮而尽，手指着罗红豆说，“莫莫为了你，千里迢迢从国外飞回来，你却这么打发人家？他可是你的未婚夫。”

“一个人心甘情愿付出，就不能希望得到回报，否则怎么能叫心、甘、情、愿。”罗红豆把最后四个字咬得格外用力，一字一顿地标榜自己得到莫莫爱情的心安理得。

莫莫连家都没回，直接驾车飞奔机场。与罗红豆的情感分裂还只是个开始，要一起走的路还很长，叫他如何相信未来。得不到时，一心想占为己有；得到了却又担心守不住。和许多爱情男女一样，莫莫开始怀疑自己的人生。

路上行车渐少，霓虹灯闪烁，夜色斑斓，而莫莫却无心欣赏。罗红豆的冷落使他倍感难过，驱车驶入快车道，突然一道强光闪过他眼前，方向盘失去控制，他瞬间便没有了知觉。

车祸现场一片零乱，救护车呼啸而去。莫莫驾的车已经破损得不成样子，支离破碎的挡风玻璃溅得满地都是，四周围起了警戒线。

（八十六）

最先赶到医院的是路月晴。

急救室外面，莫莫的母亲着急地徘徊不定。当初莫莫和罗红豆订婚，她并不反对，然而此时，她后悔莫及。一段闹心的感情足可毁掉一个真心的男人，事已至此，莫莫的母亲再懊恼又能如何。

“伯母，您坐下来休息会儿吧！莫莫不会有事的。”路月晴上前搀扶莫莫的母亲坐下，并安慰她说，“先喝口水缓缓神。”

“我就这么个儿子，能不急吗？莫莫要有个三长两短，我还怎么活？”莫莫的母亲愁容满面，把路月晴硬塞给她的水又放回原处。

万一莫莫真的出什么事，剩下莫家二老，这日子可想而知。可莫莫已经抢救两个小时了，作为未婚妻的罗红豆仍然还未现身，让莫莫的母亲更加无法释怀。

从莫莫母亲的脸上已经看出她对罗红豆的抱怨，表情由担忧转变成忧伤，最终她还是忍不住问路月晴：“你和莫莫都是罗红豆的同学，小路，告诉我最近罗红豆究竟在干吗？自己的未婚夫都伤成这样了还没出现，她也太不负责任了。”

路月晴像是难过又像是幸灾乐祸，在莫莫母亲的面前不仅没替罗红豆解释，反而添油加醋地说：“红豆虽然是我同学，可在这件事情上她确实做得不妥。不过有些事，我说了，伯母别怪我多嘴。”

“你说。”

“罗红豆她，她其实爱的不是莫莫。”

“什么？”莫莫的母亲不敢相信自己的耳朵。那个让自己唯一的儿子爱得神魂颠倒的罗红豆居然爱着别人。她不顾一切地逼视路月晴，一改往常的慈眉善目，愤愤地说：“你说的是真的？”

路月晴头一次看到莫莫的母亲气得花容失色，着实也吓到了。她畏畏缩缩地说：“红豆确实不像话，可您不能气坏身体，为她那种人不值当。唉！她倒好，在外面花天酒地，她把莫莫当什么了。”

“你胡说什么呢？”华晓跟随在罗红豆身后一路小跑来到医院，听到路月晴在莫莫母亲面前煽风点火，气得直嚷嚷：“你也太没良心了，路月晴，莫莫都这样了，你还在伯母面前煽风点火。”

莫莫的母亲循声上前，气呼呼地就给罗红豆一个响亮的耳光。

“伯母，您怎么不分青红皂白上来就打人呢？”华晓横在罗红豆与莫莫的母亲中间，阻止她再莫明其妙地发威，“莫莫出事，我们也很担心，您怎么能把责任推到罗红豆身上呢？”

罗红豆没有吱声，她心里真的觉得自己亏欠莫莫，如果不是她为了借莫家的势力救出欧阳凯旋而心虚，此时，恐怕也不至于受到委屈只能忍气吞声。她用手捂着被打痛的脸，不知所措。

莫莫的母亲已经闻出罗红豆和华晓身上的酒味，只见她铆足劲地把华晓推开，拽过罗红豆歇斯底里地说：“我儿子怎么就爱上你这种扫把星。既然已经和莫莫订婚，干吗还到外面花天酒地？你对得起自己的良心吗？罗红豆。”

路月晴似笑非笑地隔岸观火，莫莫的母亲当场把罗红豆撕成碎片，方解她心头之恨。乍一看她就像《西游记》里装扮得美丽动人的妖，趁人不备时原形毕露，龇牙咧嘴伸出丑陋的舌头吸干活人的血后又假装变成善良可爱的女人。

任由莫莫的母亲怎么摇晃她单薄的身体，罗红豆都不做丝毫的抵抗。

华晓从地上挣扎起身向莫莫的母亲解释道：“伯母，您误会我们了，红豆公司开业典礼，招呼客人多喝了点酒，她没有花天酒地，我可以做证。”

“我们莫家少你零花钱吗？用得着你打着赚钱的幌子，在外跟别的男人眉来眼去吗？”

“请家属保持安静，这里是医院。”护士推开急诊室的门，莫莫被推了出来，头上缠满了纱布，整个人处于昏迷状态。

“儿子，你伤哪儿了？儿子，你醒醒。”莫莫的母亲激动地扑上前。

“病人需要安静，请您保持冷静。”主治医生对莫莫的母亲说，“您是病人的家属，请跟我来趟办公室。”

平时温文尔雅的女人，在得知自己儿子险些丧命的时刻，什么优雅、理智统统都抛到九霄云外。莫莫的母亲泪如雨下，一步三回头地跟医生往办公室走。她生平第一次不顾自己贵妇人的形象对未来儿媳妇下狠手，可见莫莫对于她来说是多么的重要。

（八十七）

莫莫被推进重症监护室，望着躺在病床上的莫莫，身上插满管子一动也不动，罗红豆内心自责愧疚到窒息。

静悄悄的走廊，莫莫母亲感觉怎么也走不到尽头。医生告诉她，躺在重症监护室里的莫莫将可能成为植物人。

当莫莫的母亲把这个可怕的消息告诉罗红豆时，罗红豆差点晕厥在地。虽然心里早就做好种种准备，还是无法接受现实，顿时泪如雨下，掩面啜泣。莫莫的母亲像掉了魂似的无视罗红豆的眼泪，她甚至怀疑罗红豆的悲伤是装出来的。

“你走吧！我不想再见到你。”莫莫的母亲冷淡地说，“你和我儿子的缘分就到此为止，莫家不会给你一分钱。”

“您就算要赶我走，也要等到莫莫醒过来。他变成这样，我也有责任。”罗红豆抹着眼泪难过地说，“您身体不舒服就先回去休息，我留下来照顾莫莫。”

“不必了，我儿子，我自己照顾才放心。”莫莫的母亲强掩内心的悲痛，平静地对罗红豆说，“你和路家的事，我早有听说。你罗红豆的姿色我儿子消受不起，如果不想让我说更难听的话，你还是自己走吧！”

罗红豆扑通跪下，泪眼婆娑地拉着莫莫母亲的手说：“您就让我留下来照顾莫莫吧！伯母，我现在不能离开他。”

反正不是真爱，如果罗红豆执意要离开，也没人会埋怨她。只不过她离开对不起的是莫莫的一片真心，她会因为莫莫的爱，让自己活在良心的谴责里，而无法正常地工作和生活。就算不是真的爱莫莫，她也有责任帮他挺过这一关。哪怕一辈子无法步入婚姻的殿堂，默默地侍候莫莫也无怨无悔。

莫莫母亲狠狠地甩开罗红豆的手，无视她楚楚可怜的模样，转身就走。罗红豆一个人跪在地上默默地淌着热泪。她不知道该何去何从，浑身像被挂上十字枷锁般沉重。去或留，对于她来说都是种无法言语的痛。

“红豆。”华晓上前把罗红豆搀扶起来，心痛地说，“别哭了，事已至此，勇敢面对吧！”

昔日好友的不离不弃，感动了罗红豆，她索性趴在华晓的肩上伤心地大哭。莫莫母亲嘴里的“扫把星”时常萦绕她的耳边，从没怀疑过自己的罗红豆，顿时陷入不幸的魔咒。曾经驰骋商场的女强人，被心里最脆弱的小女人情怀打败了。无论华晓怎么安慰，她始终以泪洗面。

“一向坚强不屈的罗红豆怎么就变成水豆腐了？别忘了，你是怎么走过来的，生活再怎么艰难，不都活下来了吗？再说莫莫出事，又不是你的错，干吗老把什么事都往自己身上揽？你又不是神，是人，是需要男人关心的女人。”

华晓越安慰，罗红豆越伤心。她哭的不是自己不够坚强，而是坚强活下来所面对的还是不堪的现实。都说风雨过后现彩虹，人生短暂，如果经历大半生的风雨才换来瞬间的彩虹，那罗红豆还可以作别的选择吗？人生之苦一拨接一拨地排山倒海而来，让她稚嫩的双肩应接不暇。

寂静的医院让罗红豆不寒而栗，也是她生平最讨厌的地方。

“华晓……”罗红豆平复内心的伤感，欲言又止。

“你终于会说话了，我还以为你从此失声了呢！”华晓的玩笑一点儿也激不起罗红豆的笑意，她开始猜测罗红豆的想法，带有质疑的口气问她：“你该不会想一走了之吧？拜托，千万别做出让人唾弃的举动，就算你和莫莫只是订婚，也已经是名义上的夫妻。如果你拍拍屁股走人，把他一个人留在冷冰冰的医院，这辈子你都别想过安宁的日子。”

“想哪儿去了，我会处理好和莫莫的关系的。”

如果说罗红豆没有华晓所说的那种想法，恐怕是自欺欺人。一旦踏出那一步，她将背负忘恩负义的罪名直至世人把她遗忘。可怕的舆论枷锁变成锋利的匕首，会无情地结束罗红豆的生命。

扫一眼冰冷的监护室，病床上的莫莫就好像与世长辞般安静。此时的罗红豆无比自责，为什么就不给他一个好脸色，哪怕装也要装出恩爱的表象。可她却从没想过要去伤害一个人，何况用欺骗的方式。

如果可以，她宁愿代替莫莫去受伤，用她的生命去呼唤莫莫的快快醒来。

（八十八）

莫莫的母亲把罗红豆的衣物收拾进行李箱，摆放在莫家的大门外。豪华的纯铜雕花门扇，显得富贵又庄严。白色的行李箱孤零零地倚在墙脚，莫莫的母亲还没有绝情到把它随便扔在地上，而如此不协调也映衬出罗红豆身份的卑微。

不算嫁入豪门，却也深似海。

深的是人与人之间难以逾越的偏见，大多数人贫穷时能接受富裕，而富裕之后就无法包容贫穷。

罗红豆起初只是想存活在这个世界上，可一旦箭在弦上就不得不射出去，从而逼迫自己朝着功成名就的方向努力。

可不管罗红豆怎么蜕变，她始终无法成为像莫莫母亲那样的人，毕竟她本质上是善良的，尽管她不是真的因为爱莫莫而订婚，但最起码在他身临危难之时会不离不弃。她有情有义，而莫莫的母亲并不在乎。

罗红豆驱车到家，发现大门旁边的行李箱时，她才知道到莫莫母亲的逐客令不是气话。从她开始踏进这个家门，就已经嗅到一股居高临下的气势，她预感自己永远无法走入莫家人的心里，成为他们家真正的一员，没想到这种预感应验的日子这么快就到来。愣了半晌，她还是下车缓缓走到行李旁，拎起行李迅速转身上车。无暇再回头看一眼莫家，带着丝丝伤感调头离去。

莫莫的母亲从二楼探出头，目送罗红豆离去的背影。虽然她出身名门，但还是无法容忍罗红豆的强势。她认为女人选择了婚姻，就应该以家庭为重心，如果罗红豆温柔对待她的儿子，莫莫也不会因为她的冷落而出事。

寒门出强者，罗红豆只不过是希望凭借自己的能力过上自己想要的生活，为什么连这点卑微的权利，莫莫的母亲都无法包容。与其说罗红豆强势，倒不如说她不认命，任人摆布不是她想要的。

罗红豆含着泪水驾车飞快地行驶在马路上，不顾一切、玩命地超车，把内心的苦闷寄托于车身急速向前的快感上，任风吹乱散发，不去管泪水打湿的衣襟，就这么一直往前飙。

难过归难过，流干了眼泪还得要面对莫莫躺在病床上的事实。不是有多深爱莫莫，也不是死皮赖脸黏着莫家的财产，良心驱使罗红豆，她不能就这么离开还爱着她的莫莫。即便莫莫的母亲有多排斥她的存在，她也不能一走了之。内心百般纠结，罗红豆停靠路旁，弃车跑上河堤大哭。无助地任泪水洗刷她的委屈，她的不幸，她的坎坷。然而滔滔江水，带不走她的痛苦；杨柳依依，无人可诉衷肠。罗红豆心里放不下的路朗，今何在？正当她泪流满面，陷入无法自拔的情感旋涡时，从身后伸过来的手攀扶在她的肩上。

“哭吧！大声哭出来心里会好受些。”欧阳凯旋温柔地安抚着。他的突然出现，给罗红豆带来了些许慰藉。

“你怎么来了？”罗红豆平静地说，“难不成是在跟踪我。”

“开玩笑，以为就你有烦心事啊！”看到罗红豆压根就不想给他同情的机会，欧阳凯旋也就转变说话的语气，“还记得咱们在这儿第一次见面吗？”

欧阳凯旋的话点醒了罗红豆，她顿了会儿，破涕为笑说：“当时你被路月晴扇耳光，为什么不还手？”

“说实话，长这么大第一次被女人打脸，连我妈都没打过我，我根本没反应过来该怎么应付。”欧阳凯旋低下头，难为情地说，“我从来没打过女人，路月晴是第一个。如果不是她做得太绝，恐怕这辈子我都不会对女人动手。”

“言之过早了，那是你的生活还没出现让你紧张的女人。”罗红豆远眺滚滚向东而去的江水，淡然而语。

“谢谢你，出现在我的生命里。谢谢你，罗红豆。只是，你这么做，幸福吗？”欧阳凯旋明知故问，罗红豆这段姻缘是种交易，为了救出他而做的抉择，又怎么能谈得上幸福呢？

“想多了，我这么做是为自己。”

“你的眼泪出卖了你，其实你不必为了感恩于我而委屈自己。”

罗红豆沉默了，她背对欧阳凯旋，抬头远眺，试图转换话题，却又找不出要说的。两人就这么静静地站着，彼此不打扰对方的思绪，半晌后像是约好似的同时说：“我能帮你什么吗？”

互相尴尬对视，同时又陷入沉默。

罗红豆本想借自己公司开业缺能手，把欧阳凯旋请过来帮忙，听他这话，罗红豆的担心根本就是多余的。欧阳凯旋败了东家，还有西家，就算西家也败了，欧阳家雄厚的家底足够让他再打一场翻身仗。他只对罗红豆淡淡一笑，眼眉间的豁达，令罗红豆感动。

烦扰之事瞬间消失。

（八十九）

日后，罗红豆才知道自己不知不觉对欧阳凯旋产生莫明其妙的依赖。她深知不能回到过去被欣赏的时光，如今另立门户单打独斗的血拼生涯，成与败都自己扛。欧阳凯旋给她指点国内驰骋商场的秘诀，婉言谢绝罗红豆的邀请，到国外另辟江山。

临走时，欧阳凯旋到医院看望莫莫。两个从来没有过任何交集的男人，因为罗红豆，多了一份兄弟情谊。在走廊拐角的地方欧阳凯旋遇见莫莫的母亲正在训斥罗红豆："真是人穷脸没皮，你赖在这儿不走到底想得到什么？我儿子对你已经没有任何利用价值了，请你高抬贵手放过他吧！"

"伯母，我照顾莫莫不为别的，只求心安。看在我和莫莫是多年同学的分上，您就让我留下来吧！"罗红豆几近哀求的眼神，似乎在为她的过错赎罪。

"罗红豆，如果你仅仅是莫莫的同学，我也就不拦你，可你看看自己，仗着莫莫爱你，就不顾一切地伤害他。咱们都是女人，我也是从你这个年纪过来的，男人对于你来说可以再找，儿子对于我就莫莫这么一个。万一他在你手上出个好歹，你叫我还怎么过？看在你曾经叫我一声伯母的分上，我能跟你心平气和地说这么多，已经给足你台阶下了。趁莫莫还没醒，走吧，啊，赶紧走吧！最好别再出现在莫莫的生活里。"莫莫的母亲说完，撇下罗红豆向病房走去。

欧阳凯旋和莫莫的母亲打了个照面，他向莫莫的母亲点点头，示意问好。而莫莫的母亲用奇怪的眼神上下打量欧阳凯旋，渐渐在她脑海里闪现那个被罗红豆当恩人不惜与莫莫违心订婚的男人。她驻足原地，目光游离在欧阳凯旋的背影上，待欧阳凯旋走近罗红豆时，她才急步返回。

"你们居然还约到医院来了，感情这么好，为什么还要来伤害我儿子？"原本优雅得体的她气上心头，护子心切的她不惜自毁形象百般指责罗红豆和欧阳凯旋，"一对不知羞耻的狗男女，总有一天你们会遭报应的。"

"这位夫人，您是不是对我有什么误会？"欧阳凯旋彬彬有礼地朝莫莫的母亲微笑着说，"您儿子出意外，我也很难过，毕竟他是我曾经的下属罗红豆的未婚夫。我今天特地过来探望他，出于对罗红豆的情谊，希望我能帮得上她什么忙。可是您不但不领情，还一味地横加指责即将成为您儿媳妇的女人，您觉得这么做解气，但对罗红豆不公平。”

“收起你的虚伪，她想成为我莫家的人，除非我死了。”莫莫的母亲认为没有动手已经很给欧阳凯旋面子。

莫莫的母亲认为，莫莫之所以出车祸，和眼前的这两个人脱离不了关系。不然以莫莫越野拉练赛亚军的车技，怎么可能把自己祸害得这般惨。欧阳凯旋很理解作为一个母亲对孩子的保护和关爱，尽管莫莫的母亲出口不逊，他还是以礼相待。

欧阳凯旋把花交给罗红豆，心情沉重地说：“事已至此，你有什么困难，还是别逞强了！有什么需要我帮忙的，一定不要客气。阿姨心情不好，我能理解。”

望着欧阳凯旋离去的背影，罗红豆不知要说些什么。

莫莫虽然已经转入普通病房，可还是昏迷不醒。

罗红豆把欧阳凯旋带来的花束插在花瓶里，莫莫的母亲却连花带花瓶一起拿到阳台扔进了垃圾桶。从这一系列悲愤的举动，足可看出罗红豆要想融入莫家，恐怕已经不可能。或许她也从不敢奢想能和莫莫再在一起。可是连她想为自己的过错赎罪的机会，莫莫的母亲都不给，这以后莫莫漫长的沉睡该如何面对。

眼睁睁地瞅着莫莫的母亲肆意而为，罗红豆心里无比难过，她含泪触摸莫莫的手：“对不起，莫莫。”

“在病人面前哭哭啼啼，你什么意思？”莫莫的母亲咋看罗红豆都不顺眼，一门心思想赶走她，不客气地说，“你走吧！我儿子要休息了。”

罗红豆心里有愧，不管莫莫的母亲怎么埋汰她，她都默默地忍气吞声。还没过门呢，就像受气的小媳妇似的，倘若两人已经是夫妻，不知道罗红豆是否会被施以家庭暴力。她知趣地提起袋子走出病房，委屈的泪水夺眶而出。

（九十）

借鉴欧阳凯旋的经验，罗红豆公司的业务开展顺利。她独自一人坐在办公室里，忙累了，趴在桌面上，当手触及那个装有路朗寄给她的信的抽屉时，原本无精打采的她浑身像针扎似的痛。满脑的记忆如幻灯片般一一闪过，她忍不住屏住呼吸，拆开信封。

路朗始终是罗红豆身上一道幸福的伤疤，忘不掉，又拿不起。俊逸洒脱的字里行间写满他对罗红豆的歉意和留恋，然而却感觉不到他的热情和温暖。仔细观摩信笺里的笔迹，仿佛是别人临摹的。好奇之余罗红豆把盒子里的信全拆开，一字一句地仔细品，冥冥中她有种不祥的预感。

自打从厂里出来，罗红豆就再也没有给路朗写过信，而路朗却从没中断寄信到厂里给罗红豆。且不说信这东西是你来我往问答的回复，单从信中的笔迹和语感就已经读不出路朗真切的灵魂之音，没有热恋中的男女最心有灵犀的一面。

伤感中，罗红豆扔下桌面的一片狼藉，匆匆走出办公室。不料却被前来找碴的路月晴堵在办公室门口，两人对视片刻。

“我正要去找你呢。”罗红豆把路月晴请进办公室说，“无事不登三宝殿，你说吧！”

“你也太把自己当回事了，还三宝殿，你也配？”路月晴不好气地嘲讽罗红豆，瞟见零乱的桌面，她随手拿起一张信笺。

罗红豆迅速抢过，急忙收起路朗写给她的信说：“来找碴的请离开，就算不是三宝殿，你不也来了吗？”

“少废话，欧阳呢？”路月晴逼问道。

“你和他比和我更熟悉吧？怎么想起到我这儿来打听他？”

路月晴瞧一眼罗红豆手里的信笑着说：“你们能苟且至今，还不是我在睁一只眼闭一只眼。哼！”

“你嘴巴怎么那么损，不呲人几句就不是你路月晴，是吧？”罗红豆已经不是那个处处低声下气的小女生，依她的能力早就不把路月晴当成威胁。驰骋商场这些年，阅人无数，哪路人罗红豆没领教过，倒是路月晴的气焰嚣张、伶牙俐齿，一点儿也没有改变。

“哟！才几年时间，傍了几个有钱有权的男人，腰板就硬了。”

“你错了，没有男人我也一样过得很好，腰板硬不硬与你也没多大关系，我多年来的打拼和磨炼，出生入死，不是你这种生长在温室的娇花所能领会的。”罗红豆不打算再与路月晴纠缠不休，她转换话题想了解路朗的真实近况，“欧阳凯旋不在我这儿，我更不知道他在哪。倒是你哥他最近过得还好吗？”

路月晴恼怒，不耐烦地瞪罗红豆说：“说你水性杨花，都是轻了。哎，我说莫莫现在还躺在医院呢，你和欧阳凯旋不清不楚的，现在还惦记我哥。你还要不要脸了？罗红豆，难怪以前我妈不看好你，现在莫莫他妈也极其讨厌你。你是什么投胎转世的？狐狸？你没狐狸的美艳，你到底是哪路妖精？把男人一个二个迷得颠三倒四对你俯首帖耳的。”

罗红豆根本不屑这些不知是忌妒还是怨恨的骂词，她淡定地盯着路月晴那张不饶人的嘴，似笑非笑地说：“我心里一直只有路朗，你是知道的。至于生活为什么安排这些男人出现在我的身边，我无从解释，而选不选择和谁在一起也不是我罗红豆能左右的。我知道你讨厌我，但做一个人见人爱的小女人，需要众星捧月的资本。不然你们路家也不会拒我于门外，是吗？”

“算你有自知之明。”

“以后，别再用这种脑残的措辞来攻击身边的人，骂人的与被骂的也好不到哪儿去。我只想知道路朗现在的真实境况，求你告诉我好吗？”罗红豆真心觉得难过，夹在莫莫和欧阳凯旋之间的是是非非中，终究还是放不下那个让她牵肠挂肚的路朗。

从没想过要放弃，无可奈何生活的不羁。路月晴的责问不无道理，就算知道他过得好与不好又能怎样？苟且于生活的公平，就得委屈心里的真爱。现实与理想之间，人们总喜欢用多情涂抹暧昧的画面。

（九十一）

善良，意味着被欺负，也意味着由内而外地散发出纯真高尚的本质。从小到大，路月晴没有一天是看得起罗红豆的，在她的眼里只有她自己才是最好的。一旦到达高处，从上往下看，就不再留恋低处，而是不择手段永远置身高处。

不管是莫莫还是欧阳凯旋，在路月晴眼里都只不过是能让她的生活继续保持优越感的选择对象，其次才是能维持婚姻生活的最基本的感情。莫莫需要的是自己最爱的，至于对方是什么生活阶层，只要生活简单生性善良就足够了，所以罗红豆是他的首选。欧阳凯旋的标准是能和他一起打拼天下心胸豁达的女子，他不追求物质上的互补，要的是志同道合，渐渐地罗红豆也就渗入欧阳凯旋的心里。

物质上的互补是婚姻，个性上的互补才是爱情。

待路月晴愤然离开办公室时，罗红豆才反应过来，她最后一句似乎话里有话。如何名正言顺地去拨开这层层迷雾？她无从知晓。焦虑地徘徊不定，内心泛起的迷茫令她再次陷入情感的深渊。

“我哥就是我哥，现在给你写信的路朗就是路朗，八竿子打不着。”路月晴的话一遍又一遍地回响她的耳际，难道路朗真的出什么事了？她匆匆走出办公室。

路朗和路月晴是嫡亲兄妹，怎么可能八竿子打不着。以前路家想方设法地排斥路朗和罗红豆在一起，不就是蔑视罗红豆出身卑微，给不了路家体面的联姻。当路月晴得知两人还书信来往时，整个人的反应淡然，她似乎刻意在隐藏什么。

华灯初上，万家灯火映照出罗红豆单薄的身体。一个女人独自打拼事业着实不容易，一个拥有事业想要简单爱一个男人的女人就更不容易。耳旁的流言蜚语、是是与非非如千万只蝼蚁般撕咬着罗红豆看似紧张的心。她恨不得立马空降在路朗的面前，什么也不说，哪怕一个轻轻的拥抱，能感觉爱人的心跳，就已经很满足。

曾经一些女孩子崇拜军人到以身相许，却又不甘两地分居独自面对生活的苦闷而红杏出墙，这种背叛是刚强之躯的屈辱，是爱慕虚荣的欺骗。当罗红豆不小心把自己归为这一类女人时，她突然没有勇气再迈出脚步。

无数次想起和莫莫的订婚，无奈到窒息时，孤寂的夜里罗红豆学会了以酒消愁。尼古丁是寂寞的杀手，也是生命的克星，却已经控制不住地依赖上它。好女人是不惜自己来保全别人，坏女人就是不惜一切来保全自己。纵使生活再怎么刁难罗红豆，可她还是不愿意把自己定义为好女人或坏女人，她只需要心无旁骛地爱着一个人。

每当遇到解不开的结时，罗红豆会漫不经心地弹出一支烟，点燃夹在指间，享受腾云驾雾如仙境的微妙之感。或许只有在这一刻，才能放空自己的思想，思考见面与不见面的结果。

火红的烟头逼近手指，罗红豆感觉到炙热的痛，她不紧不慢地掐灭剩下的还带有星火的烟灰，待感觉不到一丁点儿的温度时，方才把烟头掷进驾驶室的纸篓里。跳上车，发动引擎呼啸而去。

哪怕近距离地看一眼路朗，她也要去。

空军的招待所虽然没有五星级的配套设施，却干净舒适，甚至让罗红豆肃然起敬。招待她的是士兵，当罗红豆告诉士兵别将她的到来告知路朗时，士兵脸上闪过一丝难堪，对她简单交待几句后便悄然离开。

罗红豆自然没有刻意去猜测。她深知部队的纪律，士兵不愿讲，她也不会问。加之对路朗难以言表的愧疚，只抱着能远远地看他一眼就已经满足的心理，再怎么想念，也要努力打消追问士兵有关路朗近况的念头。

罗红豆一夜未眠，部队起床的号角吹响时，她激动地滑下床。穿上路朗曾经送给她的迷彩服时，熟悉的味道飘过鼻尖，顿时又满眼蓄泪，然而自始至终和她距离最近的仅仅是熟悉的味道，叫她情何以堪？

（九十二）

罗红豆爱路朗，爱得如此憋屈，爱得没有尊严，就连看他一眼也得悄悄的。夹在爱人与路家之间，她已经没有任何立场，只能默默地守护内心那点炽热而又无助的爱恋。如果她再前进一步，路家的势力会无情地扼杀这份单纯的美好，故此罗红豆顾全大局，主动退出这场没有结果的爱情长跑。

难以割舍的眷恋是人之常情，罗红豆多想亲眼看看路朗晨练的英姿。像军人整理内务似的，她收拾利索床上的棉被，扯整齐床单，连掉在地上的头发也捡起来放进桌下的垃圾桶。一切看上去，就好比训练有素的新兵。

对着镜子，罗红豆刚想把身上的迷彩服整理好，突然传来刚劲有力的敲门声。好生熟悉的军式敲门法，她不禁脸红心跳得极其不自然，激动、紧张得不知所措。

“哪位？”高兴之余，罗红豆还是问一句。

“是我，小李。”负责招待罗红豆的士兵在门外回答道，“指导员让我给您送来早餐。”

罗红豆把门打开，心头掠过些许失落，她所期待与路朗的相遇还是没有发生。

“谢谢您！小李。”

“指导员特别吩咐让我给您做了豆汁和油条，也不知道合不合您胃口。”士兵把热腾腾的早点摆放在桌面说，“嗯，如果还有什么需要，您尽管向我提，除了部队的人和事我不能告诉您之外，其他的我尽力满足您。”

士兵的后半句似乎道出些什么，但按照常理，部队之事的确不能外传，家属也不例外。所以罗红豆也没往别处想，只是不知道何时能遇见路朗。

“好，我会的，只是。”罗红豆犹豫片刻说，“路……”

“这个，我不便说。如果该您知道，我想应该早就知道了，不该您知道的，我就更不能透露，对不起。”士兵说完，表情沉重，他极力掩饰自己的情绪，立马走出门口。

罗红豆理解士兵的职责，也就不再追问。她不觉得这是一种暗示或是其他与路朗不好的消息，路朗的笑貌传递给她的一直是温暖和乐观，成为渗入骨髓里的能量，像他这么好的人，怎么会有什么事呢。

爱一个人自然希望对方一切都好，这是爱情心理效应。罗红豆并没有去猜测士兵表情的异样，而是准备出门与她心爱的人刻意来一场不期而遇的邂逅。正当她拿起手机时，手机骤然响起。

“罗总，南非的客户那边出了问题，需要您亲自出面，请速回。”

听到手机留言，罗红豆顾不上换衣服，拿起行李就出门。甚至来不及告知招待她的士兵小李，就直奔机场。

与外出办事回来的指导员擦车而过。

“走了好啊！不然叫我如何跟她解释。”指导员望着倒车镜里罗红豆匆匆离去的背影说，“真心希望她别再来了，这里已经没有值得她牵挂的人。”

对于罗红豆，想必是路朗心中无人可替的女人，上到指导员，下到士兵，对她视如手足之妻。

路朗高尚的品格深深地吸引着罗红豆，就算有永别的那一天，她也坚定不移地在心里给他留一块净地。与其爱得朝朝暮暮，不如心心相印到天荒地老，世上没有什么比心有彼此更能长久相依的。

飞机上，罗红豆犹如坐在路朗身边一起翱翔蓝天。突然被一阵极强的气流冲击，两人一起被抛出机舱，路朗紧紧地抱着罗红豆说：“你是我的唯一。”临别前还能听到路朗亲口对她说出如此动听的话，她心已醉。

身边的大姐推起罗红豆的头，罗红豆才知是一场美梦，可为什么每一次梦到的都是路朗与她生死诀别？人生茫茫，能和自己真心爱的人在一起，就算是上演红尘绝恋也足矣。

空姐递给罗红豆一杯咖啡：“小姐，您的咖啡，飞机快降落了，喝杯咖啡提提神。”

“谢谢！”

面对空姐甜美的笑容，罗红豆对身边的大姐，却是一脸的歉意。才发现她斜靠在大姐的肩上，还糊了大姐一摊口水。大姐并没有责怪罗红豆的意思，对她笑了笑，却让她如沐春风般温暖。或许打小就经历冰冷与黑暗，偶遇一种陌生的亲切感，对于她而言像是劫后余生的幸福。

很快罗红豆淡忘了路朗在梦里出现的惊恐，飞机降落在南非机场。来接机的是南非客户的代表，然而令罗红豆意外的是旁边站的居然是欧阳凯旋。看到一身迷彩服装的罗红豆，欧阳凯旋半开玩笑地说：“我还以为是维和部队走散的士兵呢。”

“见笑了，时间太紧，我顾不上换衣服。”罗红豆跟随在客户代表身后，不解地问欧阳凯旋，“你们是一起的？”

“不是，是朋友的公司。”

“不会是你引荐给我们公司一起合作的吧？”听欧阳凯旋这么说，罗红豆大概猜出些所以然，“为什么不直接告诉我？”

“以后再慢慢告诉你，现在从你们公司发过来的集装箱被押在海关，目前还不明白是什么原因，你是公司法人代表，等你亲自过来处理。”欧阳凯旋简单阐述急召罗红豆来南非的原因，“现在马上去当地海关，否则多一天滞留费就多一天。”

“行。”

罗红豆和欧阳凯旋匆匆上车，对方公司的商务代表麻溜地钻进前座，驾车离去。

（九十三）

异国的风景特别，罗红豆却没有欣赏的心情。身上的迷彩服仍未换去，处理完事务，她和欧阳凯旋在一家咖啡馆查看后续的资料，一直紧绷着的神经终于松弛下来。

欧阳凯旋静静地注视久未相见的罗红豆，不知道什么时候她看洋文的水平已经好到不用向他请教。她在欧阳凯旋眼里一直是个努力拼搏有尊严的女人，如果不是自己身陷囹圄，迫使罗红豆以身相许于莫莫才能获释，他一定不会放手。

可惜一切都只是如果，人生没有假设。欧阳凯旋也不知道是否能与罗红豆一直保持朋友之间的距离。站在感情的角度，以前，是他高不可攀，如今他却高攀不起。他若有所思地品着杯里的咖啡，目光却停留在罗红豆身上。

欧阳凯旋驰骋商场数载，阅女人无数，厌烦浓妆艳抹的粉黛之躯，觉得罗红豆虽然在商界打拼数载，仍然是那么清新，如怡人的晚风，柔得令人陶醉。

抬头瞬间，罗红豆不经意与欧阳凯旋视线相撞，她第一次触动心底的平静，与他同事共处多年从没有过的羞赧传至耳根，顿时很难为情。她迅速转移视线，远眺夕阳西下，努力平复内心的慌乱。

“幸亏你的这身迷彩服，不然对方还会死咬住那批集装箱不放。”欧阳凯旋的目光始终停留在罗红豆身上，言不由衷，“我好奇，你怎么穿成这样？难道你的公司也搞军事化管理？职员从上到下都要军训？”

“呵呵！”罗红豆无从说起，只是淡淡一笑。她和路朗之间的情事，只属于他们两个人，“有这个打算。”

“不愧是我带出来的兵。”欧阳凯旋得意地笑，片刻之后却又低下头说，“师不如徒，说起来我真是惭愧。”

“人有三衰六旺，你就别难为自己了。”罗红豆把手里的资料整理好，若有所思地说，“你还没告诉我，眼前发生的事，是什么布局？”

“说来话长。”

“那就长话短说，我好回国做相关的应对准备工作，”罗红豆盯着欧阳凯旋，他的表情像谜一样，“欧阳，你好像有心事。”

欧阳凯旋滑下架在头顶的墨镜，罩起双眼。他故意掩饰自己的急促与不安，生怕眼睛出卖他的内心。于是，拿起咖啡倒进嘴里，淡定地说："我能有什么心事？"

"真的？"

"如果你一定要问个明白，想你就是我难过的心事。"

经历那场有预谋的劫难后，欧阳凯旋的心理变得难以捉摸。他有意要欺骗罗红豆，目的却是模糊的。由此变得油嘴滑舌，整个人显得意志消沉。

罗红豆微微一笑，她并不怀疑欧阳凯旋的心事是因她。从前一起驰骋商海的两人，建立起来的默契不是谁都可以替代的。然而，这种默契仅仅能维持两个人共同谋事，与对路朗的初心无法相比。

正当两个人目光对视，用沉默解读对方的内心时，路月晴拖着行李箱不合时宜地出现在欧阳凯旋的面前。

"聊得真起劲，罗红豆，我问你欧阳在哪儿，你说不知道。哼，背着躺在医院的未婚夫，却跑到这儿来和他热聊，现在，你怎么解释？"路月晴强势地逼问罗红豆，丝毫不顾及旁边的欧阳凯旋。

路月晴的目中无人，惹毛了欧阳凯旋，他冷淡地说："不必解释，跟你这类人不需要任何解释。"

"我……"罗红豆欲说些什么，路月晴操起桌上的咖啡泼了她一脸。

"你疯了，路月晴。"欧阳凯旋拽开路月晴，急忙掏出手帕拭擦罗红豆脸上的咖啡，看着罗红豆被烫红的脸，着急地说，"走，咱们上医院。"他拽起罗红豆，匆匆走出咖啡厅。

路月晴又恼又怒地干看着欧阳凯旋护送罗红豆离去。眼里容不下别人的人，常常因为自己的鲁莽和愚昧给他人制造机会。本来欧阳凯旋和罗红豆没有路月晴所想的暧昧关系，可这会儿就算路月晴想拆开两人，不也弄巧成拙了吗？

路月晴总是自以为是地把事情搞砸后，还怪罪他人。虽然欧阳凯旋心痛罗红豆被路月晴所伤，可他还是有些感谢路月晴给他制造向罗红豆表现的机会。

尽管罗红豆已经和莫莫订婚，可欧阳凯旋还是跃跃欲试，而路月晴的出现也只被他当成是靠近罗红豆的助力。路月晴死乞白赖地上前拽着欧阳凯旋的胳膊，乞求他回到自己身边。

（九十四）

爱情不是买卖，就算路月晴乞求，欧阳凯旋也不会理她。当初路月晴把欧阳凯旋从商场的骏马上拉下，还想若无其事地保存两个人之间那点并不牢固的感情，欧阳凯旋又怎会同意。

当初在国内，欧阳凯旋没有以一剑封喉的方式结束路月晴，说明他从没有真的爱过她，只不过是因为她的反咬，致使他一败涂地心生报复时，是罗红豆阻止了悲剧的发生。他救过罗红豆一命，而罗红豆却两度将他从人生的洼地拉上岸。在他内心深处，已经悄悄地被罗红豆的仗义所感动。

纠缠在身后的路月晴，哪怕是哭晕在地，也已经挽不回欧阳凯旋的心。

“我没事，欧阳，路月晴好不容易找到你，我就不打扰你们叙旧了。”

罗红豆的话无意刺痛了欧阳凯旋的心，他从没有真正被一个女人简单的言语打动过，反而增加了他对路月晴的厌烦，急忙对罗红豆说：“是她打扰了我们。”

路月晴又岂肯输给她从没放在眼里的罗红豆。硬生生地把她从欧阳凯旋的身边拽走，回头对欧阳凯旋说：“我不管，反正你们不能在一起。”

“你误会了，路月晴，我们只是偶遇。”罗红豆强调，事实上她和欧阳凯旋永远不会像路月晴所猜想的那样。

“不必跟她这种丧心病狂的人解释，我们走。”

路月晴夹在他与罗红豆之间，欧阳凯旋都懒得碰一下路月晴，他绕过一边拉起罗红豆的手，钻进车里，撇下满眼忌妒的路月晴，欲驾车离去。让欧阳凯旋始料不及的是，刚发动引擎，路月晴居然怒气冲冲地跑到前面横躺在车轮前，吓得欧阳凯旋急踩刹车，又推开车门急忙朝车前走去，一把拽起路月晴大声呵斥：“你要害我到什么时候？姓路的，别给脸不要脸。”

路月晴真的激怒了欧阳凯旋，她原本以为在欧阳凯旋面前撒撒娇，闹点小女人的情绪会让他回心转意。温室里长大的娇花，从没亲身经历过暴风雨，她又怎能知道自己惹下的祸端不是撒撒娇就能摆平的。路月晴把男人和女人之间的感情想得过于简单了。

被女人恶意祸害至破产，任何一个男人都不可能原谅。就算欧阳凯旋对路月晴没有一丁点儿的爱恋，她也不在乎，只要欧阳凯旋立马离开罗红豆。她得不到的，罗红豆也别想得到。

然而最令罗红豆匪夷所思的是欧阳凯旋为什么会出现在机场，而且对她在南非的客户如此熟悉。

可还来不及弄清，也不知道路月晴是怎么知道欧阳凯旋在南非，突然从中国杀过来，让罗红豆措手不及并被羞辱，浑身长满嘴也说不清楚。罗红豆无从解释，她努力地想还自己一个清白，以便日后有足够的勇气面对醒过来的莫莫。可事与愿违，即便路月晴不出现，不误会，欧阳凯旋也已经用自己的方式悄悄地靠近罗红豆。

罗红豆又被卷入说不清道不明的情感旋涡中。

容易招蜂引蝶，不是罗红豆水性杨花，如果非要给她扣上这个不光彩的帽子，对一个只求能体面生存在世上的坚强女人是不公平的。

“罗红豆，你别忘了，莫莫现在还躺在医院的病床上，作为他的未婚妻，你还有心情跑到异国他乡和别的男人幽会，也不怕遭报应。”路月晴阻挡欧阳凯旋不成，转过来攻击罗红豆，“想必这事很快就会传到国内，到时候我看你怎么面对莫家的人。”

“你放心，我会为自己的行为跟他们解释清楚，没什么事我先走了。”面对路月晴的误会，罗红豆很坦然，她没做对不起自己的事，更没有辜负莫莫。

不相信你的人，解释再多也是徒劳，相信你的人，不需要任何解释。

路月晴既然为了欧阳凯旋能跨越重洋，她更不会就此善罢甘休。

“好聚好散，你是个明白人，路月晴。”欧阳凯旋挤出最后的忍耐对路月晴一字一句地说，“你和我，到此为止，纠缠不休对你没什么好处。”

欧阳凯旋把路月晴甩到路边，像护花使者般把罗红豆再次送上车。自己真爱过的男人对待罗红豆却小心翼翼，像一个隐形炸弹深埋在路月晴心里。说好了不在乎，可从没为男人哭过的路月晴还是咬牙切齿地流下眼泪。

以前路月晴再怎么闹，欧阳凯旋都会像哄公主般百般讨好，可今天……瞬间的落差深深地刺激了她高傲的心。她欲上前拽开罗红豆，可怎么也迈不出脚，两只紧握着的拳头无处施展。她恨不得上前把这对男女撕得粉碎，可路月晴的高傲又不允许她如此，还好悲剧没有发生。

（九十五）

路月晴守在罗红豆和欧阳凯旋入住的酒店，偷偷跟拍两个人同框的照片，发到莫莫的手机上。她不知道早在莫莫车祸昏迷不醒时，莫莫的母亲早已把罗红豆驱出莫家的大门，事实上罗红豆和莫家已经没有任何身份上的关系。

罗红豆在欧阳凯旋的协助下，很快就解决好南非客户方出现的问题，她很感激地与欧阳凯旋相拥别去，恰巧这一幕被路月晴抓拍到手。她精心策划好再次往罗红豆身上抹黑，想方设法要将她置于绝境。这似乎才是路月晴生活的乐趣。

从不吸烟的她，突然点燃一支把自己掩埋在烟雾里。生在有背景的家庭，路月晴的生活和工作从来都是一帆风顺的，唯独在和欧阳凯旋的感情上重重地翻了一个大跟斗，她无论如何也迈不过这个坎。洒脱的人自然免疫力强，怡人的风景无处不有，何苦拘泥于得不到的。然而路月晴做不到，从小到大没有她得不到的，除非她不稀罕，不然哪怕玉石俱焚也不要眼睁睁地看着别人幸福。

目送罗红豆离去，欧阳凯旋便匆匆地往客房走。看样子，他好像有更急的事，丝毫没有察觉路月晴坐在大厅。待欧阳凯旋走进电梯时，路月晴才缓缓起身走上前。

路月晴正犹豫不决是否进电梯，却发现欧阳凯旋又从另一电梯走出，他急匆匆地并没有注意站在旁边的她。

欧阳凯旋钻进车内，驾车离去。路月晴则拦了辆的士，紧跟在欧阳凯旋的车后。他不是送罗红豆去机场，而是去了罗红豆在南非客户的公司。罗红豆对他在机场突然出现就颇感诧异，而此时路月晴目睹他和一位打扮时髦的女子上车，证明他和这家公司的关系匪浅。路月晴看到，这位打扮时髦的异国女子揽着欧阳凯旋的腰扭捏作态，貌似她和欧阳凯旋的关系不一般。

不远处停着的车隐隐晃动说明欧阳凯旋和车上的女子发生了些什么。

车的摇晃，车门的紧闭，足够让路月晴想象到两人在车里发生的一切。心灰意冷比怒发冲冠更能制止悲剧的发生。就算上前砸开车窗玻璃，除了目睹狗男女赤裸裸地抱在一起，再追究下去，俨然已毫无意义。

此时的欧阳凯旋就如路月晴碗里的鸡肋，食之无味，弃之可惜。或许眼前与别的女人发生车震的男人早就沦为她报复罗红豆的工具。待车子离去，路月晴恍惚不定。亲眼看见自己爱过的男人和别的女人发生关系，路月晴心里还是酸酸的。原本以为只要不是罗红豆，欧阳凯旋是谁的她都不会在意，当事情真的发生时才能证明女人的口是心非。

当初不知道欧阳凯旋的下落，路月晴满脑子都是欧阳凯旋与罗红豆缠绵悱恻浪漫的镜头。让她没想到的是，千里迢迢找到的男人是与别的女人玩车震。眼不见，耳不闻，才不会受伤害。路月晴忘记了男女之间本就是剪不断理还乱。于是爱情由纯真的向往演变至丑陋的报复，她的世界因欧阳凯旋的利用和欺骗变得荒芜和阴暗。

（九十六）

回到家，罗红豆依然放不下对路朗的牵挂，她忍不住又拿起笔和纸。提笔又止，许久不知道要写些什么。还没落笔泪先下，索性掩面而泣。对心上人的思念，使她忘记了在南非的欧阳凯旋。

虽然顺利解决客户在南非海关集装箱的问题，对于刚成立不久的公司，损失还是惨重的。其中欧阳凯旋扮演的什么角色，谁也不知道。仅凭他对罗红豆的救命之恩，还无法证明他的出现是好意。当在思念里独自哀伤时，女人的智商为零，罗红豆对欧阳凯旋的存在没有丝毫的防备。

天色朦胧，罗红豆隔窗聆听雨点敲打玻璃的声音。回想起和路朗相识的那个雨天，瞬间把罗红豆带入情绪的低谷，透过玻璃，斑斓的夜色中路朗向她缓缓走来，还是那个熟悉的笑容，飒爽英姿，在暴雨中穿行。

夜风吹来，罗红豆不禁打个寒战，才想起北方的天渐渐冷了。她转笔拟定公司的生产计划，把捐给北方空军的衣物纳入公司的日常运营中，就算是对初恋的告慰吧！像晚风一样，路朗的影子吹来，又随风而逝，留不下的温暖却还是激起一阵阵思念。

望着路朗送的那套迷彩服，罗红豆有说不出的无奈和牵挂。她深知踏上仕途的男人终究会身不由己，这种钻心的痛，只有两个真正相爱的人才能体会。

门外传来重重的敲门声。

“罗红豆，你开门。”隐约听见路月晴沙哑的嗓音。

罗红豆撂下手中的笔，起身向大门走去。

当门被打开时，路月晴一身酒气扑面而来，一头栽倒在罗红豆的怀里。

“你个水性杨花的女人，罗红豆，你知道吗？你就是个摇着各色尾巴的狐狸精。”路月晴张口就骂，然而让她心痛的不是罗红豆的存在，而是她控制不了欧阳凯旋的花心，转而改变语气说，“欧阳凯旋是个大坏蛋，你根本不是他想要的。”

罗红豆一头雾水，她根本不知道路月晴在说什么，她也不想知道欧阳凯旋是不是大坏蛋。路月晴带着浑身的酒味贸然出现，想来她已经被欧阳凯旋伤透了心。不管之前怎样，从来没看见路月晴把自己折磨得不像人样。

究竟欧阳凯旋给路月晴施了什么魔法？

来不及去思前想后，罗红豆还是把路月晴扶到沙发上。想起曾经为阻止她和路朗在一起路月晴对她的一切伤害，她本可以对眼前的人置之不理，可怎么也狠不起心轰路月晴出门。毕竟是她最爱的人的亲妹妹，为路家排斥门不当户不对的自己似乎情有可原。

善良的基因总是让人无法拒绝给予人帮助，罗红豆抱出被子给路月晴盖上，静静地注视满脸疲倦的她。往日的嚣张和傲慢在困倦中消散，她软软地蜷缩在沙发上就像是个迷途的小羊羔。

“欧阳凯旋，我要杀了你。”路月晴紧闭双眼，嘴巴还是不饶人地放狠话。

罗红豆顿时陷入沉思。把欧阳凯旋从成功的宝座上拽下来的是路月晴，她能逃出欧阳凯旋的手掌就足够证明男人的仁慈是无情地结束两个人的句号，甚至不想对方在自己生命中留下任何伤痛的痕迹。可在路月晴眼里，这种模棱两可的暧昧是还可以继续交往的暗示。她深深地伤害欧阳凯旋，还希望对方能把她当公主一样地捧在手心，从她花了的妆容想象得出路月晴被所谓的爱情魔化的内心。

伤感之余，罗红豆退回书房把公司的运营计划敲进电脑里。

（九十七）

晨曦照进客厅，把路月晴闪醒。她懒懒地眯缝着双眼，手掌捂头，才发现疼痛难忍，欲裂的感觉遍布全身。她努力地撑起身体，却翻下沙发，一头砸在地上，发出“咚”的声音。她艰难地爬起，扶着沙发踉跄走在屋内。

路月晴被眼前的装潢吸引眼球，东瞧瞧西望望。显然，她忘记是被罗红豆收留，才不至于露宿街头。

“这是哪儿？”路月晴上前摸摸摆在玄关处的玉雕，“哎呀妈呀，这到底是哪儿？我怎么会在这儿？”她不是刘姥姥，却如初入大观园般惊诧不已。

当来到罗红豆的书房外时，她轻轻推门而入。发现罗红豆正趴在电脑前，旁边悬挂着一套迷彩服。目睹这套曾经穿在路朗身上的迷彩服，路月晴突然控制不住自己的情绪，捂嘴啜泣。

罗红豆骤然抬头大叫：“路朗。”恍惚间她絮絮叨叨地说：“若在地做不成连理枝，来生在天定做比翼鸟，你一定要等我。”最爱的人曾几次到梦里来，到底意味着什么？情到深处罗红豆还是哭成泪人。她丝毫不知道身后还站着路月晴，索性尽情地痛哭起来。

路月晴立马恢复她冷漠的表情，走近罗红豆说：“哟！原来这是你家呀！”

罗红豆赶紧拭掉脸上的泪水回头说：“你醒了。”

“要不是亲眼看见你住在里面，我还真不敢相信你已经不再是当年那个被路家赶出家门的穷光蛋。这几年依靠自己的美貌，过得还蛮像人样的嘛！”路月晴带刺的话像把迟钝的刀，但它割不开罗红豆已经被生活的熔炉煅造而成的钢铁之躯。

“如果你已经没事，就请离开吧！”罗红豆是爱路朗，但对路月晴实在是无法爱屋及乌，因为同情心才让她留宿，仅此而已，不卑不亢倒也不失尊严。

路月晴扫一眼悬在挂钩上的迷彩服说：“对我哥还是不死心，难道你不知道自己一直都是在做梦吗？你和我哥永远不可能在一起，永远，是永远。”

罗红豆又怎么不知道路月晴所言，正是内心对路朗仕途的敬仰和支持，她才把这份深深的感情深埋在心底。被打倒的不是她配不上他，而是那份深爱对方给予的尊重所产生的距离。它就像一把尺子，量出彼此之间美妙的眷恋。就像路月晴对罗红豆说的她永远也不能和路朗在一起，而此时的路月晴也像她自己所言，永远也读不懂她哥哥和罗红豆的感情有多默契和深沉。

别墅是罗红豆请设计师按照镇上老房子的格局设计的，每个门和窗，房间与房间之间的方向和距离都如同住进原来生养过她的老房子。岁月留不下父母，她只能用这种方式留住父母的记忆。沉默许久，她才淡淡地说：“谢谢你的忠告，我和路朗之间的感情不是你们路家可以阻拦得了的。”

“那为什么还只身一人？为什么保留我哥的东西还答应和莫莫订婚？为什么和欧阳凯旋玩暧昧还假惺惺地给我哥写信？”说着说着，路月晴激动地抓起桌面上的纸笺揉成一团，哀中带怒地向罗红豆咆哮：“为什么徘徊在别的男人左右，却还假装惦记我哥？你罗红豆到底安的什么心？”

房子里安静得只听见路月晴一个人疯狂的责问。罗红豆的无动于衷对路月晴更是火上浇油，连带着欧阳凯旋的背叛所激起的怨恨集中在双手，她不停地摇晃罗红豆，或许是腹内蓄积已久的邪火使然，路月晴失手把没有还击和防备的罗红豆摔到墙脚，罗红豆额头重重地磕在墙根，瞬间血流满面。

路月晴一时间还没反应过来，以为罗红豆是假装晕倒，上前轻拍罗红豆：“哎哎哎，你别害我啊，我可不吃你这一套。”说完还把食指探到罗红豆的鼻尖。感觉不到有气息，她立马紧张起身，惊恐万状跌跌撞撞地窜出书房，逃出罗红豆的家。

远远走来的华晓看见路月晴从罗红豆家慌慌张张地离开，她朝路月晴大喊：“路月晴，你等等。”

路月晴假装没听见华晓的叫喊，加快脚步，消失在华晓的视线里。

（九十八）

华晓从路月晴慌乱的表情里似乎感觉到什么，她急忙往罗红豆家里跑。

“红豆，罗红豆。”华晓四处搜寻罗红豆的身影，急促地叫喊道。

许久没听到罗红豆的回应，华晓楼上楼下地急跑，不料在书房的沙发后看见罗红豆倒在地上。华晓急走上前，却手足无措。瞧见一地的血，华晓来不及打 120，而是扯来罗红豆放在沙发上的白衬衫，使劲撕成止血布条缠绕在罗红豆受伤的脑袋上。

罗红豆被华晓弄醒，缓缓睁开眼睛：“我怎么了？”

华晓难过地说：“是不是路月晴？”

罗红豆脸上露出痛苦的表情：“发生了什么事？”

“头都流血了，你说发生什么事？”

罗红豆用手摸脑门，揩出一手的血：“好痛。”

“幸亏，我发现及时，不然你连疼痛都无法感觉到。”华晓心疼罗红豆，喋喋不休地念叨。

罗红豆不耐烦地挣扎着站起来：“你话还是那么多。”

“别不识好人心。”华晓嗔怪，“我是担心你，才……”

“好了，好了，什么事？说吧！”

华晓才从自己随身带的包里掏出路朗从部队寄回来的信件递给罗红豆：“呶！给你的。”

罗红豆不相信自己的眼睛，迟疑片刻才接过华晓手里的信：“哪儿来的？”

华晓调侃道：“明知故问，你是不是被撞晕还没清醒？”

罗红豆难过地扶着墙走到沙发旁坐下。

“你头上的伤肯定是路月晴所为，看到她鬼鬼祟祟走出你家的样子，我就猜到她肯定是做贼心虚。”华晓喋喋不休又上身，“她为什么总是阴魂不散？她到底想干什么？以前在学校也是处处针对你，现在已经是成年人，她怎么还是没有丁点儿的改变？”

“人家有嚣张的资本，咱们都是同学，就原谅她吧！”罗红豆拆开信封，看到熟悉的字体瞬间眼睛泛红，哽咽道，“路朗，是路朗的笔迹。”

“要我说，你八成是看在与路朗的情分上，才一次又一次地原谅路月晴对你的伤害。可是你至于这么牺牲自己吗？面对这几张冰冷的纸，如果他还念着你，为什么从不回来看你一眼？莫非……”

“别说了，华晓，路朗不会有事的，他会好好的，一定会好好的。”

听着似在自欺欺人，这么多年过去，每次罗红豆收到的都是一封封不知是否是路朗所写的“亲笔信”，然而她还是痴痴地愿意去相信这份沉甸甸的相思是值得的。

华晓的猜测不是没有道理，如果路朗还活着，为什么不回来看一眼罗红豆？她真的不明白，一个飞行员能有多忙，以至于连谈恋爱的时间都没有。华晓一边拿抹布拭擦地板上的血迹，一边嘴里念叨道：“路月晴下手真够狠的，再偏点，恐怕，你连看这些信的命都没有了，更别说能等到路朗的出现。”

“华晓。”罗红豆突然认真地看着华晓，许久不说话。

“你好像有话要说。”

罗红豆欲言又止，触摸脑门的伤口：“我，谢谢你，华晓。”

“切，我还以为多大事呢，只是你以后别再处处让着路月晴，她就一个丧心病狂的主，连老同学都这么欺负，只有她路月晴才做得出来。”华晓愤愤不平地把满是血迹的抹布扔进垃圾桶，转身对罗红豆关心地问，“你真的不用上医院吗？红豆。”

罗红豆站起来，把身上带有血迹的衣服扒下，一同扔进垃圾桶：“我没那么矫情，只要能站起来正常呼吸，这点伤不算什么。”

华晓把带血的垃圾绑起来：“一会儿被人看见这些血迹，还以为你家里发生命案呢！”

“喝水还是喝茶，老同学请便，我还得忙工作。”

华晓瞟一眼罗红豆落在沙发上的信，她上前默默地收拾好，想拿给罗红豆。瞬间感觉到路朗寄来的这些信好沉重，冥冥中有一种不祥之感像百脚虫爬上身般不自在，华晓的手抽搐两下，手上的信又散落在地。

（九十九）

罗红豆头上缠着纱布向公司走去，路月晴躲在旁边偷瞄罗红豆的背影。罗红豆才走出去几步，回头向路月晴缓缓走去，愤怒地说："很失望吧！我没死。"

路月晴原本想道歉的态度，转而变成叫板："没死就好，我还担心万一你死了，我被拿去抵你的命，不值当呢。"

"路月晴，你别太过分了。"罗红豆低吼，"你不道歉，我不怨你，但你能不能收敛点？"

"我为什么要收敛？"路月晴已经转身要走，却还要回头对罗红豆翻白眼说，"哼，跟你这种人道歉，你配吗？"

华晓从不远处冲过来，把路月晴拽到拐角处，用手肘勒着路月晴的锁骨，咬牙切齿地说："罗红豆哪儿得罪你了，路月晴。为什么你总要跟她过不去？以往的账我就不跟你算，可这次你差点要了红豆的命，你知道吗？"

罗红豆紧张地阻拦华晓："华晓，还是算了吧！懂得悔悟的人不必用拳头，不知道悔悟的人就算到死，也一副臭脸相。"

路月晴一脸的不屑："哼，你算哪根葱？"把华晓的手使劲拽开："不就是罗红豆的小跟班吗？过去是，现在还是。华晓，你能不能有点进步？"整理好自己的衣服转身离去。

"你必须向罗红豆道歉，路月晴。"华晓不依不饶地对路月晴呵斥，"必须。"

"不知道为什么，看到你和她站在一块儿，我就有种恶心的感觉，向她道歉，怎么可能？"路月晴依然一副傲慢的表情，不屑地瞟两眼罗红豆，转身离去。

"算了，华晓，她是不会妥协的。"罗红豆才想起要问华晓，"你怎么跑到我公司来了？"

华晓把自己亲手煲好的汤转交给罗红豆："给，你这样子，我什么忙也帮不了，只能尽己之力给你这些微小的关照。"

罗红豆感动地抱过华晓，哽咽道："你还是以前的那个华晓，总不忘记赠我温暖，及时给我活下去的力量。"

"哪儿有那么夸张？咱们同学一场，好不容易能再见面，唉！路月晴怎么会变成这样子？上学那会儿就已经嚣张得不行，没想到时间还是没把她的臭脾气改掉。”华晓心疼地摸摸罗红豆的头，难过地说，“还痛吗？”

罗红豆感动地摇头：“没事，我真的没事，你不用担心我。”

“她这叫故意伤人，是要负法律责任的。”华晓义愤填膺，“我去法院告她，私闯民宅故意伤人。”

“是我主动给她留宿，她没有私闯民宅。”罗红豆若有所思地说，“也不能全怪她，被欧阳凯旋抛弃，她可能还没走出那段感情的阴影吧！”

“那也不能把气撒到你身上啊？”华晓激动地说，“是欧阳凯旋不要她，又不是你抢走欧阳凯旋，她怎么可以把你当成假想敌？”

“是欧阳凯旋帮我走出人生的低谷，我不知道她和欧阳凯旋玩什么游戏，她对我的恨越来越深，总之一言难尽。”罗红豆无奈地抱着华晓送给她的汤，一边走一边对华晓说：“你有时间就多安慰下路月晴，不管怎样，咱们都是同学，一起走过青春的岁月，即便没有好感，也还有往日的情义。”

“我，我，这种高尚的工作，我做不来。我担心无法控制胸中怒火不小心把她灭掉。”华晓怒气难消地说，“如果她不主动向你道歉，休想我再念同学情。”

罗红豆瞅两眼娃娃脸的华晓，不知道说什么好，静静地目送华晓离去。

公司的员工来去匆匆，没注意到罗红豆头上缠着的纱布。倒是罗红豆的助理从她身后急忙走近，诧异地注视罗红豆：“罗总，您这是？”

罗红豆把手里的策划案递给助理：“没事，你先帮我上去准备会议内容，下午公司全体员工开会。”

见此情景，罗红豆的助理也不好再说什么，接过罗红豆手里的公文包，急走进电梯。

“唉！等等。”罗红豆把华晓给她准备好的汤转交给助理：“帮帮忙。”

“爱心汤？”助理羡慕地望着罗红豆，“罗总早该有个王子关心。”

罗红豆淡然一笑，像是把所有对现实的无奈都融化在眉宇间。她不曾对谁提起过路朗，除了对她恨之入骨的路月晴，除了对理解她与路朗这份感情又无能为力的华晓，恐怕也只有躺在病床上的莫莫。

可是，莫莫……

罗红豆撂下公司的事务，还是打算去看一眼莫莫。不管怎样，莫莫对她有恩。虽然被莫莫的母亲扫地出门，但这份恩情还是让罗红豆无法割舍与莫莫的情愫。

（一百）

罗红豆小心翼翼地按向莫莫家大门的门铃，她驻足门前忐忑不安地环望四周。莫家的豪华让她从心底里感叹金钱与地位是生活在社会不可缺少的元素，就好比路家对权力的倾慕，是横挡在罗红豆与路朗之间的障碍。

人往高处走，水往低处流，不得已出身寒门的罗红豆与路朗才上演现实版的牛郎织女。

可是，牛郎与织女每逢七月初七都还能见上一面，罗红豆收到的却仅仅是一封不知是否出自路朗之手冷冰冰的信。没有温度的字里行间，也渐渐感觉不到昔日思念的温情。

残酷的现实给罗红豆画了个美好的圆，不知不觉把自己困在情感的圆里暗自舔伤。来见莫莫恐怕只会给罗红豆平添诸多愁绪。

曾经罗红豆不相信《红楼梦》中林黛玉与贾宝玉凄美的爱情故事，觉得那只是曹老先生朱门酒肉臭生活里的迫害妄想症，不会发生在现实生活中。可罗红豆却不知道林黛玉和贾宝玉也是曹老先生生活在豪门里凄凉爱情的真实写照。

罗红豆与路朗无法摆脱世俗偏见的枷锁，而被莫莫爱着又如何，莫家女主人不点头答应，哪怕莫莫瘫在床上也无法改变他母亲对罗红豆的敌视。

莫莫的母亲推着坐有莫莫的轮椅在花园散步，瞅见杵在门外的罗红豆，她故意把莫莫推离，不让罗红豆走进莫莫的视线。

“莫莫！”罗红豆边叫唤边急走向莫莫。

莫莫母亲头也不回地把莫莫往家的方向推。

“妈，我好像听到罗红豆在叫我。”莫莫无法回头看母亲，像行动不便的机器人坐在轮椅上，浑身僵硬。

“那是你的幻觉，儿子。”

“等等我，阿姨。”罗红豆急追上莫莫母亲，横挡在莫莫面前，“我想和莫莫聊聊。”

“红豆？”莫莫欣喜若狂，表情却无法正常地舒展开，“妈，是红豆，真的是红豆。”

“我家不欢迎你，你走吧！”莫莫的母亲不顾及轮椅上激动得要站起来的莫莫，严厉地瞪着罗红豆，“请你让开。”

“妈，你不能这么对红豆。”莫莫不满地用双手使劲拍大腿，语气急促地说，“我爱罗红豆。”

“阿姨，我……”

“请你让开。”莫莫母亲没心思听完，推着莫莫撇过罗红豆。

罗红豆倒退几步，差点踩空摔在地上。

“妈，你……”

“你什么你，别忘了是她把你害成这样。”

“妈，”莫莫使劲往前挪跪在地上，“罗红豆是我的未婚妻。”

“现在已经不是。”莫莫母亲认真地瞪着莫莫，“她没有资格做我莫家的儿媳妇。莫莫，你给我听好了，罗红豆不可以做我莫家的儿媳妇。”

莫莫用陌生的眼神战战兢兢地望着母亲：“我爱罗红豆，妈。”

“你若不听我劝，连你也一起滚蛋。”莫莫母亲不再纵容莫莫，使出浑身力气对跪在地上的莫莫呵斥，“你给我听好了莫莫，要么你跟她一起走，要么坐上轮椅跟我回家。”

罗红豆匆匆走过来，扶起莫莫，强行把他扶上轮椅：“听阿姨的，莫莫，我们不可能有结果，我来只是想看看你身体恢复得怎样。”

“红豆……”莫莫难过地望着罗红豆。

“你黄鼠狼给鸡拜年呢？我看你是不安好心吧？罗红豆。是谁把我儿害成这样？你还好意思搁这儿假慈悲？”

“对不起，阿姨。”罗红豆低头愧疚地向莫莫母亲认错，她昔日那份坚毅在莫莫母亲面前荡然无存，瞬间泪水滚落脸颊。

“哟，我可没打你骂你，这是上演哪出苦肉计呢？”莫莫母亲说完推着莫莫绕过罗红豆往家走。

莫莫欲言又止，他默默用手拽着轮椅的轮子，用沉默反抗母亲的推力。

罗红豆含泪目送莫莫母亲强行推离莫莫远去的背影。莫莫母亲绝情的一幕，早在她心里上演无数次，可还是没有足够的勇气抵挡。

莫莫拽着轮椅的手被划出血，沿着轮子滴在回家的路上。

“你疯了，莫莫？为了她你值得吗？”莫莫母亲心痛地掰开莫莫紧握着轮子的手，一字一句说，“你是在拿自己的性命威胁生你养你的母亲吗？”

莫莫无视眼前的母亲，绷着脸沉默不语。

不远处的罗红豆渐离渐远，直至回到莫家大门内，莫莫母亲才假装转身扫一眼说：“人心险恶，别拿你的真心换人家的假意，懂吗？傻儿子。”

说完蹲下掏出手帕绑起莫莫受伤的手。

（一百零一）

南方的天，时而晴朗，时而阴雨，就好比失恋女人的心情无法捉摸。

雨一直下着，一阵凉风吹来，斜雨无情地打湿罗红豆的裙摆。修长而又凹凸有致的身材是她生长在粗陋环境里的财富。

当上帝对你关上门时，同时也给你打开一扇窗。

罗红豆卸下刻板的职业装，身着风情翩翩的长裙，才显出她平日里被掩藏起来的柔情。莫莫母亲羞辱自己的话依然清晰地萦绕耳际，突然被一只强有力的手拽住，罗红豆迅速回头，顺势拉过对方的手，来个漂亮而娴熟的侧翻。

对方被摔倒在地时罗红豆才看清是欧阳凯旋，她惊讶地伸手去拉："欧阳？"

"哎哟！你什么时候学会的防身术？"欧阳凯旋狼狈地从地上爬起，"罗红豆，你能不能温柔点？"

"对不起，欧阳，我，你，你不是在国外吗？"目睹欧阳凯旋浑身污水，罗红豆忍俊不禁，急忙掏出包里的丝巾给欧阳凯旋拭去身上的污泥。

欧阳凯旋颇显尴尬："第一次见你时楚楚可怜的样子哪儿去了？就你这身手绝对不只是练了些日子。"

"嘴巴没摔伤？还这么能侃。"罗红豆定立原地，瞪眼直视喋喋不休的欧阳凯旋，"你回国不会只是来找我的吧？"

欧阳凯旋不顾身上的污泥，拽起罗红豆的手往自己停车的方向奔去。他的空降对于罗红豆是个谜，急走在身前的欧阳凯旋行色匆匆，罗红豆内心增添几许不安。

"到底发生了什么事？好歹也先让我心里有个底。"罗红豆甩掉欧阳凯旋的手，直视欧阳凯旋，"就在这儿说吧！"

欧阳凯旋欲上前拽起罗红豆的手："到了，我自然会告诉你，这不是说话的地方。"

"能别整得那么神秘吗？"华晓从背后扯住罗红豆，对欧阳凯旋说，"男女授受不亲，你松开罗红豆的手。"

"他是欧阳凯旋，你见过的。"罗红豆对华晓说。

"我当然知道他是欧阳凯旋，他还救过你帮过你，但不能因为他是你的恩人就以身相许吧？"华晓不以为然地扫一眼欧阳凯旋，说，"你，更不能乘人之危，占人便宜。"

"我，我，我怎么就占人便宜了？我和罗红豆的关系没你想的复杂。"欧阳凯旋还是极力争辩。

华晓不屑欧阳凯旋，直接把罗红豆带走："有关路朗的事，我有必要告诉你。”

罗红豆突然变得紧张：“路朗回来了？”

“他很有可能再也回不来。”华晓回头驻足，松开罗红豆的手，一本正经地说，“这是个很严肃的问题。”

罗红豆一个趔趄。

华晓急忙上前扶住罗红豆说：“你必须坚强。”

“不是真的，你一定是弄错了。”罗红豆难以置信地大叫，“你骗人，如果路朗真的不在，他写给我的信是哪儿来的？不可能，他不可能不在，一定是你弄错了，华晓。”

“但愿是我听错，可这已成事实。”

“不对，一定是你听错了。”罗红豆突然变得镇定自若，撂下华晓奔欧阳凯旋而去。

“你爱信不信，不信你可以自己去问路月晴。”华晓猛然捂住嘴，转向一边自言自语，“完了，我这张不把门的嘴，又说了不该说的话。”

华晓怯懦地跟上罗红豆。

欧阳凯旋为罗红豆打开车门，华晓抢先上车。

罗红豆抹去脸上的泪水，自己拉开车门，钻进后座。

“你一起去不合适。”欧阳凯旋面对华晓不客气地说，“下车吧！”

华晓回头望一眼罗红豆：“红豆，我……”

“我们又没有什么秘密，有话直说。”罗红豆冲欧阳凯旋淡定地说，“我倒觉得你应该去找路月晴，她才是最在乎你的那个人。”

“对，路月晴，就是路月晴说的。”华晓说完又突然捂嘴，自言自语，“又说漏嘴了。”

“你们似乎有什么秘密。”欧阳凯旋不解地看着罗红豆说，“和路月晴有关？”

罗红豆打开车门，扬长而去。

华晓知趣地推开车门。

欧阳凯旋无奈地拨通路月晴的电话。

（一百零二）

面对桌上一堆路朗的来信，路月晴沉默不语，眼中闪动着泪光。

罗红豆脸上浮现从未有过的表情，直愣愣地瞪着路月晴："是真的吗？"

路月晴牵强地笑了笑："哼！无可奉告，反正不管是真是假，你罗红豆永远都不可能改变什么，我劝你呀，别再对我哥念念不忘，我不会同情你，更不会接受你。"

"我只需要你告诉我，路朗到底是不是……"罗红豆哽咽，无法再向路月晴求证路朗是否还在的真相，索性蹲下掩面而泣。

路月晴无视罗红豆的哭泣，拂袖而去。在她的心里，罗红豆的存在就是多余的，看罗红豆哪都不顺眼。

罗红豆跪在地上，把路朗写给她的信，一张接一张地焚烧在火盘里。跳跃的火焰映于她的双眸，原来她一直生活在路朗的影子里，做着两人能再次重逢的美梦。喜欢上一个人，用一颗心来承载；爱上一个人得用一生去等待。

生死两茫茫，用心去爱着的那个人，早已不在。如果说人无法选择出生的环境，而生养自己的家庭却又主宰各自的幸福。罗红豆已经很努力地证明自己能拥有幸福的资本，可现实却无法等待她去证明什么，就已悄然改变。

对人而言，有了感情，才觉得安全，才有向往和牵挂。茫茫人海，能让彼此牵挂的人得有多少年的修行。

能拥有真爱的人，会招来羡慕忌妒恨的目光，祝福也只不过是牵强附会的客套。路月晴恨罗红豆，恨她对自己哥哥的爱，恨她对路朗的那份执着，更恨她沉浸在自以为是的幸福里自我陶醉。

然而女人微妙的心思是一把熊熊燃烧的心火，路月晴任由罗红豆的痛苦漫延，路朗是死是活在她嘴里仍然是个谜。

"别烧了，红豆。"华晓抢过罗红豆手里的信，难过地说，"事情还没有弄清楚，路月晴的话不能相信。"

罗红豆抹掉脸上的泪水，低语：“我要去北方！路朗他一定还活着。”

“你一定要坚强，红豆，不管事实怎样，没有什么比活着更重要。”华晓安慰罗红豆，“就算没有了路朗，你还有我们，还有疼爱你的家人。”

“不可能，路朗不会出事，他一定是飞到哪个国家……”

“坏了，他会不会被外国的情报机构绑架，撕票，”华晓诡异的双眸紧盯着罗红豆，“陷入国际军事困境。”

“不！”罗红豆激动地说，“不可能。”

华晓不以为然地说：“瞧你那紧张样，我也就这么一说。其实我是想让你对路朗死心，爱情算什么，没有就没有了，咱们还有生活要过，你何必钻这种牛角尖，为难自己。”

罗红豆平静地淌着泪水，华晓的质问如此苍白，爱情是什么？为什么就无法在欧阳凯旋和莫莫两人中做出选择？

认定一个人，罗红豆的世界再也走不进他人，被视为爱情洁癖也好，感情专一也罢，初心不改，方得始终。

情到深处人孤独，不是华晓和路月晴之辈所能读懂的。

“难道没有爱情就不用过日子，不吃喝拉撒了？”华晓粗鲁地指责罗红豆，“念念不忘所谓爱情的人都是不食人间烟火最自私的人，在你的世界里只有那个最爱的人，其他不被你罗红豆青睐的都被搁置一旁，拜托，你能不能也分点爱给他们？”

罗红豆呆呆地望着眼前跳跃的火焰，好像魂飞魄散，留存于世的一具空壳。她幽幽地望着华晓，一言不发，脸上挂的满是冰冷的泪水。

华晓难以理解对于一个活在空气中，没有太多生活交集的人，罗红豆为何如此悲伤。她轻轻给罗红豆抹掉脸上的眼泪：“红豆，虽然我不太懂得你和路朗之间的情，但你过于依恋一个臆想中的人，是在逃避现实，而拒绝欧阳凯旋走进你的内心，拒绝一个看得见摸得着活在氧气里真实爱你的莫莫。”华晓把擦有血泪的纸巾递给罗红豆惊叫，“血泪！”

（一百零三）

罗红豆静静地倚靠在床上，华晓来回踱步不知所措。

“公司你也别去了，我陪你去趟医院吧！”华晓上前把罗红豆扶起，不解地说，“我真的搞不懂，你和路朗在一起的时间用手指头都能算得出来，他怎么就把你的魂勾走了。”

罗红豆挥手，站起，扶着床走到椅子边拿外套，不声不响地往外走。

“你干吗？”

“我要去北方。”罗红豆有气无力地说，“公司的事，你帮我盯着。”

“我，我又没经营过公司，您可别压给我这么大的担子。”华晓一脸的茫然，“还是让欧阳凯旋过来顶摊吧！再怎么说你们也曾经是搭档。但，北方，你真的非去不可？”

罗红豆瘫软在地，眼泪簌簌而下：“活要见人，死要见尸。”

华晓扶起罗红豆：“不管是死是活，你罗红豆跟他根本不可能在一起，这是何苦？”

“可不是吗？”欧阳凯旋进门，径直来到罗红豆身边伸手轻抚罗红豆，感性地说，“没想到你罗红豆也有柔情似水的一面，当年和我欧阳凯旋叱咤商场风云的那股牛劲哪儿去了？”

“你这种激将法一点儿也不新鲜，人命关天的事，再坚强的人也会撑不下去，更何况是红豆最爱的人。”华晓说完，意识到眼前的欧阳凯旋也是罗红豆的护花使者，急忙捂嘴解释，“好朋友，我们都是罗红豆的好朋友。”

欧阳凯旋脸露尴尬，仍安慰罗红豆说：“如果你信得过我，就把公司交给我，不管你是去北方还是在家休养，公司的事就暂时放一放。”

华晓言不由衷地附和：“欧阳凯旋来得真是时候。”

心痛地望一眼罗红豆，再回头瞟一眼欧阳凯旋，华晓无奈地摇头往门外走。

欧阳凯旋故作客气地说："当是回报你上次的出手相救，就心安理得把公司交给我吧！"

安顿好罗红豆，欧阳凯旋匆匆离开，驾车扬长而去。罗红豆没答应，也没拒绝欧阳凯旋的主动请缨。是他曾经把罗红豆从深夜的险境中救出，又给予罗红豆一份安身立命的职业。

这份恩情得报。

罗红豆静静地看着窗外淅淅沥沥的小雨，和路朗校园雨中相识的情景，历历在目。

每个人都有一个死角，自己走不出来，别人也走不进去，把深沉放在那里，彼此不懂，互不相怪。罗红豆的深沉，华晓不懂，路月晴不懂，欧阳凯旋也不懂，路朗懂，可他在哪里？

不是征战，却也不知几时能回。罗红豆手里拈着对路朗那份纯真的恋情，她不愿意松手，不愿意忘记。在心里默念路朗许诺的归期，路月晴句句戳心的语言萦绕耳际：就算你爱我哥，也进不了路家的大门……

罗红豆滚烫的泪水砸在手背上，顺着指间滑落在地，再坚强的女人，面对自己内心最柔弱的地方，也只能躲在无人的角落默默忧伤。

情到深处的罗红豆欧阳凯旋读不懂，似懂非懂的莫莫又无法走进罗红豆的心里。长情的世界里住着两个相爱的人，然而距离是如此的遥远。路朗的存在扑朔迷离，罗红豆苦苦地等待，不知是否终有归期。

欧阳凯旋驾着豪车返回罗红豆的住处，两人中间隔着路月晴，暧昧地彼此温暖。思念归思念，还是得面对活着的人情冷暖。欧阳凯旋冲罗红豆似笑非笑："我特别好奇……"

"爱情的事，你不懂。"罗红豆不带思考，直接回答欧阳凯旋。

"哎，我就搞不懂，救你的人是我，与你出生入死，患难与共的人也是我欧阳凯旋，怎么就不能接受我呢？"

眼前的欧阳凯旋急红了眼，他不明白感恩与爱情无关，却也无法接受路月晴对他的心。爱与被爱隔着一堵厚厚的墙，只有相爱的人才能如同隔着窗纸般看懂对方。

（一百零四）

北国漫天飘雪，纷纷飘落在罗红豆单薄的身上，她鼻翼通红，连连打了几个喷嚏。故地重来，已物是人非。

狂风包围，寒冷肆虐，罗红豆冷得浑身颤抖。

雪花暗恋般附着在她的粉红大衣上，她深一脚浅一脚地陷在雪地里摇晃着，远看如立体水墨画。悬挂在脖子上的子弹，随风颠簸发出细腻的响声，罗红豆瞬间踩空，子弹突然滑落在雪地，一股不祥的预感冲刺罗红豆脆弱的神经。

凝视片刻，正当弯腰捡起子弹时，身后不明物体砸在罗红豆脖子后，她莫名歪倒在地，眼前一片昏暗。

罗红豆缓缓睁开双眼，不小心触碰身边热乎乎、软绵绵的物体。

“躺下。”

罗红豆惊喜地回头喊道：“路朗！”

哪知身后一双铁钳般的手迅速圈住罗红豆纤细的腰身。

“我的衣服呢？”罗红豆惊慌地尖叫，“你是谁？你到底对我做了什么？”

“呵哼！又不是什么黄花大闺女，我能对你做什么！”男人不顾罗红豆的挣扎，用一双强有力的手牢牢地抱住罗红豆。

罗红豆强作镇定：“放了我，我把名下所有的财产都给你们。”

“我们不缺钱，就缺你这样的女人。”男人把罗红豆举起，顿在他的大腿上，“瞧你这小眼神。你不需要知道我是谁，就算知道了对你也没什么好处。”

男人脸上戴着面具，赤裸着的上身，露出结实的二头肌。

“放了我。”罗红豆哀求，“这是你们的最后机会。”

“啧啧啧啧，口气不小。”戴面具的壮汉用手拧着罗红豆的下巴，“你知道自己现在已经是砧板上的肉了吗？先吃哪块？”

说完，立马凑近罗红豆胸前，从面具里伸出舌头。

罗红豆情急之下，一掌掴向壮汉的脸，面具被甩出去老远。

壮汉急忙回转头，躲开罗红豆的视线。

“路……”罗红豆不敢相信自己的眼睛，欲上前。

“你不要过来。”壮汉紧张后退，俯身捡起面具慌忙戴上。

“你是谁？”罗红豆追问，“你的幕后主使是谁？”

“这些都不重要，你应该庆幸自己还活着。”壮汉一脸的不屑，“从这片雪地路过的人极少能活着与我对话。”

“你到底是谁，想干什么？”

罗红豆摸摸身上的贴身内衣，不禁浑身打个寒战。她无法想象自己落入虎穴狼巢如何脱身离去，下一秒是死是活，似乎已不是她所能左右的。不管是死还是活，总要见到心上人一面，才算有价值。

都死到临头，罗红豆内心还是生出多个好笑的段子。对于她来说，世界上最大的事莫过于生死，比生死还难能可贵的是两颗真爱的心。壮汉直视罗红豆坚定的双目，从中读懂什么似的转身离去。

门是上锁的。

隐隐约约传来抽泣的声音，罗红豆透过结冰的玻璃窗看见壮汉摘下面具偷偷掩面而泣。瞅见壮汉流眼泪，罗红豆像是看到了希望似的两掌合一。

熊熊燃烧的篝火映照着整个简陋的房子。

罗红豆已然看不见窗外的壮汉，可却没有了逃亡的急切心情。或许从踏上北国之路，罗红豆早就将生死置之度外。只是预料不到死神来得如此莫名其妙，简单的爱一个人却沦为被追杀的对象。

来不及想太多，罗红豆蹿到门后抱起大衣，拖上行李箱欲爬窗而逃，却被箱子重重地绊倒在地。索性松开手，撂下行李箱翻窗逃走。头也不回在深夜的雪地里摸索前行，此刻任何吃人的动物出现都比栽在失去理智的高级动物手里强。

若是一剑封喉倒也可以忽略不计为生而求全的痛苦，在痛苦中思念一个用生命去惦记的人才是最可怕的现实。

罗红豆不知道在雪地里打了多少次滚，总还是隐约感觉到暗处深藏着那个戴面具的壮汉，随时都会滚进他敞开的笼子里。

（一百零五）

如从噩梦中惊醒般，罗红豆口渴唇干到慌乱地捧起雪块往肚子里咽。

罗红豆抓起脚下的雪往脸上抹，不，这不是梦。脸上的冰冷，刺骨般的疼。身后突然伸出一只手轻松地拽走罗红豆。

“我已经报警，请你放开我。”罗红豆竭力大叫。

“这里是军事禁区，很危险，你不要命了？”脸上罩着护脸套，身穿绿色军大衣的高个子严肃地说，“知不知道你小命差点没了。”

巡山的军人把罗红豆扛上肩，大步向前。

“我要找一个人。”

“每年这个时候来这里找人的人多之又多，最后都把自己永远留在这里，再也看不到要找的人。”巡山的军人把罗红豆从肩上甩到地上，手指远处认真地说，“沿着这些雪松一直往前走，走到尽头，你就安全了。”

“我不走。”

“走不走，不是你说了算，我是巡山军人，你必须服从我的命令。”

“我不是你的兵，没有义务要听从你的命令。”

巡山的军人再次把罗红豆扛上肩膀，低头说：“我知道你来找谁。”

“难道你认识他？”罗红豆故意顺水推舟，设法从巡山军人的嘴里套出有关路朗的消息。

脚下传来重重踏雪的响声，北风无情地刮在罗红豆的脸上，鼻翼被吹得通红，两腮渐渐现出鱼鳞般的裂口。

“你上次来过，这次还是找同一个人。”巡山军人顿了会儿，语气坚定地说：“如果一个人故意躲你，你永远也找不着他。如果他还活着，又怎么会故意躲着你。”

罗红豆激动地挣脱巡山军人的手，跳下他的肩膀，趁机撕掉巡山军人脸上的护脸套，凑上前仔细盯着他的眼睛，一字一句地说：“你知道路朗在哪儿是吗？”

巡山军人远眺满山的雪，目光躲闪不定。罗红豆像是看懂什么，把护脸套扔在巡山军人跟前，转身踉踉跄跄地离开。

“你还是回南方吧！他已经长眠在北方的战场。”

罗红豆头也不回，深一脚浅一脚，消失在巡山军人的视线里。

路朗到底在何方？

耳际回响巡山军人肯定的语气，罗红豆难过得泪眼模糊，一脚踩空，纵身滚到山脚下。

巡山的军人找到罗红豆时，她已经昏迷，身上盖了层凝固雪块，似乎与路朗葬在了一起，给这份痴心画上一个完美的句号。

大雪纷纷扬扬地飘着，被山风夹裹悬空而落。巡山的军人脱下自己身上的外套把罗红豆紧紧地裹好背起，艰难地爬出山坳里的雪沟。

巡山的军人守在罗红豆的床边，时不时打盹。身边坐在铁灶上的水壶，喷出的蒸汽吹起活动盖频频发出的响声像极南方悬挂在窗沿悦耳的风铃声。罗红豆依然双目紧闭，她满是伤痕的脸，死一般地静，丝毫看不出生命的迹象。巡山的军人仍然相信爱情的力量能救活眼前的罗红豆。手腕上的军用手表轻微地震动，巡山的军人眼皮微微张开，倦容即刻消散，他伸手试探罗红豆的鼻尖处，长长地舒了一口气，无奈地摇头。

巡山的军人起身把身上的一件绒毛卫衣脱下，加盖在罗红豆身上，仅剩一件草黄衬衫皱巴巴地附着在身，无法抵御寒冷的侵袭，只能咬紧牙根双手抱胸。眼睛紧盯躺在床上的罗红豆。

“路朗……”罗红豆嘴角微微动了一下，弱弱地发出声音。

巡山的军人欣喜地凑近罗红豆的嘴边，严肃地说：“你终于活过来了。”

说完，立马拿起盖在罗红豆身上的衣服，利索地套上身，用略带命令的语气说：“起来，你必须保持清醒地离开这里。”

罗红豆依然迷迷糊糊从嘴角发出微弱的声音：“路朗。”

巡山的军人扫一眼双目依然紧闭的罗红豆，愣了半晌才抱起罗红豆：“生命比爱情更可贵，知道吗？傻瓜。”

或许爱情价更高。

漫天的雪花飞舞，巡山的军人背起罗红豆的身影渐渐消失在白茫茫的雪地里。

（一百零六）

罗红豆缓缓睁开双眼，欧阳凯旋兴奋地拍脑袋叫道：“醒了，醒了，红豆醒了。”

“真的？”华晓回头，急忙上前凑近难过地轻抚罗红豆满是伤痕的脸，含泪说，“你真傻，罗红豆，你真的很傻，路朗他到底有什么魔力，能让你把自己折磨成鬼的样子？”

“这就是爱情的力量，你懂什么。”路月晴嘲笑道，“多么高尚啊！可惜喽！从头到尾都是一个人在唱独角戏，这种双簧一点儿也不精彩，整一个缺根筋的大傻帽。”

“你能不能少说两句，罗红豆都快难过死了。”华晓转身怒怼路月晴，“拜托你贡献点同情心好吗？路月晴，她也是为了你哥，差点连小命都搭上。”

“都别起哄，红豆没你们想象的脆弱。”欧阳凯旋抛起一个苹果接回咬进嘴里，若无其事的样子，“你们都别小看罗红豆，为了爱情，她连小命都可以丢，这些言语上的攻击不算什么。”

路月晴冷笑道：“哼呵！真不知道你们在干吗！没事我先走了。”调头就走，突然转身朝华晓瞪眼：“以后这种无聊的事就别叫上我，忙着呢。”

“说的是人话吗？路月晴。”华晓上前推搡路月晴。

欧阳凯旋横插在两人中间：“有话好好说，冲动是魔鬼。”

路月晴把欧阳凯旋推往一旁："闪边去，叛徒。"

"躺着我都能中枪，能不能别总给我扣帽子，路小姐。"欧阳凯旋朝路月晴冤枉地大叫。

"别把病房当战场，请你们俩都离开。"华晓把路月晴和欧阳凯旋都轰出病房，"红豆已经很可怜，你们能不能别火上浇油。"

路月晴甩了甩肩膀："别推我，我自己走。"

身后的罗红豆艰难地伸出手，欲挽留欧阳凯旋和路月晴，却怎么也喊不出声。至今还不知道是谁从北方白雪皑皑的困境中拽回她这条奄奄一息的小命。眼前的华晓和路月晴不停地争吵，罗红豆平静地转动眼珠子，左右来回转动。无奈之下，甩掉桌边的花瓶砸碎在地，场面才安静下来。

"红豆。"华晓惭愧地说，"对不起！"

路月晴无视罗红豆，冷冷地离去，高傲的背影，狠狠地刺痛了罗红豆。

欧阳凯旋倒也知趣地退出这场没有自己位置的闹剧。

在楼下，路月晴鼻梁处架着墨镜走在前，欧阳凯旋走在后，一前一后与莫莫擦肩而过。

莫莫鼻梁处架着副蛤蟆墨镜，坐在智能轮椅上，丝毫没有察觉从身边走过的是路月晴。

欧阳凯旋倒是回头看了一眼，只是好奇莫莫屁股下坐的智能轮椅，这么先进的科技产品，商业嗅觉灵敏的他似乎嗅出诸多商机。欧阳凯旋驻足许久，待莫莫消失在他的视线外，才转身离去。

罗红豆在莫莫心中的分量很重。莫莫收到华晓发给他的罗红豆受伤的信息，不顾母亲的百般阻挠，还是设法坐上轮椅来医院。

尽管罗红豆是为路朗而伤，莫莫还是要罗红豆回到他的身边。

华晓喋喋不休地念叨罗红豆："你是不是把自己的小命搭进去才肯死心？我告诉你罗红豆，珍爱生命才配拥有爱情。"

莫莫停在病房门边，静静地听华晓数落罗红豆。其实他们两个人之间的关系已经没有任何悬念，世俗对男女爱情的最终判决为门当户对。相爱的两个人终究逃不脱父母之命。

即便是路朗与罗红豆，又何尝不是真爱的牺牲品。不管是莫家还是路家，都不可能接受势单力薄的罗红豆。

被现实打回原形，莫莫对罗红豆再痴情也只能变成远远地离开。他鼓足勇气调头离去。

再怎么爱一个人，也要保住自己最起码的尊严。

“莫莫……”

被华晓叫住，莫莫回头时，已然泪流满面。他用泪水诠释了爱一个人痛彻心扉而又无可奈何的煎熬。

（一百零七）

华晓并没有像念叨罗红豆似的喋喋不休，掏出手绢递给莫莫：“你就不打算进去看看红豆？”

这句话让莫莫有些尴尬。

自己爱的人为情敌受伤，还得自己去安慰。是为得不到，还是为从未被罗红豆重视的情感默哀？

“真没出息。”华晓把莫莫的轮椅往病房里推。

对莫莫的出现，罗红豆并没有太大的惊讶：“我还没死呢，有什么好哭的？”

“说什么呢，红豆。莫莫念旧情来看你，就不能说句暖心话吗？”华晓把莫莫推到罗红豆病床边：“你们俩前生是冤家吧！不管有没有爱，总还有情吧？别老往彼此心口上捅刀子。”

罗红豆漫不经心地瞟一眼莫莫，她不觉得莫莫的眼泪是真诚的。自从被莫莫的母亲轰出莫家大门，罗红豆对莫莫的感情渐渐变淡变冷。她心寒的不是被莫家嫌弃，而是莫莫在母亲面前无条件屈服的态度。

路朗的扑朔迷离已经使罗红豆受伤，莫家的无情拒绝对她更是一种沉重的打击。莫莫对罗红豆是真心的，可罗红豆心里却住着路朗。即便是近在咫尺，罗红豆也无法说服自己珍惜眼前人，更别说能取代路朗在她心里的位置。

被现实选择，任他人差遣，灵魂在不情不愿的路上流浪。真真切切地爱一个人，却爱得如此寂寞和凄凉。完美的都是故事，命运又各有不同，得不到才念念不忘。

“你要是死了，我也不活了。”莫莫费尽力气才收拾好自己的情绪，一本正经地说，“你可以选择爱别人，但爱你是我的权利。”

病房的气氛瞬间凝固般定格在莫莫的一往情深里。

“我，我不知道你在说什么！”罗红豆不知所措，支支吾吾，“你独自一人出门，你，你母亲该担心了。”

“要珍惜眼前人，红豆。”华晓插嘴提醒罗红豆，“别把自己当成童话故事里的白雪公主，现实生活中没有七个小矮人任你挥霍任性。”

罗红豆闭上双眼，眼角的泪水渗出，打湿了枕头。她由骨子里不愿意向生活妥协，她不愿意将就余生，换来一生的内疚。明明可以爱，为什么要放弃？如果爱情可以辜负，你还有什么理由坚持下去。

多少年过去，是路朗带走了罗红豆的心，还是罗红豆无法面对路朗已经不存在的现实？莫莫直截了当地问罗红豆：“你是不是嫌弃我？嫌弃我已经不能动，所以才对死去的人念念不忘。”

“你说什么呢？路朗还活着，他没有死。”罗红豆激动地大叫。

“活在你心里的吧！”华晓随口说，“就算不是莫莫，欧阳凯旋总算是一表人才吧？所以莫莫的残缺不是被嫌弃的理由，关键在于你们没有对上心。”华晓喋喋不休。

“你是不是嫌弃我？”莫莫认真地逼视罗红豆，“我要你看着我的眼睛回答我，罗红豆，你是不是嫌弃我？”

“你想听真话还是假话？”罗红豆平静地说。

莫莫双手捂耳朵：“不，不要说。”

“你必须要知道。”罗红豆已经不想再欺骗自己，欺骗莫莫，她紧闭双眼，语气平缓地说，“是！”

“不，不是，你是爱我的，你心里装的是我。”莫莫不想亲耳听到罗红豆毁掉他对她的幻想，双手紧捂着两耳，打开智能轮椅退出病房。

华晓扫一眼罗红豆："都躺在病床上了，嘴巴还是那么不饶人，看在多年同窗的分上，你就不能哄哄莫莫吗？"

"呵呵！感情有就有，没有就没有，能欺骗吗？爱情有就有，没有就没有，能装吗？"罗红豆激动地朝华晓分辩道，"只能怪他爱错人。"

"冷血，执着的女人，就是太冷血。"华晓扔下一句话，匆匆走出病房，"我也不管你了。"

"不送。"

罗红豆耳根总算是清静了会儿。

（一百零八）

罗红豆有口无心，冷冷地目送华晓和莫莫离去，待眼泪模糊视线，才躲进被子大哭。虽然走过了青春的迷茫，不再恐惧黑夜，却在命中注定的爱里面迷失方向。

只要闭上双眼，总在梦境的白光中闪过路朗坠机的身影。不是爱到死去活来才念念不忘初心，是因初心不变，才住在心里无人可取代。

"但愿你的眼泪对得起这份相思。"莫莫的母亲掀起罗红豆的被子，不怀好意地瞪着罗红豆，带有挑衅性的语气说，"莫莫只是同情你。家里的小狗生病，他比今天还难过。"

"请你马上离开。"罗红豆也不知道哪儿来的勇气，无视莫莫的母亲，平静地说，"莫莫爱我，你阻拦不了，这和我有关系吗？"

"离开南方，到北方去找你的真爱。"莫莫的母亲不假思索地说，"我会给你一笔钱，请你现在马上离开。"

"就算我离开南方，你觉得莫莫会对我死心吗？"

"起码不会伤心。"

"呵呵！"罗红豆冷笑道，"如果我不走呢？"

"你没有选择。"莫莫母亲逼视罗红豆，"你是个聪明的女人，不然怎么会借用爱情来给自己立牌坊，这么多年你和那位叫欧阳凯旋的男人眉来眼去，就是不肯结婚，别告诉我莫莫是你情感归宿的备胎。”

罗红豆沉默片刻说：“你懂爱情吗？阿姨。”

“最终能嫁给爱情，白头到老的有几个人？”莫莫母亲的坚强瞬间瓦解，转身掩面抽泣，许久才停止，认真地说，“总之，我不希望自己唯一的儿子活在童话故事里。”

“我无所谓，爱上我是莫莫的事。”

“所以你得走，消失在我们看不见的地方。”

罗红豆紧闭双眼，缓缓地说：“我累了，你请吧！”

“莫莫是我唯一的儿子，为了你罗红豆，他已经把自己的生命作残，请你给我们留条活路，”说到动情处，泪水直淌，“如果没有莫莫，我也不活了。”

说完直接往罗红豆床边的窗口走去。

罗红豆艰难地撑起，按下警报器，急中生智大声说道：“你死了，莫莫怎么办？他一个人行动不便，怎么生活在这个薄情的世界上。”

果然，莫莫的母亲驻足，回头向着罗红豆下跪，不顾长者的身份哭诉：“看在你们曾经同窗六年的分上，阿姨求你了，放过我儿子莫莫吧！爱情不是谁都消费得起。”

愣了半晌，罗红豆才同情地说：“你应该回家对莫莫说，阿姨，能救莫莫的只有他自己。爱情这东西谁信谁就输了。”

莫莫母亲苦笑着说：“我，真的很同情你，罗红豆。”没等罗红豆反应过来，她转身冷冷地离去。

爱到最后，连罗红豆都在怀疑自己。

她输了，莫莫也输了，正如她所说的“爱情这东西谁信谁就输了”，莫莫母亲的同情对于罗红豆来说，好比一把匕首刺在她的心房，把所有对路朗的寄托融进血液里，汩汩流出身体，直到记不起生命中曾经出现过一个叫路朗的男人。

爱路朗并不是罗红豆的错，可就是忘记不掉，也替代不了。每次提及都像是从身上抽离骨头，撕裂的疼。不管欧阳凯旋有多优秀，也不管莫莫有多深爱她，不在身边的才是最叫人思念的。

人是奇怪的动物，得不到的才是最好的，最好的才值得放在心里惦记。

（一百零九）

清晨的阳光好温暖，罗红豆被旁边妇人的哭声吵醒。她扫一眼隔壁的病床，空空的，医院的清洁阿姨已经收拾干净，连床单都被换掉。

另一边病床的病人家属说，曾经躺在那张床的她，男朋友移情别恋爱上一个比她漂亮的女生，她接受不了被抛弃的失落，半夜趁家人不注意偷溜出医院，在医院大门外被疾驶而过的车撞没了。

爱情是脆弱的，一念之间便是天堂、地狱之分。

妇人的悲伤，更多的是因为这么多年来付出的养育心血，毁在本来很纯洁美好的爱情里。爱对了人，是幸福的归宿，爱错了人是漫漫归途。

罗红豆抖了抖身上的被子，不禁潸然泪下。她爱路朗，爱得如此自卑。对比为爱轻生的女孩，至少路朗是爱她的，一直爱着她。

“不好了红豆，不好了。”华晓脸色难看，急匆匆地进门，上气不接下气地说，“莫莫他，他……”着急得表达不出来，连忙用手比画。

“莫莫怎么了？”罗红豆不解。

“莫莫为你殉情了。”华晓脱口而出，“莫莫得知他母亲下死令把你赶走，一时想不开，自尽了。”

“什么？”罗红豆瞬间瘫软跪地，“莫莫怎么会想不开？”

“你们到底都经历了什么？莫阿姨真的要把你轰走？”华晓自言自语，“现在怎么办？她会不会再杀回来？”

罗红豆不知所言：“走，咱们去送莫莫最后一程。”挣扎着站起身。

“趁莫阿姨没杀过来，你赶紧逃吧，红豆。”华晓急促地拽起罗红豆。

“又不是我杀死莫莫，我不走。”罗红豆甩开华晓的手。

“你是间接凶手，是你们不靠谱的爱情杀死了莫莫。”华晓脱口而出，似乎已经推断出莫莫是为罗红豆而死，是为得不到罗红豆的真爱而选择干净地离开这个荒诞的世界。

罗红豆满脸懊丧，她后悔对莫莫母亲说那句硌心的话“相信爱情你就输了”，她不应该怀疑自己和路朗的爱情，不应该否定莫莫对自己的爱意。

就算莫莫是一厢情愿，也不应该去伤害一个拿命来证明爱情的男人。

“我错了！”罗红豆心不在焉地喃喃自语，“莫莫，我错了。”

华晓莫名其妙地望着表情呆滞的罗红豆，难过地说：“你们俩都没错，错的是这份不该有的缘。”

旁边的妇人仍然在抽泣，声音渐变渐低。

“走吧！无论如何，你得躲一躲。莫莫母亲本来就敌视你，现在莫莫的离开又与你有间接的关系，待她杀过来，咱们都没有好下场。”华晓的惶恐不是没有道理，老年丧子之痛对于任何一个女人来说，都是一个迈不过去的坎。

“我不走。”罗红豆难过地抹泪，哽咽道，“失去莫莫，阿姨已经很可怜，我不能就这么一走了之。”

华晓干着急：“你现在走，保证她死不了；如果不走，死的肯定是你。她老人家现在不仅失去儿子，也失去理智。被她堵在门口，你插翅难逃。”

话音刚落，罗红豆踉跄着走出病房。

“三十六计，走为上策。”华晓迅速拎包跟在罗红豆身后，“你先下楼上车，我过去帮你结算医疗费。”

罗红豆头也不回地往楼下走，也不知道华晓的话，她有没有听进去。

医院楼下，罗红豆东张西望，拦了辆的士扬长而去。她想象不出莫莫到底用什么样的方式离开，到底对这个世界、对自己有多么不舍，才选择极端地结束，永远地结束。

爱情不是谁都能懂，莫莫的母亲把爱情当成继承家业的工具，每一个与莫莫有来往的女人她都亲自考量对方能不能挑起这份重任。其次才考虑莫莫到底喜不喜欢，对方爱不爱莫莫。

对于她老人家来说婚姻是严肃的，爱情可有可无。

（一百一十）

莫家大院外冷冷清清。

昔日被莫莫母亲撵出大门的情景历历在目，如今她为和莫莫这份情，再次踏进莫家大门。

景台依然伸出招人喜欢的茉莉花枝，显然被莫莫精心修剪过，枝丫曲折有致。罗红豆已经忘记旧伤，眼前浮现出莫莫认真栽培的模样，她急走过去想举手罩起莫莫的双眼。

挥过来的却是莫莫母亲曾经惩罚过罗红豆的橄榄球棒，罗红豆疼痛到跪倒在地，还没反应过来，紧接着又挨了第二棒。

“你把我儿子害残不够，还要把他置于死地，你的心为什么这么黑？进不了路家的大门，就想着法进我莫家大门。罗红豆你就是个扫把星，今天我就成全莫莫的遗愿，把你送过去和他做伴。”说完再一次举起重重的橄榄球棒，咬牙切齿地向罗红豆甩过来。

突然在半空被人从身后紧紧地拽住：“手下留情，阿姨。”

欧阳凯旋出现得及时，把莫莫母亲手里的橄榄球棒死死地拽住，平和地说：“故意杀人，是要负法律责任的，莫阿姨。”

罗红豆泪眼婆娑地望着欧阳凯旋：“就让阿姨出口气吧，欧阳。”说完闭上双眼，等待莫莫母亲的惩罚。

还来不及阻挡，莫莫母亲的棍棒重重地落在罗红豆的头部。

“红豆。”欧阳凯旋吓得抱起罗红豆，“红豆，你傻啊。”

罗红豆头发里渗出的鲜血染在欧阳凯旋的白色衬衫上。

莫莫母亲并没有收手，一心想置罗红豆于死地。她使劲推开欧阳凯旋，一手拽起罗红豆拼命摇晃，恶狠狠地说："还我儿子，还我儿子。"

一手死劲掐住罗红豆的脖子，直到罗红豆满脸发紫，奄奄一息，莫莫母亲还是无法释怀。

欧阳凯旋从地上爬起来，目睹莫莫母亲发了疯似的举动，他立马扑过去，把莫莫母亲撞倒在地，转身背起罗红豆就逃。

说不出哪儿来的力量，欧阳凯旋把罗红豆背到医院，恰逢路月晴从急诊科出来。看到罗红豆死一样地趴在欧阳凯旋的背上，她急步上前把罗红豆往下推："你们在干吗？"

罗红豆迷迷糊糊一屁股坐在地上。

欧阳凯旋对路月晴呵斥："罗红豆快要死了，你还有心思吃醋？"

"她这种苦肉计你也信？"路月晴不屑欧阳凯旋的怒瞪，用脚轻轻地踢着坐在地上的罗红豆。

"你疯了，路月晴。"欧阳凯旋不顾一切抱起罗红豆往急诊室跑去。

"哎，欧阳凯旋，你们，"路月晴紧跟上欧阳凯旋，好奇地问，"红豆，罗红豆，她怎么了？"

欧阳凯旋并没有搭理路月晴。

"该不会是被莫阿姨打的吧！"路月晴还在碎碎念。

华晓突然出现在路月晴身后："你猜对了。"

路月晴回头，诧异地说："害人不浅啊！这红颜祸水。"

"哎，我说路月晴，莫莫的死和罗红豆有什么关系，你会不会说话。"华晓替罗红豆打抱不平，"十几载同窗，就算你不念旧情，也该看在都是女人的分上，别这么尖酸刻薄吧？"

华晓顾不上路月晴的落井下石，她向急诊室大门飞奔。

欧阳凯旋一脸茫然，他不知道急诊室里的罗红豆是否还能扛得住莫家的摧残。爱一个人并没有什么错，可为何受伤的总是相信爱情的人。莫莫爱罗红豆，他走了。罗红豆爱路朗，也遍体鳞伤地躺在急救室。

医院很安静，路月晴还是大着嗓门对欧阳凯旋说：“你走吧！说不定下一个被祸害的就是你。”

“你说什么呢？路月晴！”华晓激动地朝路月晴走去。

欧阳凯旋拽住华晓的手：“还是通知红豆的家人吧！”

“红豆哪儿还有什么家人，唉！”华晓难为情地说。

“可不是，连她家人都避而不见，看她多晦气啊！”路月晴阴阳怪气地说，“你们还是走吧！”

“哎，我说路月晴，能不能闭上你这张臭嘴，罗红豆不就是错爱你哥路朗而已吗？你有必要判她死刑吗？”华晓竭力维护罗红豆，“为了你哥，罗红豆已经死过一回，求你放过她吧！”

“她自作自受，活该。”路月晴依然得理不饶人，“为了她，我哥也回不来了，永远也回不来。”

急诊室的大门缓缓打开，只见罗红豆躺在病床上，脸色苍白。

（一百一十一）

虽然罗红豆处在昏迷状态，听到路月晴最后一句“永远也回不来了”，眼角还是渗出眼泪来。

欧阳凯旋上前轻声唤着：“红豆，你醒醒。”

“别打扰病人休息，她需要安静休养。”医生上前阻止欧阳凯旋。

“我需要了解她的病况。”

“请跟我来。”医生严肃地直视欧阳凯旋，“病人的家属呢？”

华晓接过医生的话题：“哦，红豆的家属不在身边，有什么问题我们可以代劳。”

医生目光转向华晓：“我就是担心你们负不起这个责任。”说完转身离去。

或许对于医生而言，病人的伤只是一条牵引线，而病人如何伤才是让人纠心的一个客观问题。

如果爱情是一副毒药，那么罗红豆已经中毒太深，可莫莫又何尝不是爱情的受害者，莫莫的母亲向罗红豆讨伐，他们的爱情就变成带有利刃的工具。罗红豆为爱而活，看似轰轰烈烈，却独自伤心难过。

放不下的，才是最珍贵的。

华晓虽然心疼罗红豆，但更多的是被罗红豆的爱情故事所感动。她和丈夫平淡的婚姻生活非常乏味。华晓的苦也只有她自己清楚，只为体面地围绕在亲朋好友身边，不去考虑自己不是为爱情结婚的事实。

欧阳凯旋紧握住罗红豆的手，跟着推床向病房走去。他自己也搞不清楚和罗红豆在一起的感觉，不是爱情，但在事业上与罗红豆合作起来却如鱼得水。在感情和事业上分割不出来爱情的样子，久处又不生厌。

一份用生命去等待和换取的爱情，不是谁都有勇气去拥有。欧阳凯旋需要罗红豆。理智的选择才是正常生活的方式，它不需要太多爱。在乎一个人的存在，不是因为他存在的价值，有谁还能做得到？

不知道路月晴什么时候空降，从身后拽走欧阳凯旋：“我才是你应该关心的女人。”

“你有病。”欧阳凯旋回头看向路月晴，“什么时候了你还说些不要脸的话。”

路月晴还真恬不知耻地搂着欧阳凯旋的胳膊使劲撒娇：“人家心里就是有你嘛！”

欧阳凯旋听得浑身起鸡皮疙瘩，轻轻甩掉路月晴抱着他胳膊的手：“路月晴，你没事吧？”

“有事。”

“你说。”

“我哪里比不上罗红豆？你欧阳凯旋为什么不肯接受我？”路月晴认真起来，比谁都可怕，“罗红豆爱的是我哥，你愣是贴上去，是我不要脸还是你脑子不清楚？”

“就算罗红豆哪儿也比不上你，至少她有一颗善良的心，一颗懂得认真爱一个人的心，你路月晴有吗？”欧阳凯旋随即补充一句，“当然，各花入各眼，我知道你的好，但冰雪聪明的你为什么非要把自己和罗红豆放在一起比呢？”

欧阳凯旋是商人，他深知路月晴存在的价值，可又不愿用爱情的名义去欺骗女人。圆滑得不失原则，还能为自己的爱情观守住底线。

不管路月晴和欧阳凯旋的争执与罗红豆有多大关系，但莫莫死了，罗红豆伤了，那个路朗的生死还是个谜。

为爱，心的迷离，是谁也无法克制的。

（一百一十二）

罗红豆再次被安排回原来的病房，只不过已经不是原来的病床，而是那张曾为爱殉情离去的女孩睡过的。冰冷的床架似乎还能闻到那女孩身上的气息，冥冥中好像为爱消逝的灵魂在召唤，罗红豆紧闭着双眼，像是厌倦人世。

华晓托着下巴，静静地注视罗红豆还没洗干净血迹的脸。罗红豆对路朗这份执着的爱情令华晓感动得泪流满面，同时华晓又为他们有情人难成眷属而难过到痛哭。

生活有太多的无奈，感情有太多的阻碍。如果路朗只是路朗，如果爱情不去背负太多世俗牵绊，或许罗红豆就不会爱得如此坎坷。

华晓一边想着自己的婚姻平淡无奇，貌合神离，同床异梦，可分开了自己又怎样生活，泪流得更凶了。

护士进门给罗红豆换吊瓶，她不解华晓为何哭，急忙上前近观罗红豆的瞳孔：“病人不行了吗？你哭什么？”

欧阳凯旋不顾路月晴的劝阻，冲进病房：“红豆不行了？”

华晓抬起头急忙凑近罗红豆：“不可能，红豆不可能有事。为了路朗，她已经九死一生，她不能再倒在莫阿姨的棍棒下。”

路月晴慢悠悠地走进病房：“她死不了，没见着我哥，她不会闭上双眼的。”

所有人都盯向路月晴，路月晴像半路神仙似的往墙角站，不敢靠近罗红豆，嘴里还碎碎念：“医院没有哪个角落是干净的，就连病床上都回响着逝者痛苦的呻吟声，我来是想劝回欧阳凯旋，没别的意思，不要用这种眼光看我。”

说完上前迅速地拽走欧阳凯旋的手：“你还是跟我回去吧！红豆的公司不也还需要你吗？”

“嗨！瞧我这脑袋瓜子。”欧阳凯旋猛拍脑袋，“刚好有一批文件给红豆审签。”

护士忙给罗红豆换滴液，还是回头瞪路月晴，没好气地说：“医院再脏，也比你的嘴巴干净。”

“骂得好。”华晓拍手。

“你怎么骂人呢，白衣天使？”路月晴不服地指着护士的鼻尖，“知道你们院长和我妈是什么关系吗？”

华晓冷笑道：“得得得，乱攀亲戚的毛病还是没改，欧阳，你赶紧回去吧！路月晴要的是你。”

欧阳凯旋把身上浸有罗红豆血迹的外衣扒下：“叫我怎么走？总不能让我裸奔吧？”

“请你们安静，病人需要静养。”护士瞟一眼路月晴，“我不知道你和院长什么关系，也不想知道，所以请你离开，这里不欢迎你。”

“走就走，医院又不是什么好地方。”路月晴瞟一眼护士，“院长会召见你的，好好干。”

欧阳凯旋：“你这话我怎么听着阴阳怪气的？”

路月晴扔给欧阳凯旋一块汗巾：“赶紧遮好身上的血迹，这么出门，被警察当成是案发现场逃出来的犯罪嫌疑人逮进去，你浑身长嘴也说不清楚。”

欧阳凯旋乖乖地接过汗巾捂在胸前。

华晓无奈地摇头：“真是天生一对。”

“谢谢夸奖！”路月晴厚着脸皮似笑非笑，“补充一句：地设一双。”说完，牵着欧阳凯旋的手转身走出病房。

“还比翼双飞呢！”华晓嘟嘴望向罗红豆，“不也被现实打败，伤的伤散的散吗！”说着说着就又啜泣起来。

罗红豆眼角渗出的泪水滴落枕头，嘴里喃喃：“路朗……”

华晓凑近罗红豆耳际压低声音说：“红豆，红豆，”

（一百一十三）

再次站起来的罗红豆回到自己的公司。

董事会上，旁边坐的是欧阳凯旋，他扫一眼头上还缠着绷带的罗红豆，内心颇显忐忑，目光游离。

罗红豆双眼低垂，表情坚定，丝毫看不出大病初愈的样子。

从深夜遇险，被欧阳凯旋救回性命的那一刻起，罗红豆就很相信欧阳凯旋，除了不能以身相许，凡事都没有防备地交给欧阳凯旋。这回罗红豆召集集团高层开董事会，想必已经收到什么风声。

在众多下属面前表露出来的成熟稳重，知性内敛与那个曾为爱情经历九死一生的罗红豆判若两人。最纯真的那一面往往都是留给最爱的心上人，只有当想起路朗时，她静静坐着也会泪流满面。

罗红豆静静地听身边的秘书介绍集团下属子公司的经营状况。说到军用物资的捐赠项目和集团投资牧野战机飞行项目时，罗红豆突然接过秘书的话题：“这个项目一直是欧阳总在负责，上半年的财务数据显示……”

还没听罗红豆把话说完，欧阳凯旋的脸变得煞白，罗红豆一直信任的欧阳凯旋也会在金钱面前栽了一个大跟斗。

罗红豆就此停止往下说，用余光观察着欧阳凯旋的窘态。即使罗红豆一言不发，欧阳凯旋也能感觉到前所未有的紧张，何况是第一次在董事会上被戳穿。他沉默不语，扫视一圈在座的集团高层，离席而去。

秘书望一眼罗红豆，便尾随欧阳凯旋而去。

走廊里，欧阳凯旋质问秘书：“谁告诉董事长的？”

秘书淡定地说：“纸能包得住火吗？欧阳总。”说完，从欧阳凯旋身边走过，还回头加一句：“还是想想该怎样把那个窟窿填上吧，数目不少，如果被公诉，经济犯罪判得可不轻。”

“红豆会帮我想办法的。”欧阳凯旋喃喃自语，“我是她的救命恩人，他不会见死不救的。”

“桥归桥，路归路。欧阳总，咱们还是法庭见吧！”罗红豆一脸认真地对欧阳凯旋说，“我不喜欢被百般信任的人用道德绑架来做犯罪的筹码，救命之恩可以用另一种方式来报答。”

“现在不报，待何时？”欧阳凯旋投予祈求的眼神，“生命有限，红豆。”

“董事会会做出公平公正的处理。”罗红豆内心不是滋味，非她冷漠，而是要对集团的信誉负责。与路朗失联这些年，她用心经营的事业不能毁于友情，她严肃地说：“走法律程序，对谁都不偏不倚。”

“别怪我翻脸不认人。”欧阳凯旋被罗红豆的绝情逼得情绪激动，“你明明知道牧野战机飞行项目是国家新研发的，运作成功的概率小，风险大，为了你所谓的爱情，非要把大家的钱往火坑里倒。罗董事长，在商言商，不能感情用事。咱们合作这么多年，冰雪聪明的你不应该不知道啊！”

“你闭嘴。”罗红豆第一次在欧阳凯旋面前这般决绝，“你懂什么是爱情吗？”

“你这叫感情用事，商道的死穴。”欧阳凯旋越说越激动，“我不允许你为了一个生不见人，死不见尸的男人把辛辛苦苦打拼下来的财富……”

“混蛋。”罗红豆几近崩溃地呵斥道，“欧阳总，请你尊重我的感情。”

“罗红豆，你醒醒。”欧阳凯旋嗓门高过罗红豆，“你会后悔的。”

“牧野战机飞行项目是我生命中最重大的事情，它不仅仅是一种情感寄托，也是为国家飞行事业所做的一种贡献。欧阳凯旋，商人也是人，赚钱的最终目标是实现它的价值，对社会的价值。”罗红豆眼含热泪。

欧阳凯旋是地地道道的商人，他是真的不懂罗红豆的内心，更读不懂一个女人为了爱情在金钱面前超脱的境界。

当人只缺拥有一个惦记的人时，身外之物又算得了什么？

对路朗的真爱就像根隐形的刺，扎在罗红豆的心房深处，不可自拔。

（一百一十四）

罗红豆元气恢复，坐在集团办公室往外望，目光里透露出些许伤感。过去，她一直活在对路朗的回忆里，受尽非议，卑微到尘埃里。牧野战机飞行项目凝聚着她对路朗的爱，无法用金钱衡量。

“红豆，”华晓不忍打搅罗红豆的沉思，站在门后半晌才开口，“这个……”

罗红豆缓缓回头，看到华晓手上印有三角形邮戳的信，还没走出感情低谷的她，瞬间泪眼模糊。

“这个，是在我家信箱里发现的。”华晓明白里面装的是什么。

“路朗？”

“我始终搞不明白，他到底在玩什么花样？你看看自己，为这份莫名其妙的爱过得这般神经质。”华晓已经在欧阳凯旋嘴里得知罗红豆一掷千金为路朗，而站在她的角度看，爱情不比金钱。

“他告诉你了？”罗红豆接过华晓手上的信，并没有拆开的冲动。

“我不知道你为什么要这么执着于对路朗的这份爱，但咱们活在现实里，童话故事的浪漫想想就好。可红豆，这个项目好几百个亿，你不能拿股东的血汗钱去填充自己的私欲，搞不好会吃官司的。”华晓苦口婆心相劝。

“连你也这么认为？”

“以前你为他做什么，作为好姐妹，我从没阻止过。可这次，你是拿自己的性命和一群狼的钱财去赌。”

“不，不是赌。”罗红豆语气坚定地否认，“这不是赌，是国防项目，是为国家做贡献，不是赌。华晓，欧阳总反对我，我可以理解，因为他不懂我。可你不能反对我，从小到大，只有你才是懂我的。”

“我懂你，才阻止你，红豆。”华晓轻抚罗红豆的双肩，疼惜地说，“这些年，你为了和路朗的这份感情已经承受太多，什么时候你才能好好爱自己？生意上的事我不懂，可你这次真的太冒险了。”

罗红豆把信轻放在桌上，目光投向窗外的天边。这十几年，自己打拼下来的红豆集团办公楼高似耸入云间，环形的落地玻璃窗，不管是日升日落，总能把温暖送到室内的每个角落。

桌下的保险箱紧紧地锁着，罗红豆半屈着双腿，轻松打开，从里面滑倒出来一沓沓信。

华晓惊讶地捡起摊了一地的信件：“我一直以为你这个保险柜里面装的是收藏的世界各国的货币，没想到是一些废纸。”

罗红豆呆立原地，说好了不再哭泣，眼眶还是湿了。她没有勇气再触碰那一封封写有她和路朗之间爱情的信件。

“不，不，不，是你们的爱情，锁住的都是你们纯洁的真爱。”华晓轻轻掌嘴，“瞧我这张笨嘴，还是说不出句好话。”

罗红豆静静地站着，满是伤感，可怜得叫人心碎。

女子本多情，奈何未遇君。

每每想起路朗，总能让罗红豆肝肠寸断，明明知道无望，可仍然是痛到无法呼吸。她要的只是能和路朗见上一面，说说心里话，彼此心照不宣地相靠相依。

“华晓。”罗红豆突然上前拽起华晓的手，认真地说，“路朗是不是早就离开人世了？”

华晓愣了半晌才缓缓说道：“其实……”

“其实我刚才就想说了。”欧阳凯旋推门而入，径直走到罗红豆跟前，把一个大大的资料袋递给罗红豆，“这是董事会的决议，你的美好理想恐怕要破灭了。”

“会不会进门看脸色啊？”华晓抢过欧阳凯旋手里的资料袋，“要怜香惜玉，懂吗？”

“我不管结论如何，这个项目必须照常运作。”罗红豆抹干脸上的泪水，无比坚定地把华晓手里的资料袋抢过一起锁进保险柜。

“一意孤行会付出惨重的代价的。”欧阳凯旋理智地阻止。

“你可以退出，项目我负责。”

“变得真快。”华晓看着罗红豆，低语，“前一分钟还泪洒衣襟，梨花带雨，后一分钟就驰骋风云，似要扭转乾坤。”

“你拿什么负责？一个连最基本的商业运作规则都不遵循的掌舵人，你有什么资格谈负责？”欧阳凯旋软硬兼施，就为能把罗红豆从无法自拔的爱情泥潭里拽出来，“口口声声为爱情，其实最不敢面对爱情的是你，你的内心在逃避，逃避现实生活的残酷，别总是拿爱情当借口。”

“别说了，请你别说了。”罗红豆大声叫着，“欧阳凯旋，求求你，别再说了。”

“这个世界上比爱情更珍贵的是生命，罗红豆，你能不能别再拿自己的生命开玩笑？”欧阳凯旋苦口婆心地劝说道。

“对，不能当儿戏。”华晓附和。

“谁都知道得不到的才是最珍贵的。”欧阳凯旋不依不饶，“可这世上珍贵的东西多得你数不过来，谁不是一边怀念一边活着，一边活着又一边痛着？就你懂爱，就你有真爱，谁没有个心里惦记的人啊？就为这个看不见摸不着的爱情难道不活了？”

“不！”罗红豆双手捂起耳朵，一屁股坐在路朗写给她的信上，歇斯底里地大哭：“不！”

欧阳凯旋道出了罗红豆最无可奈何又不得不去面对的现实。

为了不被世俗道德绑架，罗红豆用心地去活着。路朗在她心中无人能替。

华晓吓得不知所措，她心疼地抱着罗红豆：“红豆，求求你别再折磨自己了好吗？路朗已经不再属于你。”

华晓的话使罗红豆越发哭得撕心裂肺，直叫人肝肠寸断。

对路朗的思念化作串串热泪。

罗红豆深知牧野战机飞行项目风险系数大到能让几个财团覆灭，是性命攸关的事，可爱情的力量超乎生命的存在，她爱路朗，已经爱得入了骨髓，超越了自己的生命。无论欧阳凯旋怎么劝说，罗红豆还是坚定自己的信念。

（一百一十五）

望着罗红豆走出办公室的背影，华晓和欧阳凯旋面面相觑。

“华晓。”欧阳凯旋欲言又止。

“我知道你想问什么。”华晓回头远眺窗外天边的落日，“你看，这落日真美！”

“如果知道，就告诉红豆实情吧！让她早日走出单相思的苦海。”

华晓苦笑：“你觉得冰雪聪明的罗红豆，会觉察不出来？”

“你们？”欧阳凯旋脸上露出诧异的表情。

“情到深处人孤独。”华晓用略带轻视的眼神瞅着欧阳凯旋，“你知道什么是爱情吗？真爱，你有过吗？”

“好好好，我不懂，罗红豆已经走火入魔，你还跟我这儿扯什么真爱。”欧阳凯旋着急得来回踱步，嘴里喋喋不休，“活着有什么不好？非得要什么完美爱情才能活下去，罗红豆疯了，她疯了。”

欧阳凯旋后面两句话语音提高了八度。和罗红豆在一起拼搏多年，两个人对彼此怎么会没有一丝心动的感觉。

“我怎么听着，你是得不到葡萄说葡萄酸啊！欧阳总，哎，我说你在罗红豆身边这些日子，怎么就不如一个生死未卜的路朗？”华晓冷笑道。

“你们女人真麻烦。”欧阳凯旋言不由衷。他不懂爱情那是假的，不然路月晴怎么会挤不进他的心。

说曹操，曹操就到。

楼下，罗红豆被路月晴堵在大门口。路月晴用带有挑衅的语气说："听说你为了我哥，融资开发一个叫牧野战机的项目，打算要拉一批有钱人垫底？"

罗红豆没搭理路月晴，侧身走过，被路月晴紧拽手臂。

"请你放手。"罗红豆斜视路月晴，冷冷地说，"你没有资格用这种语气跟我说话。"狠狠地甩掉路月晴还未松开的手，头也不回地离去。

路月晴目瞪口呆，不知如何是好。面对罗红豆不屑的冷眼，路月晴心里不禁咯噔一下，凉凉的。她不明白是什么让罗红豆变了。

华晓不以为然，在她心里罗红豆早就该对现实说不，勇敢地去把握自己和路朗在一起的命运。牧野战机飞行项目对罗红豆而言，不仅仅是对过往爱情的一个纪念，她已经把对爱情的寄托升华到家国情怀。

爱情只是起源，爱国才是终点。毕竟路朗的职业生涯是罗红豆生命的一部分，她爱路朗，爱路朗的全部。

可是，如果没有路朗，罗红豆该如何活下去？

欧阳凯旋冲路月晴嚷嚷："你又来干吗？"

"除了搞破坏，我想象不出她能做什么好事。"华晓神补刀把路月晴削得无以作答。

"我，我，我，"路月晴支支吾吾，"这，还用得着我破坏吗？她本来就不配得到，别老往我身上泼脏水。"

"啧啧啧，你配，好，你路月晴最配。"华晓回头看欧阳凯旋，"我怎么看你们俩在一起才是天造地设的一双啊！"

欧阳凯旋假装搂过路月晴的肩膀，深情地注视路月晴的双目，像是下一秒要发生点什么，突然被路月晴猛地推开。欧阳凯旋一屁股坐在地上。

"晚了，单相思也是有保鲜期的。"路月晴的反常，倒是让华晓大跌眼镜。

"欧阳总，你终于解放了。"华晓似笑非笑地上前拉起欧阳凯旋，"痛并快乐着吧！"

路月晴冷笑着说："我路月晴，不会做第二个罗红豆，对着空气爱了半生，她是脑子进水，不是真爱。”

撂下欧阳凯旋和华晓，路月晴扬长而去。相比罗红豆在真空里的爱情，路月晴的现实主义才是天下无敌。除了她自己，没有人能伤害到她。在她心里欧阳凯旋只不过是爱情实验品，没了便没了，哪儿有什么好难过的。

（一百一十六）

罗红豆头上绷着纱布，盖一顶棒球帽，卸下职业装的她，已然没有了在董事会上的高冷。和球友并肩走在绿茵场上，高尔夫球技的娴熟，显示着职业女性的干练。

这种高级别活动，罗红豆从没想过自己也能甩上两杆子。为了牧野战机飞行项目能够顺利进行，在她看来又没有什么不可以。商务谈判一个人，扛杆捡球一个人，陪吃陪喝也一个人，用她的智慧周旋在一群男人中间。

路月晴似乎生来就是给罗红豆捣乱的，生活上的罗红豆卑微的身世败给路月晴，将自己逼到最优秀，只为能体面地爱一个人。但路月晴可不这么认为，她一定样样都要强过罗红豆。

老天还不是那么坏，给足路月晴炫耀的资本，还是留一个需要她自己努力才能实现的目标——好好做人。路月晴并没有剔除本性，而是毫无底线地为所欲为。

罗红豆打出一球，球恰好落在路月晴跟前。路月晴扫一眼远处在男人堆里左右逢源的罗红豆，跨过脚下的球，小跑着跟上前面的男人，从身后挽过男人的胳膊，朝罗红豆甜蜜地笑了笑。但罗红豆的目光却停留在男人的脸上，手上的球杆不经意地滑落草地，瞬间涌出热泪来。

“罗总，”旁边A集团的年总打趣道，“别看了，球真的没进洞。”

“恐怕罗总是醉翁之意不在酒吧！对面的男人才是眼中的景色。”Z集团的毛总侧视罗红豆调侃道。

“哈哈哈！”A集团的年总大笑说，“身在曹营心在汉啊！你就不怕咱们合作不愉快？”

罗红豆甩掉球杆和颜悦色地说：“我陪诸位是竞技。至于牧野战机飞行项目，跟投与否，各位是商界精英，都有自己对国防政策的判断。这么大的投资，不是我罗红豆陪你们打几场球就能下决定的。”

待罗红豆转身，路月晴早已挽着男人消失在绿茵场上。她东张西望，嘴里碎碎念：“路朗。”

身边的大财团老总纷纷抽杆离去，剩下的球友还在讨论高尔夫球道，并没有留意罗红豆的反常。

“路朗，”罗红豆站在原地打转，目光四处远眺搜寻，“路朗，真的是路朗？”

“罗总，”球友A回头关心道，“你没事吧，罗总？”

罗红豆欲哭地说：“路朗回来了。”

“路朗？路朗是谁？”

“路朗是谁？”罗红豆重复球友的问话，却答不上来。这么多年过去，路朗是谁？她不知道用什么来称呼活在自己心里，身边的朋友却不认识的人。

“对啊！你是不是精神太紧张，出现幻觉？”球友B安慰道，“高尔夫是一项放松全身心的运动，你不必太紧张。”

“我，我先失陪了，有机会咱们再练。”罗红豆说完失了魂似的急走出绿茵场，朝路月晴走过的地方跑去。

路月晴身边的男人长得像路朗，还是罗红豆的错觉？谁也无法知晓。一个自己爱的人住在心里这么多年，难免会自欺欺人地想象着他会突然出现。

身后的球友不懂罗红豆情感深处为爱执着的举动，一旦遇见相似的感觉，她整个人便神经质般地失去判断的能力。

球友们仍在议论球技，罗红豆早已不见踪影。助理从远处急忙赶过来抱起罗红豆的包匆匆与球友告别：“让诸位见笑了，路朗是罗总这辈子的心结，你们别往心里去。”

球友无奈地摇头："我们懂，你们还是回去找那几位大财团老总说说好话吧！我们能做的已经尽力，罗总可是个睿智的女人，怎么能栽倒在儿女情长里。"

"是的，这次各位给罗总解围，真是感激，下回宴请，请各位一定赏脸。"助理的客套地补救着。

与球友分道而行，助理四处寻觅罗红豆，可她就像蒸发掉一样不见踪影。助理陪在罗红豆身边多年，看着罗红豆如何艰难打拼下红豆集团，而一直以来是因为有路朗在做精神支柱。然而有多少个日夜，望着星空，罗红豆的脆弱总是伴随漫漫长夜一点一滴融化在现实里。

（一百一十七）

不管路月晴是无心还是有意，身边的新欢着实吓到了罗红豆。难道真的是路朗？罗红豆把抽屉里路朗唯一的照片摆在桌面，她不敢相信自己的眼睛，呆呆地望着窗外，飞过的航空机机翼清晰可见，曾经梦里路朗坠机的情景历历在目，她忍不住泪水又浸满双目。

华晓推开罗红豆办公室的大门，神采飞扬地向罗红豆走来："红豆，告诉你一个好消息。"

罗红豆拭净脸上的泪水回头朝华晓投予惊喜的目光，她打心底里希望华晓能给她带来的消息里有路朗，迫不及待地问："路朗回来了？"

"这个……"华晓卖关子，迟疑片刻说，"你猜。"

"难道是真的？"罗红豆急切地追问，"和路月晴在高尔夫球场上出现的那个男人真的是路朗？"

华晓唏嘘："这么多年了，你还不死心？"

罗红豆眼泪说来就来，哽咽道："刻在心里的那个人，哪能说忘就忘。"

"可你得生活在现实里啊！我亲爱的红豆总裁，在商场上驰骋这么多年，优秀人才多了去，随随便便拽一个都是衣食无忧的主。

你怎么就那么死心眼？偏偏怀念一个生死未卜的人，天天活在纪念里，哦是思念里。”华晓急忙做掌嘴的动作。

“爱情这东西，你不懂。”罗红豆轻描淡写，“都能将就，还谈什么真爱。”

“哎哟喂，真爱只能搁心里藏着，不食人间烟火。你瞧瞧人家林黛玉和贾宝玉，林姑娘郁闷吐血垂泪葬梨花，宝玉哥哥剃发出家孤独修行。”华晓秒变爱情专家侃侃而谈，“残缺才是人生啊我亲爱的红豆总裁。”

“我只想知道他是不是还活着。”罗红豆忧伤的双目涌出泪水，“就一个小小的要求，路家人都不满足我。”

“知道了又怎样？”华晓转而一本正经地说，“路家自始至终都不同意你们在一起，用这种方式断了你进路家门的念头，也算完美之计。”

华晓似乎已经忘记来意，每次见到罗红豆，都被她思念路朗的情绪带到沟里。她本想告诉罗红豆，路月晴的新欢有来头，见此情景又把话憋回肚里。

“你告诉我，路朗回来了是不是？”倒是罗红豆迫不及待想把谜底揭开，“我看到路朗了，路月晴挽他的手，这个动作似曾相识。”

“这个……”华晓欲言又止，“还是你自己亲自去路家求证，我只能告诉你，对于男人别太执着。”

“世界这么大，路朗只有一个。我只想和他平平淡淡过完这辈子。”

“谁不知道简单才是奢侈品，但光是这个简单就足够耗上整个人生。你爱他，不见得他是真的爱你，你真心对他，也不见得他对你的心就是真的。世上最不可直视的一个是太阳，一个是人心。”华晓接着说，“你是自认为简单平淡是真，俗话说得好结婚不是两个人的事，而是两家人的事。即便现在他站在你面前，路家人还是不会点头答应你们百年好合。”

相爱的人很多，相爱能在一起的人很少。

“到底要我怎样，才肯还我路朗？”罗红豆无奈到崩溃，“难道爱一个人要用生命去证明？”

悲伤到神情恍惚，罗红豆缓缓走到落地玻璃窗前，从没有过的绝望油然而生。用半生去等待一个人的归来，用尽全力去抵御世俗的偏见，假装幸福地生活在亲朋好友身边，得需要多强大的内心。

“别别别，世上也只有一个罗红豆，你何必非得钻爱情这个洞里。”华晓上前拽着罗红豆的手安慰道，“打败这个心魔还得靠你自己，哦，是心结，打开这个心结，你才是最好的钥匙。”

华晓把罗红豆从情绪的低谷拉回来，偌大的办公桌上，那个与总裁办公室风格不太搭的军式电话骤然响起。

（一百一十八）

罗红豆放下电话，神情凝重。

牧野战机飞行项目不可否认是罗红豆的精神寄托，她希望通过做路朗喜欢的事情去寻找他的存在感。这场倾其一生的博弈，足够说明罗红豆的爱情刻骨铭心。

罗红豆转身走进办公室后面的暗室。

华晓回头看不见罗红豆，着急喊道：“红豆，罗红豆。”绕办公室走了一圈还是找不着。当华晓在书架后转身时，却不知不觉与罗红豆面对面碰上。

“走，一起去见个人。”罗红豆难掩脸上的愉悦，里里外外焕然一新，脸上也化了淡妆。

华晓惊讶的不仅是罗红豆隐和现都如此神速，而是她不同往常的着装。华晓瞪大两眼，不解地盯着与之前判若两人的罗红豆：“你，你这是？干哪样？亲。”

罗红豆一言不发，直接拽起华晓的手往门外急走。

“不是，你这是去相亲吗？红豆。你得跟我通通气，一会儿才知道怎么配合你啊！”

“不需要。”罗红豆回头，“一会儿，你最需要做的是控制好自己的情绪，别出糗。”

“这么神秘？”

华晓被罗红豆连拽带拖地下到一楼，钻进罗红豆的豪车，奔驰而去。

接到路月晴的电话，罗红豆喜出望外，她急切想知道的答案终于要揭晓。

“到底又是被什么蛊惑？瞧你那张不自然的脸，都开花了。”华晓在后座一边往脸上抹粉一边向罗红豆吐槽，“虽然咱已为人妻，但也不能被你比下去。”

“嗤。”罗红豆冷笑着扫一眼后视镜里的华晓，“想多了，华晓。你觉得我还能接受一个陌生人走进自己的生命里吗？”

“如果足够优秀，未尝不可。”华晓把化妆品收拾好，抿了抿朱唇轻笑，“瞧瞧怎样，这颜色够鲜艳吧？”

罗红豆没瞅华晓，专注开车。

“照我说，你总不能让自己活在过去，把大好的年华寄托在未知的世界里，遇到对的就放下吧！”华晓自顾对着镜子拨弄前额的刘海，唏嘘道，“路朗他再好，不也变成传说了吗？”

突然前方驶过来一辆奔驰敞篷车，震耳的引擎声呼啸而过，罗红豆手里的方向盘滑了一下，两车差点相撞，车身划出一道刺眼的火光。

“啊！”吓得华晓在后座尖叫，刚弄好的刘海脱落在地。

相反，罗红豆手持方向盘异常淡定。

久经商场磨砺，早已处事不惊。罗红豆回望一眼华晓，笑道：“原来你的刘海是假的啊？”

“你还有心情笑，我被你吓得只剩半条命了。”华晓弯腰去捡车座底下的刘海，没坐稳一头撞在座椅上，“哎哟！疼死我了。红豆，你的驾照是真的吗？车技超烂。”

“保证给你留个全尸。”

“停车！”华晓着急大叫，“我还没活够呢。”

罗红豆无奈地摇头说：“还有什么不是假的？”

“太较真，会活得很累，亲爱的红豆总裁。”华晓用夹子把刘海接回去，斜视罗红豆，嗔怒道，“就你真，这世上所有的一切都是假的，那又怎样？”

罗红豆突然急刹车，华晓被迫贴着车座，两手抱着罗红豆的脖子，蔫蔫地说：“你还有什么绝技？我这条老命真的经不起惊吓了。”

红豆与车窗外差点被撞到的陌生男人对视半秒，瞬间热泪盈眶。

身后的华晓扯了扯披散一肩的乱发，凝视罗红豆楚楚可怜的表情：“这又是上演哪出？”她顺着罗红豆的视线望去，突然尖叫：“啊！路朗。这这这是真的吗？”

当华晓推开车门，陌生男人早已尾随前面的女人远去。华晓欲追，却又退了回来朝车里的罗红豆大叫：“跑了，你就坐在里面眼睁睁地看着他跑了，关键时刻就知道哭。”

华晓把罗红豆拽出驾驶室，才发现她的双脚一直在颤抖，身体摇摆不定瞬间一屁股坐在地上，脸上淌满热泪。

“你，你怎么了，红豆？”华晓紧张地扶起罗红豆，“他只是长得像路朗，你别难过啊！”

罗红豆岂止难过，心被抽离似的，魂都没了。她日思夜想的路朗还活着，相见却不相识。

华晓把罗红豆扶上后座，自己钻进驾驶室，回头问：“我是往医院开吗？”

“不！”罗红豆含着眼泪说，“我要去见那个人。”

“谁？”

罗红豆把开了定位的手机递给华晓，闭上双眼，靠在椅子上，沉默不语。

（一百一十九）

路月晴抽出张纸巾擦拭新男友衣服上的污渍，温柔十足地说：“你也太不小心了，万一被撞飞，你让我怎么办？”

“嘿嘿！没事，我福大命大。”叫秦朗的男子朝路月晴傻傻地笑道。“对不起，让你担心了。”

他彬彬有礼和路朗是两种风格，乍一看还有着路朗眉宇间的阳光，仿佛眼前坐着的与路朗是同一个人。秦朗温柔地握着路月晴的手说：“为了能和你在一起，我会好好的。”

“讨厌。”路月晴娇羞地缩回手，这是她在欧阳凯旋那里从未有过的轻松和愉悦，脸上写满了幸福感。

华晓搀扶罗红豆缓缓走近。

华晓松开罗红豆，急步上前拉开路月晴的手：“你们在干吗呢？”

路月晴抬头，推开华晓，不以为然地向罗红豆走去：“你还是来了。”

罗红豆两眼直视秦朗，激动得说不出话来。欲上前质问，却又迈不开腿，大脑不听使唤，眼泪又不断涌出。

“这位小姐怎么了？”秦朗站起身，惊愕不已，“我……”

“别啊！罗红豆。”路月晴冷笑道，“你这是哭哪门？”

“够了，路月晴，你还嫌伤红豆伤得不够吗？”手指着秦朗，愤愤不平道，“路朗回来了为什么不告诉红豆？”

“我……”秦朗莫名其妙地看看罗红豆又看看华晓，“你们为什么要生这么大气？”

“来了也好，我正式给你们做个介绍。”上前挽着秦朗的手说，“他叫秦朗，是我现在的男朋友。”

“什么？”华晓不相信自己的耳朵，语气坚决地说，“不可能。”

“秦朗？”罗红豆更是难以接受，跄踉上前摇晃秦朗，激动地说，“不是，他不是秦朗，他是路朗。”

路月晴使劲拽开罗红豆的手，大叫：“你疯了罗红豆，他不是路朗。”

“快告诉我，你就是路朗，我是罗红豆，你不记得我了吗？路朗。我们在红豆树下的誓言，你忘记了吗？红豆生南国，春来发几枝……”罗红豆难过地大哭，逼问秦朗，“快告诉我，你不是秦朗，是路朗，是路朗。”

华晓见此情景上前拉过罗红豆的手，反而被罗红豆一把甩开。罗红豆不顾一切地拽起懵懵懂懂的秦朗，飞奔出餐厅大门：“走，跟我去一个地方。”

路月晴急忙拽着秦朗的另一只手，大叫：“你不能去。”

在两人中间的秦朗像绳子一样被罗红豆和路月晴两人拉来拉去。

华晓站在旁边不知所措：“你们都别吵了。”

罗红豆突然松开手，秦朗失衡撞向路月晴，两人同时摔倒在地。从秦朗的身后伸过来一只手，把他拽起来，还没站稳，却被狠狠地揍了一拳，趴倒在地。

“欧阳总？”华晓惊讶不已，“你这是从哪儿冒出来的？”

“你干什么？欧阳凯旋。”路月晴紧张地大叫。

“他是谁？”欧阳凯旋手指秦朗，哪知却被从地上爬起来的秦朗折弯手指，疼得嗷嗷叫。

“放手。”罗红豆上前阻止秦朗，“请你放开他。”

“别跟他一般见识，秦朗，咱们走吧！”路月晴横挡在秦朗面前，拉着秦朗对欧阳凯旋说：“这是我男朋友。”

“他不是你男朋友。”罗红豆仍做最后的努力。但许多事不是努力就能改变的，就像秦朗无法变成路朗一样。

这个世界上可能有两个不相干的人长得很像，恰巧其中一个是你念念不忘的。因为中了思念的毒，所以才会出现幻觉，罗红豆错把秦朗当路朗或许真的是中了思念的毒。

总是说念念不忘必有回响，可这种回响也太讽刺了。长得像路朗的男人却成了路月晴的现任，让本就势如水火的两个女人情何以堪？

欧阳凯旋的出现打破了尴尬的局面，却令秦朗陷入更尴尬的境地。

“我很同情你，红豆。本来今天约你来就是要认识一下秦朗，免得日后你牵错手。可不曾想你还是想入非非，自欺欺人。”路月晴紧紧地抱着秦朗的胳膊得意地说，“这回你应该死心了吧！”

“这回你应该死心了吧？”欧阳凯旋重复着路月晴的话，但却另有所指，“我来就是想告诉你立马终止牧野战机飞行项目的融资，它的开始，就像你现在看到这个冒牌的恋人一样。”

“欧阳总，请你别在我的伤口上撒盐。”罗红豆努力用平和的语气说，“你明知道我为这个项目付出的心血和情感不只是个人情怀。”

“你这是在感情用事。”欧阳凯旋不依不饶，“我不能眼睁睁看着你越陷越深。”

“你还是慎重考虑吧，红豆。”华晓一旁插话，“这种风险是要人命的。”

“我，”罗红豆欲言又止，“我不需要征求你们任何人的意见。”

情到深处，罗红豆恨不得能用自己的一生来换取路朗的一个回眸。然而所有的悬念都被空降的秦朗打破，她不相信路家，不相信视她为劲敌的路月晴。

（一百二十）

母校的同学聚会，罗红豆并没有如期参加。所有的同学都散去，她才独自拎着大包小包往班主任家走。和往年一样低调，原本可以风风光光驾着豪车去探望待人如父般的老师，罗红豆却选择步行。墙角的紫薇依然温柔地绽放着，沿着墙脚往上爬，附着在石墙上的青苔斑驳陆离。

路过那个曾经与路朗第一次牵手的操场，第一次见面的榕树下，还有第一次打开路朗来信的荷塘边，第一次……

往事历历在目，罗红豆鼻子酸酸的，眼眶涌出的泪水打湿衣襟。

仿佛又回到从前，他把花摘下往她头上戴；她踩在他的肩上，翻过围墙到郊外写生，这是他们两个人的回忆。他教她写钢笔字，她和他对演英语话剧；他教她灌篮，她陪他练习种种高难度的空翻……

一切似乎就发生在昨日，罗红豆静静地站着，轻轻闭上泪眼，路朗从身后轻轻包围罗红豆，温暖的臂弯让她忘我地陶醉。柔软的发丝抚过他的脸庞，最美莫过于，情窦初开的年华遇见一个适合厮守一生的人。

罗红豆追逐路朗，两人欢快的笑声回荡在空旷的操场。

“其实，过于低调已经在宣扬你的高调，知道什么是适得其反吗？”路月晴在身后怼道，“所有的同学里，你最有出息，给老头儿长脸了。”

罗红豆舍不得从曼妙的回忆里走出来，她并没有理会身后的路月晴，任由泪水泛滥。与路月晴十几年的同窗，曾经校园里带给她的尽是羞辱和伤害。就为和路朗那份美好而又卑微的爱情，罗红豆从不计较路月晴的无理取闹。

命运是个什么东西，为什么总安排跌宕起伏，制造坎坷挫折给向往美好的人？

罗红豆撇过路月晴欲要离去，路月晴惯生歹念，还想像过去一样让罗红豆出糗，哪知罗红豆故作镇定，把抬起的脚重重落在路月晴偷偷伸出来的脚上。

痛，很痛。路月晴强忍着，怨怼道：“你踩到我的脚了，罗红豆。”

罗红豆微翘起的嘴唇淡淡笑道：“你能玩点新鲜的吗？”

“我……”路月晴欲反驳。

“你除了年龄增长，皱纹增多，智商还是没有改变。”罗红豆终于把多年来积压在心里的话一吐为快，“以后跟我玩换种伎俩吧！”

“你。”路月晴气得满脸通红，罗红豆把十几年来所受到的屈辱一次性全部踩在这一脚下。

“我会查清楚的。”罗红豆向路月晴示威。她的眼神里充满对秦朗的好奇，对路月晴的轻蔑。

撂下神情还在恍惚中的路月晴，罗红豆向老师的家属楼走去。

路月晴嘴里的老头儿是在晚年带领他们驰骋疆场过五关斩六将挤上独木桥的老班主任。

在斜阳余晖下，一位老人头发已经花白，手拿花洒在给花浇水，可水大部分没淋在花枝上。

脸过于低垂的缘故，垂吊在鼻梁上的老花眼镜被鼻尖前的玫瑰花刺钩落，退而挂在脖子上。花洒里的水淋在老头儿的跑鞋上。

西装西裤配跑鞋是老头专属的范儿，过去罗红豆始终想不明白为什么西装西裤配的不是皮鞋而是跑鞋。现在看到夕阳下老头儿的蹒跚，她大致明白。

老头儿做了一辈子的蜡烛，照亮学子的前程，自个儿的身体却日渐苍老。罗红豆放下手上的大包小包，上前接过老头儿的花洒，他警觉地夺回。

“是我，老爹爹。”罗红豆还原曾经熟悉的称呼，上前把挂在老头儿脖子上的老花眼镜帮忙架好，“我是罗红豆。”

“罗红豆？”老头儿反问，“罗红豆是谁？”

（一百二十一）

老头儿陌生的反应不足为奇。

早期的帕金森综合征，罗红豆只是听说，没想到老头儿也患了这种病。曾经一个班将近八十人的名字，老头儿一人不漏地认得出。就连隔壁班凑过来的插班生，老头儿都能熟记他们的喜好。

“红豆生南国，春来发几枝？”每次罗红豆都拿王维的这首《相思》增加别人对她的记忆。除了路朗，也只有陷入失忆的老头儿能默契地引出后两句。

“愿君多采撷，此物最相思！”老头儿念出后两句，缓缓回头，正想给罗红豆一个拥抱，罗红豆却迅速转身提起随手带来的礼物和进口药品递给老头儿。

“能把我忘记，老爹爹的失忆症可不是一般的重啊！”

老头儿并没有接过罗红豆手里的礼物和药品，而是抬手敲了罗红豆一下，唠叨道：“还是这么调皮捣蛋！”

只要是罗红豆送的礼物，老头儿准没有嫌弃的。虽然动作迟缓了点，但还是用他最快的速度将大包小包揽入怀里，脸上流露出来的喜悦覆盖了老人的病态。

“班长那小子说，你最近在运作一个大项目？”老头儿紧紧地抱着手里的大包小包，生怕罗红豆反悔又收回似的。罗红豆上前搀扶老头儿缓缓走进里屋，对于老头儿的问题，她并不想做任何回答。

生意场上的事，又何必让老人操心呢。

“这么多年过去，您还是偏向班长，老爹爹就不怕我们有意见？”罗红豆答非所问，始终想避开老头儿的问题，“最不受待见的我，什么时候成了老爹爹关心的对象了？”

“你这没良心的家伙，当年你老父亲带病来学校亲自恳求我关照你，可你就是融不入我们班集体，为了这个重托我费了多少心思？你不知道。”老头儿略显抱怨道，“现在长出息了！”

罗红豆娴熟地给老头儿泡了杯西湖龙井，视线停留在墙上的照片上，全是老头儿一辈子教过的学生的照片。突然一副俊朗的笑容映入罗红豆的眼帘，茶杯里滚烫的热水溢出，浇到罗红豆的手上。疼得她急忙松手，茶杯滑落在地，热茶溅了一地。

“好贵的，你这家伙，来一次碎一个茶杯。”老头儿心疼地唠叨，“还是这么调皮捣蛋！”

老头儿并不知道罗红豆打碎茶杯是因为啥，不知道曾经被他推举为班长的路朗正是罗红豆心里最牵挂的人。他架上老花眼镜，弯下老腰捡拾起地上的茶杯碎片絮絮叨叨：“这辈子教过的学生里，就你最不让我省心，一个女孩子家家的，得有个小家碧玉的模样儿。”

不知不觉中，罗红豆居然把老头儿挂在墙上路朗的照片摘下来，悄悄拆出，散落一桌子的老照片。泪眼模糊看不清，手被玻璃划开一个口子，鲜血直流。

“哎哟哟！哎哟哟！”老头儿吓坏心脏似的，拽过罗红豆流血的手，“你这家伙最不让人省心。”

老头儿包扎好罗红豆的伤口，还不忘吐槽：“曾经写得一手好文章，怎么就沦为满身铜臭味的生意人？”

罗红豆迅速抽回受伤的手，路朗的照片无意掉落地上。老头儿似乎看出些什么，他语重心长地说：“红豆啊！爱情不是个好东西，不能太过执着，当放手时还是洒脱放手，善待自己就是善待他人。”

路朗可算是老头儿的得意门生，当初选择填报战机飞行员，路朗征求过老头儿的意见。如今路朗是死是活，老头儿应该知情。

“这张照片给我保存，好吗？”罗红豆泪眼婆娑地望着老头儿，恳求道，“老爹爹！”

沉默许久，老头儿才缓缓说道：“忘了吧！”

“他已经出事了，是吗？”罗红豆鼓足勇气，想从老头儿嘴里知道最确切的消息，“老爹爹，在您眼里我是调皮捣蛋，不受待见的学生，但对待您得意学子的感情，我是认真的。”

“我老了，但不糊涂，能看不出来吗？”

老头儿把罗红豆不小心沾染到照片上的血迹拭擦干净，连同抽屉里路朗寄给他的最后一封信一起交到罗红豆手里。从没见过老头儿掉眼泪的罗红豆，透过老花眼镜看见老人家的双眼渗出混浊的泪水。

瞬间，罗红豆全身冰凉。

（一百二十二）

不为真爱而活的人比比皆是，罗红豆也完全可以选择将就。将爱和情剥离开，哪儿还有活不下去的理由？

或许对于没有付出真爱的人来说，不管是什么结果，都像是没有结果一样。罗红豆爱路朗已经变成生活的习惯，老头儿是真不忍心她被现实打败。

从老头儿手上接过路朗寄给他的最后一封信，罗红豆从信的落款日期似乎看出点什么。帮老人收拾好零乱的屋子，罗红豆像嘱咐自己的父亲一样，告诉老人进口药品的服用方法。

告别老头儿，罗红豆匆匆离去。

头一次走进华晓的家。并没有罗红豆想象的那么美满，从地板的清洁度都可以看出同一屋檐下两个人的和谐度。墙上挂的结婚照落有薄薄一层灰尘，结婚这么多年，全家福还是这张结婚照。

罗红豆半蹲下，低侧着头如福尔摩斯探案般，伸出食指轻轻拭一下地面，食指头揩了一层厚厚的灰。

"你怎么了？"罗红豆进门时，门并没有上锁。她预感到出事了，急步上前轻声问道，"华晓，你实话告诉我，是不是他在外面有私生子了。"

华晓假装破涕为笑："开什么玩笑，我们好着呢。"

"假装幸福是需要功力的，你的眼神出卖了你。说吧！怎么了？"

经不起罗红豆的追问，华晓含着眼泪说："世上还能找出不偷腥的猫吗？"

"他不是猫，是承诺这辈子给你幸福的男人。戴戒指时的誓言都哪儿去了？"罗红豆的激动已经让她忘记来意，她把纸巾一张又一张地扯出来递给华晓，"你能别哭了吗？"

"我没有哭啊！是眼泪不争气，非要流出来，我能怎么办？"强忍着悲伤的华晓一边拭眼泪一边挤出笑脸说，"能有什么大事？记得回家的路，日子还是要过的。"

"你会让我很难过，难道活着就只剩下将就了吗？你的人生就不能自己做主吗？"罗红豆哪里知道一个被甜言蜜语、糖衣炮弹包裹得好好的女人，一旦走出家门，就好比迷了路的孩子找不着方向。

华晓难过归难过，但仍然扬起无奈的笑脸反问罗红豆："无事不登三宝殿，你能亲临我府上视察，真是稀罕。"

"你还真乐观。"罗红豆提起的心终于放下，话锋突转，"你上次收到路朗的信是什么时候，还记得吗？"

华晓突然站起，神情不自然地与罗红豆对视：“老头儿是不是告诉你了？”

“你怎么知道我去看老头儿了？”

“虽然你不喜欢凑热闹，也不愿意年年都和我们去看他慈爱而苍老的样子，但事后还是会单独拎大包小包地去帮他打扫屋子。”也不知道华晓是哪儿来的消息，能准确无误地道出罗红豆悄悄回母校的行踪。

罗红豆不以为然，自打与路朗失联，每年都回母校，除了看老头儿，更多的是念念不忘与路朗的过往。那里留有太多青葱岁月的甜蜜，只有呼吸有两人共同回忆的氧气，才能在没有对方的日子里坚强地活着。

华晓说到这儿，罗红豆反而平静下来，沉默片刻才从包里缓缓抽出老头儿交给她的路朗的信。

“你们都瞒着我，你和老头儿都瞒着我。”罗红豆不抱希望地说，“把死亡定义为失踪，这种暧昧的说词，是给活着的人寄托点希望吗？”

“你能承认是失踪事件，说明已经从这段感情里熬出来了。”华晓抽出纸巾揩去快要流出的鼻涕，淡然地说，“感情这东西，得到的不珍惜，失去的老惦记，人真的是奇怪的动物。”

“你还没回答我，上次路朗来信是什么时候？”罗红豆不依不饶，并不是非要得到一个结果，就算是失踪，也还是有一丝希望，她要证明前半生的等待不是欺骗自己。

“结果并不是最重要的，红豆。”华晓和老头儿一样，都不想将确切的谜底揭晓，是善意的。

两人平淡而又饶有悬念的对话一再陷入僵局。罗红豆与华晓对视许久，善意的对视。

（一百二十三）

对于女人，没有什么比心死更能表达出她的悲哀。华晓的将就，把日子过成地狱，能将一个用婚姻换来的房子住成结满蜘蛛网的样子，何止是心死？

喜新不厌旧，是指某些男人。在他们眼里妻子就是替男人守家的，替男人联络五亲六戚的，女人只有选择扮演男人身边的哪种角色，却无法改变他们的生活。华晓选择有名分的妻子角色，却又不愿意接受角色的安排。一边假装幸福地满足着，一边忍受被丈夫假装应付着。

门突然打开，人未出现，却飘进来一股江小白的味道。

华晓的丈夫用喷出满是酒精味的嘴亲吻着怀里的女人，一边搂抱，一边挪步进家门。

罗红豆把目光转向门口，用吃惊的眼神望着门口处，这一幕少儿不宜的现场直播着实打击到罗红豆了。她冲上前拽过华晓的丈夫挥拳狠狠地砸在他颜值本就不高的脸上。

“朝三暮四也就罢了，还领进家来示威，你太不要脸了，王子达。”罗红豆义愤填膺。

倒是身边的那女人不慌不乱，淡定地从包里抽出一支烟，叼进嘴里，娴熟地点上。深深地吸一口，才转向一边吐出浓烟。

“你太不了解男人了，这位小姐。”女人不像是风月场所之辈，着装还算得体。

由此看出王子达还不随便找个人填补内心的空虚。女人落落大方：“既然今天府上有贵客，择日再欢，再见亲爱的！”

说完潇洒转身，女人还怜悯地扫一眼王子达。

王子达像没醒酒般坐在角落朝女人挥手。

“你们这算什么？”罗红豆激动地大叫。

华晓貌似习以为常，她并没有上前扶王子达，表现出来的冷漠叫罗红豆心疼。眼前的华晓和平时的她判若两人。

平静了许久，华晓才缓缓地站起，稳稳地爬上沙发，把墙上的婚纱照摘下来，淡淡地说道：“缘来缘去，缘如水，幸好了无牵挂，是时候结束了。”

“我……”罗红豆听得莫名其妙。在她眼里，华晓是幸福的，她一直觉得就算华晓不是嫁给爱情，最起码男娶女嫁，你情我愿。

王子达始终没有说一句话，被罗红豆撂倒，就索性一堆烂泥似的瘫坐在地。面对华晓，他甚至连解释和辩解都不需要了。不是七年之痒，也不是十年之痛，只是没有话要说了。

“你们不是一直都好好的吗？”罗红豆站在王子达和华晓之间，如不食人间烟火般地问道，“你们到底怎么了？华晓。”

没人回答她的问题，一时间房内沉寂得可怕。

华晓把两人的婚纱照拆开，随手操起茶几上的水果刀将合照划成两张单人照，她把只剩下王子达的另一半照片平整地放在沙发上，小心翼翼地收起只剩下自己的一半婚纱照。

华晓冷静到让罗红豆吃惊。这些年，她一直沉浸在等待路朗归来的真爱中，忙于事业，对婚姻中的柴米油盐酱醋茶，甚至两个家庭的亲情如何往来都是一无所知。关于生活，罗红豆不懂的太多了。

看得出华晓与王子达的这段婚姻，她隐忍默许了他的放纵。如果不是罗红豆的存在，是不是华晓准备自降身价给王子达和那个女人放水沐浴呢？

“让你见笑了，红豆。”华晓含着眼泪苦笑着说，嗓音里伴随着些许无奈，丝毫没有难过，“天下没有不散的宴席，死亡是一种归宿，没有纠缠的结束也是一种归宿。”

收拾好只剩下自己身穿洁白婚纱、脸露甜蜜爱情的婚纱照，华晓走进客房收拾自己简单的行李。

是客房，不是卧室。室内分居，室外和谐，家里家外都需要一级演员的演技才能完美存活在第三双眼睛里。

美其名曰：圆滑。

不，应该用“中庸”更体面些。

（一百二十四）

王子达居然窝在角落里睡着了，鼾声如雷。

罗红豆愤愤不平，她上前紧拽华晓的双臂摇晃着高声质问：“为什么允许这种事情发生？到底是谁的错？”

其实罗红豆这一句很苍白。

生活哪儿有绝对的对错，在问谁该做什么时，不如说谁愿意去做什么。不是所有人都能像罗红豆一样对着一个生死不明的恋人由始至终。

“谁对谁错已经不重要。”华晓冰冷的回答，让罗红豆不寒而栗。

罗红豆欲转身冲王子达走去，华晓忙拉住她的手平和地说：“家里家外的演戏，他也挺不容易。随他吧！”

“知不知道你的懦弱会伤了他？”罗红豆愤怒地反过来指责华晓，“你真以为成全他们，自己很伟大吗？”

“不然呢？你希望我一哭二闹三上吊？还是希望我把他杀了变成寡妇？”临到最后华晓还是爆发了。她的大嗓门吵醒在角落里熟睡的王子达，他睡眼惺忪地东张西望，丝毫没有要站起来的意思。

看到华晓没上前扶起他，靠在墙上继续睡去。

“为了面子，你这是在自欺欺人，华晓。”罗红豆也提高嗓门，冲华晓吼道，“都什么年代，你还这么自欺欺人，不爱就是不爱，你的顾全大局也还是挽不回走远的心。”

“别说了。”华晓崩溃至极，自以为伪装得很好，可以在亲朋好友面前体面地幸福着，哪知这么快就露出破绽。这种狼狈不堪在罗红豆面前暴露无遗。

从没想过要去伤害谁，却被因为婚姻才在生命里有交集的王子达伤得尊严扫地。既然选择放弃也便没有了维护的价值，索性豁出去。

华晓被罗红豆逼问得失去理智，她怒哀掺杂地冲进厨房，端出一盆冷水冲王子达泼去。因为愤怒水一路走一路洒，而这一切也都不在意了，这一泼为这段虚伪的婚姻画了一个句号。而平时华晓的怒而不威并不代表她没有怨言，只是希望能持久地默契而不是没完没了地折磨。

“谁？”王子达没有任何戒备，嗖地站起身，猛甩掉头上的水滴。定睛看清是华晓，他急忙跪倒求饶，“老婆，对不起，是我错了。”

很难想象前一秒还在上演春宫画面，下一秒就下跪认错。画风转换快得让罗红豆咂舌，她瞬间明白华晓一直隐忍这段扭曲的婚姻，是因为逃脱不了善变男人温柔的魔咒。

隐忍多年，华晓还是悲伤地哭了。当狠下心来做最后的诀别，更多的是惋惜自己种下的因，却长成不是自己愿意收的果。女人静等十年，浪子不回头。

此时酒还未醒的王子达抱着华晓的大腿哭求：“我需要你，老婆，不要离开我。”

华晓带着泪冷笑道：“一切都结束了。”

心灰意冷并非一夜的背叛，而是知道原谅的戏码不断在上演。华晓极度厌倦地甩开王子达的手，把盆扣在他的头上，轻蔑地说：“我的心，你已不配拥有。”

平日里温文尔雅的华晓被破碎的婚姻逼得披上泼辣而坚硬的铠甲，只为了保住最后的尊严。

看到华晓去意已决，王子达发酒疯撒泼滚地：“你不能走，老婆，你别走。”

留下来不被珍惜，不珍惜时何必还要刻意挽留？

眼前的局面罗红豆甚是陌生，她不知道婚姻的背后还能有王子达这般的滑稽可笑。明明已经不爱了还是不放手，他把华晓当成什么，完整婚姻的摆设吗？

华晓拖着沉重的脚步，拉着简单的行李走出那个不堪回首又支离破碎的家。

心疼，罗红豆看到华晓的生活难过到心疼。目睹华晓婚礼上美好生活的开始，没想到结局却如此让人心酸。

（一百二十五）

坐在罗红豆的车里，华晓忍不住泪流满面。

终于解脱了。

“要面子心苦，要里子皮苦。早该给自己一个出口，世界之大你该去看一看。”罗红豆的安慰听起来更让华晓心碎。

道理谁都懂，可又有谁能洒脱自在呢？

人生难免有种种痛，既然是痛，忍忍也就过去了。

哭累，华晓合上双眼。看着还挂有泪珠的脸，罗红豆忍不住为华晓不值。

“嘴上说生无可恋，可生活还要继续。”华晓嘴里碎碎念叨，“这话还是出自你之口。”

“你还没睡着啊？”

“如果一睡便是一辈子，该多好！”华晓语无伦次，“白雪公主只是个骗人的童话故事。”

“王子达只是你人生的一段插曲，你要爱惜自己。”罗红豆本想安慰华晓，却不小心又把自己的情绪带入，“你们是结束了，我还没开始就已经结束，那才叫悲凄！”

华晓像打了鸡血似的坐直，倒关心起罗红豆来，她抹掉挂在脸上的泪，凑近罗红豆一本正经地说：“你不觉得那位叫秦朗的男人有嫌疑吗？”

看到罗红豆严肃的表情，华晓立马改口：“呸呸呸，是悬疑。”

“悬念，是悬念。”

提及秦朗，罗红豆也语不择词。

“你为心上人紧张的样子，特别可爱。”华晓自然屏蔽悲伤的功能比程序员设计的还强大。秒变无忧美少妇，被王子达纠缠的愁容已荡然无存，还浅笑道：“不管是嫌疑还是悬念，路月晴都不简单。再怎么巧合，也不会巧合到长得像路朗还成了她的男朋友。”

还没来得及质疑那位叫秦朗的男人与路朗之间是否有关系，罗红豆再次陷入新的窘境。牧野战机飞行项目涉及太多国防机密，被国防部收回，红豆集团只参与资金方面的筹集，不得参与项目的核心技术开发。项目成败都与红豆集团无关。

是否与欧阳凯旋有直接的关系，罗红豆早已心中有数。对于罗红豆，筹集资金并不是件难事，只是牧野战机飞行项目是罗红豆按照路朗描述过的设想去构思的。运作这个项目是罗红豆对路朗这些年来的爱的体现，不管遇到什么困难，罗红豆都会想办法做到最好。

或许是掺杂太多个人感情，想法美好，而铁的纪律又不能违背，罗红豆犯难了。

“其实，老头儿说的没错，你还是再好好考虑一下，那毕竟是个庞大的项目。”华晓还没说完，罗红豆瞪眼，脸露不悦。华晓急忙辩解说，“可不是我说的，是班长告诉老头儿的，我们都知道了。”

“班长又是怎么知道的？”

“你忘了，班长当年可是陆军学院的高才生，信息学院毕业的，现在在部队任要职。”华晓不傻，在感情上她栽过跟头，虽然被王子达的一句“我养你”放弃了所有在校时的理想，但依她的学习天赋，只要有一个平台，她随时能施展才华。

“我怎么没听说过？”

“老头儿嘴可严了。”

“连我都不说，他是偏心眼。”罗红豆辩解，“你们还有什么事瞒着我？”

“哟，每次回母校聚会，你都单独行动，就算想让你知道，也没机会啊？”

“你每次上我办公室，不是去做客的吧？”说到办公室，罗红豆话锋转到华晓的何去何从，“对了，你现在有什么打算？”

“好不容易走出情感的阴霾，怎么又绕回去？”华晓心里的难过哪能说抚平就抚平，她需要时间调整，需要空间遗忘，“离开这个伤心之地。”

“还有什么能更好地疗伤？除了勇敢面对。”罗红豆以为华晓会很坚强，她想把华晓留下来，聘到自己集团的核心部门，“我觉得吧，只有工作才是最好的疗伤方式，华晓，我红豆集团的大门随时为你敞开着。”

（一百二十六）

罗红豆的话也没有错，要想淡忘心上的伤，就别让自己闲下来。

在车内，两个人都陷入沉默。

华晓的才华被罗红豆赏识，一个千里马，一个伯乐，按理说应该是件好事，对于华晓更是个从情感的泥潭里爬出来的好机会。

“容我想想。”

“你不会这么快就找第二春吧？”罗红豆反问道，“下一个驿站可以歇脚，但不能当成归宿。”

“吃一堑，长一智。”华晓由衷地回答罗红豆，“你也太抬举我了，红豆。我几斤几两，我清楚。红豆集团是你一手打拼下来的，基业雄厚，哪能容我这般空降。”

“说好了是竞聘，我可以给你申请进集团学习的名额。”

“知道你是好意，有你这位总裁闺蜜收留，我已知足。”华晓并没有欣然接受，并不是真的担心空降让罗红豆为难。只是她没有做好准备，在职场上厮杀是需要底气的。

婚姻的失败，再有才华的女人内心还是会受伤害，只有坚强面对。就好比，你再优秀，原生家庭的破败，也还是给你的选择大打折扣。每个人都是这样，摔倒了，爬起来自己的路还得自己走，但行走的底气不可缺少。

华晓何尝不想重新找回自信心，可心里的伤痕需要时间才能恢复。

罗红豆不再为难华晓，她都还陷在路朗的情感泥沼里，又怎能说服华晓？她本想通过正规的途径让华晓直接接近牧野战机飞行项目。为了整个项目的顺利进行，不得不走这一步。

可能华晓早就有觉察，罗红豆这么快把她引入自己集团的核心部门，是看在她自身的资源价值上。先不说华晓能给集团创造多少价值，最起码能助罗红豆完成心愿，这是任何人都无法取代的。

罗红豆驾着车在夜色中穿行，行驶了多久，她也不记得，她一直在考虑她的如意算盘会不会落空，华晓暂时没有答复，要给足她时间冷静，也不能再催她。

华晓抱着抱枕若有所思，净身出户对于她来说，挥挥手不带走一片云彩，世界上除了生她的父母，哪儿还有什么是值得她牵挂的？她的生命只属于父母和她自己，她必须毫发无损地替父母保管好自己。

于友情于亲情都不能辜负，华晓深知罗红豆身处尴尬境地，如果能助她一臂之力，也不枉这几十年的交情。

“你爸妈知道你们这种扭曲的婚姻生活吗？”罗红豆忧心地问，“王子达也太不仁道，怎么能当你的面乱来，他把你当什么了？”

“不要让我爸妈知道。”华晓颇显紧张，“他们都上了年纪，身体很不好，这种事对于晚年的他们比突如其来的疾病更要命。”

“你得管住王子达的嘴才行，真是离婚见人品，他这么拖你，又不待见你，说不定早就捅到你爸妈耳朵里了。”

罗红豆担心的不无道理，逼急了王子达什么事都做得出来。话音刚落，华晓的电话骤然响起。华晓扫了一眼，看到是父亲的电话，赶紧接通。随着她脸色变沉，事情罗红豆已估摸出八九成。

“是王子达打来的吧？”

“我妈住院了。”

“这个混蛋，速度够快的。”罗红豆愤然调转车头，“在哪个医院？”

（一百二十七）

罗红豆和华晓匆匆赶到医院，恰逢华母抢救无效，被盖上白色的布推出急救室，王子达低垂着头默默跟随其后。

“妈，”华晓扑倒在华母冰凉的躯体上，大哭，“妈，你怎么了？妈，他把你怎么了？”

旁边的护士以为华晓是家属来挑事的，急忙上前拦住：“医生已尽力，节哀吧！”

罗红豆接过护士手里的华晓，安慰道：“事已至此，节哀吧！”

“妈……”华晓悲伤地大哭，两脚发软，晕倒在地。

王子达急忙上前扶起华晓：“医生，快救人。”

罗红豆甩开王子达：“混蛋，松开你的脏手。”

王子达被罗红豆甩离，一屁股重重地砸在地上，没有反驳。他不知道对罗红豆说什么，只知道懊悔地双手抱头。

阴冷的气息笼罩在罗红豆的头上，让她突然想起当年母亲被两个哥哥从医院抬出，担架上白布下躺着冰凉的躯体，年少的她手拎母亲生前住院的遗物和弟弟一前一后跟在后面，走出医院大门时的伤痛场面。

每每记忆触碰往事凄苦的画面，罗红豆总会潸然泪下。她抱着华晓情绪失控大哭：“妈！”

被罗红豆悲痛的哭声惊醒，华晓缓缓睁开眼睛，浑身软绵绵地被罗红豆抱在怀里，无力地喃喃道：“你怎么哭了红豆，我妈呢，她怎么了？”

“醒了？”其中一位护士退回，正想俯身对华晓进行抢救，没料到却被罗红豆的大嗓门吓醒。

“你们是干什么吃的？”坐在地上的王子达突然冲过来揪起护士的衣领，大声吼道，“好好的一个人就这么被你们救没了。”

“先生，你冷静点，这里是医院，我理解你失去亲人的心情，但请你接受现实。”护士淡定地拽紧王子达的手，平静地说，“老人家心脏本来就不好，你们做家属的就不能克制好自己的情绪别刺激病人吗？”

“现在说什么都晚了，医院是救死扶伤的地方，我要找院长，这事你们得负主要责任。”王子达的本性使然，明明是高级知识分子，满嘴喷出来的话粗俗至极。

罗红豆把华晓扶到墙边的椅子上，转身冲王子达轻蔑地说：“王先生，闹够了就请回吧！华晓的离婚手续，我会委托律师给你发函。”

“我们的家务事，轮不到你这个外人插手。”王子达说完愤然离去。

“你……”罗红豆被王子达气得说不出话，“你，王子达你混蛋。”

“吵完了，就过去办手续吧！”护士对罗红豆说，“你们的心情我理解，但人走了谁也没办法。”

罗红豆难过地说：“小时候，我母亲也是被医院给治没的，你让我们怎么能平静下来？护士姐姐，你告诉我，换是你母亲被治没了，你是什么心情？”

“你这人怎么不讲道理？”护士失去耐心，转身离开。

罗红豆扶起虚弱的华晓，华晓说不出话，只是弱弱地瞟一眼罗红豆，又轻轻地闭上双眼，气若游丝。一切来得那么突然，谁也没想到离婚却离出了一条人命。

华晓悲伤中又无比自责，她有眼无珠把自己的人生寄托在王子达这种男人身上，自己赔了青春，又折了母亲的寿。她没有脸面回家见父亲，情绪低落到想自杀。

“我不想活了，红豆。”她趴在罗红豆的肩上，无力地哭道，“是我害死了我妈，我已经没脸回家见我爸。”

罗红豆轻轻安慰华晓：“伯父只剩下你了，你千万别为王子达那种男人想不开，不值得。”

“我要杀了他。”华晓突然咬牙切齿地说道，“我要把他碎尸万段。”

“你可不能犯糊涂，华晓，这可是犯罪。”

“我要为民除害，何罪之有？”

“杀人是要偿命的。”罗红豆极力阻止华晓，“你要是有什么三长两短，伯父怎么办？千万别冲动。”

“有些事情只有冲动才能做，你不要再劝我。”

“你疯了，伯母刚走，你又整哪出？”

“你别管我。”华晓挣扎起身，踉跟离去，“我要为民除害。”

罗红豆并没有追上去，静静地目送华晓的背影消失在医院的大门。

（一百二十八）

华晓跪在父亲面前，泣不成声。

罗红豆安慰华晓的父亲：“伯父，您别责怪华晓，王子达实在是太过分了。”

华晓的父亲老泪纵横，面对华晓母亲的遗像，他狠狠地掌自己的嘴。甚至和华晓一起跪在华晓母亲的遗像前，泣不成声。

罗红豆急忙上前阻止华晓的父亲：“伯父，您这么自责，九泉之下的阿姨知道该有多难过。”

“若不是当初我这个老糊涂逼晓儿嫁给那个王八蛋，她也不至于受这么大的委屈，你阿姨也不会这么早离开我们。都是我这个老头子的错啊！”说完仰天大哭，“早知道他不靠谱，宁愿把晓儿留在家里过一辈子，也不让她将就，便宜那小子。”

华晓的父亲满是懊悔地捶胸，华晓麻木地盯着眼前母亲的遗像，突然晕厥。罗红豆急忙上前抱起华晓，使劲按她的人中大声喊叫：“华晓，华晓，你不能睡，说好了要坚强活下去，你要是有个好歹，留下伯父一个人怎么办？”

不管罗红豆怎么扯开嗓子喊，华晓还是醒不过来。这回比在医院晕厥的时间更长。华晓的父亲跪着爬到华晓身边哭着叫唤：“晓儿，是爸对不起你，爸错了，你可千万不能有事啊！”

屋子里满是悲凄的布景，说好的幸福呢？结婚不都是为了幸福地过日子，彼此相扶走到人生的尽头吗？然而华晓的选择却以家毁人亡的方式落幕，如此沉重的打击不是谁都能承受得了。

“伯父，您别太担心，华晓只是太累，睡一会儿就会醒来。”罗红豆一边照顾华晓，一边安慰华晓的父亲。

断肠般的疼，看到华晓明明期待的是美满，盼来的却是被伤到体无完肤。这场博弈，华晓输得是何等的彻底。

听到旁边华晓父亲的哭喊声，华晓微微张开双眼，虚弱地说：“红豆，去帮我拿把刀。”

“别想不开啊！晓儿。”华晓的父亲满脸混浊的老泪，哀求道，“要好好活下去，晓儿，爸求你好吗？”

“你拿刀干什么？”罗红豆不解地问，随后担心地安慰说，“华晓，善待自己的生命比什么都重要。”

“我要杀了王子达。”华晓使尽全身的力气咬牙切齿地说，“我要让他偿命。”

“不要冲动，晓儿。”华晓的父亲跪在华晓旁边哀求着握住她的手，“保护好你自己的命，他不值得你这样做，晓儿。”

人与人之间最憋屈的是明明被人伤得体无完肤，甚至失去至亲，却拿对方没有任何办法。华晓无法说服自己咽下这口气，她必须给已逝的母亲一个交代。从道德上去判定，王子达是间接杀人犯，即便在法律上不受制裁，他有良知，也会受到内心的谴责。

但连自己妻子都不懂得尊重的男人，和他谈良知简直是对牛弹琴。王子达给华晓带来的伤害，他自己都感觉不到，当面出轨，忽略妻子的存在对于他来说是件很正常的事情。和这样的人谈良知谈道德，有用吗？

冷了多久的心才会选择无条件的离开，被伤到多疼才萌生与他同归于尽的念头？华晓在这场无声无息的婚姻里，输得好惨，如果王子达还能平安无事地继续偷欢，老天都不容。

“恶有恶报，时候到了，他会受到惩罚的，晓儿。你就别脏了自己的手，听爸的啊！”华晓的父亲语重心长地抹去眼泪说，“好好吃饭，好好活着，别栽倒在不应该的人身上啊！”

“我一刻也等不了，我要他马上过去跪在我妈面前认错。”华晓虚弱中充满了怒气的两眼，像被火烧过似的血红。

一波未平一波又起。

（一百二十九）

原本打算从华晓嘴里证实老头儿转交给她的路朗来信的确切消息，没想到却发现华晓甜美幸福背后的另一面。

违心地维持那份虚伪的体面，最终纸还是包不住火，该来的还是来了。只是让罗红豆预料不到的结果是，华晓家破人亡。

选对人日子才蒸蒸日上，遇到错的人就好比华晓的生活，隐忍受伤而变得无望。华晓家的情景时时浮现罗红豆脑际，她甚至在怀疑自己的执念是对是错。罗红豆心心向往的真爱，在生活中是如此的脆弱。秦朗的影子又不经意间闪过脑际。

秦朗到底是谁?

“红豆。”欧阳凯旋推门而入，径直走到罗红豆跟前，语气平和地说，“你们那个班长是什么来头？”

欧阳凯旋把一叠资料掷在罗红豆的办公桌前，没等罗红豆回答，他上前紧拽她的手，欲言又止。

“你想干什么？”罗红豆使劲甩开欧阳凯旋的手，“欧阳总，你到底想干什么？”

欧阳凯旋想干什么？鬼知道。

多年对罗红豆的克制，还是无法保持到最后，他不接受路月晴，恐怕与身边的这位女性有一定的关系。欧阳凯旋把罗红豆推到椅子边。无路可退时，罗红豆一屁股坐下。

结果不雅的一面还是发生了，不管罗红豆怎么拒绝欧阳凯旋，男人的力量，脆弱的女人根本不是对手。

用尽全力一脚踢向欧阳凯旋，沉浸在期待中的欧阳凯旋没有知觉地继续压在罗红豆身上。谦谦君子外表之下却隐藏多年不为人知的兽性，难不成阻止罗红豆运作牧野战机飞行项目也是私情?

“你再不松手，我可喊人了。”罗红豆带着哭腔求饶，“欧阳凯旋，请你尊重我的选择。”

“就是过于尊重你，才眼睁睁看你日思夜想一个死去的人，你的爱能不能分点给我？罗红豆，要我怎样做才能得到你的心？”欧阳凯旋差点得逞，却被身后一只强有力的手撂倒在地。

罗红豆趁机起身往那位救她的人身后躲去，欧阳凯旋不甘心地爬起，发现眼前站的却是秦朗。

“怎么是你？你可真是阴魂不散。”欧阳凯旋轻蔑地瞟一眼秦朗。

秦朗上前揪起欧阳凯旋的衣领，严肃地说：“保护好你的舌头，最好别张嘴。”转身朝罗红豆说：“罗总裁，你没事吧？”

此时的罗红豆早已泪眼婆娑，面对眼前的秦朗，她激动得说不出话，只是楚楚可怜地望着与路朗十分相似的秦朗，想迈步上前投入他的怀里，双脚却又不听使唤般地后退了几步。

秦朗理解罗红豆，他也不知道该如何安慰眼前哭得令人心碎的女人，手足无措，表情极其不自然。

欧阳凯旋并没有要退出办公室的意思，反倒静坐在罗红豆的办公椅上隔岸观火。

“罗总裁，您没，没什么事吧？”秦朗脸露尴尬，语无伦次，“我，我是不是来得不是时候？”

“还是叫我红豆吧！”罗红豆忽然意识到自己的失态，抹掉眼泪，不自然地说，“只是不知道秦先生是何来意？难道是受路月晴所托？”

旁边的欧阳凯旋貌似看出点什么，百无聊赖地说：“这可不是谈情说爱的地方，还是说说你那个不成样子的构想吧！”

“欧阳总，请你先出去可以吗？”罗红豆亲自下逐客令。

“别啊！我不能出去。”欧阳凯旋痞性十足地瞅着秦朗，“这家伙来者不善，我得留下来保护你。”

“欧阳先生，我来贵集团并不是你所想的那样。”

“我倒是想听听你能编出什么高尚的理由来。”欧阳凯旋调侃道，“还真把自己当救美英雄了？”

“欧阳凯旋，请你别拿自己的狭隘来丈量世界的美好。”罗红豆语气平和地说，“合作这么多年，别让自己的形象在我心里大打折扣。”

“我还有形象吗？”欧阳凯旋像个孩子似的非要争个高下，“好好地接受我，我也就不会这么被动。”

“罗总裁，我可以先表达自己的来意吗？”秦朗站在中间等得不耐烦，“信息学院的班长你应该知道，他派我过来就是为了牧野战机飞行项目。”

“等等。”罗红豆打断秦朗，“你认识我们班长？”

“陆军信息学院工程技术专业的高才生，他现在和我同服务于国家机密组织，怎么？罗总裁不相信我？”秦朗从口袋取出一张自己的名片说，“我的工作对外，他的工作主要对内，所以由我来协调与您集团项目的合作事宜。”

“不可能。”罗红豆并没有接秦朗手上的名片，而是后退好几步，做出请的姿势，让秦朗离开自己的办公室，“秦先生，您先请吧！我不可能仅凭一张嘴巴就相信你。”

“走吧！我们不欢迎你。”欧阳凯旋得意地挤兑秦朗。

就算秦朗的出现让罗红豆在情感上六神无主，但在工作上她还是能理智地处理。目送秦朗的离去，她的心突然又揪成一团地疼。

眼前这个陌生又熟悉的人到底是什么身份？

（一百三十）

办公室只剩下罗红豆和欧阳凯旋。

欧阳凯旋用温柔的目光包围罗红豆，罗红豆急忙后退，做出戒备的手势：“别靠近我，不然我死给你看。”

“幼稚，别动不动就拿死来威胁男人，不像是你罗总裁的作风。”欧阳凯旋耍贫嘴，嬉皮笑脸地说。

“欧阳总，这么多年合作关系，你从未露出这副尊容，藏得够深的啊！”罗红豆为缓和气氛，把话题转移到工作上，“我不觉得自己的构思有任何问题，如果你真的有能力，就请按照我的要求去执行。”

“不然呢？”

“我会另请高明。”

“秦朗是吧？”

“也未尝不可。”

“你想男人想疯了吧！你知道他什么来头吗？给他接触这么机密的项目。”欧阳凯旋着急跳脚。

“如果你还一味地跟我唱反调，我想没有比他更合适的人选。”

“呵呵，”欧阳凯旋无奈地说，“这么多年，你的思维还停留在小学生的层次，能成熟点吗？”

“成熟的女人只考虑柴米油盐酱醋茶，这些都不归我罗红豆考虑。欧阳凯旋，我倒觉得路月晴就挺适合你的，为什么偏偏要等我？”罗红豆收拾桌面的零乱，不小心弄掉路朗的照片。

欧阳凯旋捡起，扫一眼，讽刺地说：“为什么偏偏要等他？你能活在现实里吗？”

罗红豆一把抢过欧阳凯旋手里路朗的照片，忧伤地说：“我会想办法查清秦朗的真实身份。”

“你还没回答我，为什么偏偏要等他？”欧阳凯旋不依不饶地想知道为什么这些年来，罗红豆跟随他走南闯北，近在咫尺，却无法走进她的心里。

罗红豆并没有直接回答欧阳凯旋，她不假思索地继续自己的话题：“牧野战机飞行项目不只是我个人的情怀。”

“如果秦朗是路朗，你该怎么办？”

“不管是否盈利，我都要把它完成。”

“你会和他结婚吗？”

“如果你退出，我不反对。”

“请正面回答我，罗红豆。”问到最后欧阳凯旋忍不住情绪激动地说，“就算我退出也不允许你违背身为商人的原则。”

“我罗红豆认定的事，没有谁可以阻止得了。”罗红豆坚定地对欧阳凯旋大声说。

欧阳凯旋默然注视罗红豆坚毅的眼神，被一种莫名的力量收服。他频频点头，像是服输，又像是无奈，脸上写满说不出的复杂心情。十几年来的合作关系，只要是罗红豆的想法，欧阳凯旋总会想办法去执行，交给罗红豆的都是完美的结果。

唯独这一次，欧阳凯旋想方设法阻止罗红豆独断专行。

就好比罗红豆说的一样，她对牧野战机飞行项目的投入不只是对心上人的一种情怀。欧阳凯旋阻止罗红豆，相信也不仅仅是因为他对路朗的醋意。凭他从商几十年的直觉，此次的项目对红豆集团将是覆灭式的灾难。

环望装修古朴的办公室，一个女人对事业舍命般拼搏后的低调，全都体现在陪她打下半壁江山的空间。角落里那株发出淡淡香味的玉兰花，是当初路朗考上军校时留给罗红豆的。

被罗红豆精心栽培成盆景的白玉兰，洁白的花骨朵象牙般地插在绿叶中。那颗路朗送的子弹就藏在玉兰花里，红色的绳子拴实垂吊在树枝下，突出它的特别之处。

欧阳凯旋走到玉兰花旁边，好奇地摘下一朵凑近鼻尖深深地闻后才夹在耳郭上。这些年来对罗红豆的欣赏，使两个异性近距离接触而又相安无事。秦朗的出现使欧阳凯旋感觉到莫名的压力，如果说当初因为路朗才阻止罗红豆意气用事，那么为了不让秦朗有机会接触罗红豆，他才同意继续牧野战机飞行项目的运作。

只是在心里默默地抗拒着，做最后的挣扎。

罗红豆的努力和坚持，总算被欧阳凯旋认可。诸多的文件和批复在桌上堆成小山，看乏双眼。欧阳凯旋随手把耳郭上的玉兰花摘下凑到鼻尖陶醉地呼吸一下，又工作起来。两个人认真工作起来的样子真的很协调。

办公室里的吧台上方悬挂着几个从国外带回来的水晶杯，罗红豆给欧阳凯旋醒了一杯红酒悄悄拿到他身后。

“1858 年的 WISNY。”陈年老酒的浓稠味道飘过欧阳凯旋鼻尖，他深情地回望罗红豆，“你一直珍藏着？”

仿佛又回到以前合作愉快的默契，欧阳凯旋接过杯子，慢慢品味。两人杯对杯全程没有一个字，相视的眼神都可以会意。

（一百三十一）

透明的高脚杯映照罗红豆微红的脸，她从没像今天这般高兴。努力和挣扎许久，反对她的还是选择妥协，更重要的是欧阳凯旋拿出自己大半的股份来支持牧野战机飞行项目。

其实欧阳凯旋态度的转变自有他的用意，只是合作久了，罗红对他失去戒备。没有永远的朋友也没有永远的敌人，谁也不知道到最后谁出卖了谁。

欧阳凯旋酒量一般，喝得并不多。他把罗红豆扶到休息室，自己却退出去关上门，继续他的工作。如果不是冲动的魔鬼使然，欧阳凯旋还是和罗红豆在彼此之间划了条三八线。

两个人太熟悉，熟悉到没有触电的感觉。每当罗红豆因为路朗而伤感落泪，作为男人，欧阳凯旋吃醋是荷尔蒙的正常反应。如果路朗永远没有消息，对他永远造不成任何威胁，罗红豆再怎么思念，路朗也只是一个活在她心里的影子。

半路杀出个秦朗，欧阳凯旋又岂能坐得住。听说牧野战机飞行项目有秦朗的介入，他自然得先行一步，为搏红颜心里的一席之地，损点钱财又何妨？

捡起桌上路朗的照片，欧阳凯旋把它搁在烟灰缸里，用打火机点燃，不过一会儿化为灰烬。用他的话说：一个生死未明的人，怎么可能是他的竞争对手？

待烟消散，欧阳凯旋把化成灰的照片倒在玉兰花盆景里，顺手扯下吊在盘景上的子弹放进自己的口袋。男人吃起醋来堪比复仇者，连一张照片都不允许存在于对方的眼里。已经戒烟的他，忽然点起一支雪茄。

“你在干吗？”不知几时罗红豆已经站在欧阳凯旋身后幽幽地说，“我昨天才浇水，不用您费心，欧阳总。”

“我在享受花的暗香。”欧阳凯旋不敢直视罗红豆，他故意岔开话题，“答应帮你，不代表就一定能运作成功，资金的注入，你得多准备几套方案，万一首次失败，还可以在短期内恢复原始数据二次启动。不然因为资金不充足半途而废，不仅打击士气还浪费资源。”

“这个你放心，只要有你的支持，项目离成功又缩短一半的距离。”罗红豆欣慰地侃侃而谈，“真的非常感谢你，欧阳。”

一本正经的眼神着实让人心痛，即便如此，欧阳凯旋还是坚持在商言商的原则：“我不会随随便便去帮一个人，尤其是女人。”

说出这句话时，欧阳凯旋并没有直视罗红豆的双眼，也已经猜出她的难为情，只是牧野战机飞行项目相比于这种难为情更为重要。

“我该怎么感谢你？”罗红豆欣然的同时颇为忐忑。此刻，她不了解欧阳凯旋，多年的合作伙伴在商场上，心永远是善变的。

“感谢？”欧阳凯旋嗤鼻，他缓缓站起靠近罗红豆，彼此呼吸急促。下一秒要发生什么，都在两个成年人的预料之中。不曾想欧阳凯旋伸出去的手，却又收回来，深情地说：“心，我只要你的心。”

罗红豆后退几步，欧阳凯旋把手放在自己胸前。

“我。”罗红豆翘起嘴角淡淡笑道，“谁不知道这个东西是世界上最难给的。”

“我可以等。”欧阳凯旋语气坚定得吓人。

“这个世界上不是所有的东西靠等待就可以得到的。”每一句深情的表白都像一把带血的刀，每当触及灵魂深处那个遥不可及的恋人，罗红豆总会瞬间泪水滂沱。

欧阳凯旋似乎早已习惯罗红豆在自己面前从不掩饰对路朗赤裸裸的爱。越是不容易得到，对于他来说越是珍贵。

“那是你在等待一个永远也回不来的人。”欧阳凯旋直截了当地把罗红豆带到现实。

“他已经活在我心里，”罗红豆带有些偏执地回答，“我的心很小，装不下太多人。”

“好。”欧阳凯旋不急不缓，“一辈子不长，我有的是耐心！”

“你应该有更好的选择。”

每次快被欧阳凯旋的“一辈子不长”融化时，罗红豆都以这句简单的“你应该有更好的选择”收场，便转身离开。

欧阳凯旋的表白并不是第一次，却次次都能戳中罗红豆内心深处最柔软的地方，而罗红豆觉得最好的方法就是抽身逃避。

（一百三十二）

能站出来支持罗红豆大项目投资的并非只是出于简单的男女情感，秦朗的出现在欧阳凯旋看来，也并非只是简单的长得像路朗。在他的眼里所有的简单都只是掩盖另一种意图的薄纱。

从先前的坚决反对到欣然同意，并舍予厚款相助，这个局已经不在罗红豆的掌控范围。

或者说罗红豆压根就没有怀疑过欧阳凯旋。

“你还是来了。”欧阳凯旋并没有站起来迎秦朗，也并没有鲁莽到冲上去还回在罗红豆面前被撂倒的那一拳，他摸了摸还隐隐疼痛的脸，客套而直截了当地说，“你来头不小。”

秦朗愣了会儿，礼貌地说：“抱歉！我不知道您在说什么！”

“说吧！你靠近罗红豆的目的是什么？”

不得不说男人在感情方面，语言中枢的功能会失去它本来的层次，明明知道敌人额头上不会刻有“报复”两个字，仍在潜意识里幻想得到直接的答案。

“欧阳总，请您公私分明，我只是国防信息部派去参与红豆集团牧野战机飞行项目运作的技术顾问，那天在罗总裁办公室纯粹是拔刀相助。”秦朗故作淡定颇有点洒脱，“我对你们之间的感情并不感兴趣。”

秦朗明智地撇清私人情感纠葛直奔主题，欧阳凯旋早就做好接招的准备：“拔刀相助？秦顾问言外之意我是流氓咯？”

“您觉得呢？”秦朗并不想浪费时间继续纠缠不清，再次询问欧阳凯旋的来意，“欧阳总，如果是谈工作，这种地方并不合适，如果是调查我的身份，我觉得您想多了。”

欧阳凯旋缓缓抽出口袋里还带有点体温的子弹，在秦朗眼前晃来晃去。秦朗欲伸手去抓，却又警惕地缩回。这一细微的动作被欧阳凯旋看在眼里，他立马收回挂在指尖的子弹。

欧阳凯旋举起桌上的咖啡仰头倒进肚里：“这玩意儿虽苦，但挺贵的。”

不加糖的咖啡是挺苦的，可欧阳凯旋脸上流露出的却是甜的味道，似乎已经得到他想要的答案。

秦朗脸露窘态，顺手把自己的咖啡也递给欧阳凯旋：“都喝了吧！别浪费了。”

“不，自己的苦自己咽。”欧阳凯旋得意地淡笑道，“总会水落石出的。”

秦朗举起咖啡一饮而尽，若有所思地对欧阳凯旋说：“各为其主，江湖之苦你我都应该清楚。”

没等欧阳凯旋离去，秦朗迅速转身离开，似乎不希望被欧阳凯旋看出太多他不愿意透露的秘密。

目送秦朗远去的背影，欧阳凯旋胸有成竹地走出大门。

仅仅是秦朗一个细微的动作并不能说明什么，出于好奇心，谁都有可能做出种种始料未及的反应。只是秦朗明明已经伸出手，为什么还要缩回？欧阳凯旋从秦朗脸上的窘态读懂其中的玄妙。沉思片刻，他发动引擎，往罗红豆别墅的方向驶去。

暮色下山色苍凉，依山的路蜿蜒曲折，一直延伸至“南国小筑”。

快到时，一阵芬芳扑鼻而来，罗红豆亲手栽种的乡间白玉兰，花瓣落满一路，白白的，香香的。

屋内洒满柔和的灯光，远远看去好比天上掉下的珍珠镶嵌在山谷。除了欧阳凯旋，只有华晓知道罗红豆此处半归隐的居所。

“哭吧！眼泪拯救不了一段畸形的婚姻，也改变不了既定的现实，但最起码可以排遣暂时降临的精神例假。”

罗红豆把华晓接到自己的“南国小筑”，希望她能尽早走出悲伤，把自己最佳的状态投入牧野战机飞行项目的运作中。

华晓破涕而笑：“精神例假？亏你说得出口。”

“笑比哭好看多了。”欧阳凯旋静悄悄地泊好车，迈进大门看到华晓哭花的脸，心生怜惜，“荒山野岭的敞开大门，我说你们俩也不担心雄性动物入侵。”

在华晓听来，欧阳凯旋的话并不好笑。她甚至开始排斥异性，捡起身边的装饰罐朝欧阳凯旋狠狠地砸过去。平时在他印象里温柔的华晓，与今天的粗暴表现就不像是同一人。来不及躲闪，他被突如其来的瓦罐重重地砸在脑门上，顿时鲜血直流。

“欧阳？”罗红豆顾不上阻止华晓，急忙上前扶稳欧阳凯旋喊，“流血了。”

（一百三十三）

内心受伤的华晓突然变得攻击性很强。不管之前有多温柔，受刺激后性格突变是谁也无法预料的，何止罗红豆所言的“精神例假”这么简单。

南国小筑，罗红豆心灵的净洁之地染上了欧阳凯旋的鲜血，山风吹散屋内的血腥味，却吹不醒渐渐进入失血休克状态的“雄性动物”。

悄悄入侵，是要付出血的代价的。

华晓只是低头嫌弃地拖洗地上的血迹，撒上艾草灰驱散残留在空气中的血腥味。自始至终连问候一声欧阳凯旋的话都不曾说，默默地捣碎铜钵里的车前子。

“再偏点，他就没命了。”罗红豆清洗干净欧阳凯旋的伤口，接过华晓递给她的止血包，动作自然而娴熟。

“活该。”憋了许久华晓才说。

“日后还得跟他共事呢，你不能把谁都当成王子达往死里砸，欧阳是无辜的。”

“天下乌鸦一般黑。”

“你变了华晓。”

“早该变了。”华晓冷冷地扫一眼还在昏迷中的欧阳凯旋，不带任何感情地说：“你确定他还能活过来吗？”

罗红豆往欧阳凯旋鼻孔处探手指，淡定地说：“醒过来应该不是问题。”

“如果他死了，我会不会坐牢？”华晓才意识到自己的处境，忧虑地问罗红豆，“你会救我的是吗？红豆。”

罗红豆抿嘴笑道：“没你想的严重，他只是暂时休克，一会就会醒过来。”

“他没事我也就没事了。”华晓长长舒了一口气，“该受惩罚的人却活得好好的。”

“你不应该把自己活在仇恨里。”罗红豆收拾完地面带血的纱布，清洗干净自己满手的血迹，一本正经地说，“王子达他自有报应，而你更应该善待自己。”

“等老天去惩罚一个罪有应得的人太漫长，我生命有限，不能等。”华晓恨，如果只是简单的背叛，不爱便是，分开无伤大雅。可华晓的母亲明明就是被王子达的电话送上黄泉路的，法律却制裁不了踩在道德审判线上的王子达，这婚结得窝心，离了还要搭上一条人命，让华晓如何不恨？

“你千万别做傻事。”罗红豆边说边往外走去。

“间谍，你就是间谍。”欧阳凯旋突然抓住华晓的手，迷迷糊糊地说。

华晓恼怒地甩开欧阳凯旋的手大声说：“什么？你说什么？”

“欧阳醒了？”罗红豆欣喜地走进厨房，端出一碗鸡汤，“他太虚弱，得给他补补。”

“间谍，你就是间谍。”欧阳凯旋还是迷迷糊糊地重复那句话。

华晓凑近细听：“什么？你说什么？”

“间谍？难道他说的是间谍？这哪儿来的间谍？”罗红豆把欧阳凯旋的头部垫高，笑说，“八成是脑子被你打坏了。”

“再胡说八道，我要了你的小命。”华晓举起的手又落回，“他以后会不会残，赖上我？”

“你希望被他赖上吗？”罗红豆半开玩笑地说。

“要不，”华晓诡异的眼神看得人毛骨悚然，她在自己的脖子上做出一剑封喉的样子，“把他灭了。”

“你是不是疯了，遇上个人渣就丧心病狂了。看看你自己都变成什么样了？”罗红豆真的生气了。她把碗塞给华晓，“这和杀人狂魔有什么区别？我管不了了，你随便。”

原本说好的“归隐禅修”，被华晓搅成残局，再好的关系也有一个休止符的距离，何况人命关天。

罗红豆走出屋子，欲驾车离去，忽然想起欧阳凯旋嘴里的“间谍”，又转身返回。

华晓远远地看着躺在榻榻米上的欧阳凯旋，心中的怒火依然在燃烧，她无法克制自己，气势汹汹走上前去。

“站住。”罗红豆大声呵斥，“你杀了他，王子达还是活得好好的。他只是一个让你看见就来气的男人，不至于让他去死吧？”

华晓停止脚步也停止所有冲动的念头。

（一百三十四）

华晓的木屐不小心踩到什么，　下仰翻在地。屁股被硌得生疼。

罗红豆被吓醒：“你抓野猫呢？这么大阵势？”

“疼死我了。”华晓起身摸屁股抱怨道，“欧阳这家伙带来的暗器够毒，我屁股被硌到好像粉碎性骨折了。”

她顺手摸起不明物，仔细一瞧，尖叫：“子弹！欧阳这王八蛋想要谋杀谁？难道他嘴里的间谍藏在南国小筑？”

罗红豆迅速滑下沙发，急忙上前扯下华晓手里悬挂的子弹：“路朗？”

“什么？路朗是间谍？”华晓顺着罗红豆的话接着说，“昨晚欧阳凯旋说的间谍和这儿有关吗？”

躺在榻榻米上的欧阳凯旋虽然很虚弱，华晓的话他还是听得很清楚，他吃力地向罗红豆招手，示意她靠近自己：“是间谍，就是间谍。”

“你胡说。”罗红豆压根就不知道欧阳凯旋在说什么，路朗在何方都不知道，怎么就成了欧阳凯旋嘴里的间谍？她激动地反驳。

“饭可以乱吃，话可不能乱讲。”华晓气不打一处来，“真应该打爆你的脑袋。”

“现在不是争个你死我活的时候。”罗红豆朝华晓嚷嚷，转而对欧阳凯旋质问，“路朗送给我的信物怎么会在这里？”

“难怪昨晚我拖洗地板突然听到金属滚动的声音，原来是这个玩意儿。”华晓回想起来，把矛头又指向欧阳凯旋，“除了他，还会有谁能把这么珍贵的东西从你办公室偷出来？”

“间谍。”欧阳凯旋反复强调这个词，却又说不出间谍是谁。

“和这个有关系吗？”罗红豆把路朗送给她的子弹递给欧阳凯旋。

“是。”说完，又闭上眼睛。

“留啥悬念，快点把话说完。”华晓急不可耐，催促道，“别装死。”

“你能对病人温柔点吗？何况他还是被你亲手砸伤的。”罗红豆始终无法把自己置身于欧阳凯旋带来的神秘语境，她也不曾去想路朗送给她的这枚子弹为何掉落南国小筑。睹物思人，又潸然泪下。

“我凶他，你至于哭吗？”

“路朗到底在哪里？”罗红豆难过地坐在地上抱腿痛哭，对恋人思念的无奈被现实绞杀得只剩下掩面垂泪。

“面对现实吧！红豆。”华晓安慰罗红豆的同时，又追问欧阳凯旋：“间谍是什么意思？大老远跑来南国小筑就是为了告诉我们这颗子弹是间谍？你应该去国防部，情报局也行。你的举报逻辑有问题，欧阳总。”

罗红豆突然停止悲痛的心情，她脑海里的牧野战机飞行项目被这几天的情感生活所打乱。在她的开导下，华晓表面上看已走出伤痛，只是伤疤还残留在心里。

南国小筑是疗伤的地方。

欧阳凯旋休息一天，元气恢复不少，但他却始终说不出“间谍”出自何处，眼前罗红豆的信物与间谍有何关联，也想不起来。他双手抱着疼痛的脑袋在榻榻米上打滚。

“你没事吧，欧阳总。”华晓假装关心地问，“要不要送你去医院做个伤残鉴定？”

听着像是安慰人的话，却句句如利剑直捅人心。伤在皮囊敷药了事，痛在心里得疗一辈子。欧阳凯旋不是心理脆弱之辈，他最大的心病是得不到所爱女人的心。

再多的钱也买不到真正的快乐。

“别逼他，让他慢慢想。”罗红豆为转移欧阳凯旋的注意力，问道，“今晚吃点什么？给你做只山鸡补补。”

说到美食，欧阳凯旋两眼亮得发光，哪里像是大病初愈失血休克的模样？他掀开被子，打算坐起，全身摇晃，就又倒下去。

华晓以为欧阳凯旋是故意的，并没理会。

厨房里，罗红豆系起围裙的样子，俨然一个家庭妇女，美貌与智慧并存的小女人，商场上铁娘子的一面荡然无存。随意束起来的杨柳卷，知性而优雅，从背影望去，是多少男人心中所爱慕怜惜的样子。

和欧阳凯旋一起拼搏多年，这一幕极少被他看到。他躺在榻榻米上从门缝看到罗红豆娴熟的背影，浮想联翩，突然大叫：“我要尿尿。”

华晓趁罗红豆不注意，又是一拳挥向欧阳凯旋的胸口。被男人伤害过的女人是危险物品，随时有攻击人的冲动，配上黑色暗语：“请你别在雌性面前展现你敏感的需求，会挨打的。”

“华小姐，我这是正常的生理需求，我现在是弱者，你应该同情和帮助我。”欧阳凯旋脑子像被砸残了似的，思维不在成年人的频道上，语言表达明显已经下降好几个层次地大叫，“我要尿尿。”

“你……”华晓正准备送去第二拳，罗红豆突然过来紧拽她的手肘："手下留情，他还是病人，经不起你强有力的拳头。"

罗红豆照顾欧阳凯旋，就像当初被他深夜救治一样。她小心翼翼地搀扶欧阳凯旋到洗手间，轻轻给带上门。这一幕幕就像是患难夫妻的日常生活。

一旁的华晓早就开吃，在她看来美食可以治疗一切不开心。

（一百三十五）

烛光下，三人餐，画面非常和谐。

为了情爱，为了生存，为了理想，为了太多太多让自己不快乐的东西，挤在城市中央的混凝土方块里。悲伤着，劳累着，迷茫着，把自己的神经绷紧，很累很累了才想到找个出口，把时间留给自己。

南国小筑，罗红豆的得意之作，庭前屋后鸟语花香，什么爱情，什么事业，现在都不在她的在意范围。她在华晓和欧阳凯旋制造的轻松气氛里，快乐得像个花仙子。

原来抛掉世间尘事，是这么幸福。

"有你们真好，我的牧野战机飞行项目终于可以如期进行。"罗红豆举杯向欧阳凯旋，"华晓能走出婚姻失败，失去母亲的心理阴影真的不容易，希望欧阳你别怪她，日后工作上对她多点关照。"

罗红豆的语重心长，是对牧野战机飞行项目的负责人寄予厚望。既然是合作关系又是手心和手背，说些贴心的话缓和情绪，她的情商不低。

"轰"的一声响，一道白光从上空划过，华晓探出窗外查看究竟，山的那边冒出滚滚浓烟："完了，又有飞机出事了。"

"你们在干吗？山那边发生这么大的事情，你们居然充耳不闻？"华晓朝谈得正欢的罗红豆大叫："红豆，又有飞机出事了。"

"飞机？"

罗红豆手里的高脚杯失衡，斟满的酒倒出溅了欧阳凯旋一身红。

"你没事吧？罗总裁。"欧阳凯旋并没有责怪罗红豆，反而关心地问，"我劝你还是去瞧瞧心理医生。"

“对，只有心理医生才能把你的心病彻底根除。”华晓随即附和，“你的人生不能只有路朗。”

“这些年来，你一直活在对路朗的幻想里，已经无法正常生活。”欧阳凯旋心疼地说，“到此为止吧！红豆。”

“你们都在干吗？嫌弃我的厨艺啊！”每当被劝说，罗红豆总是想法转移话题逃避现实，“你头伤没好，我替你喝了这杯酒。”

本以为豪情畅饮可以减轻思念的痛，不曾想举杯消愁愁更愁。分不清是泪水还是酒水，罗红豆满脸湿湿的。

未曾真爱的又岂能感受失去的痛？

满桌的菜，更像是为路朗定做。曾经无数次独住南国小筑，罗红豆都会为路朗准备好一套餐具，斟满酒，对他的照片说心里话。爱到深处，情难自拔，罗红豆的世界又有几个人能懂？

“欧阳，你仔细想想，为什么你到我的南国小筑找间谍？”罗红豆抹去满脸的泪，一本正经地问欧阳凯旋，“你是不是发现什么了？”

欧阳凯旋摸了摸被砸疼的脑袋，使劲摇头：“间谍，是间谍，他就是间谍。”

“关键你得说出谁是间谍，南国小筑就我们仨。”华晓不耐烦地说，“你是不是想说秦朗是间谍？”

欧阳凯旋忽然拍案而起，兴奋地说：“对，就是他，就是他，瞧我这脑袋瓜子。”举手拍脑袋。

“秦朗是间谍？”

“准是。”欧阳凯旋语气相当肯定地说，“容我来给你们分析分析，世界上长得像的人偏偏都以不同的时间顺序出现在你的身边，天底下哪儿有那么多巧合的事，恰好又是被安排在这么核心的国防项目任要职。”

“不可能。”罗红豆情绪激动地说，“秦朗不可能是间谍。”

“是啊！欧阳总，公报私仇，你也不是他的竞争对手。在感情面前，即便你想法黑对方，到最后只会自取其辱。”华晓旁观者清，她清楚情敌之间的明争暗斗。秦朗的空降对欧阳追求罗红豆会造成一定的威胁，这种威胁并非一个间谍的身份就能摒弃。

“凭空栽赃嫁祸可不是你的作风，欧阳总，拿出君子的度量，不然往后你们怎么一起运作牧野战机飞行项目？”

在工作和情感上，罗红豆两者拿捏得恰到好处。

张弛有度又不失情义，颇有领导的风范，可惜再坚强的人，内心深处还是逃不过初恋这个劫。

谁也说不清欧阳凯旋为何认定秦朗就是间谍，为这件诡异的事情，三个人在南国小筑唇枪舌剑。原本清静得落叶有声的禅修居所，顿时变得喧嚣杂乱。

（一百三十六）

离开南国小筑，华晓即刻进入工作状态，就算再怎么伤心难过，过去也不可能重来，工作让她有了振作的理由。谁不曾在感情的世界里遇到个人渣，为这种人放弃珍贵的生命实在不值。

欧阳凯旋的推断不无道理，秦朗的贸然出现悬疑重重。

纵使各自有心事，罗红豆还是将路朗曾经构想的牧野战机飞行项目如期进行。她召集的董事会上第一次出现秦朗的名字，但名字牌背后的那张椅子却是空的。秦朗的缺席使罗红豆心里飘过一丝疑虑，她并没有示意秘书说明缘由，而是亲自拨通秦朗的电话。

华晓和欧阳凯旋默默相视，在心里对秦朗的审判各执一词。

会议室外罗红豆对着电话那头激动陈词，而电话那头却是她中学时的班长。

“我不知道你在说什么，罗红豆。”

“班长，秦朗是你安排过来参与牧野战机飞行项目的核心负责人，这么重要的会议他居然缺席，你得给我一个合理的解释。”罗红豆自己也搞不清楚是想见秦朗，还是真的埋怨班长工作失职，“我不管你们是出于什么原因，负责这个项目的人不参与会议，工作将无法进行。看在老头儿的分上，你就协助我把这个理想实现了好吗？”

说到动情之处，罗红豆潸然泪下，她并非刻意用苦肉计去博得班长的同情，确确实实是情难自控。路朗消失了，实现他之前的梦想是支撑罗红豆活下去唯一的动力。

“你还是这么感情用事，红豆，工作归工作，这和老头儿扯不上任何关系。”班长的高冷自始至终，他从不为谁去改变，依然冷冷地答道，“这就是你我不在同一战线的原因，所以你从商我从政。”

“现在不是讨论个人往事的时候，班长，我只想知道秦朗他到底是谁。”罗红豆终究还是抑制不住自己的好奇，直截了当向昔日的班长发问，“你和秦朗是什么关系？为什么他长得像路朗？为什么偏偏是他？”

“你已经不适合运作这个项目，红豆，还是把机会让出来吧！”

“秦朗缺席也是班长刻意而为吗？让红豆集团退出牧野战机飞行项目也是你早有的安排？”罗红豆似乎预感大事不妙，一直在秦朗背后操纵的神秘人物居然是她曾经崇拜过的班长。

“你又错了红豆，我只是一个执行者，没有任何权力去操纵谁。”班长顿了会儿说，“我只是觉得你现在的好奇心已经不适合运作这么机密又高危的项目，出于对你的人身安全考虑，毕竟咱们是昔日同窗。”

“我的人生用不着你来负责，你现在只需要负责按部就班把项目的一切事宜如期进行，我要见秦朗。”罗红豆失去理智地向电话那头吼，“班长，你不能把我辛辛苦苦支撑起来的项目套走，留个空架子给我。”

“对你只有好处没有坏处，红豆，这回你得听我的。”班长一字一句，条理清晰地劝罗红豆，“你必须撤出这个项目，红豆集团不能参与其中。”

从电话这头已经感觉到班长的用心良苦，可罗红豆还是不罢休，她不明白秦朗的缺席与班长到底有没有关系。牧野战机飞行项目的突然终止，意味着班长的身份已经暴露。项目的核心技术数据已经被秦朗掌控了百分之八十，红豆集团即便不参与，牧野战机飞行项目也已经成功落入他人之手。

在会议室，华晓与欧阳凯旋面面相觑，在生活中扮演的角色不同自然意见不同，但在工作上两人在一条战线上。彼此配合才是最明智的做法。

欧阳凯旋头上还缠有纱布，华晓却一点儿也不内疚，在她眼里所有的男人都应该下地狱经受八十八道磨难。因为她觉得女人所有的痛苦都源自男人。

失败的婚姻如当头一棒，压得她喘不过气来。碎了的花瓶再粘起来也无法完美如从前，被深深地伤害过的心又岂会没有阴影。欧阳凯旋是无辜的，他不能代表所有男人，但却被华晓当成泄愤的实验品。所幸的是他福大命大没有大碍。

罗红豆在电话里无法说服班长，匆匆下楼。

在楼下的停车场，恰好遇见秦朗。刚想上前质问，却见其身后走出的路月晴抱着秦朗的腰说："一会儿要对罗红豆好点，虽然我打小就很讨厌她，但还是希望她能经营好自己的事业。"

"我不会太为难她的，你放心吧！"秦朗把路月晴的手轻轻掰开，回头对她说，"你在车里等我吧！"

"秦朗？"罗红豆走近秦朗，看清他的脸才叫出声来，"你怎么才来？整个参与牧野战机飞行项目的投资方都在会议室等你呢。"

"秦朗早就来了。"路月晴从秦朗身后闪现，站到他面前与罗红豆对话，"真是不相欠不相见啊！罗红豆，我路家到底上辈子欠你罗红豆什么了？"

"这里轮不到你说话。"罗红豆并不把路月晴放在眼里，她也没那闲心去扯流年的儿女情长，推开路月晴，朝秦朗说："这就是你的工作态度？"

"我不需要向你解释什么，罗总裁，我秦朗自有分寸。"秦朗瞟一眼罗红豆，朝楼上的会议室走去。

路月晴冷笑道："别太把自己当回事，不是谁都吃你那一套。"

“哪儿凉快哪儿待去。”撂下这句不友好的话，罗红豆转身就往楼上的会议室走。

路月晴想说什么，望着罗红豆远去的背影却什么也说不出口。

在电梯处，罗红豆与秦朗同时按了电梯，秦朗的手不小心碰在罗红豆的手背上，似曾相识的温暖传遍身体的每个细胞，罗红豆即刻缩回手，泪眼模糊地瞧向秦朗欲言又止。

“对不起！”秦朗浑厚的嗓音低沉而有力，带有磁性的声音很容易让罗红豆陷入熟悉的思念里不能自拔。

“你，你是路朗，是吗？”罗红豆楚楚可怜地问秦朗。

“虽然我不知道罗总裁和这个人有什么关系，但往事已经不复存在，你还是过好当下吧！”

罗红豆再也控制不住自己，欲冲动地上前抱住秦朗，电梯门恰好打开，涌出来的人把她和秦朗冲散了。秦朗闪进电梯，不等罗红豆反应过来，电梯门已自动关起。

电梯门外剩下罗红豆独自一人。

（一百三十七）

会议室里，淡定的投资方，都在研究手里的项目数据。

华晓焦急张望，始终看不见罗红豆的影子，她凑近董事长助理身边耳语几句。董事长助理前脚刚出门，秦朗便进门。

欧阳凯旋随即站起第一个鼓掌欢迎秦朗入座。

“非常抱歉，让各位大财神久等了。”秦朗礼貌地鞠躬，“很荣幸能担负这个项目的领头人，我代表国防部感谢在座各位的支持和信任。我会全力以赴保证项目顺利完成。”

掌声响起一片，罗红豆突然站在秦朗身边，职业性地向秦朗伸出右手：“欢迎您的加入，秦总工。”

秦朗只是稍握罗红豆的指尖，礼貌性地说：“久闻罗总裁大名，今日相见果然是美貌与智慧并存的商界巾帼，非常荣幸能与您共事，日后还烦请您多多关照。”

客套就是拉开距离最好的方法，秦朗在告诉罗红豆，他们之间没有任何关系，只是为了一个共同的使命被命运安排在一起。

事实果真如此？

华晓看在眼里，觉得心酸。她清楚罗红豆对路朗的思念，明白眼前的秦朗已经被罗红豆当成路朗，心正被悄悄硌疼，静静淌血，却依然谈笑风生。

罗红豆曾几次克制不住自己，眼里泪花闪动，愣是靠眨巴双眼晾干。有痛的资本，自有痊愈的能力。驰骋商场多年，自备情感救场的情商，这种场合遇见与路朗长得相像的秦朗，罗红豆还能稳住情绪。

“非常感谢诸位新老朋友的光临，我罗红豆能有今天的成绩离不开在座每一位至亲的帮助。”罗红豆在主席台上，对着麦克风侃侃道来。她强装淡定，只要脑海闪过路朗的影子，罗红豆都会不自觉地扫一眼秦朗。

罗红豆放下麦克风，董事长助理上前接过：“有请秦总工移步，分析此次牧野战机飞行项目的合作细节。”

上台的秦朗与下台的罗红豆擦肩而过，肩并肩的时候，两个人还是不约而同地驻足，眼睛的余光都包围着对方。兴许，一切都如欧阳凯旋所预料的那样，但他却没有把路朗与秦朗两个人联系在一起。

欧阳凯旋瞅一眼台上的秦朗，再瞟一眼已经入座的罗红豆，觉得他们两个人的眼神里传达出似曾相识的默契。会意的感觉，只有彼此心有灵犀。

“项目的发起人睿智的罗总裁，她的构思居然来源于在空军某部服役的恋人，为了完成这个伟大的梦想，我来了。”秦朗自信的脸上洋溢着幸福的微笑，“对于牧野战机，我想在座的每一位都大致研究过它的数据，不管是外形的设计还是内置的结构，目前都是我国歼灭战机研发的历史性突破。私人财团与国家合作机密项目不是首次，相信也不是最后一次……”

秦朗在主席台的慷慨陈词，在座的听得热血沸腾。他与路朗很相似，他的幽默就是路朗的翻版，坐在台下的罗红豆不敢直视秦朗的眼睛，眼里噙着泪水，脸上却挂着微笑。

含着眼泪微笑是罗红豆的经典表情，这一路走来，形形色色的坎坷经历无数。千万别言她好强，同是女儿身，谁又不曾去想过好好做个优雅的公主。如果生活再温柔些，如果命运再善良些，可惜如果只是个传说。

罗红豆从不去抱怨，只是默默地承受。

没有人爱，就自己爱自己多一些，没有人心疼自己，就做自己的女王迎接没有彩排的现实。她可以很坚强，却接受不了自己爱的人杳无音讯。

一阵阵热烈的掌声，把罗红豆从冥思带到现实。浪漫真的很暖心，却又无法保存，偶尔想起，心里疼得喘不过气。别安慰，看开就是晴天，挠人心脾的鸡汤有剧毒。

“此情此景足以说明，牧野战机飞行项目是受国防部重视的，牧野战机已经被列入核心机密的武器库，秦总工的分析给我们带来的信息量非常大，在座的领导还有什么问题可以随时向秦总工提问。”董事长助理面对麦克风激情澎湃。

罗红豆很欣赏她的协调能力，才从别的集团猎聘过来当自己的助手，这回有她在，牧野战机飞行项目就不用担心没有润滑剂。欧阳凯旋和华晓夹在中间也就不至于太尴尬。

会议开了足足五个小时，看着陌生又熟悉的秦朗，罗红豆的心秒秒都是疼的，她不知道该如何面对秦朗，如果说没有一点儿感觉，她做不到，可有感觉又能怎样？

楼下，路月晴在车里睡着了。秦朗并没叫醒她，悄悄地驾车离去。他举动潇洒，而此时的罗红豆满面愁容只因为他像心里的那个人。

驶到缓行带，车身被颠起抖了几下，才把路月晴晃醒。“讨厌，谁啊！”她揉了揉双眼看清是秦朗才娇嗔地说，“你怎么才下来啊？我都快饿晕了。”

秦朗只是扫她一眼，并没有说什么，从他的眼神里看出此次会议并非他的原意，似乎总有根绳子在提着他的手和脚。他深深地呼了口气，神情凝重。

路月晴的娇嗔在此时的秦朗看来好干瘪，激不起他半点儿的荷尔蒙。

“你下车吧！”秦朗把车驶到郊外的路上，突然发现还有个重要的事情要处理，就把路月晴赶下车。

“什么？秦朗，你知道这是哪里吗？”路月晴被吓坏，“荒郊野外的，您让我怎么回去？”

“你具备自我保护的能力，已经不是婴儿。”秦朗冰冷的话语令路月晴瞪大双眼，怒斥：“你混蛋，是不是又被罗红豆蛊惑，你以前不是这样子的。”

路月晴不再争辩，哭着推开车门，蹲在路边大哭。秦朗也顾不了太多，驾车而去。军令如山，有军人情结的男人会把别人看成自己般坚强。

公路的转弯处，秦朗的车已经不见踪影，倒是罗红豆的商务车缓缓驶了过来。

（一百三十八）

路月晴走上前就给罗红豆一记响亮的耳光，罗红豆来不及躲闪，嘴角被扇出了血，路月晴指着她的鼻尖咬牙切齿地说：“我早就警告过你别跟我抢男人，罗红豆，你前世是妖精吗？”

“住嘴！”欧阳凯旋从车内钻出来，呵斥路月晴，“你没有资格训斥一位牺牲自我为国家做贡献的企业家。”

“企业家？哼！”路月晴冷笑道，“她干什么只有她自己最清楚，别往身上贴高尚伟大的标签，听了觉得恶心。”

两人生来就是冤家，哪句刺耳来哪句，句句能把人气死。可惜罗红豆对此早就免疫，她不在乎的人是无法真正伤害到她的。

“我……”罗红豆无辜地想说什么，路月晴根本就不给机会。

“你故意跟踪秦朗，想把他当成我哥，顺理成章地占为己有，是吗？”路月晴咄咄逼人，习惯性地将自己的臆断强加在罗红豆身上，“如果不是我一直陪在秦朗身边，你下一步是不是打算施苦肉计？”

“你怎么那么多如果？”罗红豆揩去嘴角的血迹，不愠不怒地说，“你对自己就这么没有信心吗？”

欧阳凯旋拽起罗红豆的手，朝路月晴轻蔑地说：“你到底走不走？”

路月晴还是乖乖跟随罗红豆上车一起离开。

谁也无法解释秦朗到底是何方神圣，他身上有很多疑点都找不到合理的解释。罗红豆很好奇班长和秦朗的真实关系，老头儿是否知道秦朗的存在，他们之间到底有着怎样的关系。

莫名其妙地跟踪秦朗到郊外，罗红豆也不知道哪儿来的勇气，在路月晴面前居然不忌讳对秦朗的好奇。

欧阳凯旋驾车技术还真不敢恭维，曾几次差点就贴到前车的车尾，吓得路月晴目瞪口呆假装晕过去。这种小伎俩瞒不过罗红豆，明明知道路月晴在演戏还是选择不戳穿她。

“还是我来开吧！你休息会儿。”罗红豆早就忘了路月晴的那一记耳光，她知道自己想要什么。路月晴的任何伤害对她都构不成威胁，这恐怕不单单是内心的强大。

“你放心，我不会有事的。”

“你是没事，月晴都被你吓晕了。”

“装的。”欧阳凯旋是真的了解路月晴，“你对她好，当她不好意思又不得不接受时，假装晕倒，就不用面对。”

“她没你说的那么坏，其实任何一个嘴巴不饶人的人，内心都是脆弱的，潜意识在自我保护，因为她没有足够的安全感。”罗红豆真的善解人意，人性的本质在她看来已经不再神秘，从小到大，她对世态炎凉，人情世故早已司空见惯。

笃定信念才能得到更好的回报，罗红豆不相信随随便便的成功，却怀疑过人生的意义。许多人为攻击别人而活，但大部分人还是为实现理想的目标而认真活着。

伤害别人罗红豆不擅长，即便被路家伤得千疮百孔，对路朗的爱也不曾改变。她不在乎旁人看待她的眼光，知世故却不世故。

“我没事，也没你们想象的坏。”路月晴仍旧不忘给自己洗白，坏不坏还真不应由她自己来评定。

“不是看在罗红豆的面子，我真不想跟你同坐一辆车。”欧阳凯旋与路月晴针锋相对，“这些年你对罗红豆所做的，谁都心知肚明，就你揣着明白装糊涂。”

罗红豆打断欧阳凯旋插话道：“我总感觉今天的秦朗怪怪的。”

“不是感觉，本来他们那边的人都挺神秘的，还有你们神龙见首不见尾的班长。不是我话多，学校里的同学关系单纯，你们可以无所顾忌地班长长班长短地套近乎。而来到社会就各为其主，明里暗里都是生存对手，这个项目不是你们学生年代在过家家，用谁不用谁，与谁合作要用现在的标准来衡量。”欧阳凯旋的警惕不无道理，罗红豆深陷在路朗的爱情里面，已经丧失最基本的商业判断。

人在恋爱中的智商为零。

秦朗的出现再次让罗红豆陷入真真假假的爱情里边迷失自己，原本就反对牧野战机飞行项目的欧阳凯旋，已经投入前期资金，现在是进退两难。启动项目的所有论证都已经通过，专家的论证报告被欧阳凯旋捏在手里不知所措。

车子也不知道被欧阳凯旋开到了什么地方，一路的颠簸，路月晴还在“晕倒”的状态。罗红豆心事重重，窗外的风景已然变成层层绿树。

“到郊外了？”路月晴感觉不对劲睁开双眼，四处张望，“这是哪儿？”

“对，这是哪儿？”罗红豆不安地补充道，“欧阳总，你确定自己的导航没有问题吗？”

“导航是没有问题，应该是跟踪器失灵了。”

"你们跟踪秦朗？"路月晴幡然醒悟。

"我们怀疑他是 CY 国际组织的间谍。"欧阳凯旋语出惊人，连罗红豆都没反应过来。

"欧阳总，事情还没得到确切的查证，先别轻易下定论。"罗红豆心里还是护着秦朗，对她而言，秦朗已经被当成是路朗。不管是不是间谍，那个人先是她用尽半生去爱的人，其次才是合作伙伴。

"你们胡说，什么间谍，什么查证，你们精神有问题啊！"路月晴被逼急了口不择言，"秦朗是什么样的人用不着你们下定论。欧阳凯旋，我警告你别胡乱污蔑人，你会吃官司，秦朗如果被国家机密所仲裁是会被处死的。"

是非对错谁都说不准。

事实真相只有秦朗自己知道，老头儿的得意门生班长是不是欧阳凯旋所猜测的那样，恐怕连他自己都不知道。

车内的音乐被罗红豆调到最低音量。

欧阳凯旋把车泊在路边，他开门下车，深深地呼吸郊外的清新空气。这些天为了筹资参与红豆集团的牧野战机飞行项目，他已经累得只剩下一副躯壳。

为了罗红豆，欧阳凯旋算是倾囊背水一战。

（一百三十九）

路月晴并没有下车，而是坐在车后座闭目养神。经历了诸多大起大落，她开始学会冷静思考。触及重大问题，不是她的任性否定就可以扭转局面的。秦朗是谁，至今她自己也不知道。

相遇的当时，路月晴觉得秦朗长得像路朗，心里产生一个可笑甚至幼稚的念头，靠近秦朗是为了再次让罗红豆跌入明明看见却又得不到的绝望深渊。

或许路月晴过于低估历经种种磨难被迫成熟的罗红豆。

再次遇到爱，罗红豆已经不再向现实低头。路月晴明里暗里的阻挠只是一根垂危的稻草，对罗红豆而言，这种自我感觉良好的威胁好似温柔的盾牌。

罗红豆并没有言语，目光投向远方的缭绕云雾却陷入沉思。牧野战机飞行项目在她看来，是她毕生情感的归宿，于个人而言是对路朗不可用语言表达的情怀，于家国利益而论是厚重使命的召唤，是光荣与骄傲的牺牲。如果说秦朗是CY国际组织的特级间谍，那班长呢？老头儿呢？这些年的同窗情难道都是演技派的表演？罗红豆停在中途，她好生迷茫。

“你说吧！到底要怎样，”路月晴突然睁开眼睛，盯着罗红豆的双目一本正经地说，“你才肯放过秦朗？”

沉默片刻，罗红豆与路月晴四目相对认真且语气坚定地说：“你猜。”

很显然，这是一个暧昧的对峙。

当你触摸不到事实的真相，又陷入另一个庞大复杂的局面时，所有的神经都绷紧。局中的每个角色都是神秘不可测，又相互有关联的因子。

罗红豆瞳孔里的路月晴，路月晴瞳孔里的罗红豆，都因此镀上一层各自读不懂的重金属。曾经纯真的吵吵架拌拌嘴早就在潜移默化中升级。

“啊……”车外传来欧阳凯旋对山的嘶吼。

一掷千金为红颜，极具商人原则的他精明一世，也难得糊涂一时。

人一辈子有两种：钱还在，人没了；人还在，钱没了。

欧阳凯旋不算亏，至少他还有一个自身能生钱的罗红豆。把钱投进牧野战机飞行项目是对罗红豆的情感投资，是场人生豪赌。

罗红豆和路月晴同时扫一眼车外的欧阳凯旋，又转头对视。

“哼！”路月晴冷笑道，“猜？你觉得依目前这种形势还适合玩过家家的游戏吗？”

“玩不起吗？”罗红豆挑衅地说。

“你会玩火自焚的。”路月晴冷冷地盯着罗红豆一字一句地说，“知道你不怕死，却畏惧疼痛，疼痛那才叫生不如死。”

“除了生和死，人生无大事。”

“哟！品格升华够快的啊！”路月晴冷嘲热讽，“假如是疼在他人身上呢？你也能这么洒脱吗？”

“你想干什么？”罗红豆突然紧张起来。

“你俩在热聊呀！”欧阳凯旋不合时宜地凑近，以为罗红豆和路月晴在冰释前嫌解开多年的疙瘩。

“解决完个人问题，该上路了。”罗红豆答非所问，在她看来如今已是多事之秋，随着牧野战机飞行项目的投入，她也把自己置于另一种险境。

欧阳凯旋瞬间意会罗红豆的眼神，急速跃进驾驶室。跟踪秦朗的路线已断，他扫一眼路月晴，启动引擎调头急驶。

各自怀揣心事，又朝同一个方向前进。此时的罗红豆心情是极其复杂的，虽说每个项目的投入都是如履薄冰，需要高智商的发挥，情商的支出也必不可少。

如今罗红豆因为初恋把牧野战机飞行项目放在第一位，几乎投入了所有资金，风险更高了，是否如路月晴所言的“玩火自焚”？

在一场又一场的生离死别中罗红豆早就悟透了生命存在的意义，钱财对于她来说只是生存在世的工具。让自己有支配的能力才能不受困于物质的贫乏尴尬存活。

这处世境界非路月晴所能领悟，欧阳凯旋或多或少被罗红豆影响，否则又怎能倾其所有搏红颜一笑。只是游戏的结局到底谁能预料？

罗红豆想到老头儿，示意欧阳凯旋停车，在半道拦了辆的士独自去往母校的方向。

待不见罗红豆的踪影，欧阳凯旋丝毫不留情面地把路月晴赶下车，把她撂在路边就扬长而去。路月晴回头时，早就被抛下老远。

路月晴朝欧阳凯旋离去的方向大骂：“欧阳凯旋，你个王八蛋，你怎么可以这么对待一个女人。”

天公不作美，居然下起滂沱大雨，路月晴在雨中狼狈不堪地左顾右盼。

（一百四十）

老头儿撑把旧伞在雨中颤颤巍巍地站着，脚下那双旧得起了些许毛的布鞋泡在水里已经湿透，被雨水溅满的镜片后不安的眼神好像是在等待罗红豆。

来母校前，罗红豆压根就没告诉老头儿，看来他老人家是神机妙算了。的士司机把罗红豆送到学校家属区，红豆远远就看见在雨中撑伞的老头儿，车子驶近他老人家跟前停下。

老头儿居然走上前把伞撑到的士车门前迎接罗红豆。

“淋湿衣服会生病的。”罗红豆钻出的士，抱怨着老头儿。

在她心里老头儿就像是她的老父亲，似乎老头儿早已习惯她的说话不把门。他只顾把伞撑到罗红豆头顶，默不作声地跟随在她身边。罗红豆把伞推回到老头儿的上方，宁愿自己淋湿。

“你这个调皮的孩子。”老头儿看见罗红豆走出伞外，他颇有责备地说道，“都多大了还是这么任性。”

罗红豆并没有直接表明来意，从老头儿的雨中迎接，到他老人家平时不多见的责备，貌似已经在说明什么，却又不显山不露水。老头儿脚下的布鞋被水打湿，一走水泡就冒鞋面，赶不上罗红豆只能跟随在她身后。

忐忑不安充斥着罗红豆的内心，她既想得到答案，又害怕老头儿给的答案是自己不想要的。边走边纠结，泪水和着雨水往下流，她回头难过地望着老头儿。

老头儿并没有直视罗红豆，在他老人家心里，不管是班长，是罗红豆，还是其他学生，都曾经是一张白纸。在社会这个大染缸滚出各种颜色在老头儿看来都不算啥事。

经历国家动荡的年代，承受各种派别的斗争，老头儿都存活下来，哪儿还有什么事情是值得他老人家大惊小怪的。罗红豆为何事而来，他根本就不在乎。

老头儿默默地走在罗红豆身后，高一脚低一脚地踩在雨水里。罗红豆知道老头儿会跟在后面，还会把自己遮挡得好好的。事实果真如此，老头儿很会照顾自己，他的生活自理能力比起其他退休的老教师强多了。每次罗红豆来探望他老人家，都给他捎好吃的好喝的。

老头儿热爱生活是因为有一群隔三岔五左拎右提的学子回母校给他惊喜，他又有什么理由不好好爱自己呢？

"班长是不是间谍？"还没等老头儿走近，罗红豆开门见山。与老头儿对话，她不需要太深的城府，而是直截了当。是与不是都能从他老人家的眼神里得出答案。

"我好那口，你打算什么时候给我捎？"老头儿顿了会儿才岔开话题，"偶尔抿两口过过瘾，我保证不酗酒。"

"班长做什么，您知道吗？"罗红豆继续问，"老爹爹，您不能不管他，他可是您的得意门生。"

"哎哟喂，红豆啊红豆，你真扫兴，这趟空手回来，我就不责怪你。"老头儿还是不接罗红豆的话茬，他闷闷不乐地走进里屋，把罗红豆关在门外。

不去关心被雨淋透衣服的罗红豆会不会生病。

罗红豆不进也不退，她扯下挂在门窗外边的塑料布盖在头上，朝屋里的老头儿大声喊："我知道您偏心班长，他在您眼里比您亲生儿子还重要。老爹爹，我们都是您教出来的学生啊！就不能一碗水端平吗？"

老头儿被触动了。他从屋里推开门把伞扔出来给罗红豆，就又缩回屋里把门带上。孩子长大都各有出路，更何况是没有血缘关系的。他老人家没有权力给自己的学生设限。

得不到自己想要的答案，罗红豆也没捡起老头儿扔在地上的伞，任由电闪雷鸣倾盆大雨在头顶肆虐。唯独这件事情让罗红豆无法用正常的智商与老头儿周旋，急不可耐又无可奈何。苦肉计也打动不了老头儿的心，他没有原则，不刻意戒备，甚至也不顽固。中庸在老头儿思想里扎了根，对谁都不偏不袒。

假装糊涂谁都会，罗红豆输就输在凡事都认真的性格上。对路朗爱上便是一辈子，就算是路朗的影子都能将她的灵魂套牢。

“你还是回去吧！”雨中传来秦朗的声音。

罗红豆被吓到了，她急忙回头，果然秦朗撑起的伞已经挡在罗红豆的头顶，还没从迷茫中回过神来，罗红豆思绪万千，浑身瘫软却故作镇定。

秦朗站在罗红豆旁边，雨中的两人像极曾经的路朗和罗红豆在一起的画面。而此时她含着眼泪望着秦朗，被莫名其妙地反问：“您眼睛不舒服吗，罗总裁？”

冰冷刺骨的问题，不知道是秦朗故意的还是他真的不解风情。或许他真的不知道罗红豆和路朗的过去。

秦朗欲举起手替罗红豆拭去腮边的泪，却又收回手触摸伞边的雨水说：“雨水会伤了您的皮肤，您还是回去吧！”

罗红豆真想扑进他怀里尽情地大哭一场，可她强迫自己忍住。她乖乖地抹去脸上的泪水，捡起老头儿扔在地上的伞，默默离开。罗红豆已经忘记自己冒雨而至的目的是什么。

目送罗红豆离开，秦朗向老头儿的屋子走去。

（一百四十一）

一路上，的士内的罗红豆都在掩面而泣，她断定秦朗就是路朗。

司机时不时扫一眼后视镜里哭红眼的罗红豆，关心地问：“美女，是不是跟男朋友吵架了？”

“能说上句话我就已经满足，哪还有机会吵架。”罗红豆带着哭腔楚楚可怜地说。

“青春是个故事啊！”看得出司机想逗笑罗红豆，满嘴南方音的腔调听起来却都是伤感的味道，“你千万别想不开啊！”

罗红豆干抹眼泪，想着秦朗为何突然去找老头儿？难道……原本想来质问老头儿班长的真实身份，却被秦朗的出现乱了阵脚。

“停车。”罗红豆忽然叫住。

司机急刹车，两人的身体随着惯性猛地往前倾，头差点撞向挡风玻璃。

“美女又怎么啦！”司机不耐烦的一面显露无遗，紧张起来后南方口音更加重了，“是不是又要调头回去啊？”

“麻烦您再送我回原来的地方，司机大哥。”罗红豆难为情地请求司机，“真的不好意思，刚才是我无心。”

“唉！差点被你害死。”司机大哥娴熟地调头把罗红豆送回老头儿家那。

待罗红豆推开老头儿的院子大门时，恰好看见老人家举起的杯子已经倒空，悬在半空。看见罗红豆进门他立马像小孩子似的把空杯藏在身后，罗红豆并没留意老头儿身后的酒杯，他老人家支支吾吾地说：“我就随便拿出来过过嘴瘾，只是闻闻，就只是闻闻。”

没看到罗红豆质问他喝酒的事，老头儿便大大方方地把酒瓶凑近鼻尖陶醉地闻起来。他早就忘记上一个小时对罗红豆说不喝酒，不酗酒，转身的工夫老头儿就假装失忆。

罗红豆并没有要夺过老头儿手中酒瓶的意思，她急匆匆冲进老头儿的里屋，原本以为会在屋内看见秦朗，没想到只有秦朗落在桌脚边那把给她挡过雨的伞。附着在伞布上的雨水还在往下滴，她急忙转身问老头儿：“路朗来过是吗？”

藏在身后的酒杯从手心滑落，老头儿瞬间神情紧张，眼神躲闪不敢直视罗红豆，平时老顽童似的脸渐渐变得严肃：“为师知道你爱路朗，但有些事情不是说你想了就能拥有。”

“秦朗就是路朗是吗？”罗红豆不管不顾继续追问老头儿，“他是 CY 国际组织的间谍您知道吗？”

“胡说八道。”老头儿一本正经地瞪着罗红豆，“做大事的人不应该只有这么点智商。”

“班长呢？他和班长是一伙的，是吗？”

“你这个孩子，还是这么爱胡思乱想。”老头儿弯腰捡起没摔碎的酒杯，语重心长地说，“你们都长大了，我老了，管不着你们的事情喽！”

“我只想知道秦朗是不是路朗，他和班长是什么关系，他们是不是CY国际组织的间谍。”罗红豆一连串的问题直接砸向老头儿，“这不仅事关牧野战机飞行项目是否能继续进行，对国家造成影响和损失足够让他们死好几百次。老爹爹，在爱情和生命面前，后者更可贵，您是知道的。”

被问到这么复杂的问题，其实老头儿心里早就有数，他比罗红豆清楚事情的始末。只是世事不在他老人家的掌控之中，过了耳顺之年，一切都淡然如菊。

一院子的花花草草足够说明老头儿退下三尺讲台早已不谙世事。“你太抬举我这个老头子了，红豆，你们的班长有自己的使命，你也有自己的担当。各自都有自己想要得到的，我只是个退休的老头儿，管不了你们的人生。”

被撂在一旁的罗红豆干着急，老头儿左一句右一句始终不回答罗红豆想的问题。其实老头儿说与不说，事情就摆在那里，罗红豆知道与不知道都没有谁能给出一个确切的答案。

罗红豆眼睛始终没有离开老头儿，她设法在老头儿身上观察出些许能让她觉得贴近自己猜测的结果。除了刚才的神情紧张之外，他老人家丝毫没有表现出来对罗红豆的问题有兴趣。

“冷血，老爹爹，您真的很冷血，难怪您那些个儿子一个都没有回来看您。”罗红豆的这句话戳中老头儿的痛处，他默默地转身，缓缓地往屋里走。

目送老头儿的背影，罗红豆欲补充一句，却说不出口。她急忙上前搀扶老头儿进屋。但老人家有骨气地甩开罗红豆的手径直走进屋里，把罗红豆关在门外。

“对不起，老爹爹。”罗红豆转而忏悔地说，“我下次一定捎回来您喜欢喝的酒，我就说秃噜了嘴，您别往心里去。”

不管罗红豆怎么解释，老头儿那扇冰冷的门始终紧紧地关着。

（一百四十二）

沮丧的感觉游遍全身，罗红豆失落地游走在街头。已经多久没这般平静地穿梭在来往的人群中，她记不起。红豆集团的发展速度很快，这些年来在感情上的缺失使得她把大部分精力都投入事业。

街边手挽手的情侣的身影对罗红豆来说是陌生的，她的爱被路朗封锁在最初的依恋里，刻骨铭心到无人能替。如果真有海枯石烂之说，那罗红豆对路朗的爱情便就是如此，用尽一生去等待。

婚纱店内，秦朗正在陪路月晴挑选婚纱。

罗红豆远望挂在橱窗间洁白的婚纱发愣，突然与秦朗的视线对碰，秦朗瞬间很尴尬，罗红豆热泪盈眶，她本能地急步上前去挽他的手。路月晴却转身把秦朗扯到一旁，挡在罗红豆跟前似笑非笑地说："还亲自给我送祝福，真的好感动，不愧同窗十几载。"

言不由衷的话语路月晴最擅长，在秦朗面前上演同窗情深的戏码脸不红心不跳，她的心理素质不是一般的好。罗红豆忍不住，泪水还是涌出眼眶。

罗红豆没有言语，拽起秦朗的手想说什么，却又说不出来。路月晴见状，立马上前把罗红豆的手与秦朗的手掰开。秦朗莫名其妙地看着哭花脸的罗红豆和满脸不悦的路月晴。他不明白这两个女人之间到底发生了什么。

"您怎么了，罗总裁？"秦朗温柔地安慰罗红豆，"为什么您每次见到我都以泪洗面？"

路月晴压根就不给罗红豆解释的机会，她扯过秦朗的手走到一边："别理她，她脑子不清楚。"

含泪目送路月晴紧拽秦朗远去的背影，罗红豆不知所措，她定立原地任泪水倾泻。

婚纱店，洁白的婚纱，等了半生的恋人……好讽刺！最后出现了长得像路朗的秦朗却和路月晴同框在印有“百年好合”的地方，所有等待的布景都离原来的设想越来越遥远。

不知是天意还是欧阳凯旋早知结局，他及时出现缓缓走近罗红豆，牵起她的手把早就准备好的钻戒套进她的无名指。罗红豆迅速抽离欧阳凯旋手上的钻戒，后退几步。

“不，”罗红豆泪眼婆娑地看着欧阳凯旋，“对不起，我不能接受。”

“你要活在现实里，罗红豆。”欧阳凯旋瞪着罗红豆严肃地说，“他只是个影子，已经是过去式，你不能拿自己的人生来做没有价值的赌注。”

“我……”罗红豆想不出要说什么，她撇下欧阳凯旋转身离开，泪水打湿衣襟，眼前一片茫然。

欧阳凯旋追上罗红豆，他当众单膝跪在罗红豆跟前认真地说：“请你同意嫁给我，罗红豆，我爱你。”并举起手发誓，“我发誓，我是真的爱你！”

“可我不爱你。”罗红豆毫不掩饰，坚决地说，“我无法说服自己嫁给自己不爱的人。”

聚集在周围好奇的人期待不到意料中的结果，纷纷散去。当众求婚并不新鲜，拒绝求婚的奇葩方式层出不穷。罗红豆的不爱就不嫁给你的爱情观，令路人竖起大拇指。

不因为年龄到了而将就，亵渎感情最终会因背叛而劳燕分飞。罗红豆不希望自己是为逃避世俗的偏见，凑合度日而结束单身。和欧阳凯旋一起拼搏多年，论感情是有的，只是缺少了点爱情。

世界上不是所有恋人都能结成连理，也不是所有情感的空缺都可以弥补。与执着无关，只是心太小装不下太多人。

“你要什么？我给你。”欧阳凯旋从商人的角度去理解爱情，他出口就谈交易，“只要你肯嫁给我，我给你我的所有。”

“我什么都不缺，只缺一颗自己爱和爱自己的心。”

欧阳凯旋随手抽出匕首欲往胸口刺："你要我剜出来给你看吗？咱们合力拼搏奋斗多年，只要是你要开发的项目我都倾尽所有协助你，帮你完成。为了牧野战机飞行项目我已经把所有的财力都投入，因为我爱你，我不在乎这些身外之物，罗红豆，你一定要我把心剜出来给你看吗？"

此情此景可把罗红豆吓坏了，她伸手紧握欧阳凯旋快刺进心脏的匕首，手掌渗出的鲜血滴染了欧阳凯旋的白色衬衫。

"红豆。"欧阳凯旋急忙松手，对罗红豆说，"快松开手。"

慌乱中，匕首掉落在地。

欧阳凯旋扯下身上的白衬衫包裹住罗红豆流满血的手。

（一百四十三）

医院虽静，但挂号区、药房中心人潮拥挤。给罗红豆取完药，欧阳凯旋匆匆往急诊室走。他自残不成，反倒伤了罗红豆。

欧阳凯旋满是愧疚地搀扶起罗红豆走出急诊室："你不该伤害自己。"

"我更不希望看到别人为了我而伤害自己。"罗红豆扫一眼欧阳凯旋平静地说，"欧阳，你找个人结束单身吧！"

"除了你，我谁也不要。"

"我已经有了路朗。"罗红豆语气低沉，信心不足。对于她来说路朗已然是个谜，只活在她的心里。

"他已经死了。"欧阳凯旋毫不客气地给罗红豆心里的路朗下结论，"你能别老是活在自己的怀念里吗？罗红豆。"

"你胡说，路朗没死，他还活着。"罗红豆激动地大喊着愤然而走。

欧阳凯旋急步追上罗红豆，从身后抱过她纤细的身体，把头埋在她的肩背上柔声地说："人生苦短，好好珍惜眼前人吧！"

罗红豆使劲挣脱欧阳凯旋的怀抱。"你不能这么对我，欧阳。"说完，泪水涌出眼眶，"心里惦记一个人，我无法说服自己干净地去接受另外一个人。”

“我不在乎，我只在乎你在我身边，活生生地在我身边，我要真真正正地拥有你，而不是活在理想里。”欧阳凯旋控制不住自己的情绪，越说越激动，“我要的是你和你的心。”

“不可能。”

“你必须听我的。”欧阳凯旋原形毕露，男人的占有欲突显无疑，“多年的合作证明我们才是最适合在一起的人。”

说到罗红豆的痛处，她索性趴在墙头痛哭起来。罗红豆，不是不成熟，而是不想放弃内心深处最真的感情，哪怕如今只剩对方的影子。

欧阳凯旋不懂，不论有多远，两颗装有彼此的心是最近的距离；近在咫尺，心里没有对方也难走在一起。

欧阳凯旋用所有的财力去换取罗红豆的一颗心，最终还是没能成功，他情绪低落地随罗红豆趴在墙角，却哭不出来。

不是所有遇见的人都能恰好是那个对的人，欧阳凯旋陪同罗红豆打拼下来红豆集团，而事业上默契却不代表可以相亲相爱。相爱的人心有灵犀一点通，望着对方的眼神满是温柔的幸福，想着对方的时光总是那么曼妙和温暖。

不爱就是不爱，不管欧阳凯旋拿什么来换，罗红豆的不将就是最好的答案。欧阳凯旋多年的商战陪伴顶多也就是男女搭配干活不累，离爱情还差很远很远。金钱易得，真爱难觅。需要五百年的修炼才能求得一次回眸，千年才修得共枕眠。

没有走进对方的心里，却又守在日常生活中无法离去。罗红豆住在偌大的别墅，只身一人。门铃响起的那一刻，她雀跃前往，总祈盼着开门进来的是久违的心上人。

华晓进门便把香喷喷的爱心汤递到罗红豆的眼前：“听说女主人身体抱恙，我来献爱心了。”

“你怎么知道？”

“欧阳说的，他说你嫌他烦，就打电话派我过来做你家的钟点工。”华晓欣喜地仰望罗红豆，“我可是按照物价局的价格收费，不许跟我谈友情价。”

开玩笑的言语也无法令罗红豆会心一笑，她接过华晓手里的爱心汤转身回客厅：“谢谢你华晓，在我有生之年还能感受到世间的美好！”

“你说什么呢！知道你难，可不还有我们这些死党给你发泄吗？怎么就有生之年了？”华晓早就走出婚姻的阴影，恢复谈笑风生的本能，“除了生和死，人生没什么大不了的，得了罗总裁您的真传，我才走出人生的低谷。”

“对于我来说生和死倒不是什么大事，生不如死那才是折磨。”

罗红豆的淡然，华晓并不诧异。她尾随罗红豆，接过她手里的爱心汤说：“来来来，别生啊死的，好好吃饭，好好睡觉，把自己过得美美的。”

室内简约的设计风格、独特的搭配，表明罗红豆很热爱生活，就算是活在路朗的影子里，她仍然把自己的生活过得如诗如画。

不是历尽千辛万苦又怎能去繁从简，世界慌乱就让它慌乱去，自己不慌乱地活着，又有几个人能做得到。单纯地爱一个人很容易，也能被深爱着的人单纯地爱着就不是那么简单了。

“如果路朗回来，那该多好，最起码当你受伤时还有他在身边照顾你。”华晓无不惋惜罗红豆和路朗难以相守的恋情，“话又说回来了，红豆，那个秦朗到底是谁？我真搞不懂老天爷为什么这般捉弄你，还没走出路朗的思念就又出现一个挠心的物种。”

罗红豆捧着华晓送来的爱心汤喝得正香，突然被华晓最后一句不走心的话呛到，一阵猛烈的咳嗽后泪如雨下。

“哦，不是物种，是长得像初恋的男人。”华晓欲解释。罗红豆的世界已经容不下别的男人，路朗是她的唯一。思念近半生的恋人，如今在哪里？

（一百四十四）

悲伤归悲伤，生活还得继续。

牧野战机飞行项目是罗红豆的心血，也是她特意为自己完成路朗的心愿而运作的项目，这个纪念是沉重的。当所有的人都认为路朗已经牺牲时，唯有罗红豆坚信有生之年能与他相聚。

红豆集团会议室内，罗红豆右手裹缠着洁白的纱布，在主席台前，面对投影仪投放出来的数据侃侃而谈。欧阳凯旋满脸的愧疚，他过激的表达方式已经伤害到一个无辜的女人。

会议没有秦朗参与，对于他的缺席监管方没给出任何解释。罗红豆也不追问班长，整个局面似乎已在她的掌控之中。她的胸有成竹，令华晓暗自佩服。

美丽的总裁助理在资方面前展露的事业线，令罗红豆不忍直视。中规中矩的她站在助理旁边好比红尘中的一股清流。

“目前我国研发的核心技术领域没有与牧野战机相匹配的芯片，外聘来的几位芯片专家安置在项目的重要位置，我希望安保部门要做好严密的安保工作。”罗红豆的目光扫了一眼秦朗的空位，停顿了一会儿才说，“为保障项目的顺利进行，在座的每个人都得签一份生死契约。”

当助理把契约放到秦朗的空位上时，罗红豆深深地呼吸，五味杂陈地瞟一眼上面的条条框框，突然将契约收起，转身向门外急走离去。

华晓紧跟着出了会议室，急走追上罗红豆说：“红豆，你等等。”

罗红豆回头：“华晓，这次的任务繁重，你的芯片团队必须再三确定每个人的政治立场，这关系到国家的安危。”

“我想说的就是这个，虽然我不敢保证他们政治思想的纯度，但在项目实施的过程中，我有办法控制他们的行动。”

“就冲你这句话，我还是感觉你对他们的管理有很多空子可钻。”罗红豆一边走一边说，“很多方面，我们不能只依靠自己的眼睛去获得自己想要的东西，要靠心。”

“好比狙击手一样，瞄准靶心，需要的不仅是眼力，更多的是精准的技术。”罗红豆了解华晓的天赋，学习和感悟能力是与生俱来的，“只是秦朗那边的人，是我最担心的。他们的身份是代表国家，之前欧阳总在南国小筑说的那番话，你还是仔细想想。”

“秦朗是国际组织的间谍？”

“是 CY 国际组织的间谍。”华晓刻意补充道。

“我们要拿出证据才能下定论，现在谁是谁非都还是个未知数。”

“也是，双方都有可能。”华晓用反向思维去分析，她和罗红豆边走边说，“这场没有硝烟的战争早就开始了，我们还被困在个人的感情世界里默哀。”

“说谁呢？”

“我们。”

“我不是没有怀疑过班长，也去问过老头儿，最终的结果都是要自己去探寻和验证。”罗红豆把内心的忧虑与华晓分享，“班长是不是幕后主使，我们红豆集团还真的没有过多的权限去了解。”

“那也不能让所有投资人跟着你冒险啊！”

华晓话还没说完就被罗红豆用手掌捂住嘴巴，远望走廊尽头闪过一个身影。

“憋死我了。”华晓扯开罗红豆的手，“你这是干吗？”

“刚刚看到有人影闪过。”罗红豆神情紧张地说，“看来已经有人盯上牧野。”

华晓伸手探了探罗红豆的额头：“你没病吧？大白天的净说胡话，危言耸听了吧！”

“这是个很严肃的话题，华晓，你必须认真面对。”罗红豆一脸正经。

“你太过于紧张了红豆，不管怎样，我都会全力以赴。”华晓淡淡地笑道，“这些日子就好好休息吧！看看你都把自己过成什么样子了。”

女人认真做自己喜欢的事情时就是停不下来，所以被冠以女强人的称号。罗红豆在事业上的成功不是因为坚强，而是为了信念，能让她坚持下去的正是那段美好的初恋。她要用自己的能力保护好自己的过去，等待路朗的归来。

不被生活将就，只有磨炼自己。

走廊尽头的确是闪过一个身影，罗红豆没有看错。

“随着牧野战机飞行项目的推进，事情越来越复杂，人也日渐流露出本性。”罗红豆所言没错，所有参与项目的人，都各怀心事，有要利的，有要名的，也有要财的，当然更有贡献自己力量的真正爱国人士，比如罗红豆女士。甚至有的是被人利用，都无从知晓，默默付出牺牲的。

（一百四十五）

这一次罗红豆破天荒地随大队伍浩浩荡荡赶赴助理安排好的“鸿门宴”，专门打着老头儿的旗号把班长和其他重要人物招来，美其名曰：老同学聚会！华晓扫一眼班长和老头儿，他们之间的眼神交流不多。

倒是路月晴和班长热聊中，旁边的老同学都插不上话。

“听说你和秦朗快要结婚了？”班长直言。

路月晴欣喜地频频点头：“嗯，嗯，嗯。”

“听班长句劝，到此为止吧！他不适合你。”班长话里有话，他不明说是在保护路月晴还是替秦朗开脱。

“婚期都定了。”路月晴莫名其妙地瞪班长，“有你这么拆散人婚姻的吗？”

“秦朗不是你的，他是国家的。”

“他首先是我的，其次才是国家的。”路月晴争辩。

“你不懂，听我的，错不了。”班长竭力劝说，“他不适合你。”

“哪里不适合，你告诉我。”

“就冲他长得像路朗这一点已经足够。”班长把烈酒灌进肚子，逼视路月晴，“总之，你必须放弃。”

“班长，你们在干吗呢？”华晓强行拉开路月晴，朝班长发问，“人家路月晴好不容易找到自己的幸福，你不能硬生生地拆散，会遭……”

“会遭雷劈的。”路月晴恶狠狠地补充。

“如果是我的错，我宁愿遭雷劈也要阻止你们。”班长的坚决似乎在告诉罗红豆什么，她站在一旁默默地观察班长的言行举止，想从班长那里获得判断秦朗真实身份的线索。

“你敢对我们的婚礼使绊我就死给你看。”路月晴豁出去，以死相搏。其实她没必要用命去赌，也赢不了。

劝不动路月晴，班长只顾喝酒，他频频往肚里倒酒的姿势出卖了他的内心。撇过老头儿，罗红豆缓缓向他走去，高举手中的高脚杯向班长敬酒。

“好久不见，班长。”

罗红豆靠近，路月晴起身向她走来：“好久不见，红豆。”

华晓也凑近路月晴：“听班长的劝吧！对你只有好处没有坏处。”

“给诸位的请柬我都已经写好，你们来吗？如果大家经济实在困难，大不了我不收你们的份子钱，过来白吃白喝总行了吧！”路月晴仰头喝完杯子里的酒，接着说，“记得带上你们的祝福就行。”

班长和老头儿耳语几句，先路月晴走出大门。

远望他匆匆离去的背影，罗红豆似乎猜到些什么，她走近老头儿跟前故意提高嗓门说：“老爹爹，班长好像很不高兴。”

老头儿装聋作哑默默喝自己的酒。

尽管旁边许多人认得出脸却叫不上名字，或是脸长皱纹的老学生们各种吵闹，老头儿都充耳不闻静坐其位。大半生的教师生涯，他老人家桃李满天下，如班长般进入国家核心组织的寥寥无几。

学校外面的世界鱼龙混杂，各种各样的生存方式不是老头儿能干涉得了的，但求他们都平安健康地走过生命的旅程。人生的意义和价值没有与学校的教育有偏差，老头儿已经很知足。

等不来老头儿的正面回应，罗红豆凑近华晓耳语几句，就匆匆离去。

在停车场，罗红豆透过后视镜看见鼻梁架着蛤蟆镜的秦朗驾车离去。坐在后座的班长仰起头，微眯双眼，脸上挂满疲惫。罗红豆跳上豪车，远远尾随秦朗的车驶离停车场。

在宴席上，从班长的眼神，罗红豆已经看出他赴宴另有目的，他极力反对秦朗和路月晴结婚的背后，一定另有隐情。

车子刚驶出马路，秦朗像躲猫猫似的，驾的车已然不见踪影。罗红豆靠近路边停车，左顾右盼仍然看不见坐有班长的那辆绿色的军车。顿了会儿，罗红豆才驾车离去。

驾车疾驶在路上的罗红豆内心是复杂的，天窗灌进来的风掀起罗红豆已经披肩的长发。从不听劲爆音乐的罗红豆突然拧开杰克逊的 *You Are Not Alone*，瞬间泪水又模糊双眼。

不是在感情上较真，是心底无法忘怀本该属于自己的幸福。秦朗要和路月晴结婚了，追上他，查明真相，只会让自己更加痛苦。

真相、幸福像两只刺猬在心里乱窜，把罗红豆扎得血淋淋。她无数次劝自己别陷入得不到的局，但许多事情不是说劝自己就可以做到。好比心被移植到另一个躯体，所想的仍然是一样。

车来车往，没有一辆是罗红豆要找的。

杰克逊刚强有力的唱腔带给罗红豆的却是悲凄的心境，越发地思念人间蒸发了的路朗，爱太真伤心。

世上的人这么多，为什么偏偏只爱上你？还要赔上念念不忘。

（一百四十六）

如果说罗红豆对路朗的念念不忘是种病，那谁又有治愈相思病的药呢？秦朗的出现对她无疑是雪上加霜，他神秘的身份是罗红豆无法解开的谜。

给心上锁，也无法逃脱被上帝捉弄的命运。

牧野战机飞行项目开始投入前期的研发工作，虽然秦朗的真实身份罗红豆还未核实，可也阻止不了他监管整个项目。班长和他到底是什么身份？

团团疑云包围着罗红豆，她乱了方寸，一个恍惚失误，车子呈“S”字形疾驶，与对面疾驶而来的大卡车擦身而过，车皮之间擦出的火花四射。

豪车被刮出的痕迹可以修复，来不及心疼车子，迎面撞上来的超大型卡车把罗红豆的豪车吞没了。一声巨响，超大卡车呼啸而过。

待罗红豆睁开双眼，她已经躺在病床上，胳膊和腿缠满纱布，头部却完好无损，只是脸沾满鲜血。幸运的是，她能从车轮底下活着出来。罗红豆手机的首个联系人是路朗，其次是华晓。秦朗和华晓同时出现在病房门口，尴尬对视。

“你好！”

华晓只是点头，没有任何表情，心里仍然在责备秦朗的莫名出现，她觉得罗红豆的车祸百分之百与他有关。过去路朗的存在，罗红豆也没少受伤，如今又出现一个酷似路朗的男人，叫罗红豆又怎能平静？爱情不是好惹的，成功甜如蜜，失败心滴血。

“红豆，你怎么可以这么不小心？”华晓心疼罗红豆，她急步走到罗红豆病床前，“瞧你这满脸的血，破相了？要不要告诉你家人？”

“不，不要让他们担心，我姐夫车祸刚走，不能再让他们知道我又出车祸。”罗红豆急忙阻止华晓，“也不要告诉我弟。”

“你总是替别人着想，想想自己好吗？”华晓替罗红豆委屈。

秦朗杵在一旁插不上话。

“我能做的只是不给他们添麻烦，从小到大已经都是他们的包袱，我特别厌倦这种感觉。”

“所以你才拼命地创造自己的商业帝国，害怕自己受伤，给自己披上坚硬的铠甲，其实你并没有自己想象中的那么坚强。”秦朗第一次在罗红豆面前侃侃而谈，好像对她了如指掌。

“别假装很熟悉似的，还没问你怎么来了呢？”华晓终究还是忍不住用责备的语气问秦朗，“你跟踪红豆了？”

“医院打电话告诉我，出于人道主义，我就来了。”

“出于人道主义？”华晓愣了半晌，替罗红豆打抱不平，“你请，现在你可以走了，你的人道主义我们要不起。”

华晓把秦朗撵出病房，罗红豆才说：“路朗的号码在我的手机里是第一位。”

病房外，秦朗背靠在墙上，无奈地低垂着头。

“重色轻友啊！罗红豆，也不想想曾经是谁陪你度过无数个漫漫长夜。”华晓心有不满，絮叨几句，忽然停顿，对罗红豆严肃地说，“把你手机给我。”

“干什么？”罗红豆一脸的懵懂。

“你脑子没伤着就赶紧给我。”华晓焦急。

“我也在找手机，好像在护士那儿。”罗红豆摸着脑袋说。

“不对，你刚才说什么？”华晓引导罗红豆回忆。

“手机在护士那儿。”

“是上一句。”

“上一句……”罗红豆想了想说，“干什么？”

“是上上上一句。”华晓着急。

“哎！华晓，你不能这么对待刚刚侥幸生还的病人。”罗红豆实在想不起自己到底说了什么。

华晓不再追问，直接转身急走出病房。当她欲找秦朗问个明白时，已经看不见他的踪影。华晓追下楼，在大厅四处张望，她强烈地感觉秦朗就在某个角落注视自己。

“秦朗。”华晓低吟。

医院虽不是很安静，但也不能大声叫嚷。华晓急走出大厅，又向远处眺望，可根本就没了秦朗的身影。

一个人有心要躲你，即便你掘地三尺也毫无踪影，若他真的是你要找的人，缘分到，也就来了。正所谓踏破铁鞋无觅处，得来全不费功夫。

华晓回味刚才罗红豆说的话“路朗的号码在我的手机里是第一位”。

那为什么出现的是秦朗？

（一百四十七）

华晓拨通秦朗的电话，附近传来一阵阵手机来电震动的声音，她四处搜寻，快要找到声音来源时，却又突然断了，似乎被秦朗调成了静音。

正当华晓要转身离开时，秦朗却突然出现在她身后：“你是在找我吗？”

“你。”华晓吓到了，她倒吸一口凉气，“我，我找的就是你。”

“如果是问罗红豆，我无可奉告。”秦朗冷淡地说。

“你。”

“我？”秦朗立马用坏笑来掩盖内心的紧张，“你也对我有兴趣？”

“去你的，你哪儿来的自信？”华晓冷笑说，“为了寻找一个与你有关的答案，罗红豆才出的车祸。”

“别别别，我可担当不起，她对我有兴趣可不是我的错。”这不是秦朗的本性，或许他是在借用这种方式来掩盖，保护好他的“秘密”。

“别有罪恶感，你只是间接凶手。”华晓认真地说，“如果不想背上间接凶手的罪名，借个地方说话？”

“还凶手？你可别吓我，华晓，我知道因为牧野战机飞行项目你一直对我有意见，但凶手这罪名可不是闹着玩的。”秦朗平时表情严肃，突然被华晓的话逗得大笑。

但华晓却笑不出来，她转身走出医院大厅。秦朗尾随其后，来到街角的咖啡店，找个安静的角落坐下。对视许久，华晓才说：“我开门见山吧！不为别的，就为躺在医院的罗红豆。”

秦朗轻松地做出请的姿势。

“你是路朗。”华晓逼视坐在对面的秦朗。

“什么？”秦朗莫名地说，“我不知道你在说什么。”

“路朗是罗红豆的初恋，他响应国家号召应征入伍，在北方的空军部队做了战机飞行员。”

“与我何干？”秦朗故作淡定，“不过，罗总裁可是位深情的女人，初恋这点事谁没有过，亏她还能坚持这么久。”

“人不如故，衣不如新。若不是现实残酷，哪个女人愿意放弃最初爱上的那个男人。”

“哦！华总也有故事？”秦朗反问，“说来听听。”

“你呢？”华晓转移话题，“你的初恋是大家闺秀还是小家碧玉？”

“看来你还真对我感兴趣。”秦朗欲点燃手中的香烟，看到墙上禁止吸烟的标志就又收起打火机。

“是不是问题太直接，你不好意思回答我？”华晓弯曲手指敲击桌面像在弹钢琴，目光望向玻璃门外，幽幽地说，“你和路月晴的婚礼什么时候举行？”

“我没打算娶她。”秦朗脱口而出。

“那你还陪人家去试婚纱？”华晓越发地好奇，“不以结婚为目的的恋爱都是耍流氓。”

“我还真不是她的结婚对象，从头到尾都是她的道具。”秦朗终于说出实情，但路月晴是不是这么想就不得而知。

仪表堂堂的秦朗在罗红豆心里的位置可与路朗比齐，而如今在华晓面前俨然一副渣男的模样。到底哪个才是真实的秦朗，他在牧野战机飞行项目中的身份，的确让身边诸多女人为之着迷。

华晓目光聚集在秦朗的瞳孔，试想通过读心术来判断他内心的真实想法。秦朗并没有回避华晓犀利的目光，认真地与她对视片刻，才淡定地说：“我就是我，我就是秦朗，行不更名坐不改姓。”

“你的内心欺骗了你。”华晓似乎在秦朗的眼睛里找到她想要的答案，她只是淡淡一笑，“最后一个问题，你是 CY 国际组织的间谍？”

此时，秦朗的手微微颤抖，送到嘴边的咖啡倾斜流出。华晓默默注视他的举止，从不在人前抖脚的秦朗，手掌包在膝盖上抖起来。他脸颊不由自主地渗出些细小的汗珠。

“好了，我已经问完，咱们一起来拍张照，你就自由了。”华晓掏出手机在秦朗面前摆起个姿势，秦朗一把推开华晓，“别乱照。”

“就拍个照，你紧张什么？”华晓直接逼问秦朗，“你到底是谁？”

秦朗才发现训练有素的自己在华晓的逼问下，变得有些紧张，他紧闭双眼深呼吸，暗自平复内心的波澜，才缓缓睁开眼睛，平静地说：“我是谁并不重要，重要的是你是谁？”

“呵呵！开始看见你时我也以为是路朗，但今天看来，我需要做更多的工作，才能把事实真相弄明白。”华晓胸有成竹地说，“秦朗，路朗，我不相信有那么多巧合。别人隐姓埋名，你除了姓，什么都跟路朗一样。你叫红豆怎么不把你当初恋？”

事实上秦朗的言行举止已经出卖了他的内心，他自己是谁他也不知道，只是出于职业的本能，他生怕自己的身份暴露而时刻提防华晓。他难为情地扯来纸巾擦去洒在大腿上的咖啡。

“不习惯喝咖啡就别勉强自己，还是出去吸烟吧！”

像是相互揭开彼此的谜底般，两人陷入尴尬。华晓对于秦朗来说，就像是阳光白云下的一朵透明的花，她没有秘密。而秦朗则是活在暗处浑身是谜。

（一百四十八）

华晓回到医院，罗红豆已经睡着。眼前这个可怜又可爱的女人，终于给自己放个假在病床上休息休息。罗红豆这些年为了难忘的初恋，红豆集团成了她的精神寄托。

走近病床边，华晓轻轻地把罗红豆的手放回被子里，睡眠很浅的罗红豆还是被惊醒。

“你上哪儿了？”罗红豆不解地看向华晓，“你刚才问我要手机，好像有什么重要的事？”

“不用，我已经得到答案。”

“什么答案？”罗红豆一脸茫然，“去哪儿找的答案？”

“别着急，等你能下床蹦跶，自然会有人主动向你揭开谜底，这段时间你就好好休养，牧野战机飞行项目就交由我来帮你操心。”

“这话我爱听，只是你刚才说的到底是什么答案？我想现在知道，不然我不安心。”罗红豆用渴望的眼神看着华晓。

“知道太多对你也没什么好处，还是等你完全康复有足够的体力去应对这些魑魅魍魉，不然真相揭开身体会招架不住。”华晓很幽默，但罗红豆却没配合她。

“我虽没福，但命大，能活到今天我该感谢你们。”

“瞧你说的，把我们当上帝了？”

“你刚才说的答案是什么？”罗红豆好奇地问，“别跟便秘似的，有一粒没一粒。”

“你一直怀疑的那个人，其实他就是路朗。”

罗红豆并不惊讶，她似乎早就料到会是这个结果。

倒是华晓惊讶地说：“你不应该表示一下吗？”

“不，”罗红豆沉思片刻，才把头侧向一旁说，“他脖子上的那一道疤，我早就看出来，虽然做过修复，还是保留有最原始的轮廓。”

往往最想知道答案，却害怕真相被揭开的那一刻。最初的纯粹已经无法得到完好的保存，历尽沧桑是否还能如过去一样？

离别之后，各自生命中都有太多太多的填充物，被时光切断的那段记忆已经不再属于彼此，回到身边的还是原来的那个人吗？即便再次握手，手心还是热的，得不到亲人祝福的爱情，终究还是梁祝似的悲剧。

“你不敢认他？还是他不愿意与你相认？”华晓快言快语，毫不掩饰自己的好奇，“要我说，你们就是两条没有交点的平行线，各自爱恋又各自接受新生活，永远都只是陌生的朋友关系。”

“如果能默默地陪伴在他身边，他幸福，我……”

“不，你不能强行把自己当感情的慈善家，你要勇敢去面对生活。”华晓替罗红豆觉得可惜，真爱对于她而言是稀罕物。不是谁都能得到上帝的眷顾而比翼双飞的。

“我还能怎么样？”罗红豆的自卑是与生俱来的，她没有勇气去面对秦朗，就算他是路朗，也已经不是当初的他，“他现在是CY国际组织的间谍……”

华晓急忙捂起罗红豆的嘴巴说：“小心隔墙有耳，不管是不是，他现在还是红豆集团机密项目的合作方，万一……”

“没有万一。”罗红豆不明白华晓所说的万一是何意，她接过话茬说，“如果真的是，亲贤必诛。”

“呵呵！”华晓淡然一笑，和罗红豆所想显然不在同一个频道上，她无奈地回应，“就你爱国。”

“保证是良民。”罗红豆谈吐中不忘诙谐。

“这就是你和路朗的爱情？”

“过去式。”

“挺看得开的。”

“过去的伤谁人能知晓？”罗红豆的伤感说来就来，她潸然泪下，啜泣道，“人这辈子也只有感情这个东西最让人放不下。”

“又来了，又来了。”华晓急忙给她递去纸巾，“你能不能别总是拿眼泪说事？挺伤人的。”

没忘记，又不能提，这样的感情只能记住，记着记着也就习惯了。变成习惯的东西哪儿还有什么特别的，所以当罗红豆看见秦朗时，已经不再有拥有他的欲望，而是淡然处之。即便是有心动的一刻，也只是遇见那个曾经用心去爱的人，心头掠过瞬间的喜悦。

可惜他已经不是原来的他。

牧野战机飞行项目的数据库多数控制在秦朗手里，专家组成员的资料他了如指掌，他身份的安全性与红豆集团没有多大的关系。

如果牧野战机飞行项目出现任何问题，秦朗背后的班长才是直接责任人，而秦朗会利用金蝉脱壳的方式离开幕后主使所布下的局。而他和罗红豆的关系一旦公开，她的生命将受到威胁。

（一百四十九）

两情相悦却命运多舛。

早些年为了理想各奔东西，把最好的青春年华留给最美的时光，花前月下海誓山盟对于路朗和罗红豆只能在鸿雁传情里。爱得深刻不在乎朝朝暮暮，相恋相依除了卿卿我我还有天长地久。

越是刻骨铭心的越是珍贵。

人家是风花雪月时，轻解罗衫意正浓。罗红豆却只能思念，近在眼前却难牵手。许多时候，爱情就是一种毒药，是幸福的毒药。中毒太深，便怎么也走不出来。

好几次坐在董事会，罗红豆都身上挂彩，爱有多深，伤就有多深。秦朗此次如约而至，他默默地注视远在会议桌对面的罗红豆，心里的煎熬也只有罗红豆能看得懂。

项目的讨论已经进入另一个核心技术阶段，罗红豆参与只为了监督牧野战机飞行项目的政治安全性。为了确保资金的及时投入，明知班长和秦朗的身份存在疑点，她还是选择继续。

这两个男人在罗红豆看来，不为利也不为权，只是信仰与选择在价值观上存在偏差。她深信自己能感化班长，就算无法让他改变后天的选择，也能说服他把项目顺利完成，安全交给国防部。

在红豆集团，班长自始至终没露面，他委派秦朗代表国防部参与和监管整个牧野战机飞行项目。可秦朗的身份班长又知道吗？俗话说螳螂捕蝉黄雀在后，或许班长低估了秦朗的来历。

华晓认真工作起来，是目中无人的。董事会安排她负责牧野战机飞行项目芯片研发成员的组织和成品的运送，这是项目的核心技术领域，如有一丝差错，将全盘皆毁。她谨慎地敲键盘，把涉及项目核心领域的每个环节都安排得妥妥的。

欧阳凯旋默默注视罗红豆被厚厚的石膏裹着手臂和大腿，还坐在轮椅上挥动激光笔，怜惜之情油然而生。他起身上前走到罗红豆的助理旁耳语几句，就返回席位。

欧阳凯旋的表情凝重，罗红豆没有察觉，她自顾对投影仪讲解牧野战机飞行项目的进度。助理的眼神她也没有领会。实在没办法，助理才上前接过罗红豆手中的激光笔说：“罗总裁，您该休息吃药了。”

助理话音刚落，笑声四起。

“安静，大家安静！”欧阳凯旋站起身，示意大家停止喧笑。

“那刚才罗总裁说的还算数吗？”不友好的资方的一名代表关键时刻还钻牛角尖，“说了半天，原来没吃药。”

“罗总裁只是身体受伤，并无大碍，请大家彼此尊重。”助理站起身补充道，“咱们都是同一条船上的，要团结一致。”

“正是因为同坐一条船，罗总裁在没吃药的情况下讲的这些话才要考虑其真实性。”不友好的另一资方代表起哄道，“你要为我们投入的资金负责啊！”

“友谊的小船翻了，对我们在座的每个人都没有好处，罗总裁确实是不想大家的钱都打水漂才在医生的允许下坚持带病工作。大家就理解一下吧！”华晓很心疼罗红豆的坚强，罗红豆的柔情全寄托给思念中的路朗。

华晓把罗红豆没讲完的PPT重新捋一遍，声情并茂、有条不紊地讲解完，席下响起热烈的掌声，罗红豆欣慰地含笑点头。庆幸自己并没有看错华晓。这些年华晓把最好的青春献给婚姻，而婚姻最终以悲惨的方式画上句号。连华晓自己都不敢相信还能走出阴影，走向职业生涯。

助理把罗红豆推出会议室，并回头向华晓竖起大拇指，脸上流露出来温暖的笑意。

“总裁，您是该好好休息了，手下干将个个不凡，您只需幕后指点江山便可以运筹帷幄，何必亲力亲为？”助理的话不无道理。

“虽然红豆集团每年运作的项目赢利超过出牧野战机飞行项目，

但牧野才是我毕生牵挂的。”罗红豆略显一丝伤感，“这已经不仅仅是金钱上的赢利，是一种信仰的力量驱使我必须亲力亲为。”

助理边把罗红豆推向总裁休息室边说：“总裁，我看出来了，华晓能力很强，她平时不显山不露水柔柔弱弱的样子。实际给她一根杠杆，她能撬起地球。”

“可不是，女人一旦濒临情感危机，为了避免再受伤害都会把所有智慧投入事业，以事业的成功和收入的提高保障自我安全。”

罗红豆回望着总裁办公室，住院的那些日子，助理把这里的每个角落都清洁得一尘不染，可保存有路朗信件的保险柜虚掩着，她心里咯噔一下：“这里进来过什么人？”

助理不以为然，轻松地说：“除了我没有谁了。”

“你确定？”罗红豆再次陷入信任危机。

都说用人不疑，疑人不用。自从秦朗出现，她的疑心越发加重。助理极其不自然地侧视窗外，她不敢直视罗红豆，毕竟这么多年来红豆集团给予她的栽培不同寻常。罗红豆对她就像是亲人般的关心和帮助，从不怀疑她的工作能力。

（一百五十）

罗红豆独自面对窗外的晚霞，余晖中她越发地想念路朗。然而保险箱里路朗写给她的亲笔信全部消失得无影无踪。起伏的心，此刻已经平静。她不去想原因，也不需要找答案。

从老头儿几次三番不合情理的态度，从班长莫名其妙的身份变化，再到秦朗的出现，到眼前的一片狼藉，罗红豆心里已经有底。助理的眼神出卖了她的内心，她本可以选择忠于罗红豆，却被他人蛊惑。

不知何时，欧阳凯旋已经走到罗红豆身后：“我始终与你站在同一条战线上，红豆，咱们也是有故事的人。”

罗红豆头也不回地望着窗外，通红的落日映照在她脸上，她情绪低落地说：“夕阳无限好，只是近黄昏！相恋了半生，悲哀的不是等不到恋人的出现，而是相见了却又变成陌生人。”

“秦朗，他不是路朗，你何必勉强自己。”欧阳凯旋扫一眼半掩的保险箱，难过地说，“这些年来，路朗写给你的亲笔信比红豆集团过往的账目还重要！”

“不也没有了吗？”罗红豆愁绪满怀，幽幽地说，“秦朗是路朗。”

“他为什么不敢和你相认？”

“我怀疑他已经失忆，路家人也不知道他是路朗。”

“虽然我不知道你们之间存在什么样的感情，但最好的关系不都是相互支持和关心吗？看看这些年都是你一个人在单相思，仅凭这几页纸就把你迷得神魂颠倒。罗红豆，真正的爱情是看得见摸得着的，而不是独自活在一个人的世界里自我安慰。”

“请你别再说了。”罗红豆难掩激动，泪水夺眶而出，她知道事实如此，也明白许多道理，但难道思念也有错？

欧阳凯旋早已习惯旁观罗红豆的精神自残、默默受伤。

被罗红豆爱的人何其幸福，只可惜路朗也身不由己。

“我可以闭嘴，也可以离开你，可我真的不愿意看到你活在自己的世界里为一份看不见的爱情整日以泪洗面。罗总裁，我也是男人，你就不能分点爱给我吗？”欧阳凯旋情急之下，孩子般无辜地望着罗红豆说，“红豆，我也是男人，我也需要你的爱。”

欧阳凯旋并不是让罗红豆一眼就心动的男人，和许多世俗的感情一样，因为有恩情所以有好感。他救罗红豆于危难，罗红豆因感恩之心所以与其在一起奋斗，创下红豆集团，这不是爱情，是现实生活的需要罢了。

突然，华晓匆匆进门，面色苍白。

“红豆，不不不，罗总裁。”华晓神情凝重，语无伦次。

“你来得真不是时候，华总。”欧阳凯旋一脸嫌弃地说，“我们在商讨人生大事呢！”

“出大事了，项目出大事了。”华晓突然变得一本正经，严肃地说，“牧野战机飞行项目的核心区域，十几个芯片专家全部消失。”

“什么？”最先做出反应的是欧阳凯旋，“这这这，这到底是怎么回事？”

华晓用绝望的眼神看着罗红豆，甚至已经感觉这是预谋已久的战局，她不知道该如何解释，也不知道如何面对眼前伤痕累累的罗红豆。她越是着急，罗红豆越是淡定。

罗红豆丝毫不慌乱，她平静地远眺天边如血的残阳，与路朗往昔的美好时光历历在目，脸上反而露出一丝丝笑意。

按捺不住内心的焦虑和恐慌，华晓神情恍惚，突然软绵绵地歪倒在地，欧阳凯旋急忙接住华晓，大叫：“华总，华总，红豆，你倒是说句话啊！”

“把她抱上沙发，休息会儿就没事了。”罗红豆依旧不慌不忙，镇静自若地指挥欧阳凯旋，“使劲按人中，不过十秒她就会醒了。”

欧阳凯旋照罗红豆说的，一样一样去做。只是不管他按华晓的人中多久，她都还是紧闭双眼。

或许她真的累了。

这些天为了牧野战机飞行项目的顺利进行，华晓可是拼了命，不管是芯片专家的政治调查还是团队业务的进度，每进入一个阶段她都能交给罗红豆一份完美的答卷。

但潜藏已久的黑暗力量超出了华晓的应对能力，她是那么的弱小。现实的残酷无情摧毁你之前是不跟你商量的，事已至此，除了力挽狂澜，减少投资方的损失，罗红豆别无选择。

（一百五十一）

南国小筑和往常一样静悄悄，院子里的玉兰花雪白一片，夜风打落花瓣，洒满地面，踩在上面连鞋底都带有浓郁的香味。罗红豆拆掉绷带，胳膊上被划伤的口子还染有斑斑血迹。

华晓走到她身后扑通跪倒在地，哭诉：“对不起，红豆。”

罗红豆转身单手扶起华晓："时局已定，不是你我能左右得了的，华晓，就别再自责。"

"在我工作的职责范围内发生了问题，我怎么向集团股东交代？"华晓沮丧垂泪，忐忑不安，"红豆，我该怎么办？"

"还没到问怎么办的时候，只要有我在，你就会平安无事。"

其实罗红豆自己也已经六神无主，她安慰华晓也是为了平复心情，用表面的淡定掩盖内心的波澜。

这场游戏从一开始输得最惨的还是欧阳凯旋，他投入的是财力、爱情，最后得不到爱情，钱也没了，连一个钢镚也没赢到。如果花钱买真心，能得到，也还不至于失魂落魄。人生单行一回能有颗惦记自己的心便不枉此行，拥有再多，都不如有个真心爱自己的人。

不管男女，能得到此情是上天的眷顾。罗红豆有路朗，路朗有罗红豆，即便后来被命运安排各为其主地擦肩而过，烙在心底的印记谁也抹不去。这是一辈子的财富也无法取代的真正属于自己的珍宝。

"我总不能躲在南国小筑一辈子，红豆，就算你在，也不能保我一辈子的安全。不行，我明天就启程回去，该我面对的，怎么能逃避得了。"华晓并没有预感到整件事情的严重性，她不相信自己已经卷入一场没有硝烟的战争。

置身于危险之中的，不只是华晓一人，但凡参与牧野战机飞行项目的核心部门成员和直接领导人，生命随时都受到黑暗势力的威胁。

屋顶飞过一只乌鸦，发出凄惨的叫声。罗红豆内心咯噔一下，一阵寒凉由脚底而起，她不禁打了个寒战。自打南国小筑落成入住以来，除了惹人厌的大乌鸦，被吸引而至的都是各种吉祥之鸟。罗红豆也就习惯在屋檐下准备各种鸟食，供它们啄食。

"回城。"罗红豆向屋顶撒一把小麦，回头对华晓说，"你来开车，我坐旁边。"

华晓的不安，罗红豆都看在眼里。她也不知道该如何安慰，只是紧紧地握住华晓的手，用坚定的目光直视华晓，示意她好好活着。

不管发生什么事情，笑着活到最后才是真正的赢家。

在南国小筑休养的这些日子，华晓已经调整得差不多，格局的变化在罗红豆的预料之内。好不容易从家庭主妇过渡到职场精英。华晓的蜕变是生活所迫。为了超越曾经以为走出婚姻离开了男人就活不下去的自己，华晓把不敢学的，认为自己学不会的，统统强迫自己学，包括刚拿到的驾驶证。

开车上山路，华晓是头一回。当初欧阳凯旋把她和罗红豆送达南国小筑，便回集团收拾残局。下令没有他来接，不要离开。红豆集团也是罗红豆的心血，她用尽大半生拼下来的江山，又怎能放心得下。

不知是因华晓初次行驶山路心理紧张，还是身后突然出现一辆来路不明的越野车，握在手里的方向盘突然不听使唤，刹车挡也不灵验。还没等跟随在后面的越野车靠近，华晓的车驶出车道，直接冲向山谷。

“砰”的爆炸声响起，一团浓烟滚滚而升。

所幸的是谷底有条湍急的小溪，没有引起大火。

只是车没了。

之前绕过南国小筑屋顶的乌鸦，惨叫声响彻谷底。还没来得及追上罗红豆豪车的那辆越野车，呼啸而过。像是没有发现任何交通事故似的，就这样消失在半山腰的小道上。

滚滚浓烟，引来深山护林大队的注意。他们从不远的护林站赶来，探出头用目光搜寻山谷。

“喂！有人吗？”山的那边也回应，“喂！有人吗？”

乌鸦在冒起浓烟的地方一边盘旋，一边发出惨烈的叫声：“嘎……”

（一百五十二）

在罗红豆的追悼会上，秦朗半个脸遮着口罩站在人群最外层，本以为悄悄地来，悄悄地回。没曾想到被前来送罗红豆最后一程的路月晴叫住："秦朗。"

秦朗慌乱中钻进人群，悄悄在心里与他最爱的罗红豆默默地告别。急步中与班长肩碰肩，没等班长反应过来，秦朗已经消失得无影无踪。

"班长，快留住秦朗。"路月晴不管不顾，她远远地大喊，"快留住秦朗。"

班长回头张望，没看到有秦朗的影子，朝路月晴低语："这里是追悼会现场，你能不能把自己的嗓门压低，好歹里面躺着的是你我曾经的同学。"

"我管不了那么多，秦朗好几天不理我，你知道吗？"

"换是我也不理你，瞧你那德行。"班长实话实说。

"就你稀罕罗红豆，可她到死都没曾领你的情，她爱的还是我哥。"路月晴憎恨又得意地说，"就连班长你亲自送来的花圈她都不知道，亏你还护着她。"

班长和老头儿送给罗红豆的花圈摆放在一起，他老人家却没有出现，也不适合出现在白发人送黑发人的场面。

"秦朗是你亲哥，路月晴。"班长最终还是把实情告诉路月晴，"他为什么长得像路朗，因为他本来就是你哥路朗；知道我为什么阻止你们结婚了吗？亲兄妹是不能……"

"别说了，我求你别说了，班长。"路月晴崩溃地大哭，"我早就知道我哥没死，是不想他再次回到罗红豆身边。这下好了，我们路家不用为我哥操心了。"

说这番话，路月晴是喜悦的，或许她压根就不曾为罗红豆的离去伤心难过，正如她所说的，罗红豆死了，就不会用爱情抢走路朗，路家人也就不用担心路朗因为爱罗红豆而娶她进门。

此时的华晓还在医院的重症监护室，她压根就不知道曾经最好的闺蜜被自己送上黄泉路，而自己却还艰难地活着。欧阳凯旋戴着墨镜低垂着头，其实眼泪早就湿透镜片。他抑制不住自己的情绪，蹲在角落伤心地哭着。

秦朗独自来到曾经与罗红豆一起刻下丘比特的玉兰树下，跪地仰天大哭，可再多的泪水也无法唤醒永远沉睡在山谷的罗红豆。她生前爱路朗，死了仍然不忘把她对他的爱带走。

“啊……”秦朗大声喊叫，崩溃到无法控制自己，两手抓挠膝盖前的泥土，“红豆，我爱你！”

这句从未来得及说出口的情话，响彻天地，秦朗的眼泪和鼻涕交织在一起，落在手背。

突然有一股力量从秦朗身后涌来，他猝不及防往前趴倒在地。人在悲伤至极时，防备意识为零。欧阳凯旋不擅长攻击人，却在最没有力量的时候把反侦查能力很强的秦朗推倒在地。

可见爱之切，伤之深。

“好一个秦朗，你明明是路朗，为什么活在罗红豆身边却眼睁睁地看着她为你伤心？你混蛋，你就是个彻彻底底的混蛋。”

秦朗和欧阳凯旋在地上相互扭打，滚成一团。

“人在江湖，身不由己，都是男人，你没有权力问我。”秦朗还是竭力为自己辩解，“我爱红豆，我不想她为我受到任何伤害。”

欧阳凯旋的嘴角还是被秦朗抓出血道。

“她这辈子都活在你带来的伤害里，直到她车祸离开人世也是因为你。”欧阳凯旋爱罗红豆，虽然得不到罗红豆的爱，可他还是拼了命地想为她讨回公道，“我……”

刚想抡起拳头往秦朗脸上砸去，秦朗却猛然倒在血泊里。欧阳凯旋惊慌失措：“你怎么了？混蛋。”他四处张望，发现不远处飘闪过一个陌生的身影。

“我，”秦朗口齿不清，“医……院。”

“像你这种树敌太多的间谍，不是看在罗红豆的情分上，我还真想把你埋了。”欧阳凯旋出于人道主义，还是把秦朗背起往医院的方向急走。

欧阳凯旋背着秦朗往急诊室去时，恰好遇到路月晴的母亲值夜班，她经过医院大厅差点与欧阳凯旋迎头相撞。

“欧阳？”

“麻烦您让一让。”欧阳凯旋没工夫搭理路月晴的母亲，径直往急诊室跑。

路月晴的母亲扫一眼紧闭双眼的秦朗，她愣了半晌才回过神来：“路朗？是我儿，路朗。”她转身小跑跟上欧阳凯旋。

罗红豆的追悼会，她的兄弟姐妹都来了。曾经极度厌倦自己生命的罗红豆，终于不用再身历孤独；不用身受不公平的待遇；更不用因孤立无援整日惶恐不安……

爱与不爱，
情就在那里。
要与不要，
人就在那里。

你来，是我的幸福，
你走，我也未曾失落。
只是，很难过很难过。
真心，带走我的思念。

红豆，生南国，
春来，发几枝？
愿君，多采撷，
此物，最相思！

路月晴的母亲俯身凑近路朗的耳际，一字一句轻读他写给罗红豆的亲笔信。从这枚子弹足可看出狙击手的良心发现，他并没有直接取了路朗的性命，故意对准要害部位偏离几毫米扣动扳机。

这场凄美的纯洁之爱终于以死落下帷幕。